BESTSELLER

Nerea Riesco es escritora y periodista. Nacida en Bilbao, a muy temprana edad se trasladó a Valladolid donde transcurrieron su infancia y adolescencia. Con dieciocho años se instaló en Sevilla, ciudad en la que estudió periodismo. En la actualidad colabora en prensa y radio e imparte talleres de creación literaria. En 2002 publicó su primer libro de relatos bajo el título *La ladrona de almas*. En el año 2004 ganó el IX Premio Ateneo Joven de Novela de Sevilla con la obra *El país de las mariposas*. Su siguiente novela, *Ars Magica*, se publicó en el año 2007 y fue finalista del prestigioso Premio Espartaco, en la edición de 2008. En 2010 salió al mercado su exitosa novela *El elefante de marfil*. Sus obras se han publicado en más de doce países.

Biblioteca

NERSEA RIESCO

El país de las mariposas

DEBOLS!LLO

Primera edición: mayo, 2012

Printed in Spain – Impreso en España

ISBN: 978-84-9989-754-7 (vol. 770/3)
Depósito legal: B-10286-2012

Compuesto en Zero pre impresión, S. L.

Impreso en Barcelona por: blackprint A CPI COMPANY

P 9 9 7 5 4 7

A Mayte: la mujer más luchadora que he conocido,
por entregarme el mejor regalo que nadie
me hiciera jamás: la vida.

El llanto se extiende, las lágrimas gotean allí, en Tlatelolco.
Por agua se fueron ya los mexicanos;
semejan mujeres; la huida es general.

...

Llorad amigos míos,
tened entendido que con estos hechos
hemos perdido la nación mexicana.
¡El agua se ha acedado, se acedó la comida!
Eso es lo que ha hecho el Dador de la vida en Tlatelolco.

Cantares mexicanos

Tu tiempo es ahora una mariposa, navecita blanca,
delgada, nerviosa.
Siglos atrás inundaron un segundo
debajo del cielo, encima del mundo.

Silvio Rodríguez, *Mariposas*

PRÓLOGO

Quizá fue así como sucedió. Ahora, ya anciano, me doy cuenta de que las certidumbres de toda una vida no son tan ciertas. He abierto los ojos y los veo, como fogonazos de luz dentro de esta ensoñación empalagosa en la que estoy inmerso. Uno tras otro, los recuerdos van acercándose al catre ajeno en el que aguardo a que se me vaya la vida. Me llegan de otras épocas, porque con la cercanía de la muerte superamos la barrera de la linealidad, y el tiempo y el espacio se diluyen. Percibo claramente esas vivencias que creí que no me pertenecían, convencido de que estaban recreadas por otros para alimentar mi leyenda. No recuerdo quiénes fueron los otros, pero las reminiscencias de esa vida fantástica fluyen ahora por mi cabeza, nítidas, claras, con una evidencia tan abrumadora que me rasga los sentidos. La existencia no es lo que nosotros creemos haber vivido, sino lo que los demás recordarán de ella, y quién sabe qué contarán de mí. Lo que se dice de mí, lo que se dijo, no sé si son meras fábulas. La gente las cree, ¿por qué no? Ahora yo también empiezo a creerlas. Eso ya no importa. Lo único importante son los resultados de mis estudios, recuperar el pasado, devolverle la voz a las piedras, a los códices, sobrevivir al olvido, la única forma de alcanzar la perpetuidad: sobrevivir al olvido... lo que ella quería.

Ahora que sé que muero cocinándome en mi propia fiebre, recuerdo la batalla, la lucha y las explicaciones absurdas que para justificarla ofrecían mandatarios estúpidos, y poco importa si estaba encerrado en una oficina de Moscú o si estaba en plena toma de Berlín mientras el planeta se desmembraba. Me doy cuenta de que se puede estar en dos sitios a la vez si uno rememora los dos con idéntica plenitud, y será por culpa de esta nebulosa febril que ahora recuerdo con más nitidez que nunca.

Me veo claramente a mí mismo con veintitrés años, reclutado por el Ejército Soviético, uniéndome a las tropas como parte de la reserva del Estado Mayor, obligado a abandonar mi brillante carrera en la Universidad de Moscú para integrarme a las luchas de la Segunda Guerra Mundial. Miro hacia abajo y puedo verme con el uniforme sucio de tanto arrastrarme, de caer al suelo una y otra vez, de dormir al raso. Veo también a los soldados que me acompañan: Alexei, Sergei, Maxim... No recuerdo bien sus nombres, pero puedo verlos a ellos y a mí mismo. Claramente. Creo que están ahora aquí. Sus caras se me plantan delante más reales que la gente que me atiende en este hospital, más reales que mi propia familia, como si ya no estuviera dentro de mi cuerpo y sobrevolara el pasado por encima de nuestras cabezas, como en la panorámica de una película en blanco y negro. Ahora lo veo claro.

Estamos muertos de miedo, formando parte de uno de los escuadrones rusos que se encamina por lugares inhóspitos para participar en la toma de Berlín. Tenemos miedo, mucho miedo, un miedo atroz que se mezcla con el frío y lo multiplica, porque con cada explosión nos imaginamos a nosotros mismos muertos y congelados, convertidos en cadáveres de rostros horripilados, inmortalizados con ese gesto para la eternidad por culpa del hielo. El hielo y el miedo, el miedo y el hielo, esas dos palabras armonizan... En alguna ocasión escribí poemas románticos: «Nuestra suerte, vivir», empezaba uno. Me hubiera gustado ser poeta...

Llevábamos más de dos semanas asediando Berlín en un tira y afloja del que todos menos yo estaban seguros de salir vencedores. Lo recuerdo, sí. Era 28 de abril de 1945, se corrió la voz de que Weidling le había presentado al Führer un plan de evacuación de la ciudad para evitar más sufrimientos a la población. Y yo recé para que lo aceptara, para que no quedara nadie cuando entrásemos. Pero él se negó; dicen que dijo que hasta el último hombre alemán debía proteger la capital. Y permanecieron allí, esperándonos. Cuando mi escuadrón entró, los aviones ya se habían encargado de desbaratarlo todo a golpe de bombas, la bandera soviética ondeaba orgullosa en la parte más alta del Reichstag y no quedaba ya casi nada por destruir. Los edificios parecían patéticos rostros desdentados, las aceras se habían llenado de cascotes, muertos de ambos bandos formaban una amalgama vergonzosa y la gente huía de nosotros corriendo, se escondía por los rincones como ratones asustados, desconcertados. Yo estaba igual de desconcertado que ellos. Tenían miedo, ahora lo veo claro... Sus rostros no eran de odio, ni de escrúpulo, no, eran rostros zarandeados por el miedo. Yo también lo tenía y también lo tengo ahora. La muerte da miedo... O no, acaso es el olvido lo que da miedo.

Puedo ver el fuego, grande, imponente en su devastación, consumiendo sin piedad los contenidos de la Gran Biblioteca de Berlín, y corro, corro como un perturbado para intentar sofocarlo. Si permito que también se destruya la biblioteca dejaré de ser humano, desaparecerá el último resquicio de decencia que ha logrado sobrevivir a todo este espanto, y me convertiré en una sombra del hombre que fui, cómplice de que el mundo se llene de indiferencias. Me quito la guerrera y con ella golpeo las llamas... Y grito, grito y escucho mi propia voz desde fuera, irreconocible, como si fuera la voz de otro que grita más fuerte que yo. Todo arde, se quema. Siento el calor abrasando mis mejillas, resecándome los ojos, y ese olor montuno del papel quemado mezclándose en mi garganta con la angustia, impidiéndome respirar. Me rindo, me estoy rindiendo a la certidumbre de mi incompetencia para dominar el incendio, así que tiro de los libros, los saco a manotazos de las estanterías.

Pero se caen desordenados en cualquier lugar. El fuego se burla de mí y los alcanza; creo que estoy llorando. Las paredes amenazan con venirse abajo, alcanzo una vieja estantería que está cerca de la puerta y saco dos volúmenes viejos, sin mirarlos siquiera, los guardo deprisa dentro de mi tabardo humeante y alcanzo la puerta a trompicones, antes de que ese infierno dé al traste con los cimientos del edificio. ¡Qué estúpido! Pienso que soy yo quien elige esos libros al azar, pero no es así... Ellos me eligieron a mí. No hay duda, ahora lo veo claro. Ella me eligió a mí. Soy su portavoz. Ella estaba allí, en las páginas... Tengo calor y tengo frío.

Salí de la biblioteca tambaleante, borracho de flama, caminando sin rumbo hasta que caí en la cuenta de dónde estaba y deseé huir. Busqué refugio entre la sombras de un portal mientras la batalla final continuaba sacudiéndole las entrañas a la ciudad, y allí me quedé, agazapado como un cobarde, susurrando palabras para animarme a mí mismo y fantasear que no estaba solo. Saqué los libros, los acaricié, olisqueé las tapas y aquel aroma me recordó los días de la infancia, los primeros libros, la inocencia, y por un momento sentí que estaba de nuevo en casa. Fui pasando las hojas, muy despacio, con mis dedos de uñas renegridas, mientras las lágrimas trazaban surcos blancos en mi rostro ahumado.

Así es como lo recuerdo ahora, como en una película antigua, en blanco y negro. Quizá fue así como sucedió.

1

Mariana Enríquez llegó al mundo un jueves de mercado en Medina de Rioseco. La plaza Mayor y la de Santa Ana se convertían una vez a la semana en un hervidero de gentes de diversos pelajes dispuestas a hacerse con en el negocio del siglo, y las calles del centro de la villa dejaban que les arrebataran por un día la placidez a la que estaban acostumbradas. La barahúnda de silleros, freneros, comerciantes de pez, armeros, joyeros, tratantes de paños mayores y menores, albarderos, caldereros, cordobaneros, herreros, especieros y mercaderes de todo tipo que se adueñaban de los espacios, convertían a la «muy noble y muy leal ciudad de Medina de Rioseco» en lo que se dio en llamar «la India Chica», asemejando su mercado con las riquezas que provenían del Nuevo Mundo. Los puestos de mercadurías iban apoderándose de las calles desde primeras horas de la mañana, igual que una mano toma posesión de un guante, llenándolo plenamente, hasta colmar su capacidad. Los patos, cerdos, gallos, ovejas y demás animales de corral liberaban acompasados ritmos melancólicos que semana tras semana sonaban igual, convirtiendo el jueves de mercado en una réplica exacta del jueves de mercado anterior. El ruido animal se enredaba con el humano, y el murmullo del regateo perpetuo y el jaleo de los vendedores resonaban por los soportales, entraban y salían entre las columnas de madera, se mezclaban con el gentío y tomaban fuerza para elevarse hasta las nubes. Aquel griterío se canalizaba y se lanzaba al infinito subiendo por las paredes de los edificios como el humo por una chimenea.

Fue por eso que los gritos de doña Ana sonaron amortiguados y ningún habitante del palacio notó nada. Los lamentos y quejas no se oyeron más que en la habitación donde se atendía el parto.

—Chille a placer vuesa merced, que nadie va a acusarla de quejicosa en un trance como éste.

La comadrona ya había asistido los dos anteriores alumbramientos de la esposa del Almirante. Era una mujer gorda, de manos fuertes y rechonchas, y siempre tenía la cara roja, como en perpetuo sofoco, aunque ya hacía unos años que se le había pasado la edad de concebir. Para justificar su existencia y compensar al Señor por su falta de hijos, se encargó de traer al mundo a gran parte de los habitantes de la ciudad. Decidida como estaba a transferir los conocimientos de su oficio antes de pasar a mejor vida, en los últimos tiempos se hacía acompañar por su sobrina, una joven que no parecía demasiado ducha en esos trances y cuya cara, a cada grito de doña Ana, cambiaba y se arrugaba haciéndose partícipe del dolor de la mujer, contagiándose de su sufrimiento. Atendía las órdenes de la matrona tarde, lenta y torpemente, y daba la impresión de que ése era el primer parto que presenciaba y de que, si de ella dependiera, también sería el último.

—Venga, tontaina, acércame los paños —gritó la comadre por ver si espabilaba a la muchacha. Acto seguido, se volvió hacia la parturienta y continuó como si tal cosa—: Empuje señora, no se me desmorone ahora que ya casi está...

En otras circunstancias doña Ana no permitiría que le hablaran así, pero no era ése el mejor momento para ponerse a discutir sobre tratamientos señoriales y, aunque lo hubiese sido, el aspecto de la matrona hacía dudar de si esa mujer era capaz de ser más delicada por mucho que se esmerase. Ante su presencia doña Ana se sentía apocada y dócil como una corderita a punto de ser sacrificada, como una niña pequeña que recibe los regaños de su madre.

Mientras tanto, don Luis Enríquez intentaba ignorar el acto de alumbramiento que se vivía en la habitación de su mujer. En las dos ocasiones anteriores, los nervios se apoderaron de su estómago y de su mente cuando oyó los lamentos jadeantes del parto. Fantaseó cosas terribles, desastres que aquel evento podría ocasionar en la familia. Imaginó a su mujer tumbada en la cama con dosel, sumergida entre los bordados monásticos de las sábanas de su dote, empapada en un líquido intensamente rojo y espeso. Se le representó gritando y retorciéndose de dolor como un alma en pena, lanzando rayos y centellas por los ojos, capaz incluso de ofender al Señor en un momento de enajenación. Tuvo miedo de que algún castigo cayera sobre ellos y que el bebé naciera con la piel escamada o con cola de demonio, como había oído contar que le ocurrió a una familia de comerciantes de Villanubla que todavía estaban vigilados por el ojo implacable del Santo Oficio, lo que hubiera resultado ciertamente vergonzoso. Por fortuna sus dos retoños habían nacido sin ningún síntoma de monstruosidad, así que había decidido no dejarse arrastrar por la imaginación con el nacimiento de la nueva criatura. Llevaba semanas convenciéndose de que no tenía motivos para preocuparse porque su familia siempre había sido profundamente piadosa y los donativos que ofrecían a la Iglesia les aseguraban, sin duda alguna, el favor del Señor ante cualquier contratiempo. Por eso, cuando llegó el momento, se sintió reconfortado y, para distraerse, se dedicó como cualquier otro día a vigilar los asuntos de su señorío. Hacía muy poco tiempo que había heredado de su padre el título de Almirante de Castilla, e intentaba encontrar la mejor manera de servir al monarca, aunque ello supusiera apretarle el cinturón a la villa. Mientras tanto, sus dos hijos jugaban a las batallas ajenos a todo, porque ni siquiera habían reparado en la progresiva gordura de su madre, que se mantuvo bien disimulada bajo los vestidos. Tampoco sus padres quisieron adelantarles la noticia de la llegada al mundo de un nuevo hermanito, intentando evitar así sus posibles e incómodas preguntas.

—¡Es una niña!

—Lo sabía —murmuró doña Ana lacónicamente.

Los últimos nueve meses habían sido los peores de su vida. En los dos embarazos anteriores todo marchó de maravilla y se sintió mejor que nunca. Los dolores de cabeza que heredó de su madre y que comenzaron a atacarla cuando se hizo mujer, no aparecían mientras estaba encinta, pero esta gestación había producido en doña Ana el efecto contrario. Beatriz le dijo que era porque esperaba una hembra y que las sustancias vitales de ella revueltas con las de la niña provocaban una mezcolanza agresiva que daba como resultado esas terribles jaquecas que la postraron durante días enteros y que la convirtieron en una especie de sonámbula los días que podía levantarse. Beatriz, que sabía mucho acerca de los poderes curativos de determinadas piedras y plantas, llenó la casa de flores de espliego que, según aseguraba con convicción docta, espantaban la melancolía, aliviaban los dolores de cabeza y relajaban los sentidos enervados. Plantó espliego por todo el jardín y en las macetas de los balcones, colocó las flores en los jarrones de la casa y una vez que se secaban, las utilizaba para mezclarlas con las plumas de la almohada de doña Ana y para preparar con ellas tisanas y sahumerios. Los días que la jaqueca le impedía levantarse, Beatriz le frotaba el cuerpo de la cabeza a los pies con una esponja empapada en agua de espliego y, antes de que se fuera a dormir, le masajeaba el vientre preñado con un ungüento denso y oloroso producto de la maceración de las flores azules en aceite. A pesar de tanto trajín floral, el remedio del espliego no conseguía aplacar del todo las cefaleas de doña Ana y solamente servía para tranquilizarle los nervios, justo el efecto contrario del que producía en su esposo, que consideraba los perfumes símbolo de promiscuidad y aseguraba que una mujer decente no debería ir oliendo a flores si no quería levantar sospechas de concupiscencia o algo mucho peor. Según los sabios conocimientos de don Luis, sólo las brujas usaban hierbajos, y tanta limpieza corporal y tanto aroma floral la señalaban perniciosamente en la misa de la tarde.

—La única limpieza de la que se tiene que preocupar un buen cristiano es de la espiritual —sentenciaba.

Pese a todo, la posibilidad de que la flor en verdad curara de una vez por todas los dolores de cabeza de su esposa obligaba a don Luis a protestar con la boca pequeña, y a aceptar de forma prudente la parafernalia olorosa. Fue así como el aroma del espliego se impregnó en las paredes, en los vestidos, en los cabellos de las personas y en el pelaje de los animales, de modo que el palacio del Almirante y toda su comitiva rezumaban el intenso aroma de las flores azuladas, que se esparcía por la ciudad al abrir las puertas y las ventanas. El remedio que Beatriz ofreció a doña Ana para curar sus dolores de cabeza perduró como una costumbre en la familia, y durante años el perfume del espliego quedó irremediablemente unido al nombre de los Almirantes de Castilla.

Don Luis todavía no comprendía bien cuál era la razón por la que un hombre de su posición dejaba que algunos de los asuntos de la casa se le escaparan de las manos, pero cuando pensaba en ello, se daba cuenta de que hacerlo notar era reconocer que no tenía toda la potestad que debiera en su hogar, así que fingía que las cosas que sucedían en el palacio estaban totalmente planeadas por él para que ocurriesen. Eso era más o menos lo que le pasaba con Beatriz, la mejor amiga de su mujer. Don Luis no se explicaba por qué la cristiana familia de su esposa había creado unos lazos de amistad tan estrechos con una estirpe de judíos de dudosa conversión. Pero lo peor era ver cómo su consorte se empeñaba en mantener aquella unión y metía a esa mujer en su casa, poniendo en entredicho el buen hacer religioso de la familia Enríquez. A don Luis se le ponía la carne de gallina sólo de pensar que, por algún motivo, el nombre de su linaje se pudiera ver mezclado con alguna de esas nuevas doctrinas de iluminados al dejar entrar en su casa a una cristiana nueva. Parecía que doña Ana no se había percatado de las querellas religiosas que sacudían Europa desde que Lutero, veintitantos años antes, se empeñara en llevar la contraria al Papa al colgar sus noventa y cinco tesis en el portal de la iglesia del castillo de Wittenberg. Por eso el Almirante se encargó de recordárselo.

—¿Y a quién pertenece ese castillo? —preguntó doña Ana inocentemente.

—Eso es lo de menos, lo que importa es el significado de su actuación. —Se mantuvo en silencio, esperando la reacción de ella, pero explotó cuando vio que tardaba en llegar—. Ese hereje se ha dedicado a poner en entredicho nuestros dogmas, ha criticado al mismísimo Papa y las indulgencias. Por si fuera poco, parece ser que esas abominables ideas de Lutero están resultando persuasivas para algunos, y la propagación de la nueva doctrina comienza a hacerse sentir entre los príncipes alemanes. ¡No sé adónde vamos a ir a parar!

La mayoría del tiempo su esposa parecía ajena al mundo y a sus desequilibrios. Cuando él intentaba abrirle los ojos con algún alegato recalcitrante sobre temas que consideraba importantes, ella le quitaba hierro al asunto haciéndole comentarios que no tenían relación con lo que hablaban o quedándose en blanco, mirando al infinito. Le dejaba sin argumentos con unas preguntas absurdas a las que él no encontraba respuestas y que luego se le quedaban por dentro haciendo mella en su conciencia, dejándolo pensativo durante largas horas.

—Eso... ¿cómo se llama? Las indulgencias... Eso es comprar con dinero un lugar en el cielo, ¿no?

—Pues no, no es exactamente eso... —respondió un poco dudoso—. El Papa sólo dijo que se podrían condonar las penas de un alma en el purgatorio a cambio de un donativo para la construcción de la basílica de San Pedro y... bueno, la basílica es una manera de ensalzar a Dios, así que...

—Eso quiere decir que alguien, cualquier persona, sea un

ladrón o un asesino, si tiene dinero y compra indulgencias, aunque no se arrepienta... ¿puede ir al cielo, junto a Nuestro Señor?

Su tono era inocente y dulzón, como casi todo en ella. No intentaba ponerle en un aprieto con la pregunta, pero era lo que conseguía. Su mujer le hacía pensar en cosas en las que él no reparaba jamás. Imaginaba que el cielo era más o menos como una prolongación de la vida terrena en las nubes con un fondo de tonos celestes. Nunca creyó que el panadero, el pastor o los mendigos, por muy buenos cristianos que fuesen, pudieran compartir con él plaza en el paraíso. Para don Luis estaba claro que en el cielo, del mismo modo que en la tierra, habría diferencias de sangre, alcurnias y estados. ¿Por qué su esposa lo cuestionaba siquiera y por qué le hacía a él darle vueltas al asunto? ¿Qué clase de pensamientos tenía aquella mujer en su cabeza?

—¡Ves cómo hablas! Si te oyeran... No digas esas cosas delante de nadie, ¿me oyes? Andas cuestionando hasta las decisiones del Papa. Si él dice que con la entrega de limosnas para la construcción de una basílica se va al paraíso, pues se va al paraíso, y sanseacabó... y no eres nadie para contradecirlo, y ya está... ¿Acaso no va a saber él más que tú de esas cosas? —Y masculló—: Esto nos pasa por dejar entrar a tu amiga en esta casa, te llena la cabeza de horrores.

—Pero eres tú el que me lo ha contado, yo sólo pregunto...

—Voy a tener que prohibir la presencia de Beatriz en el palacio —dijo entre dientes para ver la reacción de ella—. Nuestra religiosidad es ejemplar, pero la Inquisición anda pendiente de todo el mundo... y los judíos conversos, ésos... ésos son los más observados. —Miraba a su mujer por el rabillo del ojo, pero ella ya había comenzado a torcer el gesto—. Llegan herejías desde el norte de Europa, el emperador Carlos ha tenido que cerrar las fronteras a cal y canto, y ha adquirido una obligación con el Papa por la que se compromete a reprimir a los apóstatas y... fíjate que pese a todo ya se comenta la existencia de herejes en el mismo Valladolid y...

Pero ella había dejado de escucharle desde el momento en el que nombró a Beatriz y la posibilidad de prohibir su entrada en el palacio. Cuando le hablaba en esos términos de su amiga, doña Ana cambiaba de actitud y mostraba un mohín disgustado. Ése era el único asunto por el que el Almirante se convertía en una persona firme y segura. Luchar contra la amistad que su mujer tenía con Beatriz era algo totalmente imposible, y cada vez que mencionaba el tema, su esposa lo zanjaba dejando de hablarle, ignorando su presencia, alargando los silencios durante días y comunicándose con él a través de un surtido grupo de intermediarios entre los que se encontraban los niños y la servidumbre.

—Brígida, dígale por favor a mi marido que no me encuentro bien, y que esta noche cenaré sola en mi alcoba.

Y lo decía delante de él, con la voz lo suficientemente elevada como para que la oyera, digna como nunca. Se retiraba de la mesa mientras Brígida recogía los platos y la servilleta que había caído de sus rodillas al levantarse, dejando al Almirante de un pésimo humor que iba creciendo poco a poco hasta que no conseguía soportarlo más, cedía y le aseguraba que jamás volvería a hablar de Beatriz ni de su conversa familia.

Las cosas se complicaban aún más cuando doña Ana estaba embarazada, porque su sensibilidad aumentaba en la misma proporción que su vientre. Cualquier cosa que sirviera para atenuar sus malestares, vómitos y dolores de cabeza, don Luis la hubiera aceptado, porque los desasosiegos de doña Ana bloqueaban la vida de la familia Enríquez.

Así era como la amiga de su mujer seguía presente en la casa y en la villa desde que el padre de Beatriz y toda su familia se convirtieron al cristianismo para evitar la obligación de abandonar el país cuando los Reyes Católicos dictaron el decreto de expulsión. El padre de Beatriz era dueño de un próspero negocio de importación y exportación de telas, y había inculcado a su familia que lo más importante en la vida de una persona eran su hogar y sus amigos. Su hogar era Castilla, y el padre de doña Ana, su mejor amigo. Juntos compartían días de caza, tardes de tertulia, ferias de toros y tintos en la bodega. La amistad de los dos hombres salpicó a sus familias y dio de lleno a sus respectivas hijas, que crecieron juntas en una extraña unión que las convertía en algo más que hermanas. Beatriz era una mujer dulce, sensible y siempre sonriente. El negocio familiar la llevó a convertirse en una de las modistas con más prestigio de la zona. Sus bordados y drapeados eran famosos por todo Valladolid. Inventaba trajes con ayuda de pintores y esperaba pacientemente a que las novedades italianas llegaran hasta Castilla a pequeña escala, reposando sobre muñecas que servían de modelos. Ella fue la encargada de confeccionar el traje que doña Ana lució el día de su boda en la iglesia de San Francisco, justo enfrente de la casa que sería su hogar.

Casi todas las tardes Beatriz se encaminaba hasta el palacio de los Almirantes y cosía sus encargos junto a doña Ana, sólo por el placer de disfrutar de la mutua compañía. La amistad entre ambas iba más allá de la charla de mujeres, se había convertido en una compenetración casi mística. Doña Ana no hablaba mucho y siempre parecía un tanto ausente, pero no importaba, porque ese vacío de palabras lo llenaba Beatriz con el ritmo de las suyas. Se pasaba la tarde poniéndole al día de los chismorreos que circulaban por la villa, salpicando las historias con refranes acordes para que todo quedara perfectamente explicado. Doña Ana asentía sonriendo, a pesar de que en la mayoría de las ocasiones no supiera de quién le estaba hablando, porque era tremendamente despistada para recordar los nombres de la gente.

Las dos se quedaron embarazadas a la vez, según dijo Beatriz, porque la fase lunar que regía sus menstruaciones, embarazos y alumbramientos se había sincronizado de tanto permanecer juntas. Beatriz dio a luz dos semanas antes a un hermoso niño rubio al que llamaron Alfonso, que nació tan alegre y despierto como sus padres. El marido de Beatriz, Rafael, era un hombre dicharachero y propenso a la broma fácil. Su carácter contrastaba con el de la gente de la zona, pero a pesar de ello todo el mundo lo respetaba y confiaba en sus predicciones sobre la aparición de las lluvias porque su rodilla, desde que se cayó de un caballo, no le fallaba nunca. Poseían campos de trigo a los que Rafael incorporaba de cuando en cuando novedades agrícolas que imaginaba para mejorar la producción. De él fue la idea de triturar las cagarrutas de las ovejas y mezclarlas con agua para conseguir un buen abono. Al parecer, el estiércol de los bueyes a veces era insuficiente; en cambio, había ovejas defecando por todas partes. Aunque era una buena idea, el engorro que suponía la producción del original fertilizante no atraía para nada al resto de los labriegos y, pese a las múltiples ventajas que Rafael se encargó de proclamar a los cuatro vientos en los lugares de reunión de la villa, el invento sólo lo probó él y en fase experimental. También fue Rafael quien primero se informó sobre el cultivo de maíz y patatas que había llegado como novedad desde el Nuevo Mundo. Por lo visto, el maíz era un producto con grandes posibilidades, algo así como el cerdo, pero de origen vegetal. Lo podían comer los hombres, los animales y las aves, y la hoja verde del maíz permitía purgar a los caballos. Con sus granos se podía hacer pan, gachas, galletas... En el Nuevo Mundo esa semilla era como el trigo en Castilla, y sus hojas y harinas servían para la alimentación y engorde de la ganadería.

Solamente había una cosa que enojaba a Rafael, y era la manera en que el nuevo Almirante de Castilla se empleaba en la administración de Medina de Rioseco. Según él, en su afán por complacer al rey, el Almirante exigía unos impuestos demasiado gravosos para los recursos de la villa. Para Rafael, don Luis era un hombre de la corte que mejor haría si se marchara a vivir cerca del monarca. A pesar de eso, ambos tenían algo en común, existía entre ellos un lazo de unión inquebrantable: sus inseparables esposas, y eso ligaba sus vidas aunque ellos se consideraran la noche y el día.

—Es una niña, don Luis. Ya puede vuesa merced pasar a verlas.

La rubicunda comadrona marcaba el paso delante del Almirante y sus hijos con sus robustas y cadenciosas caderas, mientras se dirigían al dormitorio de la madre a ritmo procesional como si les hubieran colgado un sambenito. Nada más entrar, les dio la impresión de que el tiempo se había parado en aquella habitación. Antes de que el Almirante y sus hijos llegaran, la comadrona y su asustadiza sobrina habían limpiado concienzudamente cualquier posible rastro sanguinolento del parto. La niña había tomado el pecho por primera vez y dormía plácidamente mientras su madre descansaba en la cama, aturdida por el dolor que le entraba como una aguja de calceta por el ojo derecho y atravesaba su cerebro hasta salir por la nuca. Doña Ana yacía inmóvil, con el cabello extendido sobre la almohada, con los ojos cerrados y el ceño fruncido. A su lado, una cuna recubierta de tules protegía a la recién nacida del haz de luz suave que entraba por el hueco de las contraventanas, como un rayo en el que flotaban brillantes las motas de polvo que volaban por la habitación. El aroma, la luz, el blanco de las sábanas... todo daba al conjunto el aspecto de lo que debía de ser la paz celestial. Se asemejaba a las imágenes religiosas de la iglesia del convento de San Francisco que la familia había hecho construir años antes, justo enfrente del palacio, con la intención de proteger a la estirpe de todo tipo de males. Eso confortó a don Luis y le pintó una sonrisa mientras se asomaba para ver a su recién estrenada hija. Levantó las sabanitas y el orgullo despuntó en su rostro. Era justo lo que tenía que ser, un bebé, sin más. Era perfecta, con sus dos bracitos, sus dos piernecitas, con los cinco dedos al final de cada extremidad y, por supuesto, sin rastro de escamas.

Los dos niños se acercaron a la cuna. Luis, el mayor, tenía ya ocho años y podía observar con facilidad en el interior de aquel nido para recién nacidos, pero el pequeño Rodrigo, tres años menor y dos palmos más bajo, se tuvo que conformar con atisbar algo mientras se agarraba al borde del moisés y elevaba al máximo los talones, lo justo para que la pecosa nariz recibiera el aroma de su hermana, una mezcla entre la piel nueva y el espliego que se había filtrado a través del vientre de su madre tras los untuosos masajes diarios.

—¿De dónde ha salido? —preguntó Rodrigo intrigado.

—La cigüeña os ha traído una hermanita —dijo don Luis en tono paternal sin apartar los ojos de la recién nacida.

A Rodrigo aquello le pareció sorprendente. Llevaba ya un tiempo observando a esos pájaros de enorme pico que se instalaban en el campanario de la iglesia y muchas tardes había intentado derribarlos a pedrada limpia sin conseguirlo. Se preguntó por dónde podría haber entrado sin que su perenne vigilancia lo hubiese detectado.

—¿Dónde está la cigüeña?

Don Luis le lanzó una mirada reprobatoria que mantuvo hasta comprobar que el pequeño se había amedrentado, y después se dirigió a su mujer, que permanecía con los ojos cerrados, ajena a todo y a todos.

—¿Qué tal si la llamamos Mariana, en honor a Nuestra Señora?

—Bien.

—Entonces hablaré con el cura, que no quiero que tengamos sorpresas. No sea que ocurra algo, el Señor no lo quiera, y esta pobre alma se condene por no estar bautizada.

La noticia del nacimiento voló hasta la casa de Beatriz, que esa misma tarde se encaminó al palacio de los Almirantes. Brígida, la sirvienta de toda la vida famosa por su tendencia a la exageración, acudió a abrir con su cara de susto más sobresaltada aún que de costumbre. Ella se había encargado de criar al padre de don Luis, a don Luis y ahora cuidaba de los hijos de don

Luis. Cuando la puerta del palacio se abrió, el llanto de un bebé se extendió por los pasillos de piedra y descendió las escaleras para saludar. Era un sollozo desesperado y angustiante que lo encharcaba todo.

—No hemos encontrado nodriza, doña Beatriz, y la señora está hoy muy mal con los dolores de cabeza...

Beatriz subió las escaleras lo más rápidamente que pudo. Al abrir la puerta del dormitorio de su amiga, la encontró sentada en el borde de la cama, con los ojos cerrados y el cabello enmarañado por los tirones de pelo que la mujer se daba en un intento vano de arrancar de ese modo el dolor. La niña se agitaba sobre el regazo de su madre, llorando impaciente, muerta de hambre, sofocada y con los puños cerrados en señal inequívoca de protesta. Doña Ana apenas atinaba a desabrocharse el camisón, en una lucha infructuosa por alimentar a su hija, para que de esta forma dejara de llorar y de producir ese ruido ensordecedor que se clavaba como puñales en su cabeza. Beatriz se acercó y se situó de pie frente a ella, colocó los dedos en las sienes de doña Ana y comenzó a trazar círculos con ellos, despacio, muy despacio. Ana emitió un ligero gemido y apoyó la frente en el vientre de su amiga, mientras unas plácidas lágrimas surcaban sus mejillas. Permanecieron unos minutos así, hasta que el cosquilleo de los dedos hizo que la recién parida cerrara los ojos y suavemente se fuera recostando hasta quedar tumbada sobre las almohadas. Después Beatriz tomó a la niña, se sentó en la cama de su amiga y comenzó a desabrocharse el jubón. Mariana se aferró ávidamente al pecho que le estaban ofreciendo y el silencio reinó de nuevo en el aposento.

—A partir de ahora lo haré yo. No se lo diremos a nadie —dijo Beatriz mirando a Ana.

Mariana fue afortunada. Mucha gente no tenía madre pero ella tuvo dos a la vez. Una que le trajo al mundo entre enloquecedores dolores uterinos y encefálicos, de la cual heredó el cabello oscuro y ondulado, el porte gentil de dama noble, las manos delicadamente blancas, el talle breve... y otra que le otorgó el alimento lácteo de su propio cuerpo, en el que iban disueltos el optimismo, la pasión y la fuerza de espíritu. Gracias a sus dos madres, Mariana creció fuerte y sana. Beatriz se encargaba de colocar todas las semanas entre las sábanas de la niña pequeños amuletos contra las enfermedades, los males de ojo y cualquier otra amenaza que pudiera afectar a su buen desarrollo. Ana dejaba hacer a su amiga, a pesar de no creer demasiado en esas cosas y del miedo que le producía pensar qué ocurriría si su marido encontraba los talismanes paganos, pero Beatriz le aseguraba que eran efectivos, y el convencimiento de ésta obligaba a Ana a transigir.

Bajo la protección de las dos mujeres, Mariana pasó los primeros años de su vida en un ensimismamiento dulzón, casi perfecto, donde no existían los peligros, la maldad o la pobreza, donde el azul perfumado del espliego llenó toda su existencia.

2

El lazo de la leche resultó más firme que el de la sangre; por eso Mariana se hizo inseparable de Alfonso, mientras que Luis y Rodrigo se convirtieron en meras sombras de su vida infantil.

La edad y el talante natural de los hermanos tampoco favoreció el amor fraternal. Luis era demasiado mayor para entretenerse con Mariana cuando ella fue capaz de mantener un cierto ritmo en los juegos, y además apenas reparaba en la presencia de su hermana porque aquella niña pecosa y flacucha le parecía tan poco interesante como las cortinas verdes del salón o las recetas de cocina de Brígida. Además el primogénito del Almirante siempre fue demasiado serio para su edad, un rasgo intrínseco de su carácter que reforzó la estricta educación recibida, que pasaba por el *trivium*, *el quatrivium*, la urbanidad, la buena conducta, el latín, el griego, el canto y la danza. Las enseñanzas elitistas, unidas al aspecto elegante heredado de su madre, lo convertían en un cortesano ideal de delicada donosura y refinadas costumbres. Se pasaba el día en clase con su instructor para poder llegar a ser un buen noble, heredero del título de almirante y duque de Medina de Rioseco, que la descendencia de los Almirantes de Castilla recibiría según una disposición regia. El adiestramiento del niño era ejemplar. A la hora de las comidas, su exquisito uso del aguamanil y la sutileza al trocear las frutas, el queso de oveja y los dulces de miel, mientras se mantenía erguido como un palo en su silla, apocaban a Mariana. Ella procuraba emularlo sentándose más estirada y utilizando con mayor finura sus cubiertos, pero la mayoría de las veces su concentración se desvanecía en la tercera cucharada de sopa.

Mariana tampoco sentía mayor predilección por él. Su hermano Luis era un ser extraño que rondaba por la casa y con el que apenas tenía contacto. Nunca fue con ella ni demasiado cariñoso, ni demasiado esquivo, ni demasiado firme, ni demasiado nada. Todos sus sentimientos guardaban un régimen severo de contención expresiva. Gracias a eso, el pequeño Luis ejercía con un perfecto control sobre cada una de las manifestaciones emotivas que podía experimentar un ser humano, y alcanzó tanta práctica para mostrar indiferencia ante las vicisitudes de la vida que llegó a dominar cualquier impulso que pudiera convertirle en un simple mortal ante los ojos de los demás. Al llegar a la edad adulta había pasado tanto tiempo recatando emociones que dejó de sentirlas y se volvió un ser prácticamente inmune al dolor físico y al mental, aunque, del mismo modo, no alcanzó jamás a percibir de pleno el placer, el amor o la dicha, pero eso no parecía importarle. Para él, cualquier debilidad humana hubiera dado al traste con su nobleza. Con el paso de los años Mariana se preguntó muchas veces cómo alguien que llevaba su misma sangre le podía resultar tan ajeno.

Por el contrario, el segundo hijo del Almirante era proclive a las emociones fuertes. Rodrigo apedreaba a los mendigos, robaba al bodeguero y cambiaba las cosas de lugar sólo por la satisfacción de ver a Brígida volverse loca buscándolas. Se hizo cómplice de una pequeña patulea de mocosos maleantes y en cuanto podía burlar la vigilancia de sus padres, escapaba con ellos para gamberrear por los alrededores de la villa. En una ocasión le sacó el ojo a una niña con un tirachinas y el suceso, lejos de amedrentarle, le sirvió para comenzar a medir de qué actos podía o no salir impune gracias al poder de su padre. Trasteaba tranquilo con la seguridad de que su alcurnia le sacaría las castañas del fuego en el caso de que sus barrabasadas se complicaran demasiado. A pesar de que Rodrigo acudía a las clases formativas con Luis, no parecía asimilar tan bien como su hermano los conocimientos.

—Cada persona es un mundo, Almirante —replicaba el instructor cuando el padre le reclamaba la diferencia educativa entre ambos muchachos—. El joven Rodrigo es poseedor de otras virtudes que seguramente no tardaremos en descubrir.

Pero los ojos verdes del niño, seña de identidad de la familia Enríquez, asomaban a su cara con un inquietante brillo de fechoría perpetua, indicando, sin lugar a dudas, que sus bondades tardarían en descubrirse, si es que se descubrían en algún momento. Rodrigo sentía una extraña predilección por los pequeños seres que había a su alrededor. Cazaba ranas, pájaros, arañas y lagartijas y los sometía a toda clase de torturas hasta que lograba sacarles una confesión de herejía que dejara satisfecha su retorcida mente. Las criaturas indefensas le atraían de forma especial y frente a ellas se sentía superior. Para desgracia de su hermana, en el palacio, aparte de los insectos y los gatos, el único ser más pequeño que él era Mariana. Por eso, desde el día en que se asomó por primera vez a su cuna, la consideró una posible víctima y se sintió su dueño absoluto, como si la única razón por la que aquella criatura hubiera llegado al mundo fuese para que él pudiera mortificarla. Las persecuciones de Rodrigo agobiaban de tal manera a la niña que comenzó a temerle más aún que al hombre del saco, que ya de por sí resultaba bastante terrible, según las exaltadas descripciones que Brígida le hacía antes de dormir.

La personalidad de sus hermanos, si bien tan opuestas, consiguió abrir un profundo abismo de indiferencia en el corazón de Mariana. Por mucho que sus padres se preocuparon de mostrarles la trascendencia de la estirpe, la fuerza de la sangre y la imposibilidad de romper con la unión inquebrantable del amor fraterno, ella apenas consiguió sentir aprecio por Luis y Rodrigo. Por el contrario, cada día estaba más unida a Alfonso. Beatriz seguía pasando las horas en el palacio con doña Ana, pero ahora ya no venía sola, para desazón del Almirante, que veía cómo la familia de judíos conversos se multiplicaba y crecía precisamente dentro de su hogar. Todas las tardes, la amiga de doña Ana se plantaba en el palacio con hilos, telas, agujas y su pequeño Alfonso de la mano. El niño se estaba convirtiendo en un ser risueño y encantador que trepaba las escaleras en busca de Mariana en cuanto se abría la puerta del palacio. Para ella, ése era el mejor momento del día. Se olvidaba del aburrimiento matutino, de las horas encerrada en la cocina viendo cómo Brígida arrancaba las plumas de los pollos y les sacaba las entrañas a las truchas, se olvidaba de los azoramientos buscando un escondite que la mantuviese oculta de Rodrigo y le evitara convertirse en el blanco de sus planes para esa jornada. Al terminar de comer, Mariana se revolvía inquieta en la silla porque sabía que faltaba poco para que Alfonso llegara. Cuando oía la puerta, corría a esconderse entre las pesadas cortinas de los pasillos y le esperaba ansiosa con la respiración entrecortada, hasta que él apartaba de golpe la tela y los dos chillaban asustándose el uno al otro, exaltados, arrebolados y ansiosos. Juntos pasaban las jornadas enfrascados en juegos infantiles que inventaban por pura casualidad, con una imaginación sólo posible en menores de seis años. Organizaban fiestas en las que ellos y los muñecos de Mariana eran los invitados, y servían agua con tierra en sustitución de la bebida regalada por los dioses a los hombres, que llegaba como un tesoro desde del otro lado del mundo y que, según decían, era propia de reyes, nobles y guerreros. Mariana hacía como que bebía de la taza, pero el que en realidad sorbía siempre un poquito de la fangosa mezcolanza era Alfonso que, metido totalmente en el papel, imaginaba que era chocolate de verdad. Esa costumbre le causó más de un problema gástrico. Los días en aquellos tiempos pasaban lentos, muy parecidos los unos a los otros. Cuando Mariana creció e hizo un repaso de su vida infantil junto a Alfonso, llegó a la conclusión de que todo comenzó a cambiar el día que su padre tomó conciencia de su existencia real como personas.

Una tarde de verano, los niños se dedicaron a observar a las hormigas del jardín y, ante su sorpresa, descubrieron la variedad cromática de los afanados insectos. Las negras les parecieron terribles, sucias y feas, pero las rojas resultaban fascinantes y, dado su pequeño tamaño, los críos las veían como criaturas desvalidas frente a los gigantes negros de sus congéneres. Por eso se decidieron a salvarlas. Encontraron una caja vacía en la despensa de la cocina y comenzaron a montar un criadero. Atraparon todas las que pudieron y las colocaron debajo de la cama de Mariana considerando que ése era uno de los secretos que debían mantener oculto a los mayores. Por las tardes salían de cacería por el jardín para conseguir escarabajos y gusanos con los que llenar la despensa de sus inquietas mascotas. Se sentían contentos, con un regusto de madurez al ser responsables de la vida de otros seres, por muy pequeños que éstos fuesen. Todo fue bien hasta que las hormigas acabaron hartas del encierro involuntario e invadieron el palacio buscando los rayos solares. Tardaron una semana en tomar posesión de la habitación de Mariana y dos días más en hacerse visibles para el resto de los habitantes de la casa. Cuando Brígida reparó en la presencia de los intrusos puso el grito en el cielo. Comenzó con su plan de ataque a los insectos hasta que encontró la fuente de la que provenían y comprendió que esa edificación no había llegado sola hasta el interior del palacio. Mariana lloró como una posesa cuando se percató de la matanza insectil. Las pataletas, berrinches y gritos de «asesinos, asesinos» de la niña descubrieron quién se había encargado de transportarlas hasta allí.

Ésa fue la primera vez que don Luis se planteó la educación de su hija. Según su criterio, la niña se estaba criando como una aldeana a causa del tratamiento amerengado que recibía por parte de las mujeres de la casa, al que por desgracia se había unido la influencia de las malas compañías. Pero el golpe definitivo estaba por llegar.

Dos veces al año, Medina de Rioseco vivía uno de sus grandes momentos con la celebración de una feria que era la envidia de toda la comarca. El ambiente de los jueves de mercado se multiplicaba durante veinte días de marzo y otros veinte de noviembre. Brígida aprovechaba la feria para adquirir los artículos más variopintos, chismorrear a sus anchas con los comerciantes y encontrar los componentes necesarios para elaborar sus famosos guisos. Uno de ellos, el manjar blanco sobre capones, llevaba algunos ingredientes que, pese a no ser demasiado extravagantes, no solían hallarse con facilidad: almendras blancas, zumo de agraz, raíz pelada de jengibre, azúcar blanca y agua de rosas, aunque esta última la podía fabricar ella misma con las rosas del jardín del palacio o podía sustituirla por agua de espliego en el caso de que la señora doña Ana se encontrase mal.

Uno de esos días de feria, Brígida se llevó a Mariana con ella. La niña, que habitualmente salía poco del palacio, abrió los sentidos al bullicio, al movimiento alrededor de los puestos, al sonido de los bolillos de la mujer que vendía encajes, golpeando unos con otros, a los olores de ganado porcino y manzanas asadas mezclados en el aire. La niña se sentía apabullada con tanta gente cerca porque todo el mundo allí parecía demasiado alto, sucio, estrafalario y desconocido. Se aferraba fuertemente a la mano de Brígida mientras ésta discutía con sus aspavientos habituales el precio de los géneros; agitaba tanto las manos para hablar con los mercaderes que la niña se dejaba arrastrar por las sacudidas y se movía de un lado a otro como una muñeca de trapo.

Vio desfilar a extraños personajes que caminaban subidos en zancos, haciendo juegos malabares con bolas de madera que no se caían nunca, a un desdentado con barba medio canosa y uñas renegridas que daba volteretas a cambio de unas monedas, a un muchacho que llevaba atado un perro marrón con sombrerito de paja que caminaba sólo con las patas posteriores, venciendo todas las leyes de equilibrio canino. Brígida le daba un tirón cada vez que sonaba la campana que anunciaba a un leproso o cuando se paraba con la boca abierta frente a alguno de los malabaristas. Pero lo que más le impresionó a Mariana fue la narración de un hombre que explicaba a las gentes a golpe de laúd hazañas increíbles ocurridas en un lugar lejano, repleto de prodigios, de oro y plata, de piedras preciosas y pájaros de mil colores.

Un reino insuperable,
un país de maravillas
de fabuloso paisaje,
y de laguna afamada,
montes de fúlgido oro
y de rutilante plata...

Llevaba consigo un gran cartelón donde aparecían dibujadas las escenas más destacables de lo que narraba en verso, con imágenes en las que se ensalzaban las riquezas del Nuevo Mundo, no sólo materiales y pecuniarias, sino también de gentes y razas, y lo que no hacía soñar a unos, hacía soñar a otros.

Hidalgos hay en las Indias,
carentes de esposas blancas,
aunque abundantes cobrizas
su ardiente lujuria calman...

Los ciudadanos atendían a todo lo que el juglar describía con suma curiosidad, deseosos como estaban por descubrir cómo era aquel lugar que pertenecía al reino, pero que a sus ojos resultaba tan lejano y desconocido como la misma luna.

Y hubo bodas muy felices
que exaltó un genuino amor.
(*Muy probable que el promiscuo*
conquistador español
no renunciase a sus indias
tan pródigas en el amor.)

Y esa última parte la recitaba haciendo ademán de pedir silencio, con la voz susurrante, agachándose y poniendo el dedo índice frente a sus labios como si de un secreto se tratase, haciendo brotar las risas pícaras de la gente que lo escuchaba.

Mariana miraba hechizada al maravilloso narrador. Su embobamiento le hizo perder el miedo a la multitud y pronto dejó de ver y oír al resto de la gente porque ante sus ojos sólo se hallaba ese hombre y su rítmica historia. Él parecía conocerlo todo, y ella quiso saber más de lo que ocurría en aquel lugar de prodigios inauditos. Quería saber lo que él sabía. Brígida no percibió que la manita de la niña se escurría de la suya de la misma manera que el agua de una fuente se escurre por los dedos cuando se la intenta atrapar. La mujer estaba demasiado enfrascada en el fragor de una discusión con un comerciante de especias para darse cuenta de que la niña se deslizaba suavemente y volaba hacia el contador de historias. En un instante apenas perceptible, desapareció entre el bullicio, y a pesar de que pasó muy poco tiempo desde que Brígida dejó de sentir la manita hasta que comenzó a mirar en todas direcciones, no hubo manera de hallarla. La mujer apartaba a la gente que encontraba a su paso a manotazo limpio, con una insoportable angustia que la estaba llevando al borde mismo del desvanecimiento. El calor la sacudía por dentro, pero percibía sus manos sudorosas y heladas. La sangre se le agolpó en el rostro y empezó a verlo todo borroso, como si una nube se le hubiese metido por los oídos e instalado dentro de la cabeza, impidiéndole distinguir a Mariana del resto de las niñas que pasaban por su lado. Recorría las calles sofocada, a voz en grito, lanzando aspavientos y ruegos al Señor, pero poca gente le prestó atención a causa de la algarabía del mercado, y porque su exageración ante cualquier problema era más que conocida en la villa. Buscó desesperadamente entre los tenderetes y las personas que cubrían las calles, pero una niña de seis años era difícil de hallar entre la multitud. Sintió un miedo atroz a que algo le ocurriera, pero intentó no perder la esperanza de que alguien la encontrara, reconociera la alta alcurnia de la niña, la identificara por el inconfundible olor a espliego y la llevara al palacio movido por la posibilidad de una generosa recompensa.

Al fin se convenció de que ella sola no podría encontrarla entre tanto alboroto y de que cuanto más tiempo pasara sería mucho peor. A veces se oían cosas terribles sobre niños robados en los mercados, y la angustia ante esa posibilidad le hizo temblar de miedo. Regresó al palacio envuelta en lágrimas, sin apenas poder balbucear lo que había ocurrido.

—Fue por mi culpa, señor... ¡La niña! No sé dónde está...

Don Luis sintió que la tierra desaparecía bajo sus pies, y de no haber sido porque quería a Brígida como si fuera una madre, la hubiera abofeteado allí mismo. Movilizó a sus escoltas, al maestresala, a su hijo mayor, al jardinero y a todos los que se encontraba en su camino. Salieron a buscarla por las calles bulliciosas de una villa en feria que se apartaba al paso del Almirante y sus hombres.

Doña Ana, que nunca perdía la compostura, se quedó inmóvil, incapaz de reaccionar ante la noticia. Intentó recordar cuáles eran las últimas palabras que le había oído pronunciar a su hijita ese día, pero no se acordaba. Recordaba que le había puesto un lazo en el pelo, que le había hecho prometer que se portaría bien, pero no se acordaba de si la había besado antes de despedirse; lo pensó y repensó, pero no se acordaba. Le dio tantas vueltas que comenzó a sentir el habitual dolor punzante atravesando su cabeza de lado a lado. Supo que sólo se encontraría mejor si su amiga permanecía junto a ella, capaz como siempre de aliviarle los dolores del cuerpo y del alma, y por eso mandó a buscarla. Beatriz, una vez enterada de la noticia, llamó a Rafael para que acudiera también a rescatar a la niña. Lo único que las mujeres podían hacer era esperar que sus plegarias fuesen escuchadas y que el Señor mostrara a los hombres el camino para encontrarla.

Tres largas horas duró la búsqueda de Mariana. Rafael apareció con ella de la mano dando saltitos, más sonriente que nunca, repitiendo la cantinela que había aprendido del juglar, ajena al revuelo que su ausencia había levantado. Cuando don Luis se enteró de que la niña ya estaba en casa, regresó con unos terribles nervios instalados en la boca de su estómago, sin saber a quién pedir explicaciones, con la sensación de que había cosas que su elevada posición no podía controlar. Llegó al palacio todavía con el susto recorriéndole los músculos del cuerpo. Pero su encuentro con Mariana, lejos de tranquilizarlo, le hizo perder aún más la compostura, que ese día parecía querer abandonarlo del todo. Su hija y Alfonso jugaban debajo de la mesa, mientras los demás charlaban sosegados como si de una reunión de comadres se tratase. Parecía que no había ocurrido nada y eso crispó los nervios del Almirante.

—¿Qué ha pasado? ¿Dónde estaba? —espetó intentando impregnar el momento de un poco de severidad.

—La ha encontrado Rafael —dijo su esposa sonriente con la esperanza de que el rescate mejorara las relaciones entre las dos familias.

Rafael consideró que ése era el momento oportuno para explicar dónde había encontrado a la niña, antes de que el Almirante le preguntara.

—Se marchó con el juglar. El hombre iba de calle en calle

contando su historia y la niña lo acompañaba sujetando el palo que señalaba las viñetas. Por eso era difícil encontrarla, porque cambiaban de calle a cada rato y...

—¿Mi hija se fue con un juglar? —interrumpió a grito pelado—. ¡Quiero que lo busquen y que lo detengan! ¿Qué pretendía hacer ese hombre? ¿Llevarse a mi hija?

La voz del Almirante iba subiendo de volumen a cada frase. Su ira era la manifestación del susto por la desaparición de la pequeña, de la vergüenza por no ser él quien la había devuelto al hogar, del enojo por saber que la había encontrado alguien a quien no aceptaba de buen grado y de la rabia porque todo el mundo parecía feliz cuando las cosas ese día se habían salido de los cauces que él consideraba aceptables.

Mariana continuaba debajo de la mesa, pero oyó los gritos de don Luis y se echó a temblar. Su padre nunca había empleado un tono de voz tan alto, e intuyó que lo que le tenía tan enfurecido lo había provocado ella; de hecho a lo largo de aquel extraño día, ella fue la protagonista absoluta de todo.

Con un movimiento rápido, don Luis se agachó, levantó el mantel que cubría la mesa del salón y de un manotazo atrapó el vestido de la niña. Asustada, se abrazó con fuerza a Alfonso, pero la determinación del Almirante arrastró por el suelo de mármol a los dos niños hasta que consiguió que salieran. Ella temió que le pegara y se tapó la carita con los antebrazos mientras su padre la tomaba por los hombros zarandeándola de atrás adelante.

—¿Es que quieres matar a tu madre? ¡Tu madre está enferma y mira cómo te comportas! Ya se acabó la vida que has llevado hasta ahora. A partir de este momento actuarás como una dama de tu clase. Dejarás de jugar a todas horas y aprenderás cómo se comporta una señorita.

Mariana hipaba y gimoteaba, más por el susto que por el meneo, que no resultaba doloroso. Los presentes no se atrevían a mediar en esa pequeña pelea que el Almirante tenía con él mismo disfrazado de su hija.

—Mañana ingresarás en el convento para que te instruyan las monjas. Haremos de ti una auténtica dama. No volverás a pasar esas prolongadas tardes de ocio al lado de... —vaciló un momento al darse cuenta de que se encontraban delante los padres de Alfonso y que precisamente ahora les tendría que dar las gracias— al lado de tu amigo. ¡Se acabaron los juegos!

La niña consiguió zafarse de la garras de su padre y se lanzó a la carrera hacia las pomposas y protectoras faldas de Ana y Beatriz. Don Luis mientras tanto disimulaba, como si aquello no le importase, como si su corazón no estuviera latiendo al doble de su velocidad habitual por culpa del desenfreno. Intentó aparentar frialdad y autodominio. Se acercó a Rafael y procedió con lo que él consideraba un agradecimiento.

—Me gustaría recompensarle por lo bien que me ha servido...

Rafael no dejó que siguiera hablando. Sintió que si le dejaba continuar la frase, acabaría por sentirse ofendido con lo que iba a escuchar.

—No me lo agradezca. Beatriz quiere a Mariana con todo su corazón, ella me pidió que fuera a buscarla. Me siento recompensado con verles felices de tener a la niña en casa. Y ahora, si nos disculpan, tenemos que retirarnos.

Cuando la familia de Beatriz abandonó el palacio, Brígida, que no había parado de llorar en toda la tarde, suplicó a don Luis que no llevara a la niña al convento.

—Yo soy la única culpable de lo ocurrido —dijo entre hipidos—. Soy yo la que merece el castigo, y no la niña por mi culpa. —Y siguió llorando postrada a los pies del Almirante, aferrada a su mano por ver si así se ablandaba.

Ése fue el único momento de todo aquel fastidioso día en que don Luis se sintió bien. Al fin tuvo la sensación de que manejaba su vida de nuevo. Se deshizo con un fingido ademán distraído de Brígida, dejándola con la palabra en la boca y las lágrimas en los ojos, mientras mascaba su satisfacción y su complacencia nobiliaria. Pero cuando se quedó solo, tuvo de nuevo esa desagradable sensación de haber sido derrotado por la impotencia, la falta de control y el miedo al qué dirán. De pronto sentía un inmenso pesar por haber chillado a Mariana.

Esa noche fue doña Ana la que acostó a su hija, que todavía gimoteaba sin comprender bien el castigo desmesurado de la expulsión del hogar. Suponía que había hecho algo espantoso, aunque no sabía exactamente qué era. Pensó cuántas otras cosas espeluznantes podría hacer el resto de su vida sin saber que lo eran.

—Madre, yo no quería matarla.

—Lo sé. No me pasa nada, ¿lo ves? Rezaremos juntas para que tu padre mañana quiera hablar con nosotras sobre lo del convento.

Mariana apenas pudo dormir esa noche. Le dio vueltas y vueltas a la cabeza, intentando averiguar cuál de las cosas que había hecho era la que podía haber matado a su madre. Nadie le decía cuál era y ella comenzaba a sentir la desazón de no distinguir con claridad lo bueno de lo malo. Sabía que había un infierno al que iban las personas que cometían pecados, los herejes y las brujas que volaban con escoba. No sabía lo que era un hereje, pero sí había visto brujas alguna vez. Surcaban el cielo en plena noche y pasaban volando delante de su ventana. Brígida se las enseñaba asegurándole que vendrían a llevársela si no se dormía. Pero ella no podía volar en escoba, por eso sabía que no era una bruja; estaba claro que no era por brujería por lo que se la podía llevar el demonio. Había visto representaciones de las almas penantes en la iglesia, dibujadas dentro de las calderas del infierno. Eran hombres y mujeres con la piel llena de llagas que gritaban desesperados entre las castigadoras llamas, con las manos colocadas en señal de súplica, pidiéndole al Todopoderoso clemencia y perdón. El padre Bernardo las mostraba a sus feligreses con una mezcla de devoción y orgullo a la hora de sus sermones más recalcitrantes, y a veces un brillo lujurioso afloraba a sus ojos cuando hablaba de los castigos divinos. Cuando Mariana veía los sufrimientos de aquellas gentes, pensaba que sus pecados debían de ser inmensamente graves para que el Señor les condenara con semejante dureza. Por eso estaba preocupada. Había cometido un pecado sin darse cuenta, y según su padre podría haber matado a su madre, lo que quería decir que en cualquier momento uno de sus actos podría causar una auténtica catástrofe sin que ella tuviera las riendas del asunto. Rezó con pasión en la oscuridad de la alcoba, pidiéndole al Señor perdón y conocimiento para discernir entre lo que era o no pecado.

Mariana tuvo terribles pesadillas. En ellas un grupo de malabaristas desdentados, acompañados por una cuadrilla de perros bailarines, velaban a su madre muerta porque ella había escuchado la historia de un Nuevo Mundo que un hombre narraba en la feria a cambio de dinero.

3

Fue poco lo que don Luis pudo hacer ante la negativa tozuda acompañada por la avalancha de lloros, súplicas y caras largas que las mujeres del palacio utilizaron para impedir que Mariana se fuera al convento. En el fondo fue un alivio porque el Almirante tampoco estuvo nunca convencido del todo de la decisión que el nerviosismo del momento le había obligado a tomar. De hecho se alegró de que se resistieran; de esa manera no parecía que fuera él quien se había ablandado sino que eran su bondad y su magnánima capacidad de perdón las que permitían que Mariana permaneciera dentro del hogar familiar. A pesar de ello, el Almirante se mantuvo firme en su decisión y sentenció que ése era el momento adecuado para que su hija comenzara a instruirse si quería llegar a ser una dama noble que resultara buena esposa. Las mujeres asintieron encantadas. Estaban dispuestas a acatar lo que él dijese siempre que no comportara sacar a la niña de la casa. Aquello proporcionó a don Luis la oportunidad de disfrutar del regusto placentero de la recuperación del poder. Obligó a su hija a incorporarse a las clases con sus hermanos y ocupó por completo sus horas diarias con una táctica que él consideró digna del mejor conspirador: conseguir que la educación de la niña fuese la adecuada y librarse de la presencia diaria de Alfonso en la casa sin que su mujer y su amiga se sintiesen ofendidas.

Mariana aprendió a leer y escribir en latín, descubrió los secretos del bordado y la costura con Beatriz y su madre, consiguió mantenerse firme encima de un caballo, gracias al equilibrio más que a la presión de las rodillas, y emprendió su educación musical porque en la corte se consideraba de suma elegancia que una joven de su alcurnia tocara un instrumento. Don Luis hizo traer desde Flandes un virginal, una especie de clavicordio pequeño y manejable que eligió más por el nombre que por el sonido que emitía. Al Almirante le pareció que resultaría muy evocador comentar en las reuniones sociales que su hija era una virtuosa del virginal. Pero a pesar del esfuerzo y el interés que él ponía en que la niña consiguiera arrancar del instrumento una composición melodiosa, ella nunca llegó a tocarlo con demasiada destreza y se esforzaba más por contentar a su padre que por que sintiera una predisposición rítmica innata. Doña Ana decía siempre que el Señor había agraciado a Mariana con múltiples dones, pero que entre ellos no se encontraba el sentido musical, porque carecía de buen oído.

El instrumento consistía en un cajón de madera con teclado en cuyo interior un prestigioso pintor italiano había plasmado la diversión inocente de un grupo de jóvenes en plena jornada campestre. Se colocó en el gran salón como un mueble más y se dejaba habitualmente abierto para que el paisaje representado en la tapadera pudiera apreciarse con facilidad. Gracias a ello, la nimiedad de que Mariana tuviera muy poco ritmo en el cuerpo dejó de ser importante, puesto que aquel aparato servía para adornar la sala. El paisaje boscoso del virginal era lo que más le gustaba a Mariana del instrumento, y a veces se sentaba frente a él, posaba los dedos en las teclas y se imaginaba a sí misma merendando divertida en un claro de bosque, soñando despierta con imposibles. Con el paso de los años Mariana se dio cuenta de que entre el virginal y ella existía un hilo invisible que los unía haciéndoles inseparables. Ese artilugio había llegado a su vida para ser una especie de cómplice silente, aunque, eso sí, pocas veces lo utilizó como instrumento musical.

Pero de todas las cosas que Mariana aprendía en sus clases lo que más le cautivó fue dominar el uso de las palabras. Descubrió que conocer el funcionamiento de ese código era la clave para acceder al interior del mundo secreto recreado en los libros de la biblioteca. Dentro de ellos habitaba una infinidad de personajes que esperaban a ser escuchados: caballeros con armadura que rescataban a doncellas secuestradas por dragones, caballos gigantes hechos de madera que escondían en su vientre un ejército, monstruos con cabeza de toro que habitaban en laberintos secretos. Algunos autores eran capaces de enviar al lector directamente a los lugares descritos, como si el tiempo y el espacio no existieran para quien quedaba atrapado en sus páginas. Cuando se dio cuenta del poder que los libros podían llegar a ejercer sobre los pensamientos de las personas, comprendió por qué aprender a leer era un bien tan preciado permitido sólo a unos pocos y las razones por las que hombres y mujeres podían ser perseguidos por lo que hubieran contado en un libro. Se sintió afortunada por conocer la fórmula que podía abrirle las puertas de mundos ajenos a las paredes palaciegas que la rodeaban, aunque, cuando tomó verdadera conciencia del incontrolable poder de evocación que sobre ella ejercía la lectura, tuvo miedo. Había oído hablar del índice de libros prohibidos y recapacitó sobre lo que podría ocurrir si alguno de ellos llegaba hasta sus manos y su curiosidad la obligaba a leerlo. Seguramente la fuerza irreprimible de sus páginas la precipitaría al infierno si se quedaba enganchada en alguna historia. Se atormentaba con esos pensamientos: el mal andaba presente en cada esquina, acechando a las buenas gentes.

—Nadie está a salvo de los ataques del demonio, es muy listo —aseguraba el padre Bernardo—. En ocasiones se disfraza de letras, puntos, comas y papel, y con esas artimañas puede llegar a convertir al lector poco avispado en un pernicioso hereje.

Afortunadamente para ella, la posibilidad de que uno de los libros señalados como peligrosos por el *Index* atravesara los muros del palacio de los Almirantes era ciertamente improbable, lo que la alejaba del peligro de pecar, al menos por esa parte.

Otro de sus descubrimientos fue la escritura, algo así como una caja del tesoro con llave en la que guardar sus pensamientos más íntimos para poder luego leerlos y revivirlos de nuevo, como si de una alacena para ideas se tratase. Comenzó a elaborar un diario y, para eliminar la posibilidad de que cayese en manos de alguien que pudiera leer su mente, inventó un dialecto propio, mezcla de palabras al revés y metáforas enrevesadas que, si bien hizo que su imaginación se acrecentara, convirtió la mayoría de sus escritos en inventarios indescifrables a veces incluso para ella misma. Gracias a la magia de las letras podía seguir hablando con Alfonso ahora que él comenzaba a trabajar con su padre y que sus clases les obligaban a verse con menos asiduidad. Beatriz se encargaba de hacer de correo entre los niños. Para ella esa correspondencia resultaba adorable y demostraba que la amistad entre las dos familias se traspasaría de generación en generación como un padre le lega a un hijo el color de sus ojos o de su pelo. Además, con la correspondencia conseguía que Alfonso mostrara más interés por las letras.

Las palabras dieron a la vida de Mariana un sentido especial. Le parecía mágico que una serie de garabatos formando líneas en un papel fueran capaces de guardar la esencia de un sabor, el tacto de una caricia o el olor de una rosa. Pasaba las horas anotando cada cosa, cada pensamiento propio o ajeno y la reflexión que sacaba de ellos. Se sentaba en la enorme mesa de la cocina y apuntaba los condimentos que Brígida mezclaba entre cotorreos agudos. Hacía la lista de las hierbas que añadía a su baño para suavizarle la piel y dejársela más blanca. Tomaba nota de los ingredientes del mejunje macerado en pequeños tarros de conserva con el que Beatriz le frotaba la nariz para arrancarle las impertinentes pecas impropias de su nobleza. Contaba y recontaba las existencias de la casa, lo que se necesitaba, lo que se gastaba y lo que se compraba, hasta que sus anotaciones acabaron por hacerse tan valiosas a los ojos del Almirante que comenzó a añadirlas a la contabilidad de la casa.

Ya hacía unos meses que el hermano mayor de Mariana se había instalado en la corte de una manera casi silente. En un principio fue como ayudante del príncipe Felipe, más tarde se quedó como su confidente y llegó un momento en el que se convirtió en su mano derecha. Lo cierto es que, al joven Luis, Medina de Rioseco se le había quedado pequeña. Toda la cultura, educación y elegancia que el muchacho desprendía por sus poros se desaprovechaba entre las paredes del palacio de los Enríquez, y eso frustraba al joven Luis. Se pasaba los días alicaído, paseando por los pasillos, sin ganas de hablar y sin interesarse en absoluto por los asuntos del señorío. Por eso su padre habló con el monarca y solicitó que Luis se trasladase por un tiempo a la corte con la idea de que ampliara así sus experiencias. Pensó que era bueno que cambiara de aires durante una temporada, que sería interesante para su formación, que esa experiencia extramuros le haría volver con fuerzas renovadas para tomar las riendas de la villa. Pero fue pasando el tiempo, el muchacho apenas si venía de visita y el Almirante empezó a pensar que su hijo mayor no tenía la intención de asumir sus responsabilidades en Medina de Rioseco. El día que el joven Luis reapareció en el palacio con una carta del monarca en sus manos en la que se solicitaba la presencia del Almirante en la corte, don Luis no pudo siquiera sorprenderse.

—El monarca desea hablar con vos, padre. No imagina la infinidad de circunstancias que me obligan a estar donde estoy. Sabe que las cosas que ocurren en los gobiernos de los países en la mayoría de las ocasiones no se corresponden con las razones que la gran parte del pueblo llano cree conocer. Las cuestiones políticas se deciden a través de pequeños trucos...

—Eso qué quiere decir, hijo.

—El monarca le pondrá al tanto. Nuestra familia siempre estuvo al servicio de Su Majestad y eso también me incumbe a mí, que soy su hijo. Nos espera dentro de una semana. Él podrá explicarle...

A los pocos días tomaron el camino de Valladolid. El Almirante no paraba de hablar, estaba nervioso. Intentaba prepararse para afrontar lo que fuera a decirle el monarca. Le iba recordando a su hijo, y al mismo tiempo a sí mismo, que la relación que unía a los Enríquez con la familia real iba mucho más allá de una simple cuestión de vasallaje.

—Lo sé, padre.

Pero el Almirante continuó como si no le hubiera escuchado.

—La familia real y los Enríquez unimos nuestras sangres tiempo atrás, el día en que nuestra antepasada Juana Enríquez dio a luz a Fernando el Católico.

—Lo sé, padre.

—Y no creas que todo queda ahí... Hay mucho más. El parentesco se fortaleció gracias a cuestiones políticas de apoyo mutuo. Porque tienes que saber que cuando el monarca llegó a la península, poca gente lo apoyaba, aunque ahora su política ha resultado tan justa que sus súbditos están muy contentos...

El joven Luis miraba por la ventanilla del carruaje, sin apenas escuchar la historia que ya conocía de sobra, porque su padre solía contarla en la mayoría de las reuniones familiares.

—Cuando los comuneros comenzaron a fraguar una revolución que acusaba al rey Carlos de anteponer los intereses de la dinastía a los de la nación, la nobleza española, con nuestra familia a la cabeza, se puso de parte del emperador. Fadrique Enríquez dirigía el ejército. Fue toda una victoria. Logramos aplastar la rebelión en la famosa batalla de Villalar, ¿te acuerdas?

—Yo aún no había nacido, padre.

—Pero lo he contado muchas veces.

—Cierto, padre.

Don Luis se quedó callado mirando por la ventanilla. Intentó recordar cuándo fue la última vez que había recibido una invitación para pasar unos días en la corte. Hacía ya mucho tiempo, cuando su padre aún era el Almirante. El rey les convocó a ambos para que se deleitaran con una exhibición sorprendente cerca del palacio de Aranjuez al que el monarca acudía de cuando en cuando buscando soluciones. Quería conseguir que las aguas del caudaloso río Tajo llegaran por medio de algún ingenio moderno hasta la ciudad de Toledo. Para ello contrató los servicios de un italiano llamado Juanelo Turriano, un inventor capaz de crear con la misma habilidad un reloj transparente o una bomba de agua gigante, dependiendo de la necesidad del momento. Volvió a la memoria del Almirante aquella experiencia en compañía de su padre como si estuviera pasando en ese momento. El emperador, que llevaba tiempo preocupado por la cantidad de riquezas perdidas en los hundimientos de los barcos españoles que venían del Nuevo Mundo, estaba interesado en encontrar la manera de sacar del fondo del océano todos aquellos bienes que sin duda pertenecían a la Corona española. En la mayoría de los casos, los barcos se hundían tras sufrir un asalto por parte de la piratería de países como Inglaterra y Holanda, que habían encontrado en el ataque a los galeones que llegaban de las Indias la mejor manera de enriquecerse sin tener que esforzarse demasiado. Era de suponer que todo aquello reposaría en la barriga del océano hasta que algún ser humano lograra extraerlo, lo que no resultaba nada fácil. Pero el monarca estaba dispuesto a utilizar todos los avances técnicos necesarios para que fuese su reino el que consiguiese limpiar de naufragios el fondo del mar.

Juanelo, el inventor polifacético, le presentó a unas personas que aseguraban disponer de un armatoste novedoso gracias al cual un hombre podía caminar por el fondo del mar como si tal cosa. Profetizaban que en unos años se podría llegar hasta el Nuevo Mundo en carruajes que viajaran tranquilamente por el fondo marino más profundo como si uno estuviese dando un paseo por el campo, y estaban dispuestos a demostrarlo delante del emperador en el momento que éste lo solicitara. Así fue como el monarca congregó a los más ilustres y destacados personajes del país para compartir aquella jornada experimental.

Los hombres acudieron con sus mejores galas y con sus bigotes y barbas bien recortados, y las mujeres portaban el aire elegante propio de los banquetes nobles. La flor y nata del país se dispuso a observar el fenómeno de estabilidad subacuática en el río Tajo, a la altura de su paso por Toledo. Una muchedumbre, que no había sido invitada pero que se había enterado del acontecimiento social por el infalible método del boca en boca, se presentó en los aledaños del río y hubo que improvisar unas delimitaciones a base de cuerdas anudadas a los árboles para que la plebe no se mezclara con los invitados del monarca. La chiquillería de la villa se aproximaba nadando y buceando al más puro estilo renacuajo para ver de cerca las evoluciones de aquellos hombres vestidos con trajes inauditos, a pesar de que los críos no tenían la más mínima idea de lo que se intentaba conseguir con aquel revolucionario invento. El obispo, con aire solemne, se dispuso a esparcir agua bendita a diestro y siniestro, y aseguró que el Señor les estaba guiando en ese camino acuático para ayudar al reino de Castilla en el desarrollo de su grandeza. Un cronista inglés llamado John Teniers relató más adelante cómo dos griegos, introducidos en algo que dieron en llamar «campana submarina», se pasearon como si tal cosa por el lecho del río con unos cirios encendidos durante veinte minutos, ante los ojos sorprendidos del monarca y su corte, que consideraron el invento la solución al problema de los galeones hundidos. Habían pasado ya algunos años desde aquel prodigioso espectáculo, y a pesar de las promesas de los griegos, todavía no se había recuperado ninguno de los barcos sumergidos, y menos aún se podía atravesar el océano en carruaje submarino. Pero el Almirante supuso que no era ese experimento por lo que el rey le había hecho llamar.

En esta ocasión la entrevista estaba concertada en Valladolid. Desde hacía un tiempo se hablaba de la posibilidad de que el monarca decidiera convertir la ciudad en la capital del reino, y los orgullosos vallisoletanos se vanagloriaban de ello asegurando que no existía otro lugar en el país que reuniese mejores condiciones.

—Majestad. ¡Es un honor volver a veros!

—Estimado Almirante, el placer del encuentro es mutuo, os lo aseguro.

Tras la primera parte de saludos diplomáticos, el rey comenzó a relatarle el motivo de su demanda de visita. Al parecer, el primogénito de don Luis se había erigido como una pieza clave dentro de las relaciones del palacio real. Para el futuro heredero de la Corona era prácticamente imprescindible.

—Sabéis, Almirante, que mi hijo enviudó recientemente. Nos encontramos en un momento en el que es menester mejorar las relaciones con Inglaterra. ¡No os imagináis lo que está ocurriendo en Europa!

—Algo he oído —dijo don Luis sin tener del todo claro a lo que se refería.

—El protestantismo avanza de una manera aterradora... desproporcionada. Parece obra del mismo demonio. En Inglaterra, por ejemplo, el luteranismo es ya la religión de la Corona, ¿qué os parece?

—Terrible, ciertamente espantoso, ¿adónde vamos a llegar?

—Intento poner freno a eventualidades como éstas, y he decidido que una boda entre mi hijo y mi prima María Tudor, la hija de Enrique VIII, sería todo un acierto, sobre todo si el Señor nos bendice con descendencia. Eso convertiría la unión de ambos reinos en la más poderosa del orbe.

—Muy sabia decisión, como todas las que toma Vuestra Majestad.

—Gracias. Os hice llamar precisamente para eso. Sé que

Luis es vuestro primogénito, pero en estos momentos es más necesario el servicio a su Corona que los requerimientos del almirantazgo. Mi deseo es que vuestro hijo acompañe al mío en su viaje a Inglaterra.

—No hay mayor honor para mi familia que el serviros —respondió don Luis.

El rostro del rey se henchió de satisfacción. Sabía que la familia Enríquez aceptaría con solicitud cualquier tipo de demanda que la Corona exigiera. El monarca dio por zanjado el asunto de Luis y continuó hablando con el Almirante sobre otros temas relativos al reino. Las posesiones en las Indias estaban resultando extraordinariamente lucrativas. El oro y la plata llegaban por toneladas al puerto de Sevilla y esto provocaba la envidia del resto de los países europeos, que habían comenzado a enviar a sus corsarios para que interceptaran los barcos españoles en mitad del océano.

—Se trata de un lugar maravilloso, donde la riqueza no tiene más que tomarse de los árboles. Tal y como están las cosas, no me gustaría que el mal religioso que afecta a Europa llegara hasta el Nuevo Mundo y que aquello se llenara de oportunistas que infectaran la zona, ¿me comprendéis, estimado amigo? Quiero que los hombres que vayan a esas nuevas tierras sean honorables y leales, por ello he decidido otorgaros una encomienda allí.

El Almirante no comprendió bien a qué se refería el rey con aquello. La distancia que los separaba del Nuevo Mundo era considerable y él tenía grandes responsabilidades en Medina de Rioseco. El monarca, que advirtió la sorpresa, en el rostro de su súbdito siguió hablando:

—*Quid pro quo*, Almirante. Hace un par de años vuestra familia le cedió a la Corona el castillo de Simancas por encontrarse en un lugar estratégico. Es el momento de compensarles. Vuestro hijo menor ya tiene diecisiete años, ¿no es cierto? Creo que será una gran oportunidad para él heredar unas ricas tierras al otro lado del mar.

El Almirante asintió a pesar de no estar demasiado seguro de que su hijo Rodrigo estuviera preparado para algo que no fuera la caza, los juegos o cualquier otra clase de ocio, pero el rey tenía razón, era una gran oportunidad, así que tomó los planos de sus nuevas posesiones dispuesto a ampliar el almirantazgo allende los mares.

El tiempo que don Luis estuvo en la corte, propició que se relajaran las costumbres en el palacio de los Almirantes. Todos se sentían mejor si no percibían la presión de la figura paterna. La visita a la corte por parte de don Luis, transformó el palacio de los Enríquez en una particular fiesta. Todas las actividades desterradas por la sobriedad del Almirante volvieron durante unos días a la vida del palacio de manera taimada, casi como si de un acuerdo sin palabras ni compromisos formales entre doña Ana y el servicio se tratara. Beatriz acudía con mucha más tranquilidad y trajo con ella a Alfonso, algo que no ocurría desde hacía mucho tiempo. A Mariana la distancia física de su padre le proporcionó la oportunidad de disfrutar de nuevo de los juegos con su amigo, a pesar de que el tiempo los había transformado a los dos en unos jovencitos de doce años que ya no cazaban hormigas ni bebían agua con tierra. Durante dos días los niños pudieron disfrutar de su cariño infantil. Volvieron a bromear, a reírse juntos, a pelear como cachorros, a oler de nuevo sus pieles saladas y descubrir que el aroma único del otro aún continuaba encerrado en su memoria. Mariana le enseñó a Alfonso las cosas que había aprendido en ese tiempo de distanciamiento para intentar justificarlo. Le mostró sus bordados, tocó para él piezas amorosas y desacompasadas en el virginal, danzó al ritmo que había oído decir que estaba de moda en la corte. Alfonso le contó cómo eran el trabajo con su padre, los días en el campo y el olor de la tierra mojada.

Mientras sus madres hablaban, Mariana se empeñó en

enseñar a Alfonso a bailar. Ana y Beatriz tarareaban un tema mientras los niños intentaban sincronizar los pasos, la mayor parte del tiempo sin conseguirlo. Alfonso se esforzaba torpemente en imitar a Mariana, pero no lo lograba y se movía adelante y atrás con movimientos temblorosos. Ella no paraba de reír, con lágrimas en los ojos por el entusiasmo, disfrutando de una de las mejores tardes que pudiese recordar. Todo era perfecto, todo menos la mirada inquisidora del joven Rodrigo, la única persona de la casa que no estaba disfrutando de esa especie de liberación de la opresión paterna. Los ojos de Rodrigo se clavaban en el cuerpo de su hermana mientras ella hacía reverencias y daba vueltas divertida alrededor de Alfonso, que se dejaba guiar en un intento inútil por aprender los pasos.

—Baila con tu hermano, Mariana —dijo doña Ana al ver la cara de su hijo.

Pero ella no lo oyó o, si lo hizo, no lo tomó en consideración. Ya bailaba todos los días con su hermano en clase, ahora quería hacerlo con Alfonso.

—Baila con tu hermano.

—No. Ya me he cansado —dijo ella todavía riendo, sonrojada por el baile, feliz como no la había visto nunca Rodrigo, que por ello la odió y odió a Alfonso.

Se sintió burlado ante el desprecio que ambos le habían mostrado. Ni siquiera lo miraban. Para ellos él no existía en aquel instante. La rabia se le hizo un nudo dentro del estómago que apenas le dejaba tragar saliva. Subió a su cuarto a mascar su odio, su humillación, su resentimiento, su ridículo... Subió para encontrar en soledad la manera de vengarse de la ofensa. Pensó que lo buscarían cuando vieran que se había ido, pero no lo hicieron; ni siquiera se dieron cuenta de que se había marchado. Las risas no cesaban, el virginal tocaba melodías, los parloteos de Brígida y las mujeres tronaban por el palacio, y todo ello estaba mortificando a Rodrigo de una manera irrefrenable. Una oleada de sangre caliente le sacudía las sienes y sintió que el tiempo no avanzaba lo suficientemente rápido como para poner fin a todo aquello. Tenía que vengarse de alguna manera porque sabía que, sin un resarcimiento, jamás lograría arrancar ese sabor frío y ácido de su boca. Cuando por fin percibió que los odiosos invitados se marchaban, una fuerza incontrolable lo impelió al cuarto de Mariana. La esperó entre las sombras de los cortinones. Aún no tenía planes concretos porque el coraje no le dejaba pensar con claridad, pero estaba dispuesto a improvisar sobre la marcha. Cuando la niña entró en la alcoba, su hermano se abalanzó sobre ella. La tomó con fuerza por los brazos mientras se enfrentaba a sus ojos con la respiración entrecortada.

—¡Baila conmigo!

—Déjame, ¿qué haces?

Rodrigo se apretó aún más contra el cuerpo de Mariana y sus uñas se clavaron en la piel de la niña a pesar del terciopelo de las mangas.

—Te he dicho que bailes conmigo.

Ella intentaba soltarse de las manos de su hermano caminando hacia atrás con paso indeciso y nervioso, pero él le había pisado sin querer el borde de la falda. Mariana sintió un tirón en la cinturilla del vestido que la hizo caer al suelo de espaldas, arrastrando con ella a su hermano de tal forma que quedó tumbado, aprisionando su cuerpo. De golpe, Rodrigo percibió el olor a espliego de aquel cabello tan familiar, el aliento acelerado de su hermana que le acariciaba el rostro. Se paró a mirarla. Vio el brillo de su lengua dentro de la boca entreabierta y jadeante y una increíble sensación de deseo como jamás había sentido sustituyó las ansias de venganza. Dejó caer su cabeza sobre ella, sus labios se apretaron contra el cuello de la niña, se movían pronunciando palabras sin sentido mientras le aferraba con fuerza las muñecas.

—Eres mía, mi... mi hermana... lo que yo quiera. Baila conmigo... Ahora, estate quieta...

Sentía cómo se le secaba la garganta por culpa de los embates de su respiración y el corazón latía con tanto ímpetu que lo notaba golpear contra el pecho de Mariana. Quería que se quedara inmóvil para poder olerla sin cortapisas y a la vez experimentaba un placer indescriptible sintiendo cómo las piernas de ella pataleaban debajo de su cuerpo. Las lágrimas tibias que corrían rápidas por el rostro de la niña estaban humedeciendo también sus mejillas y quiso lamerle la cara, así que acercó su boca; quería beber sus sollozos, absorber de cualquier forma la esencia de Mariana. Se encontraba sediento, anhelante, y necesitaba esas lágrimas para calmar su sed, pero ella no se estaba quieta y sacudía la cabeza con demasiada fuerza. Forcejeaba con el cuerpo tenso, bañado por sus lloros, por los jadeos próximos de Rodrigo, por el sudor a causa del esfuerzo en la pugna, pero por más que luchaba lo único que conseguía era cansarse. Para recuperar el aliento, de cuando en cuando paraba unos instantes, y era entonces cuando podía distinguir los extraños movimientos de su hermano, tan alejados de lo que eran las peleas habituales entre ellos. Cuando lograba reunir de nuevo el ahínco suficiente, continuaba con su lucha para escapar de Rodrigo, pero el forcejeo estaba volviéndose más y más violento y no parecía que su hermano tuviera intención de soltarla, así que Mariana, asustada, llamó a su madre. El grito deshizo en un instante el encantamiento en el que estaba sumergido el muchacho, y rápidamente le tapó la boca con rabia.

—Cállate, tonta. Eres ridícula... Todo lo que haces es ridículo. Bailando con un don nadie. Papá se moriría de vergüenza. Si se lo contara te enviaría al convento. Lo que has hecho hoy tiene un nombre muy feo y lo llevan las mujeres de mala vida. Ya se puede ver lo que serás de mayor.

Se levantó aún jadeante y con las mejillas rojas de puro odio, o por el ardor incomprensible que la piel de Mariana le había hecho sentir. Salió de la habitación casi orgulloso de haberla humillado mucho más de lo que ella le había humillado a él esa tarde.

Mariana se quedó llorando en la alcoba, sin saber con certeza lo que había pasado. No entendía por qué su hermano se había comportado de esa forma. Ni siquiera estaba segura de si era ella quien había provocado esa situación. Ninguna de las peleas anteriores mantenidas con Rodrigo se asemejaba a aquélla, y en el registro de sus recuerdos no encontró nada que le hubiera hecho sentir jamás esa horrible sensación de suciedad. Se frotó el cuello con la manga del vestido con tanta intensidad que enrojeció, pero la presencia caliente y húmeda del aliento de su hermano no desapareció en mucho tiempo.

4

Soledad me han hecho sus cartas, amigo Alfonso, el tiempo que estuvo en Laredo y me alegré de que su madre me diera nuevas esta tarde. Los días transcurridos sin noticias, me dejaron pensando en sus últimas palabras [...]. Si lo que creí entender en sus cartas es cierto, se podría decir que no servirán de nada las buenas obras si Cristo ya expió nuestras culpas el día de su pasión y muerte. Bien sabe que mi alma sufre de angustias al pensar que pueda hacer o decir algo que ofenda al Señor, que bien se encarga el padre Bernardo de hacernos ver lo que ocurriría de no salvarnos [...]. Entiendo lo que me escribió en su última epístola sobre la mezcla que hacemos entre el mundo de vivos y difuntos, y comprendo la poca relación entre las misas ofrecidas y el tiempo que las ánimas han de tardar en alcanzar el cielo, pero eso que sugiere de que no existe el purgatorio cuestiona las enseñanzas que he recibido, y necesito que me diga por qué lo piensa, que eso son cosas que hasta que se vean no se pueden tener por ciertas. Suplico me envíe más noticias de lo que en Laredo escuchó.

Los viajes del marido de Beatriz a Laredo eran habituales. Sus experimentaciones agrarias, que él aseguraba muy beneficiosas para su cosecha, necesitaban de los nuevos productos que arribaban a puerto desde algún lugar de Europa. Tanto trajín marítimo facilitó que, en uno de aquellos navíos cargados de conocimientos agrícolas novedosos, llegara también la oleada de pensamientos nuevos y reformadores que agitaban el viejo continente y que estaban sacudiéndole el polvo a las antiguas doctrinas en las que los países tenían cimentados sus pilares. Así, de vez en cuando, entre los sacos de las bodegas, llegaba algún libro de los doscientos noventa y cinco incluidos en los índices de Lovaina, que se leía a escondidas y que luego era transmitido en reuniones secretas entre copa y copa de vino.

Los amigos que Rafael fue haciendo en Laredo le llenaron la cabeza de una ideología que poco a poco se le fue instalando en el pecho y que reconoció como única. Sus nuevos pensamientos no sólo servirían para salvar el alma el día que llegara su hora, sino que también mejorarían la vida terrenal al conseguir que la gente se diese cuenta de cómo la jerarquía eclesiástica, amparándose en unas supuestas leyes divinas, utilizaba su privilegiada situación para alcanzar un poder desaforado sobre personas y bienes.

Cada vez que Rafael volvía de uno de sus viajes, llegaba más meditabundo y convencido de que la única manera de conseguir las mejoras que se necesitaban era adoptando como propias las creencias que Erasmo y Lutero habían propuesto, y desterrando del país una religión amañada al gusto del clero.

—Se han tergiversado las enseñanzas, mujer —le decía a Beatriz—. Estamos atrapados en una red que nos controla y que ha transformado al pueblo llano en servidores temerosos de un Dios que la Iglesia muestra terrible y vengativo. Eso es para manipularnos a su antojo y para enriquecerse a nuestra costa.

Beatriz observaba silente las evoluciones de su marido. A pesar de comprender sus inquietudes y admirar su valentía, tenía miedo de que esas ideas se le notaran por algún comentario casual o de que lo vieran hablar con alguien inconveniente y que las sospechas recayeran sobre ellos. Ella conocía bien la dureza de los castigos impuestos a quienes osaran poner en duda la legitimidad del poder de la Iglesia. A pesar de todo, escuchaba los razonamientos de su esposo porque, aunque había abrazado de forma sincera la fe cristiana, se sentía seducida por una devoción deliberadamente desprovista de prescripciones dogmáticas que le recordaba los preceptos de la ley mosaica aprendidos en su infancia.

—Entiendo lo que dices, pero no estoy del todo segura de que estos movimientos religiosos lleguen a penetrar en nuestro reino y mucho menos que consigan transformarlo —le decía ella.

—Piensas así por lo ocurrido hace años con los judíos. Eso te ha creado miedos. Así es como la Iglesia consigue sus propósitos, aterrorizando a la gente. Pero si esta ideología está triunfando en el resto de Europa, no hay razón para pensar que no lo hará también en tierras españolas.

El joven Alfonso ya tenía dieciséis años y de vez en cuando acompañaba a su padre en los viajes místicos. Por pura imitación del modelo paterno o porque la personalidad del chico implicaba una determinación muy marcada desde que era un niño, las ideas iluminadas fueron instalándose en su interior con más solidez aún que en su padre, y la rebeldía de la adolescencia lo empujó a actuar con más ímpetu pero menos cautela, de modo que se percibían de manera palpable. En las cartas que escribía a Mariana, sus meditaciones se dejaban sentir aunque él no quisiera, sin darse cuenta de que ese tipo de ideas no serían bien vistas en la casa de su mejor amiga. Ella, que apenas sabía de casi nada que ocurriera en el exterior de su urna de cristal, notó el cambio en el pensamiento de Alfonso, y por puro instinto sintió que lo que se leía entre las líneas de las cartas no era del todo lícito. A pesar de ello, su curiosidad por conocer lo que ocurría en el mundo exterior, por saber cómo se gobernaba un reino, cómo se gobernaba un imperio y qué lugar ocupaba ella en el mismo, la inducía a cuestionar cada una de las respuestas del muchacho y él, al ver que su amiga se mostraba receptiva, se extendía en alegatos recalcitrantes que había escuchado a su padre. Tiempo después, cuando Mariana rememoró aquellos extraños días en los que la realidad de hacerse mayor se hizo patente, supo que debería haber hecho caso a su intuición: debería haber destruido las cartas de Alfonso cuando terminaba de leerlas.

Las rutinas empezaron a cambiar en el palacio de los Enríquez. Los hijos crecían y comenzaban a abandonar el hogar. Luis, el mayor, se había instalado en la corte de forma definitiva y viajaba de un lugar a otro acompañando al príncipe Felipe por toda Europa. Ahora era Rodrigo el que preparaba su viaje hacia unas tierras desconocidas para comportarse como la cabeza visible de una de las familias más nobles del reino de Castilla.

El carácter indócil y marcadamente ácido del joven Rodrigo se ponía de manifiesto en todos los ámbitos del hogar, pero resultaba aún más patente para Mariana, que había llegado a repudiar a su hermano en una mezcla de miedo y asco que le causaba problemas morales. Gracias a él se dio cuenta de su incapacidad para olvidar las ofensas del prójimo como exigía su deber de cristiana y de su incompetencia a la hora de poner la otra mejilla. Por ello, la idea de que miles de leguas la separasen de Rodrigo no le resultó en absoluto triste, sino más bien al contrario, lo que también le creó inquietudes morales por desear con placentera avidez la ausencia de alguien de su propia sangre. En realidad, por la única que lo sentía era por su madre, que durante todo ese tiempo parecía que no se había dado cuenta de la pasta con la que estaba hecho su hijo. La mujer se pasaba el día mirando hacia otro lado, ignorando de manera consciente sus negligencias, como si al no ponerles nombre sus maldades no existieran. La madre de Mariana intuía que no volvería a ver a su hijo, porque para ella la frase «irse a un Nuevo Mundo» no tenía visado de vuelta. En realidad doña Ana no se hacía cargo del lugar al que iba, y ante la posibilidad de perder a su hijo de vista para siempre, la asaltaban sentimientos compasivos que la obligaban a negarse la evidente vileza del muchacho.

Rodrigo, sin embargo, estaba deseoso de emprender el viaje. Se había pasado los últimos años caminado por el borde del abismo, cometiendo toda clase de felonías que habían quedado impunes gracias a la ayuda de su padre, que cubría con un tupido velo sus comportamientos desordenados. Correteaban por las calles de la villa más de tres mocosos que lucían en sus rostros los ojos de los Enríquez, pero que no disponían del apellido de la familia, y en ninguno de los casos las madres de las criaturas dieron el consentimiento al acto que los engendró. Don Luis acallaba a las familias de las jóvenes deshonradas con rentas anuales que fueron aceptadas de buen grado en las bolsas domésticas, y más de uno hubiera deseado que Rodrigo mancillara a su hija a cambio de aquella compensación económica. También malgastaba el dinero en borracheras, juegos de azar y apuestas absurdas, de tal manera que su padre pensó que quizá la responsabilidad de atender unas tierras en el Nuevo Mundo le haría sentar la cabeza y de paso le daría a él un descanso.

La dote que el muchacho recibió no era nada desdeñable. Las tierras donadas por el rey eran extensas y, por lo que don Luis sabía, bastante rentables. El Almirante fletó una nao y una tripulación experta en realizar la travesía a las Indias solamente para cubrir las necesidades de Rodrigo. Lo acompañarían en su viaje cinco hombres del Almirante, ocho arcones con útiles de caballero, trescientos ducados para los primeros gastos que pudieran ocasionarse y cuatro yeguas de las mejores que se consiguieron encontrar en la villa, porque les dijeron que en el Nuevo Mundo eran más solicitadas que los machos.

Los días anteriores a su marcha, el palacio estaba revuelto. Todo eran preparativos y Rodrigo se comportaba como si fuera el protagonista de alguna obra cumbre, luciendo sonrisa y ademanes de caballero medieval. Le brillaban los ojos de la emoción y en ningún momento dio muestras de sentir pena, tristeza o miedo por la nueva vida que iba a comenzar tan lejos de su familia; más bien al contrario, parecía deseoso de salir de allí. Antes de marcharse, fue a visitar al padre Bernardo, algo a todas luces sorprendente. Doña Ana lo imaginó solicitando la bendición del cura ante su arriesgado viaje y se regocijó por ello, pero a Mariana, menos propensa que su madre a confiar en la buena voluntad de Rodrigo, la visita al párroco le resultó sospechosa. Rodrigo había dejado de sentir temor de Dios hacía tiempo y su hermana dudaba que el viaje a las Indias le hubiera conferido el deseo de abrigarse con la fe, aunque también pensó que su egoísta hermano intentaba asegurarse un lugar en el paraíso por si la mala fortuna le hacía sucumbir en la travesía.

—Cuídate mucho y escríbenos —le dijo doña Ana con lágrimas en los ojos.

—Claro, madre, lo haré.

Besó a su madre y a Brígida, abrazó a su padre y, al llegar a la altura de Mariana, una sonrisa cínica apareció en su rostro. Se acercó despacio a la mejilla de su hermana para darle el beso de despedida, pero en lugar de eso le susurró al oído una frase apenas perceptible.

—Te vas a acordar mucho de mí.

A Mariana aquello le sonó a sentencia porque su hermano no solía amenazar en vano. La última vez que le dijo que se acordaría toda la noche de él, Rodrigo había llenado la cama de tierra húmeda del jardín, y aunque desde eso habían pasado ya muchos años, Mariana seguía repasando el interior de su lecho antes de acostarse. Ese gesto que ella realizaba como un acto reflejo noche tras noche le provocaba una intensa irritación. Sin considerarle especialmente inteligente, se daba cuenta de que su hermano, con pequeñas tretas como ésa, era capaz de conseguir que pensara en él en momentos tan íntimos como en el de ir a dormir. No quería sentir rabia en su interior, ya había tenido que solicitar la absolución muchas veces por culpa de ese sentimiento incontrolable que crecía dentro de ella cuando pensaba en esas cosas, pero le molestaba que su hermano siempre se saliera con la suya. En realidad no sabía lo que Rodrigo había querido decir con su frase de despedida, pero sintió miedo. Sospechó que en esta ocasión, y teniendo en cuenta su trayectoria implacable de los últimos tiempos, la travesura no sería del tipo de la tierra húmeda en las sábanas, aunque desconocía de qué manera pensaba hacer que ella lo recordara. Él se iba lejos y Mariana no iba a dedicarle uno solo de sus pensamientos, al menos ésas eran sus intenciones desde que supo de su viaje. No iba a dejar que ocupara ni por un instante una parcela de su mente. Había decidido que, cuando se fuera, se haría a la idea de que no tenía hermano, ni para bien, ni para mal, por eso observó con alivio cómo el séquito se ponía en marcha mientras él montaba en su yegua sin mirar atrás.

A los pocos días de la partida de Rodrigo, Beatriz llegó al palacio de los Almirantes envuelta en lágrimas en busca de su amiga. La Inquisición tenía sospechas de herejía por parte de Rafael y Alfonso. Fueron a su casa a buscarlos, se los llevaron a la fuerza y habían retenido todos sus bienes hasta que se demostrara su inocencia.

—Si les consideran culpables, si eso ocurriera... —decía entre sollozos—, todas nuestras posesiones pasarán directamente a la Iglesia. Y eso me asusta, Ana... Se oyen comentarios, ¿sabes? Dicen que la Inquisición acusa en muchas ocasiones a familias de economía desahogada con la intención de apropiarse de sus bienes y así engordar las arcas eclesiásticas. ¿Y si por quedarse con nuestro patrimonio les condenan? Yo no podría vivir, yo...

—Eso no va a ocurrir, ya verás —aseguró doña Ana—. Luis hablará con ellos y todo quedará claro, ¿verdad, querido?

Pero el Almirante no contestó. Se quedó mirando al suelo, mucho menos seguro que su mujer de poder hacer nada en un caso como ése. Poco podía hacerse cuando la Inquisición ponía sus ojos en algún súbdito de la Corona. Toda la familia de Beatriz estuvo siempre en el punto de mira, pero el respeto que infundía su cercana relación con los Almirantes había sido hasta ese momento el salvoconducto que los mantuvo alejados de acusaciones durante todos aquellos años. Por eso Beatriz estaba tan preocupada; muy firme tenía que ser la sospecha para que se los hubieran llevado pese a todo.

—Pero ¿por qué los habrán detenido? —preguntó doña Ana sin comprender.

—No nos dijeron nada, es difícil saberlo. A veces basta con que un vecino detenido acuse a alguien bajo tortura para que dejen de darle tormento... Seguro que se trata de eso —aseveró para tranquilizarse—. Ya sabes, Ana, que hay gente que no nos ve con buenos ojos.

—Pese a todo, habrán tenido que acusarlos de algo en concreto —dijo el Almirante intentando poner un poco de rigor en el asunto—. Hay varios tipos de delitos: judaísmo, apostasía, blasfemia, bigamia, posesión de libros o imágenes prohibidas... o contra el mismo Santo Oficio, que pongan en duda sus labores o dificulten su actuación, así que —miró a Beatriz— ¿no dijeron nada cuando se los llevaron?

—No, no me dijeron nada. Se los llevaron sin más y desde entonces no sé nada de ellos.

Beatriz intuía que, de algún modo, habían llegado a oídos del Santo Oficio las ideas de su marido. En su casa guardaban varios papeles y libros que Rafael le había hecho prometer que protegería en el caso de que le ocurriese algo. En alguna ocasión le había comentado a su amiga Ana sus temores, pero ella, en los últimos tiempos, flotaba en una ensoñación provocada por sus dolores de cabeza, que habían comenzado a hacerse crónicos, y parecía no prestar demasiada atención a casi nada de lo que le contaran. Por eso no podía creer lo que Beatriz le decía; no alcanzaba a entender por qué retenían a Rafael y Alfonso, y por qué los habían llevado hasta Valladolid. Incluso parecía no tomar en cuenta la gravedad del asunto, como si su esposo, el Almirante, pudiera arreglarlo todo de un plumazo. Pero don Luis no tenía demasiada autoridad sobre la Santa Inquisición. En realidad nadie la tenía. Constituía un poder aparte del resto, con sus propias reglas y valores, sus propios jueces y leyes.

Se llevaron a Rafael y a Alfonso un lunes por la mañana y los colocaron frente al tribunal subalterno de la Inquisición, que estaba formado por dos jueces letrados y un teólogo con cara de pocos amigos. Todos tenían trato de señoría y vestían traje eclesiástico. Había dentro del tribunal un fiscal acusador y un juez de bienes que tasó las posesiones confiscadas a los acusados, que ascendían a una cifra bastante elevada. Sus tierras eran muy provechosas y su mujer disponía de un acomodado patrimonio heredado de su padre. A Rafael le pareció vislumbrar un gesto de codicia. Al juicio asistían también dos personas que actuaban como notarios y que tenían como misión apuntar las confesiones de los reos, pero Rafael y Alfonso se mantenían callados, poco dispuestos a la confidencia con aquellos hombres. Nadie les dijo de qué se les acusaba, solamente se les exigía una confesión. Uno de los jueces, que parecía muy acostumbrado a ese tipo de circunstancias, se portaba de manera casi paternal. Con cara de serenidad absoluta y sonrisa amable les aconsejó que hablaran.

—Tienen que ayudarnos, señores. Esto tampoco es agradable para nosotros. No querrán que nos veamos en la penosa y lamentable situación de tener que torturarles, ¿verdad? —dijo con gesto afable.

El otro juez fue más severo. Hablaba de conocer sus andanzas gracias a una serie de pruebas que ellos no podían negar y les recomendaba, por su propio bien y por el bien de su familia, confesar los hechos y delatar a sus cómplices. Ante la escasa locuacidad de los acusados, los inquisidores decidieron encerrar a padre e hijo en un cuartucho sin apenas luz durante días, con un saco de paja como cama y alimentándolos con ranchos putrefactos y agua infecta.

—Esperemos que este sistema de persuasión les ablande la cabezonería —dijo el juez amable sin borrar su dulce sonrisa de la boca.

Volvieron a buscarles dos semanas después para ponerles de nuevo frente al tribunal. El juez estaba convencido de que el encierro lúgubre y la comida en mal estado les habrían hecho recapacitar facilitando así su confesión, pero sus fuerzas estaban tan debilitadas que no distinguían con claridad las preguntas que les formulaban. Estaban cansados, febriles y medio cegados por la oscuridad de su celda, y en aquel estado las palabras de los inquisidores les entraban por un oído y se deslizaban suavemente hasta el otro sin causar el menor efecto en ellos. En vista de su pertinaz negativa a la confesión, les mostraron la sala de torturas, que en la mayoría de los casos se usaba como método infalible para convencer al reo de su obligación de declarar, pero eso tampoco consiguió impresionarles. Estaban demasiado derrotados física y moralmente como para inmutarse ante los extravagantes aparatos que plagaban la tétrica habitación. Ante tanta tozudez se impuso un trato mucho menos considerado. Ataron a Alfonso boca arriba sobre una mesa del tamaño de un hombre, introdujeron un paño en su boca hasta la garganta y comenzaron a echarle agua, de tal manera que, cuando el paño se empapaba, provocaba en el muchacho la misma sensación que tendría si se estuviera ahogando, llevándole al borde mismo del desvanecimiento. El tiempo desde ese instante se hizo interminable para Rafael. Los pensamientos empezaron a correr por su cabeza a la velocidad del rayo. Tenía miedo de que a aquellos hombres se les fuese la mano y dejaran morir a su hijo ante sus ojos, y por otra parte no quería decir nada inconveniente que pusiera a su mujer en una situación de peligro. Su casa estaba llena de papeles y libros que él había escondido con sumo cuidado y su esposa lo sabía. Si iba a confesar, tenía que buscar la manera de hacerlo sin decir nada que involucrara a Beatriz.

Comenzó a hablar de forma casi inconsciente sobre sus ideas, sobre la manera de obtener informaciones, sobre los comentarios a escondidas y sobre las citas con personas de dudosa reputación religiosa. A cada pregunta del inquisidor, él respondía, aunque no supiera de lo que le hablaban. Se dio cuenta de que mientras él lanzaba al aire las palabras, ellos dejaban de echar agua en el paño que Alfonso llevaba en la boca. Aseguró que él era el único responsable, que su hijo nada tenía que ver con sus relaciones en Laredo, que sólo él merecía ser castigado, suplicó que soltaran a Alfonso, pero no le hicieron caso. Al día siguiente estaban acusados formalmente de iluminados y blasfemos.

Treinta días antes de la aplicación de las sentencias, se avisó a los ciudadanos mediante un pregón público y la gente se preparó para el acontecimiento como si de una fiesta se tratase. El auto comenzó muy temprano. Las autoridades de la ciudad, junto con las personalidades destacadas, se reunieron frente la residencia de los inquisidores para escoltarlos hasta el lugar del auto. Parecía un día de feria, con su ambiente festivo y sus vendedores ambulantes; incluso había personas que aguardaron durante horas para conseguir un buen sitio, y los lugares con mejor visibilidad se defendían con uñas y dientes. En la plaza Mayor no cabía un alfiler. Toda la ciudad se había reunido para ver de cerca al nuevo rey y de paso comprobar lo que les ocurría a quienes no se comportaban como debían.

Una larga columna de condenados, ataviados con corozas y sambenitos, caminaba al paso más ligero que les permitían sus derrotados cuerpos, algunos de ellos tras meses de encierro. Al principio de la lamentable procesión, desfilaba una cruz verde cubierta con un crespón negro que avanzaba flanqueada por todos los clérigos de la ciudad, los soldados de la fe, los ciudadanos ilustres y las mujeres nobles vestidas con sus mejores galas. Entre todos ellos se encontraba el Almirante. La marcha recorría pesarosa las calles y una multitud de gentes de todas las clases y raleas perseguían a los condenados, insultándolos y escupiéndolos sin que ellos intentaran siquiera defenderse, como si ya no estuviesen allí. Cada uno sostenía entre sus manos una vela verde apagada y lucía sobre su cabeza un sombrero en forma de cucurucho que llevaba dibujado un símbolo que representaba su delito. A Rafael y a Alfonso les habían acusado de blasfemos y los amordazaron para evitar que insultaran al Señor durante la ceremonia. Don Luis no quiso mirarles directamente para no comprobar si, como en otras ocasiones, les habían cortado la lengua como castigo a su ingratitud hacia Dios o para impedir que durante el acto pudieran argumentar algún tipo de reniego. Todos los reos traían puesto un sambenito, una especie de saya de color amarillo con una cruz dibujada en el pecho. En el cuello llevaban una soga como símbolo de su futuro, que en realidad era mucho peor que una simple horca.

Cuando los acusados terminaron de llegar a la plaza se colocaron en el entarimado dispuesto para la ocasión. Se celebró una misa pidiendo la ayuda del Señor para actuar con buen juicio, aunque a esas alturas del auto poco podía hacer ya el Señor para cambiar nada, porque las sentencias de los acusados estaban decididas desde mucho antes.

—... para que todos en general y en particular tengan noticia de las grandes maldades que se cometen en ella, y les sirva de advertencia para el cuidado con que todo cristiano ha de velar por su casa y por su familia —dijo el obispo para poner punto final a la misa.

Don Luis nunca se había recreado con ese tipo de ceremonias. Acudió casi forzado por su rango, preguntándose si podría haber encontrado alguna excusa que le liberase de una obligación tan desagradable. Se sentó solo en el palco adornado con borlones y dorados, reservado a los ciudadanos ilustres. Desde allí se dominaba hasta el último rincón de la plaza, y sonrió tristemente para sí mismo al imaginar cuántas personas hubieran estado encantadas de disponer de un lugar como ése para presenciar el auto. Llegaba a sus oídos el clamor de la muchedumbre enfervorizada y se quedó mirando con una mueca inexpresiva a toda esa plebe chillona. No comprendía por qué eran mejores cristianos los hombres y mujeres que insultaban y disfrutaban con el sufrimiento ajeno, que los que iban a morir en la hoguera.

En anteriores ocasiones, le había funcionado pensar en otras cosas mientras duraba la ejecución, para no tener que aceptar lo que pasaba. Cuando su hijo Rodrigo fue un poco mayor, era él quien asistía a los autos en representación de la familia Enríquez. El joven sí se regocijaba con aquellos actos y volvía al hogar pletórico, narrando con pelos y señales los gestos y chillidos de los condenados, con una excitación casi libidinosa, hasta que su madre no podía soportarlo más y entre ahogos le rogaba que se callara. Pero Rodrigo se había marchado al Nuevo Mundo y era don Luis el que de nuevo tenía la obligación de asistir a los autos de fe, sobre todo a este en el que se ajusticiaba a dos ciudadanos de Medina de Rioseco. Sin embargo, en esta ocasión, al Almirante le resultaba mucho más difícil presenciar el auto. Rafael y Alfonso no fueron nunca santos de su devoción y de hecho muchas veces le molestaba que entrasen en el palacio, pero por primera vez los condenados a recibir el tormento del fuego eran para él personas reales. No eran seres anónimos que habían surgido de la nada y que morían delante de todos para dar una lección a los ciudadanos. Ellos eran hombres con una familia, con un pasado y ahora sin ningún futuro. Alfonso había sido uno más de los niños que habían correteado por los pasillos de su palacio.

Las sentencias sacaron al Almirante de su ensimismamiento. Por alguna extraña razón, aun conociendo de antemano las acusaciones y su castigo, esperaba que las cosas se desarrollaran de un modo diferente. No tuvo que ver cómo el fuego abrasaba la vida de Rafael y Alfonso porque una importante suma económica les había otorgado el privilegio de morir a garrote antes de que los leños comenzaran a arder. Don Luis miró al suelo durante todo el tiempo para no enfrentarse a aquella imagen, pero el olor a humo pronto lo inundó todo y se hizo denso y pesado. La carne de los condenados olía igual que la de cualquier animal asado, pero transcurridos los primeros momentos, el tufo acre y áspero de los cuerpos chamuscados que aún devoraba el fuego impregnó la plaza y se coló en cada respiración arañando la garganta. Esa atmósfera hizo que el Almirante tomara conciencia de lo que estaba ocurriendo y, sin querer que su mente volara de aquella manera, imaginó los cuerpos de los dos hombres ardiendo. Un escalofrío recorrió su espalda. Sintió la increíble levedad de la vida humana, que podía arrancarse en un instante. Estar ahora aquí y al poco ya no estar, o estar quizá en otro lugar mejor. Se preguntó si la muerte duraría mucho, si se pasaría mucho tiempo en el instante de no ser o si en el mismo momento en que se respira por última vez, el alma salía y alcanzaba la plenitud. ¿Por qué no se llevaban a todas esas personas a algún lugar lejano donde no pudieran corromper a los demás con sus pensamientos heréticos y no tener así que presenciar espectáculos como aquel? Años después la vejez y la soledad comenzarían a jugarle al Almirante malas pasadas. Se despertaría en mitad de la noche con el olor agrio a carne quemada subiendo por sus fosas nasales, con una certeza que casi podía masticar, sin razón física que pudiese explicarlo, y al abrir los ojos, la figura infantil de Alfonso envuelto en llamas pidiéndole ayuda le asaltaría como un fantasma penante.

El mismo día que don Luis fue informado de la detención de padre e hijo, había acudido a hablar con el Gran Inquisidor a petición de su esposa. Le comentó la posibilidad de que se hubiese cometido un error al detener a los dos hombres, pero poco pudo hacer, a excepción de pagar una considerable suma de dinero para que la muerte de ambos no fuese dolorosa y para que antes de expirar les fueran perdonados sus pecados. El hecho de que el dinero para obtener esta gracia hubiera salido directamente de las arcas del almirantazgo no le sirvió para sentirse limpio, ni mejor cristiano, y tampoco le ayudó a enfrentarse en adelante con la descorazonadora mirada de Beatriz, quien, al conocer las sentencias, quedó postrada en una especie de letargo, negando la realidad. Aquella reacción preocupó a doña Ana, que por una vez se obligó a sí misma a salir momentáneamente de su estado taciturno para atender a su amiga como ella lo había hecho en tantas ocasiones anteriores. Mariana no sabía qué hacer para distraer su atención y se esforzaba para que no se diera cuenta del día que era, o para que no escuchara nada inconveniente. Aquélla fue la primera y única vez que Beatriz necesitó de la protección y cuidados de los demás, la única vez que perdió su fuerza y su seguridad, y la vez que su vida cambió de tal modo que ya nunca volvería a ver las cosas de la misma forma.

El día que don Luis salió del palacio para cumplir con su obligación de persona destacada en el auto de fe, Mariana se asomó a la ventana y rogó a Dios para que el tiempo se detuviera en ese mismo instante, en ese intervalo anterior a que ocurriera lo que ya estaba escrito. Rezó y rezó. A la Virgen, a todos los santos, a ángeles, arcángeles y demás seres celestiales que pudieran influir para que el mundo dejara de actuar como lo había hecho hasta entonces. Rezó durante horas en la soledad de su habitación, convencida de que esa concentración tendría su recompensa, de que Dios la escucharía. Prometió ser mejor, amar sin límites a su familia... incluso a Rodrigo. Prometió que consagraría el resto de su existencia a Dios, a servirle, a todo lo que Él exigiese... todo. Todo a cambio de la vida de Rafael y Alfonso.

Cuando don Luis regresó, Mariana buscó en sus ojos. Estaba convencida de que el Señor habría escuchado sus súplicas, y de que su padre anunciaría que milagrosamente el Santo Oficio había perdonado a los hombres, dejándoles en libertad tras soltarles una ligera regañina. Pero eso no ocurrió. Su padre traía los ojos opacos y llenos de muerte, y a Mariana no le hizo falta preguntar nada. La realidad en la que había basado su vida hasta ese momento se vino abajo. Siempre había confiado en la existencia de un fluido diálogo terrenal-divino en el que ella era una activa participante. Suponía que Dios la escuchaba, que atendía sus peticiones, que había velado y que velaría por ella todos y cada uno de los minutos de su vida desde el momento de su llegada al mundo y hasta su muerte, pero de pronto algo se había roto. Se sintió culpable. Quizá ella no había sabido explicarse en sus rezos de aquel día, quizá no había conseguido mostrarle al Señor sus verdaderos deseos, quizá Él había leído dudas en sus promesas, quizá no era tan importante para Él como ella creía, o no había confiado en sus palabras o, peor aún, no las había escuchado, quizá nunca las había escuchado. No tenía pruebas de que alguna vez lo hubiese hecho y había quedado claro que la fe, al menos la suya, no movía montañas. Jamás se había sentido tan desamparada.

Se fue llorando hasta su cuarto y buscó la caja en la que guardaba la correspondencia de Alfonso, intentando rendir una especie de homenaje a su memoria. Quería retener sus palabras para mantenerlo vivo de alguna manera. Pero cuando abrió la caja, descubrió que las cintas que enlazaban los grupos de cartas estaban deshechas y que muchas de ellas habían desaparecido. En su lugar se encontró con una hoja garabateada con la letra inestable y angulosa de su hermano Rodrigo, y se dio cuenta de que el rencor no se diluye en la mente de determinadas personas. Su hermano no se consideró vengado el día de su forcejeo con ella y estimó que su ofensa no se saldaba con una única humillación. El pago necesario para saldar la deuda era mayor que eso. Juzgó que no sólo su hermana debía pagar por el agravio, también Alfonso era culpable. En la caja, Mariana encontró una carta que Rodrigo había escrito antes de marcharse. Quería que ella supiese que conocía sus secretos, que no había nada de lo que ocurriese en el palacio que pudiera escapar a sus observaciones. Quería ser inquilino en su cabeza pese a la distancia, aunque esos pensamientos fuesen de odio. Eso no le importaba. Al fin Mariana supo entender a qué se refería Rodrigo cuando en su despedida le susurró al oído: «Te vas a acordar mucho de mí».

5

Santificada Católica Majestad Felipe, nuestro Señor Rey:

En lo profundo de mi alma deseo que Nuestro Padre Jesucristo bendiga a Vuestra Majestad. Desde la ciudad de Medina de Rioseco, la más humilde de sus súbditos osa realizar una petición [...]. Doña Beatriz, la mujer de la que hablo, ha formado parte de mi familia y podría atestiguar que de llamarla madre no ofendería a la de mi sangre, que ella se comportó como tal. Por ella respondo, no sólo por sus actos generosos y cristianos, sino también por su fe, que no he hallado en mi vida persona con alma más pura [...]. Ruego a V. M., que me conceda esta petición y que le permita partir conmigo hacia las tierras del Nuevo Mundo, que sin ella no he de ir a ninguna parte.

Beatriz se quedó a vivir en el palacio de los Almirantes. No fue nada convenido ni discutido pero don Luis jamás se hubiera permitido decirle que se fuera a pesar de que una vez más no se le había consultado en un asunto doméstico. Beatriz simplemente se quedó porque ahora ellos eran su única familia y porque no tenía un lugar al que regresar tras la expropiación de sus bienes por parte de la Inquisición. El Almirante, de forma inconsciente, se sentía culpable de lo que había ocurrido. Los golpes que la vida le estaba dando en lo que él creía que era su organizada existencia lo dejaron cabizbajo, alicaído y falto de seguridad. Su mujer le había pedido que acudiera al rescate del marido y el hijo de Beatriz; ella estaba segura de que no había ningún tipo de prueba que pudiera llevar a aquellos dos hombres ante el tribunal. En realidad, doña Ana disponía de poca información sobre los tejemanejes de la familia de su amiga, porque casi todo lo que le rodeaba estaba protegido por un fino velo de ensoñación idílica. Para ella, el tribunal de la Santa Inquisición se encargaba de vigilar a las personas que preparaban pócimas mágicas o tenían un pacto con el diablo, algo que, a todas luces, eliminaba de la lista a Rafael y a Alfonso. Pero el Almirante, que sí tenía los pies en el suelo, aceptó el encargo de su esposa de mala gana. Durante todo el camino fue animándose a sí mismo, recordándose las múltiples ocasiones en las que había puesto su nombre y sus bienes al servicio de la Santa Madre Iglesia, convenciéndose de que considerarían su testimonio como válido sólo con ver su cara de cristiano viejo. Se dispuso a afrontar la entrevista con firmeza a pesar de que en su interior una sombra de duda le iba pisando los talones y le aprisionó los tobillos cuando estuvo cerca del edificio donde se encontraban presos los dos hombres. Al llegar a la puerta le sorprendió que nadie se mostrara apabullado por su presencia y quiso pensar que quizá los eclesiásticos de la entrada no lo habían reconocido con el trajín de idas y venidas a las celdas, por eso se encargó él mismo de presentarse, alto y claro, insuflándose valor y determinación para afrontar el encuentro con el juez. Todo fue inútil. Le hicieron aguardar más tiempo de lo que el Almirante hubiera deseado y, en el transcurso del rato que duró la espera, se le fueron diluyendo por las venas la seguridad y la confianza que traía aprendidas, quedándose prácticamente sin protección en manos del inquisidor. Sentado tras una enorme mesa, aquel hombre se mostró sarcástico y sobre todo desconfiado ante la presencia del Almirante. Lo miraba con sus ojillos brillantes y azulados buscando más allá de lo que le decía, y llegó un punto en el que el mismo don Luis estudiaba con detenimiento cada frase antes de decirla, como quien camina por un terreno embarrado. Con los tiempos que corrían, casi era una obligación para los hombres del Santo Oficio ver ataques a la religión hasta en las personas de más alta alcurnia, sobre todo desde que se había descubierto la presencia de grupos de herejes e iluminados dentro del mismo Valladolid.

Allí estaba el Almirante de Castilla, menos convencido de lo que aparentaba de poder salvar al marido y al hijo de Beatriz, exigiendo que le mostraran las razones por las que se les acusaba. Pero la respuesta del hombre de ojos desconfiados lo dejó maltrecho y tuvo que apocarse y agachar la cabeza. El juez le enseñó unas cartas escritas de puño y letra por Alfonso en las que se podían leer largas exposiciones ideológicas de marcado tinte luterano, que el joven aseguraba haber escuchado en boca de unos amigos de su padre en ciertos viajes que él llamaba «comerciales». En ellas se hablaba de un nuevo pensamiento que transformaría a las gentes.

—Como comprenderá, Almirante, estas pruebas son más que suficientes para impartir un castigo a estos hombres, pero si no termina de convencerse y continúa pensando que nuestra actuación es injustificada, le diré que la destinataria de estas cartas es su hija. —La frase cayó sobre don Luis como un jarro de agua fría. Se quedó como un pasmarote, aferrado con las dos manos a las cartas, con la mirada baja y fija en ellas—. Imagino que se hace cargo de la gravedad del asunto.

—Mi hija... no. Ella...

—No se preocupe. —Y añadió—: De momento, claro. Su alcurnia y la juventud de su hija nos hacen pensar que esas ideas nada tienen que ver con ella. No creemos que el alma de la joven se encuentre en peligro. Afortunadamente hemos cercenado el mal que se cernía a su alrededor, pero le aconsejaría que vigilara más las relaciones de sus hijos si no quiere que su familia se vea en una situación comprometida.

Las palabras del juez dejaron al Almirante inerme, incapaz de replicar. De hecho, lo único que deseaba en ese momento era desaparecer de ese espantoso edificio que olía a moho y a orines de gato, y borrar los últimos instantes de conversación de su memoria. Aquel hombre le había hecho sentirse realmente ridículo. Estaba claro que con semejantes pruebas era imposible pedir clemencia. Tuvo que tragarse su orgullo, dando las gracias por que su familia no se viera envuelta también en el asunto, obviando la punzante complacencia del juez. De todo ello jamás habló con Mariana, ni con Beatriz, ni con su esposa. Intentó rumiarlo, tragarlo y digerirlo para poder deshacerse de ello lo más rápidamente posible, pero el intento de olvidarlo se lo recordaba cada minuto y los ojos interrogantes de Beatriz paseando serenos por los pasillos del palacio eran como una condena con la que desayunaba, almorzaba y cenaba todos los días. «Ellos se lo buscaron», se repitió durante años para sus adentros, pero eso nunca sirvió para que se sintiera mejor.

La vida de Beatriz cambió. El entusiasmo habitual de la mujer voló como una bandada de pájaros migratorios, con la diferencia de que los cambios de estación no le devolvieron la alegría. Lo que en un principio pareció ser el silencio por el luto, pasó a convertirse en una costumbre. Se volvió una mujer taciturna. Dejó de coser profesionalmente. Ya no recogía encargos de nadie, pero aunque no hubiese sido así, pocas personas habrían tenido el valor de demandar sus servicios. Después de lo ocurrido, la gente actuaba como si las ideas iluminadas por las que habían juzgado a su marido y a su hijo hubieran quedado enganchadas en los dedos de la costurera y pudieran llegar a contagiarse vía pespunte a cualquiera que adquiriese uno de sus trabajos. De vez en cuando bordaba algún pañuelo o le hacía un vestido a Mariana, movida por la actitud protectora que sentía hacia la joven, que se vio incrementada por la ausencia de su hijo. Cuidaba de Mariana como si fuera su niña. La peinaba, la ayudaba a vestirse, la arropaba por las noches, la acompañaba a todas partes, y se desvelaba pensando que algo o alguien pudiera hacerle daño. Mariana se dejaba mimar por ella. El arrepentimiento por no haber destruido las pruebas que habían llevado hasta la muerte a la familia de Beatriz le remordía por dentro, y se afanó en la labor de intentar reemplazar el amor filial en el corazón de la mujer. Desde siempre la había considerado como una madre más. Nunca había hecho diferencias entre el cariño profundo que sentía por su auténtica madre y el que profesaba a Beatriz, y cuando fueron pasando los meses, se aceptó de forma silente que Beatriz llamara «mi niña» a Mariana aunque estuviera don Luis delante.

Poco tiempo después del auto de fe, los malestares de la madre de Mariana se multiplicaron y crecieron como si ella misma les hubiera dado rienda suelta. Parecía que había dejado de resistirse y que aceptaba dócilmente el castigo de los dolores físicos como una especie de penitencia por algo malo que ella había hecho, aunque no lo recordara. Poco a poco, doña Ana se convirtió en un fantasma nocturno que moraba por los pasillos y las salas cuando todo el mundo estaba acostado, arrastrando los pies como un ánima en pena. La oscuridad, el sosiego y la ausencia de ruidos aplacaban ligeramente sus irremediables dolores de cabeza. Por eso doña Ana trasladó su alcoba al ala más solitaria del palacio y se mantenía latente entre las sábanas y las tinieblas en un duermevela constante. Brígida le servía comidas ligeras para que su estómago no trabajara demasiado. Beatriz seguía administrándole las tisanas y los masajes de aceite de espliego y, cuando se encontraba mejor y podían abrir un poco las contraventanas de la habitación, Mariana leía para ella textos de sencillos argumentos que seleccionaba escrupulosamente entre los libros de la biblioteca. Las ausencias de doña Ana en las actividades cotidianas del palacio convirtieron a la joven noble de Medina de Rioseco en la señora de la casa. Disponía las compras, contabilizaba los gastos del mes, elegía el color de la tela de los manteles, la ubicación de los muebles y los menús de la semana.

Dadas sus capacidades administrativas poco a poco empezó a participar en la organización de los recursos de la villa y a ayudar a su padre, primero con las decisiones triviales y más tarde también con las importantes. La visión de la vida y de la sociedad en la que se hallaban inmersos estaba más clara en la mente de la joven que en la del noble Almirante. Él había empezado a sentirse perdido, como si una intensa niebla le impidiese ver hacia dónde tenía que dirigirse, como si una sombra de melancolía perpetua le borrara el brillo de sus ojos verdosos. A veces, sentirse tan terriblemente abatido le reconfortaba, le proporcionaba un regusto agradable que ayudaba a soportar el peso de la nostalgia que flotaba por la casa. Mostrarse sombrío frente a los demás también le hacía sentirse mejor. Mariana le preguntaba en ocasiones qué era lo que le ocurría; entonces él suspiraba apático y con ese suspiro conseguía deshacerse por un instante de su apabullante peso existencial. Pasaba mucho tiempo solo, pensando, conociéndose a sí mismo, descubriendo su creciente incapacidad para soportar las exigencias de la vida en general y del palacio en particular. Don Luis comenzaba a sentir que las cosas no estaban saliendo como él esperaba, aunque en realidad no sabía a ciencia cierta cuáles eran sus verdaderos deseos. Siempre imaginó que a esas alturas de la vida su primogénito ya se estaría encargando del señorío, y sin embargo, ninguno de sus dos hijos varones mostraba el menor interés por Medina de Rioseco, por sus posesiones en otros pueblos de Valladolid y mucho menos por él o por su esposa. La única que se mantenía firme a su lado era Mariana; no sabía bien si porque era la más fiel, porque era la más pequeña o porque, al ser mujer, había tenido menos oportunidades que sus hermanos para huir del hogar. Ante tanta pesadumbre, el Almirante prefirió dejar que Mariana tomara su mano en las tinieblas y guiara el barco a la deriva en que se estaba convirtiendo su vida.

Por las tardes, Mariana y Beatriz salían a pasear por los alrededores de Rioseco y hablaban durante horas sobre los afectos que las unían y sobre las emociones que los demás despertaban en ellas. Era entonces cuando la joven se desahogaba y le contaba a Beatriz sus angustias.

—Antes... por las noches, cuando me iba a dormir, le rogaba al Señor para que me permitiera borrar las ofensas de mi hermano, pero ahora todo se ha desbordado y no lo consigo... Creo que no podré vivir en paz hasta que logre poner fin a este sentimiento.

—No pongas en manos de Dios aquello que has de dominar tú misma. Desconozco las razones por las que detestas a Rodrigo, mi niña —le decía Beatriz con el presentimiento de una verdad que no quería conocer—, pero piensa que el rencor nos une a las personas de la misma forma en que lo hace el amor. El rencor nos convierte en esclavos.

Por aquella época, el dolor por la horrible muerte de Rafael y Alfonso había dejado paso a un recuerdo apacible, como si se tratase de dos ángeles. Ambas estaban convencidas de que velaban por ellas desde algún lugar maravilloso, repleto de luz y felicidad. Sentían su presencia en los rincones más inesperados, si bien se cuidaban mucho de revelar a nadie aquella curiosa percepción etérea. A veces, Mariana paseaba sola por el jardín y caía a sus pies, sin razón alguna, una rosa como las que Alfonso dejaba secar entre las páginas de los libros, para después enviársela dentro de una carta, o Beatriz percibía la presencia de un ser invisible y amoroso que la observaba en una sala donde no había nadie más que ella. Era entonces cuando la emoción de advertirlos cerca las empujaba a buscarse a la carrera por el palacio para contárselo la una a la otra de forma acelerada y ansiosa.

Hacía aproximadamente seis años que el primogénito del Almirante no pisaba el hogar familiar. Se había pasado todo ese tiempo viajando por Europa, acompañando al rey Felipe sin apenas acordarse de escribir a sus padres de vez en cuando. El emperador Carlos había abdicado en su hijo, pero infinidad de asuntos habían mantenido alejados de Castilla a él y a su séquito de consejeros y secretarios reales entre los que se encontraba el joven Luis. Por eso, el regreso al país del nuevo monarca significaba que el heredero del almirantazgo volvería al palacio, aunque sólo fuese por unos días. Ésa era la excusa que don Luis precisaba para insuflarse ánimos. Pasar un tiempo con su hijo, hablar de asuntos relacionados con la corte, informarse de su situación y de su futuro, significaba novedades, algo que el Almirante necesitaba para vencer el tedio de sus jornadas palaciegas. Padre e hijo compartieron muchas horas a lo largo de esa semana. Don Luis quería saber y el joven era la mejor fuente de información.

—Supongo que el monarca decidirá instaurar la corte en Valladolid, ya que éste es su lugar de nacimiento —le dijo a su primogénito.

—Pues la verdad, padre, es que aún no hay nada decidido. Es cierto que la ciudad es próspera y prometedora, y que ha iniciado una serie de cambios en la práctica y en la forma de gobierno que están rompiendo con la tradición secular que se venía arrastrando desde hace tiempo. Creo que en Valladolid se están poniendo los cimientos de una nueva forma de conducir el reino, pero esa decisión depende del monarca. Él sabrá lo que tiene que hacer.

—Pero quizá bajo la influencia de sus consejeros él decida...

—No, padre —repuso el joven Luis interrumpiendo la frase—. Yo no tengo influencias de ningún tipo en este asunto.

—Tú estarías más cerca en caso de necesitarte si la corte

estuviese en Valladolid. Pero claro, si no puedes hacer nada...

—¿Acaso tiene problemas, padre?

En parte se sentía responsable del palacio, como hijo mayor y heredero del título, pero no podía evitar encontrarse satisfecho con la vida que había elegido al lado del monarca. Su padre no pretendía mortificarle por su determinación. No quería que hiciera las cosas por obligación y que le ocurriese lo que a él. Don Luis siempre había actuado conforme a los deseos de los demás y ahora, con el paso del tiempo, se arrepentía de haber desperdiciado su vida sin haber llegado realmente a saber lo que le hubiera gustado hacer con ella. Intentó quitarle hierro al asunto para que su hijo se convenciese de que todo iba bien a pesar de su ausencia.

—No, no. Todo sigue su curso... Tu hermano me escribe de vez en cuando y también me cuenta que todo marcha a la perfección en aquellas tierras que el rey tuvo a bien otorgarnos, y, bueno, por aquí las cosas no van mal... Mariana me ayuda mucho.

—¿Mariana? —dijo sorprendido. Para él su hermana era una niña. No había reparado en ella desde que llegó, así que tampoco se había dado cuenta de que esos años la habían convertido en una bella e inteligente joven con capacidad suficiente para ayudar a su padre en los asuntos del señorío.

—Pues sí. Tu hermana es un dechado de virtudes y no creo que sea la pasión paterna la que me obliga a hablar así. Se encarga de muchas cosas, me ayuda. Espera, voy a mostrarte... —Don Luis se puso a rebuscar entre los papeles—. ¿Ves? Ésta es la contabilidad de la casa desde comienzos de año hasta ayer mismo, y esto... —entornó los ojos para verlo mejor—, esto son pequeñas sugerencias para mejorar los recursos... ¿del torno? Sí, del torno.

—¿Y esto qué es? —Luis había cogido un papel que parecía un inventario.

—Veamos... Una lista que ella confecciona con los productos novedosos que llegan a la feria. Explica para qué sirven y el arte que los vendedores emplean para convencer a la gente de la necesidad de adquirir el nuevo producto, aunque nunca antes lo hubiesen precisado. —Sonrió—. Bueno, esto en realidad no sirve para nada, yo ya se lo he dicho pero ella...

—Es muy interesante. —El joven Luis miraba y remiraba los papeles—. ¿Sabe, padre?, es justo gente así la que necesita el monarca.

—¿Gente como quién? —preguntó el Almirante, sorprendido por el inusual entusiasmo de su hijo.

—Personas como Mariana. Felipe quiere evolucionar de acuerdo con los tiempos. Es importante mantenerse bien informado. Las noticias y las novedades son la baza gracias a la cual un buen monarca puede adelantarse a los contratiempos.

—Pero no entiendo qué tiene eso que ver con que Mariana me ayude en la administración...

—Se trata de un servicio del que disponen la alta jerarquía de la Iglesia y los reyes y nobles desde hace años. Felipe cuenta con una enorme red de confidentes epistolares repartidos por diversos lugares del reino que le informan de lo que ocurre en cada rincón en un tiempo relativamente razonable. —Parecía que el Almirante aún no había comprendido del todo las explicaciones de su hijo, pero los pensamientos del joven Luis ya estaban en otro tema—. ¿Podríamos llamar a Mariana? Me gustaría hablar con ella.

Cuando la joven entró en la habitación se sintió observada. Su padre y su hermano estaban esperándola con el gesto expectante del gato que acecha al ratón. Por un momento se sintió importante: en ese instante los dos hombres de la casa estaban más pendientes de ella que de ninguna otra cosa, algo que no le había pasado antes. Después de un largo alegato, en el que su padre volvió a narrar, mientras paseaba arriba y abajo por la habitación con pasmosa calma, la historia de su antepasada Juana, su parto y los estrechos vínculos familiares que les unían a la monarquía, su hermano Luis le espetó impaciente:

—¿Qué te parecería escribir para el rey?

—No entiendo. —Mariana miraba a su desconocido hermano sin comprender lo que intentaba proponerle.

—Escribir, escribir —dijo, aparentemente molesto porque su hermana no hubiera captado al instante su propuesta—. Nuestro padre me dijo que lo haces bien. Podrías narrar los avances que se han producido en el pueblo desde que Felipe II es el monarca, o la bonanza del ganado con mejoras en su alimentación... No sé. Noticias destacables de lo que ocurre por aquí.

—Pero ¿cómo voy a escribir al rey si no le conozco?

Su hermano adoptó un tono condescendiente y fingidamente atento para explicarle que lo único que tendría que hacer era hablar del acontecer diario, de los comentarios que se escucharan por la villa, y hacerlo en tono respetuoso y cordial. Señaló que no hacía falta que conociera personalmente al rey, que más bien debería intentar abstraerse para no sentirse apabullada por la idea de cartearse con el monarca.

—Imagínate, hermana, que es a mí a quien escribes y a quien le cuentas todas esas cosas. Eso te hará sentir mucho más cómoda.

Mariana no quiso resultar desagradable, pero jamás había mantenido correspondencia con su hermano. Ni siquiera había tenido con él una conversación de más de tres frases, así que apenas había diferencia entre escribir cartas a Luis o al monarca.

—Piensa, hija mía, que el rey es rey por la gracia de Dios. Si él necesita informarse de las cuestiones de su reino, es como si el propio Señor te pidiera que le informaras. —Su padre le hablaba en tono infantil, como cuando se pretende convencer a un niño para que se tome la sopa.

Nunca había llevado la contraria a su padre y mucho menos le había negado nada, y ahora que parecía un geranio pachucho tampoco pensaba hacerlo. La sugerencia de cartearse con el rey le pareció una decisión tan simple que ni siquiera discutió con ellos. Se pasaba el día escribiendo, le daba igual hacerlo para que otra persona leyese sus escritos, se tratase o no de un monarca, así que aceptó y asintió con un silencio.

Lo que en un principio le pareció una simple tarea más, se convirtió en un trabajo placenteramente estimulante. Apuntaba los sucesos destacables que ocurrían en la villa y los adornaba con chismorreos y conjeturas que Beatriz y Brígida sugerían a la hora de la cena. Les preguntaba a las personas cercanas sus opiniones sobre los acontecimientos que levantaban algún tipo de polémica, señalando las edades, oficios y sexos de los interrogados «para que V. M. conozca el discernimiento por boca de sus súbditos y no sólo por la de esta rendida servidora de su Corona».

Llegó un momento en el que escribir esas cartas se volvió una labor apasionante, más aún cuando el rey comenzó a contestar. Eso le abrió las puertas y ventanas al conocimiento de una forma diferente de observar el mundo. No le imponía demasiado que se tratase del monarca, pues ella no lo percibía como un rey a través de las misivas. Lo realmente importante era que una persona tan distinta a ella, con ideas nuevas y con una vida excepcional, le dedicara unas letras. Volvió a emocionarse con aquella correspondencia como en tiempos se emocionara con la mantenida con Alfonso.

Una mañana llegó una carta de Rodrigo con el correo. El Almirante recibía a veces noticias de amigos que le contaban que a su hijo menor no se le estaba dando mal la administración de la hacienda que la familia poseía en el otro extremo del mundo y don Luis tenía que confiar en lo que le decían porque a su joven vástago no le gustaba nada tener que juntar letras para explicar sus movimientos. A don Luis no le importaban demasiado los beneficios económicos que esas tierras desconocidas pudieran reportarle, pues su hijo aún no había enviado un solo ducado desde que se marchó y estaba seguro de que no iba a hacerlo en un futuro. El Almirante se alegraba más por que el monarca se sintiese satisfecho de los servicios que los Enríquez pudieran ofrecerle a lo ancho de su dilatado reino.

Rodrigo prefería olvidar los aburridos asuntos diarios, a pesar de que podía jactarse de que todo marchaba bien. Lo único que de verdad le importaba era fijar su vista en un anhelado futuro en el que imaginaba que se cumplían uno a uno sus más estrambóticos deseos. Por eso, para la familia, la llegada de aquella extensa carta de Rodrigo fue tan sorprendente. En ella le hablaba a su padre de lo magnífico del lugar en el que vivía y de lo productivo de su administración ultramarina. Por lo visto, gracias a una serie de negocios llevados de manera inteligente, el patrimonio colonial había duplicado el valor desde su llegada. Según las palabras de Rodrigo, sus contactos en el Nuevo Mundo eran influyentes e interesantes, y el Almirante se alegró por ello. Al parecer, su hijo menor al fin había encontrado su lugar en el mundo, aunque ese lugar estuviese a miles de leguas de distancia. La misiva parecía un inventario de las virtudes que había interiorizado desde su marcha, con el que intentaba convencer a su padre de que el antiguo Rodrigo, impetuoso e irreflexivo, se había ahogado en lo profundo del océano durante el viaje en barco y que de él sólo quedaba un hombre responsable interesado por su familia y sobre todo preocupado por el futuro de su hermana. Al final de la carta, Rodrigo hizo una declaración a favor de la felicidad de Mariana que, según él, ya llevaba un par de años en edad casadera y parecía enterrada en vida entre las paredes del palacio. Después de una especie de sermón que hizo que don Luis se sintiese egoísta e irresponsable con respecto a su hija, añadió que había encontrado a alguien adecuado para ella, el hijo del virrey de Nueva España, y proponía que su hermana viajase hasta las tierras del Nuevo Mundo con la firme promesa de encargarse de ella con devoción y entrega, y de no cesar hasta conseguir su felicidad.

Ya hacía tiempo que don Luis pensaba en buscar un buen esposo para Mariana, pero aún no había conocido a nadie que reuniese las características oportunas que él consideraba indispensables para una joven guapa, noble e inteligente como ella. Al menos, eso era lo que él creía hasta ese momento, pero las palabras de Rodrigo le hicieron dudar de si realmente no había encontrado a nadie o si no había querido encontrarlo. La carta de su hijo le hizo tomar conciencia de que Mariana ya era una mujer y de que, si demoraba más su elección, podría quedarse para vestir santos. Por un momento cruzó por su mente la idea de que permaneciera consagrada a aquel palacio y a su persona para siempre, pero enseguida la desechó. Algún día ellos faltarían y no tenía derecho a privarle de una familia por intereses personales. Analizó durante varios días la sugerencia de Rodrigo. Había muchos factores a favor y sólo uno en contra: que estaría lejos, como los otros, lejos de él y de su mujer; por eso decidió hablar con su esposa.

—Haz lo que sea mejor —le dijo ella en la oscuridad de la habitación, con los ojos entrecerrados.

—Pero no sé si lo mejor es que se case y se vaya lejos, o que se quede y buscarle un marido aquí. Desde luego, el hijo del virrey es una gran oportunidad para ella, no sé...

Pero ya no recibió más respuestas por parte de su mujer, así que tuvo que decidir por él mismo.

Mariana reaccionó con sorpresa, miedo y excitación, todo a la vez y mezclado. Jamás había pasado por su cabeza la idea de casarse, dedicaba demasiado tiempo a su mundo interior. La propuesta de su padre resultaba interesante por la posibilidad de hacer algo distinto, aunque el tener que atravesar el mundo para alcanzar un poco de libertad, en un primer momento le pareció apabullante. Había leído textos sobre el amor y deseaba sentirlo. Su mente había volado muchas veces en las noches imaginando caballeros ocultamente enamorados, luchando en duelos por su corazón. Pero nadie se había fijado en ella y era improbable que se fijaran. Estaba claro que ningún hombre con sentido común se atrevería a cortejarla en Medina de Rioseco: su padre y su título impresionaban demasiado como para que cualquier familia de la villa estuviera dispuesta a acercarse. Beatriz le dijo que había supuesto que quien pidiese su mano sería alguien de otro lugar.

—Pero nunca imaginé que ese lugar estuviera situado al otro lado del mundo.

—Puedo aceptar los mandatos de mi padre. Él decidirá lo mejor para mí, pero me da miedo que esto sea una idea de Rodrigo.

Recelaba que aquella propuesta hubiese nacido de la mente retorcida de su hermano y aborrecía tener que adaptarse a sus planes. Incluso pensó que todo se trataba de un truco para cometer alguna maldad con la distancia suficiente como para que nadie pudiera reprochárselo. Cuando la situación comenzó a tomar consistencia en su cabeza, se dio cuenta de que ella no era en absoluto la dueña de su destino, que todo en su vida lo habían dirigido su padre y sus hermanos, por muy inteligente que se considerase. Estaban eligiendo por ella a la persona con la que pasaría el resto de sus días, y le pareció que se trataba de una decisión demasiado importante para tomarla a la ligera. Y sintió miedo.

—¿No crees que debería elegir yo a la persona con la que he de compartir mi vida? —le dijo a Beatriz.

—El matrimonio es una unión de intereses comunes y quizá tu padre y tu hermano consideren que lo más conveniente para ti sea esta boda. —Vio la decepción en el rostro de Mariana e intentó arreglar lo que había dicho—. Es posible que el amor te esté esperando en la persona del hijo del virrey. Es un hombre culto y refinado; si no lo conoces nunca sabrás si es el amor de tu vida.

—¿Y eso cómo se sabe?

—Es fácil. Al conocerlo, presientes que todo te ha llevado hasta esa persona. Y de pronto, cuando está cerca, es como si un millar de mariposas revolotearan dentro de tu estómago, levantando tanto aire que apenas eres capaz de respirar.

A Mariana la posibilidad de sentir algo como eso le pareció extraordinaria y deseó enamorarse en ese mismo instante. Estaba claro que Beatriz sabía muy bien de qué hablaba, y que nadie nunca sería capaz de explicar tan bien como ella ese sentimiento. Estaba dispuesta a dejar atrás toda su vida anterior siempre y cuando se le permitiera una exigencia. Aceptó la propuesta de su padre poniendo sólo una condición: que Beatriz la acompañara a Nueva España.

Lo que en un principio parecía fácil de cumplir, no lo fue tanto. Don Luis habló con su hijo mayor para explicarle la situación y el deseo de Mariana de llevar con ella a Beatriz, pero después de las colonizaciones y con la intención de realizar una limpieza de sangre en las gentes que ocuparan los nuevos reinos, se había prohibido el viaje a las Indias a personas de dudosa convicción religiosa, y entre ellos se encontraban los judíos conversos.

—Mariana, hija, no va a poder ser. Para atravesar el mar hasta el Nuevo Mundo, hace falta demostrar que en las últimas siete generaciones uno ha sido un cristiano viejo y no tener sangre de moros o judíos entre los antepasados. Y ya sabes que la familia de Beatriz...

—Entonces escribiré al monarca. Yo misma redactaré la petición.

Mariana no tenía la intención de darse por vencida. Desoyendo los consejos de su hermano Luis, escribió una carta a Felipe II pidiéndole que se realizara una excepción que permitiera a Beatriz viajar al Nuevo Mundo bajo la firme promesa de que respondería por ella y por todos sus actos. La describió como una mujer «que es dulce y amorosa y está sola. Es mi apoyo y yo el de ella». Incluso dejó entrever, en un arranque de entusiasmo literario, que «la melancolía ha de acabar con mi vida poco a poco como han de fenecer los peces que uno saca del río si Beatriz no viaja conmigo». La frase casi consiguió enternecer a un hombre como el rey, acostumbrado a grandes emociones.

Ante la insistencia de la joven, el monarca consideró que una mujer de la edad de Beatriz tenía pocas posibilidades de corromper a las gentes del Nuevo Mundo. Además, los servicios que Mariana realizaba para la Corona no habían sido recompensados por el momento de ninguna manera. Dio el consentimiento para que Beatriz viajara a las nuevas tierras a condición de que la joven continuara con su labor informativa. A Mariana le pareció un buen trato porque en realidad no había pensado interrumpir la correspondencia, así que comenzaron los preparativos para su marcha con una ilusión insospechada. Por lo único que se sentía mal era por dejar solos a su padre y a su madre, que en los últimos tiempos parecían cargar con la edad de toda la gente del pueblo.

Esa partida significaba una liberación para Beatriz. Cada rincón de Medina de Rioseco le recordaba lo ocurrido con su marido y su hijo, y muchos vecinos todavía la señalaban por la calle. Desde lo acontecido en el auto de fe, su vida había cambiado tanto que hasta podía oler la llegada implacable del otoño para recordarle el fatídico día en que su familia murió. Necesitaba salir de allí, y la idea de ir en misión de protectora de Mariana, para velar por su seguridad, le pareció la mejor tarea que podía llevar a cabo el resto de su vida, ahora que su verdadera madre se encontraba en una situación de hibernación perpetua.

—Madre, abra los ojos —dijo Mariana susurrando entre las sombras de la alcoba de doña Ana—. Beatriz y yo nos vamos a Nueva España.

Doña Ana las miró sin entender. Hacía ya tiempo que ese dolor de cabeza le había bloqueado los sentidos y ella se había dejado someter por él. Tras años de observación de su enfermedad, había descubierto que no pensar era el mejor remedio para suavizar el dolor. Se mantenía inerte sin pensar en nada, algo que consiguió después de un intenso trabajo de sugestión. Primero empezó visualizando las paredes del palacio cubiertas de enormes sábanas blancas, y tras mucha práctica, consiguió mantener la imagen inmaculada delante aunque tuviera los ojos abiertos o aunque alguien le estuviese hablando. Por eso la mayoría del tiempo parecía encontrase en otro mundo y no respondía cuando se dirigían a ella porque hablar le hacía perder la concentración. El remedio de las sábanas blancas era la mejor opción porque, en la soledad de la alcoba, sus pensamientos la hubieran vuelto loca.

—Es el lugar en el que vive Rodrigo. Nos vamos con Rodrigo a Nueva España, madre.

—No os demoréis en volver y tened mucho cuidado. ¿Tu padre os acompañará?

—No, madre, iremos con Luis. Él también se viene con nosotras.

Mariana nunca estuvo del todo segura de que doña Ana fuera consciente de su marcha. Siempre pensó que su madre creía que había soñado esa conversación y en el fondo se alegró. De esa manera, no pudo sentirla lejos en sus últimos momentos.

6

No es de maravillar que la gente diga de esta ciudad que es la más linda de todas las de España, que no tiene parangón en todo el orbe de la tierra, y que baste decir Sevilla para evocar sus grandezas. Tiene una catedral con la torre más sublime que yo haya visto ni oído describir y desde lo más alto de ella se puede vislumbrar toda la capital. Para arribar a los balcones superiores se ha de subir por rampas, que no escaleras. Me dijeron que el primer anciano muecín subía a caballo por ellas. Que no sé cómo podía el caballo doblar las esquinas y cómo bajaba el rocín por las pendientes, pero de haber dispuesto yo de uno en el momento de subir lo hubiera intentado, que el trabajo de llegar a la cúspide es muy grande y fatigoso, aunque le aseguro a V. M. que el espectáculo merece tal esfuerzo [...]. Tiene la catedral un lugar llamado Patio de los Naranjos en el que se me hizo dificultoso, aun viéndolo, poder creerlo: de una de las vigas del techo se halla colgado un cocodrilo que me dijeron enviara como presente hace tres siglos el sultán de Egipto al rey Alfonso X para pedir la mano de su hija. El animal, una vez muerto, desollado y seco su pellejo, se rellenó de paja y allí quedó, colgado de la viga, como dije. No imaginaría el desdichado que una vez muerto pasaría los días de esta forma.

Los preparativos para la marcha, acomodar en los baúles el ajuar que primorosamente llevaban más de diez años bordando las monjas, embalar los objetos más preciados entre los que incomprensiblemente se incluyó el virginal por pura cabezonería de Beatriz, que se negó a separarse de él, las despedidas a media villa y el nerviosismo de los últimos días no dejaron a Mariana el tiempo suficiente para percatarse del cambio que su vida estaba experimentando. Era como si todo se estuviese precipitando por una pendiente y ella intentara ir amortiguando el golpe aferrada a cualquier cosa que encontraba a su paso. Iba venciendo los obstáculos poco a poco, y cuando se quiso dar cuenta ya se le había echado encima el momento de la partida, que hasta ese día siempre le pareció distante y a veces incluso ajeno. De no haber utilizado ese pequeño truco, tal vez no hubiera podido afrontar el vértigo que le provocaba tener que cortar de pronto los lazos que la mantenían unida a todo su mundo conocido. Pero lo que más la ayudó a encarar el cambio al que se abocaba su vida fue que Beatriz marchase con ella. Gracias a eso no perdió los estribos en ningún momento. Incluso durmió con relativo sosiego la noche anterior a la partida, se despidió de sus padres y de Brígida sin apenas soltar una lágrima, y ascendió con elegante madurez al interior del carruaje, prometiendo que escribiría una carta todos los días. En ese instante no quiso siquiera pensar en la distancia.

La primera etapa del viaje no resultó demasiado fatigosa, una preparación para ir haciéndose a la idea. La comitiva tenía el encargo real de detenerse un día en la ciudad de Valladolid para recoger allí a un fraile de mediana edad de la orden de los dominicos que cruzaría con ellos el océano.

—Me parece que vuesa merced y yo seremos los *menanti* de su majestad —le dijo fray Lorenzo a Mariana nada más conocerla.

—¿Cómo dice, padre? —Era la primera vez oía esa palabra y no tenía ni idea de lo que significaba.

—Contadores de vidas, informadores... los ojos de su majestad en el Nuevo Mundo.

—Sí, sí, eso creo.

—Es una labor difícil intentar contar las cosas como son y no como uno las ve. Dejar aparte lo que uno piensa, explicar sin apasionamiento...

Fray Lorenzo dejó la frase en el aire, esperando la respuesta de la joven, quien, a juzgar por su reacción, no le había dado demasiada importancia o quizá no había comprendido lo que quería decir con aquella frase. Mariana había adquirido ese compromiso con el rey en un primer momento casi por obligación y más tarde lo mantuvo por puro placer. No le daba demasiadas vueltas a la manera de describir las cosas. Ella las relataba como creía que eran y no pensaba que contar lo que vieran sus ojos fuera una labor difícil. Tiempo después se daría cuenta de lo imposible que resultaba no involucrar el pensamiento en las palabras.

Desde el primer día fray Lorenzo creó unos estrechos lazos de afecto con Mariana y Beatriz. El dominico rompía con todos los estereotipos del perfecto religioso creados por la mente de la joven. Todos los eclesiásticos que había conocido en su vida tenían los ojos amenazadores, el rictus serio, la mirada desconfiada y por lo general olían a sebo reseco. Un ejemplo palpable era el padre Bernardo, el cura de Medina de Rioseco, que se pasaba las horas escudriñado en las vidas de sus feligreses, preocupándose más por sus tinglados terrenales que por la salvación de sus almas, como si su verdadera misión fuese cotillear por la villa. Mariana había dado por sentado que los religiosos eran una especie de vigilantes que el Señor había puesto en la tierra con el propósito de aterrorizar a todo el que no cumpliera con las exigencias de la religión. Sentía pánico cada vez que acudía a solicitar la absolución de sus pecados y percibía el brillante ojo del padre Bernardo acechando a través del enrejado del confesionario. Todos sus pecados parecían terribles cuando él la miraba de esa forma. Sin embargo, fray Lorenzo tenía unos encantadores ojos del color de la miel, dulces y apacibles como su carácter. Se pasaba el día sonriendo, y por la noches, cuando hacían la habitual parada de descanso y el tedio se adueñaba de los viajeros, sacaba su vihuela y cantaba canciones que hablaban de la bondad del Señor, de sus milagros y sus gracias, «sepa V. M. que, según palabras de fray Lorenzo, es más fácil evangelizar a través de la música, y debe de ser cierto porque la mayoría escuchan con más atención las cantinelas que los sermones, sin que eso me parezca desacertado, si se me permite decir lo que pienso».

Fray Lorenzo les contó que había sido discípulo de fray Bartolomé de las Casas, el ardiente protector de los indios como súbditos libres del rey, el tiempo que éste estuvo retirado en el monasterio de San Gregorio en Valladolid. Se encontraba presente durante el enfrentamiento entre De las Casas y el filósofo Sepúlveda, que compartía la idea de Aristóteles según la cual algunos hombres eran esclavos natos al servicio de seres superiores.

—El emperador Carlos les concedió audiencia a los dos para que defendieran sus postulados, pero la conferencia terminó sin que se tomara una posición clara y determinante, más que nada por la complejidad del debate —les relató fray Lorenzo en la primera jornada de viaje—. Eso dejó al emperador pensativo. Desde entonces se preocupó de informarse del tratamiento que los indios recibían por parte de los encomenderos y recomendó a su hijo y futuro rey que fueran amparados y protegidos legalmente.

—Y el monarca ha seguido los sabios consejos de su padre, por eso vuesa merced está aquí —añadió el joven Luis.

—Cierto. Quedé tan impresionado con las historias que Bartolomé de las Casas contaba del Nuevo Mundo, que no pude evitar ofrecerme voluntario cuando el rey solicitó los servicios de un informador eclesiástico que le relatase lo que realmente ocurría en las Indias.

Mariana pasó las largas jornadas del viaje entre Medina de Rioseco y Sevilla arropada por los mimos de Beatriz, la seriedad de su hermano Luis, la familiar compañía de los sirvientes del Almirante que estaban encargados de escoltarlos hasta el momento de su embarque y la charla diaria de fray Lorenzo. Eso también le sirvió para aclimatarse al cambio de vida. Era como si sutilmente se le fueran instalando en la cabeza las novedades, dándole bastante tiempo para adaptarse a ellas, lo cual agradeció. A pesar de todo, las transformaciones del paisaje y la subida de la temperatura le oprimían el pecho un poco más cada jornada que pasaba, lo que comenzó a provocarle estremecimientos de inquietud que de pronto la asaltaban poniéndole la piel de gallina y obligándola a lanzar un suspiro liberador de cuando en cuando. Nunca había dormido en una cama que no fuese la suya, ni había degustado platos que no hubiese cocinado Brígida, nunca había pasado una noche fuera de su casa. No quería darle vueltas a esos pequeños detalles, pero Beatriz se los recordaba entre parada y parada del camino hacia el sur. Por las noches, por muy cansada que estuviese a causa del zarandeo del viaje, permanecía unos instantes con los ojos cerrados antes de que el sueño le alcanzase y todas esas pequeñas cosas que hasta entonces habían formado su realidad le atenazaban la razón y se establecían en la boca de su estómago como si de una mala digestión se tratara.

Llegaron a Sevilla una tarde de agosto de 1561 y fue entonces cuando todo lo que Mariana había sentido durante el trayecto se multiplicó por diez. El calor bochornoso del mes de agosto sevillano le laceró la piel blanca protegida durante años por el clima vallisoletano. Trepó por su espalda, llegó hasta la nuca y se instaló en su cerebro mientras sus ojos recorrían la cosmopolita ciudad cinco veces más grande que Medina de Rioseco. La inquietud ante la novedad se convirtió en ese momento en una agorafobia pertinaz que apenas le permitía moverse. Cuando se dio cuenta de lo ridícula que debía de resultar allí parada, mirándolo todo con la boca abierta, intentó quitarle hierro al asunto, haciendo algún comentario sin importancia.

—Qué grande es esto, ¿verdad? —le dijo a Beatriz, que parecía aún más apabullada, mientras le frotaba el brazo en actitud reconfortante, y no respondió.

Mariana miró los ojos de la mujer que la había amamantado y descubrió que alrededor de ellos, como ramitas de árboles, habían surgido unas finas arrugas. Desde la trágica muerte de Rafael y Alfonso, su cara había sufrido ligeras variaciones. Quizá la mayoría de la gente no se había percatado de ello, pero sus rasgos, aun siendo los mismos, habían comenzado a truncarse y ya apenas reflejaban su estado de ánimo. Beatriz traía ensayado un gesto sereno y amable que se adaptaba a cualquier situación y que le evitaba las molestias de tener que expresarse. Era como si hubiese hecho extensible el luto hasta los rincones más recónditos de su anatomía, incluyendo los gestos. La comisura de sus labios se había doblado hacia abajo, dando al rostro un rictus de melancolía crónica que no se borraba ni siquiera cuando la mujer sonreía. Mariana se fijó en que en las sienes de Beatriz comenzaban a surgir unos finísimos hilos de color blanco que le habían pasado desapercibidos hasta entonces, escondidos como estaban entre sus cabellos dorados, o quizá era el sol fuerte y atrevido de la ciudad nueva quien los mostraba con auténtico descaro. Lo que no había cambiado, hasta donde Mariana recordaba, eran sus profundos ojos azules, del tono del cielo de aquella ciudad. Siguió mirándola y la encontró mayor, como cansada, allí, apoyada en su brazo. Verla de ese modo le inspiró una increíble ternura y sintió la necesidad de devolver todo lo que esa mujer había hecho por ella a lo largo de su vida. Fue entonces cuando decidió que ése era el momento adecuado para deshacerse definitivamente de la infancia. Respiró hondo un par de veces y sin más preámbulos le dijo adiós a la niña Mariana para erigirse como la responsable de ambas desde aquel mismo instante.

—Te quiero mucho. —La frase le surgió del centro mismo del alma.

Beatriz volvió la cara para mirarla, y la sonrisa de tristeza perpetua afloró a sus labios.

—Eres lo único bueno que me queda en la vida, mi niña.

No supo con certeza si fue su propia determinación de asumir la madurez o el tranquilo descanso de los días siguientes lo que hizo que se sintiese segura y feliz. Mientras el joven Luis se encargaba de todo lo relacionado con el viaje que les llevaría a las nuevas tierras, ellas comían aceitunas aliñadas y naranjas dulzonas, disfrutaban del olor de los claveles reventones y dejaban que el acento de aquellas gentes acariciara sus oídos.

Se hospedaron en casa de los Enríquez de Ribera, unos familiares a los que apenas conocían y que en aquel momento colaboraban activamente con la monarquía. El dueño de la casa se encontraba en Flandes, al parecer por compromisos adquiridos con anterioridad, pero dejó el palacio a la entera disposición de la comitiva. La servidumbre les contó que el recién nombrado duque de Alcalá se ausentaba durante largos periodos de tiempo dejándoles a ellos al cuidado del caserón. Viajaba por toda Europa, sobre todo por Italia, cumpliendo misiones diplomáticas, y cada vez que regresaba, traía con él cientos de objetos bellos y curiosos que adornaban la casa. Todo en ella era diferente de los palacios de paredes blancas habituales en el norte de Castilla. El carácter de los musulmanes que un día habitaron aquellas tierras se quedó impregnado en las mentes y en las manos de los constructores cristianos y el palacio de San Andrés o Casa del Adelantado o, como todos lo conocían, Casa de Pilatos, tenía el toque de los edificios musulmanes que sobrevivieron a la reconquista de la zona. Los habitantes de la ciudad la llamaban Casa de Pilatos porque, según contaban, el primer marqués de Tarifa, don Fadrique Enríquez de Ribera, se fue muchos años atrás de peregrinación a los santos lugares y comprobó que entre el palacio y un templete levantado a las afueras de la ciudad, llamado Cruz del Campo, existía la misma distancia que entre las ruinas del pretorio de Jerusalén y el Gólgota. A don Fadrique aquello le pareció una asombrosa y providencial coincidencia, por lo que estableció un vía crucis que jalonaba con imágenes pías las estaciones, y la primera de ellas, que era la de Jesús ante Pilatos, tenía lugar en la misma casa. Rosario, la sirvienta que le contó aquella historia milagrera, se encargaba de darle aún más énfasis a los detalles, y nombraba cada rincón de la casa con algo que la relacionara con el pretorio romano: sala del pretorio, salón del descanso de los jueces, gabinete de Pilatos... La escalera principal que llevaba al piso superior tenía el techo dorado y las paredes, que se habían convertido en mestizas por la mezcla de estilos castellanos y musulmanes, estaban cubiertas de azulejos y rematadas con arabescos de escayola. En el rellano que daba paso al comedor superior, había una hornacina en la que estaba representado un gallo.

—Éste era el gallo que cantó tres veces cuando Pedro negó al Señor. Éste, este mismo —les dijo Rosario con sincero entusiasmo, señalando al animal, el día que les enseñó por primera vez el palacio, convencida de que había sido el propio gallo bíblico el que había posado para el retrato.

La construcción ocupaba una enorme manzana. En el jardín pequeño había un estanque que servía para refrescarse en las bochornosas tardes de verano. Por algún complicado mecanismo, el agua llegaba hasta un cuarto anexo que hacía las veces de tocador y que se hallaba justo al lado de las habitaciones de Beatriz y Mariana. En medio del patio central estaba situada una de las estatuas que el dueño había hecho traer del extranjero. Decían que representaba a Atenea y que era obra de un importantísimo escultor griego muerto años antes del nacimiento de Cristo. «En torno a la diosa griega se congregan los naranjos, los limoneros, las zarzas, las acacias, el mirto, el laurel... y el olor es fragante. Las ramas apenas dejan pasar la luz del sol y los pájaros se enredan entre tanta maleza, pero parecen felices de vivir en un lugar como éste.»

La lejanía del dueño de la casa otorgaba al servicio una tranquilidad segura que, unida a su gracejo del sur, convirtió la estancia de Mariana y Beatriz en un plácido asueto que les hizo olvidar en ocasiones la verdadera razón por la que se encontraban allí. Se sentaban por las tardes a coser junto a Rosario, en el patio donde crecían los naranjos y limoneros, y allí pasaban el tiempo, charlando de cientos de cosas sin importancia. A veces Mariana no sabía distinguir la verdad de la mentira en las historias que la muchacha sevillana contaba. Eran tan inverosímiles que costaba creerlas, pero cuando Rosario veía despuntar un asomo de duda en el rostro de sus interlocutoras, unía el dedo índice con el pulgar formando una cruz, se los llevaba a los labios, los besaba y juraba por sus muertos. Eso eliminaba de un plumazo toda vacilación.

—Qué bellos son estos árboles y qué buen olor desprenden —dijo un día Mariana aspirando con fuerza el aroma del patio.

—Sí, sí —dijo Rosario riendo—, gracias al emperador Trajano.

La sevillana les contó que lo del emperador no era en absoluto una frase hecha. En uno de los viajes del duque de Alcalá a Italia, el papa Pío V le regaló una urna con las cenizas del emperador Trajano que se colocó con todos los honores en la biblioteca del palacio. Una tarde, el hermano pequeño de Rosario, que era ligeramente corto de luces y que se pasaba el día correteando por la casa con los mocos colgando, cogió la urna con las cenizas y las esparció entre los árboles frutales al grito desgarrado de: «¡Vuesa merced ya es libre, emperador!».

—Y no lo duden, que desde que las cenizas reposan en el patio, los naranjos han crecido con mucho más vigor y el azahar es más oloroso —dijo riéndose, pero cuando observó la cara de asombro de Mariana y de Beatriz, cambió el gesto, se quedó seria y añadió—. No creo yo que al emperador le importe descansar en el patio, a fin de cuentas él era de Itálica y seguro que prefiere el aire de su tierra antes que estar encerrado en esa urna.

> Fue en la Casa de Pilatos donde hube de darme cuenta de la existencia de diferentes verdades, de que las certidumbres no son las mismas para todos y de que cada uno es dueño de su propia realidad.

Mientras los demás descansaban, Luis intentaba culminar los preparativos de la travesía. En realidad, acompañar a su hermana sólo era una de las misiones de las que tendría que encargarse durante ese viaje, en el que también cumpliría con las labores de visitador de Su Majestad en Nueva España. Luis llegaba cansado a la hora de la cena, después de haber pasado todo el día entre el puerto y la Casa de la Contratación, ocupado en asuntos puramente burocráticos. Como era poco propenso a la cháchara y nunca daba las razones de sus idas y venidas, fray Lorenzo, que parecía cada día más ansioso por comenzar su labor en el Nuevo Mundo, se lanzó a preguntarle una de las noches por qué la partida, que en un principio estaba prevista para el día 14 de agosto, se estaba retrasando ya más de una semana.

—Todo lleva su tiempo, padre —dijo, visiblemente fastidiado por tener que dar explicaciones—. Vuesa merced bien sabe que la Corona española, como descubridora, tiene el monopolio de los intercambios que se hacen con las colonias...

—Sí —dijo fray Lorenzo sin comprender qué relación tenía eso con el retraso.

—También sabe que el derecho a comerciar con las Indias pertenece única y exclusivamente a los súbditos del reino.

—Sí —añadió ansioso.

—Pues bien, aunque en un principio los estados europeos aceptaron de buena gana tal prerrogativa, parece que con el tiempo eso ha despertado ciertas envidias y no cesan los ataques a galeones españoles por parte de barcos holandeses, ingleses o Dios sabrá de qué países más, con perdón, porque obviamente no enarbolan ninguna bandera —dijo con parsimonia mientras sorbía un poco de vino—. Esta situación debe terminar y se ha ideado una solución que intentamos poner en práctica por primera vez en este viaje.

Según les contó, el monarca estaba preocupado por los ataques. Siempre habían existido los piratas, pero parecía que en los últimos tiempos se hubiesen multiplicado, lo cual estaba provocando importantes perjuicios económicos al país. Luis tenía el encargo de encauzar un nuevo proyecto que requería una especial atención: la inauguración oficial del Régimen de Flotas.

—¿Y exactamente en qué consiste ese Régimen de Flotas? —preguntó fray Lorenzo.

—Verá, desde principios de siglo, la navegación a las Indias se lleva a cabo en buques aislados. Eso los convierte en presas fáciles, ¿comprende?

—Entonces ¿ahora navegarán varios juntos?

—Sí. El sistema de flotas y galeones procurará la protección necesaria a los convoyes. Se espera que el sistema funcione con la suficiente fluidez como para atravesar el océano dos veces al año con las costosas mercancías que se demandan a ambos lados del mar. Por supuesto, como medida preventiva y disuasoria, todos los mercantes viajarán juntos, custodiados por algunos buques de guerra y, por si la sola presencia de los buques de guerra no hace desistir de sus intenciones a los asaltantes, irán dotados de al menos ocho cañones de bronce, cuatro de hierro y cien mosquetes.

—Sí que debe de ser peligrosa, sí, esa ruta de las Indias —añadió fray Lorenzo apesadumbrado—. Ayer estuve paseando por el puerto y unos marineros recomendaban ir armados hasta los dientes para defenderse de posibles ataques.

—El Régimen de Flotas hará que las cosas cambien —dijo Luis, poniendo punto final a la conversación.

El día señalado por Luis para partir cogió a Mariana por sorpresa. El embarque se había dispuesto y retrasado tantas veces por culpa de asuntos administrativos de última hora que cuando la salida se hizo inminente, ella no se lo esperaba. Esa mañana el sol de Sevilla se estaba dejando sentir con más fuerza que nunca, a pesar de haberse iniciado ya el mes de septiembre. Parecía que la temperatura jamás le daba una tregua a esa ciudad, y el camino hacia el puerto de Mulas se convirtió para la comitiva en una procesión penitencial. El bochorno se pegaba a la piel —lo llamaban «la calor del membrillo»—, y la ropa se volvía pesada cual cadenas de reo. Pronto se vieron envueltos en la maraña de gente que llegaba en masa hasta la puerta de entrada al reino de Castilla y de salida al paraíso prometido. Muchas de aquellas personas llevaban semanas aguardando a que la Casa de la Contratación les diera el permiso para partir, otros se quedarían esperando durante meses, malviviendo de lo que podían trapichear en el puerto, manteniendo la esperanza de poder atravesar el mar en cualquier momento. Sevilla se había convertido en el lugar que canalizaba toda esa afluencia de gentes de todo tipo que intentaban encontrar su lugar en el Nuevo Mundo: calafates, palanquines, barqueros, comerciantes, rufianes, y un importante número de hombres sin profesión determinada que intentaban emigrar a las nuevas tierras en busca de un futuro mejor.

Una enorme muralla delimitaba la ciudad, y terminaba en

una torre maciza y robusta que esperaba paciente la llegada de los navíos. Esa pequeña fortaleza era el lugar donde los galeones desembarcaban sus valiosas mercancías indianas. Luis le contó a Mariana que se llamaba Torre del Oro precisamente por las enormes cantidades de ese metal que se guardaban dentro, pero Rosario le dijo que esa historia era una auténtica patraña «y me tuvieron a bien señalar que en realidad le debía su nombre a una bella dama de cabellos color de oro de la que el rey don Pedro se enamoró hasta los tuétanos y a la que mantuvo encerrada en la torre como castigo por negarle sus afectos». Pese a que Mariana se había percatado de la facilidad con la que Rosario era capaz de inventar una historia, decidió creerla porque «parecióme mucho más hermosa que la que relatóme mi hermano».

Mariana encontró más grande la ciudad esa mañana, a pesar de que el bullicio apenas le permitía ver más allá de sus narices. Despedía un olor intenso, como a pescado fresco y sal, y ese olor era tan penetrante que atravesaba las fosas nasales con cada inspiración, provocando una viva sensación de libertad.

Un barco acababa de regresar de su viaje transoceánico, y hombres con la piel curtida por los embates de las olas marinas y con los labios llenos de heridas descargaban oro, plata, perlas, esmeraldas, azúcar, cacao, tabaco y unas sustancias exóticas que su hermano dijo que se llamaban ámbar gris y bálsamo de Perú, y que por lo visto eran carísimas y muy demandadas, aunque no supo explicarle con exactitud para qué servían.

—Ése es nuestro barco. —Luis señaló con el dedo una mole maciza y prepotente.

El galeón *San Jorge* los miró desafiante desde el lecho del río, con su proa levantada como si de una barbilla orgullosa se tratase. Luis continuó hablando, ajeno al efecto que el coloso de madera había causado en las dos mujeres.

—Después de que la Casa de la Contratación realice la inspección, embarcarán nuestros enseres —calló un momento para tomar aire—, subiremos al barco y partiremos.

—¿Inspección? ¿Registrarán nuestras pertenencias? —preguntó Beatriz casi con pavor.

—Se trata de un requisito imprescindible. Antes de embarcar nuestros enseres, los oficiales de la Casa de la Contratación realizarán la visita de naos para comprobar el buen estado del barco y para establecer su arqueo... —continuó hablando como explicándoselo a sí mismo—: Habrá que declarar el tonelaje, recontar el número de pasajeros que han conseguido la autorización para realizar el viaje, otorgar la licencia para efectuar la carga, comprobar la tripulación, artillería, municiones y bastimentos, el registro correcto de las mercancías y su cantidad... —Se quedó pensativo y, como si de pronto hubiese recordado algo, añadió—: Hay que comprobar también que las bodegas tengan cabida para las provisiones y mercancías.

—Pero nuestras cosas... —balbuceó Beatriz.

—¿Qué ocurre? —le dijo Mariana, sorprendida por la extraña preocupación de Beatriz—. No creo que abran los baúles, y si los abren... la vajilla está bien embalada, no puede romperse tan fácilmente. No pasa nada.

Los inspectores continuaban dentro del galeón verificando que en la bodega hubiese el suficiente peso para asegurar que la navegación se realizaría correctamente, ya que de lo contrario, sería necesario contar con algún tipo de lastre, requisito que preocupaba a Luis porque podría retrasar la salida de la nave. Todo parecía hallarse en orden aunque los inspectores señalaron conveniente que la carga se colocara bajo cubierta, de esa manera se controlaría mejor el volumen y no se estorbaría la manejabilidad y defensa del barco con armatostes en la parte superior.

En realidad, en el caso del *San Jorge* tantas comprobaciones no eran necesarias teniendo en cuenta el carácter oficial de ese primer viaje, pero Luis Enríquez era un hombre excesivamente meticuloso y exigió un trámite burocrático perfecto para la primera travesía de inauguración de la cédula. Tanto rigor parecía estar poniendo más que nerviosa a la paciente Beatriz, que en ese momento deseó que Luis no hubiese sido un niño tan concienzudo de pequeño y mucho menos tan escrupuloso de mayor.

Mientras Luis terminaba de hablar con los oficiales de la Casa de la Contratación, los bultos y enseres de las dos mujeres se iban cargando en el interior del barco. Mariana los miró entre pesarosa y entristecida. Pensó que su vida cabía en muy poco espacio y que esas serían las únicas cosas que le quedarían de Castilla una vez se hubiese casado. En ese momento deseó haberse llevado con ella más recuerdos, como si ésa fuera la única manera de poder aferrarse a lo que era su vida. De nuevo volvió a sentir miedo ante la novedad, ante la incertidumbre, miedo por el agua y por aquel barco petulante que no dejaba de mirarla sarcásticamente. Sintió un hormigueo en su brazo derecho: era Beatriz, que se aferraba con tanta fuerza a ella que la sangre apenas podía correr por su mano. La mujer estaba intranquila viendo cómo sus pertenencias se cargaban en el galeón. Mariana pensó que era posible que ambas se estuvieran contagiando mutuamente el miedo de forma involuntaria, acrecentándolo por mantenerse calladas mirando el mazacote de madera, así que decidió quitarle importancia al asunto.

—Seremos felices allí, además estamos juntas —dijo Mariana para reconfortar a Beatriz y darse valor a sí misma—. Creo que el barco es precioso y el nombre me parece muy evocador: *San Jorge* —añadió con solemnidad, y se volvió hacia su compañera sonriendo—. San Jorge venció al dragón, ¿verdad? Nada malo puede ocurrirnos.

Y Beatriz asintió sin apartar los ojos del gigante flotante que parecía sonreírles de forma burlona.

7

... y porque Vuestra Majestad me pidió que le contara con detalle todo lo que aconteciera en este viaje es que relato estas cosas. Que la travesía se hace larga y fatigosa, y si en un primer momento se intentaron guardar las composturas en el barco, con el transcurso de los días se relajaron las costumbres y de nadie se pudo decir que usara de mala crianza, porque las ordenanzas de esta comunidad lo permiten todo. Que en alguna ocasión nos hallábamos almorzando y era fácil ver a alguien vomitar o regoldar o cosas peores que me abochorna escribir a V. M. [...]. Que muchos de los viajeros que padecieron el almadiar quedaron del color de los difuntos y que la falta de ventilación y la humedad del ambiente no ayudaban a encontrarse mejor. Pese a todo, sepa V. M. que el primer viaje de la Armada de la Nueva España puede considerarse un éxito. He de suponer que si algún corsario muestra interés en atacar, quedará persuadido de que es mejor no hacerlo, que desde lejos los buques y su armamento han de impresionar a los que intenten acercarse y que hasta los mercantes llevan artillería y los pasajeros van armados.

—¡Larga trinquete, en nombre de la Santísima Trinidad, Padre e Hijo y Espíritu Santo, tres personas y un solo Dios verdadero, que sea con nosotros y nos guarde y acompañe y nos dé buen viaje a salvamento y nos lleve y devuelva con bien a nuestras casas! —bramó el capitán mientras se soltaban las amarras y el barco comenzaba a moverse con una cautela pasmosa.

Ver a aquellos fornidos marineros santiguarse y encomendarse al Señor con devoción hizo recapacitar a los viajeros acerca de los riesgos con los que podrían tropezarse durante la travesía. La plegaria fue tan clara que dejó flotando en el aire un saborcillo a aventura peligrosa que le quitó el sosiego a algunos y emocionó en su interior a otros pocos. Era prácticamente imposible no escuchar la voz del capitán, más aún cuando se ponía en actitud pía y rezaba como si el mismísimo Dios tuviese problemas de oído. Más adelante observarían que utilizaba el mismo tono vocinglero para dar órdenes de lado a lado del galeón que para las plegarias nocturnas. Era un hombre corpulento, con el cuello tan ancho que no se diferenciaba en qué punto acababa su gaznate y en cuál comenzaba la cabeza. A Mariana y a Beatriz las trataba con suma exquisitez e incluso podría decirse que con ternura. Guardaba ante ellas una compostura de forzado refinamiento que luego desaparecía bruscamente cuando hablaba con la tripulación.

—Si necesitan algo, no tienen más que pedírmelo —les dijo cuando subieron al barco con su sonrisa mellada, haciendo el amago de besarles las manos; y de pronto volvió la cabeza, su semblante se arrugó, cambió la expresión del rostro y le gritó a uno de los marineros—: ¡Quita de ahí esa cuerda, alelado! —Y las miró de nuevo sonriente.

Mariana hubiera preferido no escuchar la oración de partida. Bastante se había impresionado ya con haber tenido que hacer testamento la víspera de la salida, según les había aconsejado su hermano, y con presenciar cómo fray Lorenzo se estuvo ocupando de la salud espiritual de los viajeros, absolviendo los pecados a ritmo vertiginoso mientras se inspeccionaba el galeón para que ni una sola imprudencia navegara con ellos hasta el Nuevo Mundo. Todas esas previsiones para salvar sus almas «por si acaso» le pusieron la carne de gallina.

El *San Jorge* partió del puerto justo cuando el sol del mediodía comenzaba a castigar con mayor crueldad a los pasajeros. Se mostraba orgulloso y sereno, con la seguridad que otorgaba la veteranía a sus tablones de madera. Avanzaba lento por el Guadalquivir atravesando pueblos de casitas blancas y geografías nuevas para los ojos castellanos de Mariana. La joven pasó mucho tiempo asomada por la borda, como si estuviera intentando no separarse del todo de su mundo conocido y la única manera de lograrlo fuera manteniendo el contacto visual, pero cuando la nave terminó su recorrido por las aguas dulces y se adentró valiente en el mar, se dio cuenta de que debía aceptar que abandonaba su patria. Percibió con más fuerza aún aquel olor salobre y desconocido que la había sorprendido por primera vez en el puerto. Era el aroma del océano que en los días de brisa llegaba trepando contra corriente hasta Sevilla y que ahora, en mar abierto, se revelaba mucho más fuerte y pegajoso.

El océano la aturdió, la dejó conmocionada. En poco tiempo, la línea de tierra que marcaba el horizonte comenzó a volverse difusa, y tuvo que forzar la vista para vislumbrar un punto de costa en la lejanía y lo mantuvo fijo en sus ojos hasta que dejó de ser perceptible. Fue entonces cuando todo se envolvió de azul. La única referencia acuífera de Mariana hasta entonces había sido el río Sequillo que le daba nombre a la villa de Medina de Rioseco y que fue bautizado así aludiendo al volumen de su caudal. Ya en Sevilla, el Guadalquivir le había parecido impresionante, pero estaba claro que nunca había visto nada comparable al océano. Por mucho que le hubieran contado, Mariana nunca llegó a imaginar que el océano sería tan inmensamente azul, «y si hubiere algún lugar que pudiera asemejarse al paraíso, he de pensar que está en medio del mar. Que el cielo y el agua se unen en un mismo tinte y me alegré del barullo del barco, que mirando el horizonte me asaltó un momento de paz y tuve miedo de que alguien pudiera escuchar mis propias meditaciones».

—Es tan azul porque el cielo se refleja en él y hoy está despejado —le oyó decir a uno de los marineros—. Ya verá, ya, el color en que se torna en un día de tormenta.

A Mariana no le interesaba atender comentarios de especialistas marinos que destrozaran su percepción idílica de aquel instante, así que hizo oídos sordos a la apreciación. Pero escuchar esa voz le ayudó a comprender que había más gente aparte de ella en el barco, que tenía que soltar las amarras que la unían a la costa y aceptar que su nueva vida comenzaba en el interior del galeón.

Tardó unos cuantos días en hacerse una idea del resto de los pasajeros que compartían el viaje con ellos y en adaptarse al crujido gimiente y monótono de los maderos del barco. A simple vista resultaba difícil distinguir quién era tripulante y quién pasajero. Casi todos vestían más o menos igual. Llegar a alcanzar ese conocimiento dependía exclusivamente de la actitud que cada uno mostrara dentro de la nave, y discernirla requería cierta observación.

Mariana, Beatriz, Luis y fray Lorenzo no podían quejarse de la manera en la que iban a realizar el viaje, porque en aquel barco eran unos privilegiados. A pesar de ello, los lujos en la travesía resultaban bastante limitados. Los dos hombres y el capitán compartirían la cámara de popa. A Mariana y a Beatriz las acomodaron en un camarote cercano que disponía de relativa independencia para el lugar en el que se encontraban, pero que no dejaba de ser un sitio incómodo y estrecho. Algunos pasajeros se habían construido rústicas cámaras con tablazones dentro de las cuales se refugiaban para dormir, y que dificultaban los movimientos de los demás viajeros y de la tripulación. A los dos días de zarpar, la cubierta se había llenado de protuberancias que, como las conchas de los caracoles, albergaban en su interior a un ser vivo. El resto de los pasajeros se apelotonaba sin orden ni concierto porque no había una zona específica para ellos y muchos arrastraban sus pertenencias de un lugar a otro como peregrinos lastimosos en busca de un sitio donde no molestar.

El primer síntoma de que ese viaje les resultaría muy largo y penoso fueron los mareos. Algunos comenzaron a sentirse mal desde que partieron de Sevilla, pero el vaivén de la nave se intensificó con su salida al mar. Se podía distinguir fácilmente quién estaba padeciendo el mal marino. Los enfermos apenas comían y sus rostros mostraban palidez de cirio eclesiástico, por no hablar de la expulsión de fluidos estomacales, que dejaba un olor agrio y terriblemente desagradable por toda la cubierta. Por suerte, Mariana y Beatriz no se vieron afectadas por los mareos, pero su hermano Luis cayó en las garras del almadiar desde el mismo momento en que el *San Jorge* soltó las amarras.

—Es como si me mantearan como a un pelele lanzándome rápidamente al cielo para caer despacio como una pluma y luego volver a subir de golpe —les decía Luis a las dos mujeres—, así todo el tiempo.

Se quedó en la cámara durante días, sin probar bocado, tomando el agua a cucharaditas que Beatriz le suministraba mezclada con un poco de miel.

—Para que tenga un poco de fuerza —decía ella.

Pero la fuerza no parecía querer introducirse en el cuerpo de Luis, que expulsaba, multiplicada por tres, cada cucharada de agua melosa. Cada vez tenía peor semblante y empezó a perder peso a ojos vista. El capitán les dijo que los mareos se debían a la falta de costumbre.

—No tengan cuidado, que al cabo de unos días se le pasará —aseguró.

—Pero tiene tan mal aspecto… —Beatriz parecía preocupada—. No comprendo por qué le ocurre a unos sí y a otros no. Nosotras tampoco habíamos navegado jamás.

—Eso, señoras —hizo una pausa acompañada de una pequeña reverencia—, es porque sin duda alguna vuesas mercedes están hechas para la marinería —sentenció de forma socarrona, y luego añadió—: Todo tiene su tiempo, el cuerpo se le irá acostumbrando poco a poco al vaivén. Esto es como montar a caballo: no hay que resistirse al movimiento del barco, uno ha de dejarse llevar.

—Déjate llevar, hermano, déjate llevar —le decía Mariana ondulando las manos con movimientos rítmicos cuando iba a verle—, como cuando montas a caballo.

Pero no era fácil para Luis, y en cada intento de dejarse llevar, se le daba la vuelta el estómago y se ponía peor.

A los pocos días de soltar amarras en Sevilla, el *San Jorge* recaló en Canarias «y tuvo a bien de narrarme el capitán que desde estas islas el Señor había creado, para servicio de la Corona de V. M., un pasillo de vientos y corrientes marinas que nos llevaría sin quebranto hasta el Nuevo Mundo». Canarias era la última plaza castellana donde se abastecía la flota de las Indias. Después de zarpar de allí, pasarían cerca de un mes sin vislumbrar tierra firme, así que era la oportunidad para que los viajeros adquiriesen los productos que pudieran necesitar. Allí también embarcó un pequeño grupo de personas dispuestas como ellos a comenzar su andadura en el Nuevo Mundo. Para agradable sorpresa de Mariana y Beatriz, en Canarias dejaron de ser las únicas mujeres del galeón.

Doña Matilde de Bustamante era una dama oronda y sonriente que viajaba acompañada de cuatro personas más, una de ellas, una esclava negra de unos doce años que doña Matilde trataba como si fuera su perrito faldero. Les contó que su esposo era el alguacil del arzobispo estante en la isla Española y que él, antes de partir al Nuevo Mundo, le había hecho la firme promesa de regresar a buscarla en el mismo momento en que se hubiese asegurado de que aquél era un lugar digno para formar una familia. Pero al parecer a doña Matilde el tiempo de espera se le estaba haciendo demasiado largo.

—No he de conocerlo cuando lo vea —decía riendo exageradamente.

—¿Cuánto tiempo hace que se marchó? —preguntó Beatriz.

—Dos años. Pensará que ya se había librado de mí... Sí, sí... Sé de muchas que han muerto esperando a que sus esposos regresaran. Eso no le ocurrirá a Matilde de Bustamante.

La mujer actuaba como si en la cubierta del galeón se estuviera celebrando una fiesta perpetua. Daba la impresión de que aquello era lo más emocionante que le había pasado en su vida y todas las mañanas se arreglaba para la ocasión. Sus cabellos parecían pelusa rojiza difícil de mantener dentro del moño y sus mejillas siempre estaban arreboladas por el sofoco de hablar y reír demasiado alto para hacerse notar, algo que conseguía y que no le preocupaba en absoluto. Cuando los marineros la miraban, ella no fingía recato y sonreía con generosidad; incluso de vez en cuando chasqueaba la lengua y hacía algún comentario jocoso para que todo el mundo la oyera. Beatriz y Mariana se entretenían mucho con ella. Contaba unas historias muy divertidas y su sentido del humor era tan contagioso que ahuyentaba de un soplo el aburrimiento en el que a veces se sumía el barco. Por lo demás, ellas eran las únicas mujeres a bordo, así que casi estaban obligadas a unirse.

El hecho de sucumbir o no al poder mareante del océano dividió a los pasajeros. Los enfermos se arrinconaban con su malestar por cualquier lugar del barco, mientras que los sanos charlaban y paseaban intentando hacer la travesía de la manera más agradable posible. Tanto tiempo de ocio le dio a Mariana la oportunidad de observar con curiosidad cada uno de los detalles del viaje, para luego poder contarlo en sus cartas. Puso especial atención en fray Lorenzo, un hombre que aseguraba estar al servicio de Dios pero ante todo, y según sus propias palabras, al servicio de los hombres.

Un atardecer especialmente frío, uno de los pajes encargado de la limpieza, un muchacho de unos catorce años, se puso enfermo. Tenía fiebre y escalofríos. Se quedó tumbado en la bodega, dormitando entre unos sacos de paja con el pelo bañado en sudor, lanzando de vez en cuando pequeños suspiros ahogados. Fray Lorenzo se acercó hasta él, se desprendió de su hábito, se lo puso por encima, lo arropó con sumo cuidado y le habló dulcemente mientras le acariciaba la cabeza como a un niño pequeño hasta que dejó de gimotear. Mariana vio el torso del joven cura insinuarse bajo la camisa: sus brazos sin exceso de músculo, pero sí firmes, la piel blanca y fina que se dejaba entrever por la abertura del pecho. Nunca se había preguntado qué llevaría un fraile debajo del hábito, y aunque en ese momento aquel pensamiento le pareció irreverente, no consiguió controlarlo. Mariana siempre había considerado a los religiosos como una especie aparte. Había hombres, mujeres y luego estaban los religiosos sin distinción sexual entre curas y monjas. Lo mismo le ocurría con el cálculo de su edad. No podía decir si el sacerdote de Medina de Rioseco tenía veinte, treinta o cincuenta años; para ella eran seres intemporales y asexuados. Pero en ese momento fray Lorenzo se presentó ante sus ojos como un hombre más, como cualquiera de los que allí estaban tirando de cuerdas y cargando bultos, aunque algo lo había convertido en especial, porque ninguno de los otros había prestado atención al compañero enfermo. En eso debía de consistir la bondad cristiana de la que tanto había oído hablar: dar de comer al hambriento, vestir al desnudo, visitar a los enfermos... las obras de misericordia que conocía de memoria pero que nunca había visto llevar a la práctica.

La amistad entre Mariana y fray Lorenzo aumentó con el paso de los días. El religioso era un hombre extremadamente sensible para captar los sentimientos y dolores ajenos. Le afligía ver cómo doña Matilde trataba a la niña esclava que la acompañaba, y le explicaba a Mariana lo equivocados que estaban aquellos que pensaban que había pueblos inferiores incapaces de tutelarse a ellos mismos, y la dificultad que entrañaba el intentar que una sociedad como la suya, en la que se utilizaba esa justificación aristotélica para que unos pocos llegaran a enriquecerse, lo asimilara.

—Habría que fijarse más en las Sagradas Escrituras y en la Palabra del Señor, y dejar de usar argumentos rebuscados para beneficiar a quien convenga —decía.

Mariana no podía evitar sentirse impulsada a buscar la compañía de aquel dominico que hablaba de cosas que ella nunca había siquiera considerado, pero que ahora le parecían sumamente razonables, y aprovechó que su hermano estaba más muerto que vivo para pasar las horas escuchando sus argumentos. El fraile era sensible, inteligente, amable, caritativo, y a pesar de todo era un hombre de carne y hueso, todavía podía recordarlo.

—¿Por qué se hizo vuesa merced sacerdote? —le preguntó Mariana uno de los atardeceres mientras estaban tranquilamente asomados por la borda del galeón.

—Tenía quince años, desperté en la casa de mis padres y me asomé a la ventana; vi el cielo azul, el olor a flores llenó de pronto mi alcoba... Lo tenía todo, simplemente por haber nacido en una casa como la mía, por tener unos padres como los que tenía... Una cuestión de suerte, pues yo no había hecho nada especial para merecerlo. Pensé que todo el mundo tenía derecho a algo como eso y que yo intentaría conseguir que así fuera. Me sentí en deuda con el Señor.

Beatriz también cayó presa de la influencia del joven fraile. Pasaban muchas tardes juntos, hablando sobre la vida. Se les veía cuchichear y, cuando la gente se acercaba a ellos, parecían cambiar de conversación, como si ambos estuvieran compartiendo los secretos de algún asunto espinoso. Mariana sabía que Beatriz hablaba con fray Lorenzo de su marido y de su hijo, y creyó que no querían que ella lo escuchara para que no le causara dolor. Estaba contenta de que Beatriz al fin hubiera encontrado a alguien que la ayudase a soltar ese nudo de sentimientos encontrados que le atenazaba el pecho. Llevaba demasiado tiempo necesitando una conversación espiritual que le ofreciese una explicación razonable de lo ocurrido, o al menos que pusiera un poco de orden en su cabeza. Por eso Mariana los dejaba a solas para que hablasen tranquilos; sabía que fray Lorenzo ejercía un efecto tranquilizante. La joven no podía imaginar en ese momento que las conversaciones habían trascendido más allá del apoyo moral y que pasaban al ámbito de los pensamientos filosóficos y las dudas existenciales. Beatriz se había convertido en un archivo de recuerdos, de ideas y de conjeturas de las que apenas hablaba por miedo. No sólo almacenaba en su cabeza sus propias incertidumbres y pensamientos, sino que conservó con celo los de Rafael y Alfonso. Beatriz no le contaba nada a Mariana con el fin de protegerla. Ni siquiera le dijo que, gracias a las prisas de la inspección en Sevilla o a la ignorancia de los funcionarios, que desconocían que el virginal se abría, no se había descubierto que bajo la tapa del instrumento llevaban ocultos los libros prohibidos que su esposo protegió hasta la muerte.

Todas las facetas del día a día a bordo estaban regidas por un estricto y regulado ritual. La hora de la comida era el momento del encuentro oficial alrededor de lo que los hombres llamaban «isleta de las ollas», expresión marinera para designar el lugar al que había que llegar si se quería comer. Más o menos a media mañana, la gente se reunía en torno a un cajón cuyo fondo se llenaba de arena y donde se prendía el fuego. Esa era la única comida caliente del día, porque más o menos a las cuatro de la tarde se apagaba la lumbre y no volvía a encenderse hasta el día siguiente. El cocinero era la persona más popular del barco. Regordete y dicharachero, se dejaba querer por todos y siempre estaba rodeado de amigos incondicionales que le trataban con respeto y le hacían sentirse importante. Un trato fraternal con el cocinero aseguraba las mejores tajadas y ración extra en caso de que hubiese sobras.

Para Mariana, el momento más emocionante era cuando al rayar el alba los grumetes cantaban al unísono una oración que daba un toque de esperanza y animaba un poco el color monótono con el que se estaba tiñendo el viaje:

Bendita sea la luz,
y la Santa Veracruz,
y el Señor de la verdad
y la Santa Trinidad;
bendita sea el alma,
y el Señor que nos la manda;
bendito sea el día
y el Señor que nos lo envía.

Desde que empezaba a caer la tarde hasta que el sueño conseguía vencer a todos, el tiempo pasaba tedioso y los hombres inventaban diversas maneras de entretenerse. Jugaban a las cartas a escondidas del capitán y de Luis porque el juego estaba terminantemente prohibido a bordo. Las disputas provocadas por partidas de cartas dentro de los barcos habían generado más de un conflicto en otras travesías y por ello se dictó una orden que impedía los juegos de azar que suscitasen altercados entre los marineros. A pesar de todo, la baraja polizón fue desde el principio un secreto a voces. Cantaban coplas y fray Lorenzo los acompañaba con la vihuela siempre que las letras no tocaran asuntos atrevidos, organizaban peleas de gallos y todos sabían que el ave perdedora sería la comida del día siguiente. Incluso en una ocasión, un grupo de marineros con aptitudes artísticas, conociendo la alcurnia de algunos de los pasajeros, preparó una representación teatral que, teniendo en cuenta el escenario, resultó divertida y exitosa.

A veces, cuando todo se quedaba a oscuras y no podía

dormir, Mariana escuchaba las conversaciones de los marineros en la cubierta del barco. Contaban increíbles historias que habían oído contar a su vez a otros hombres que las habían vivido. Según decían, en el Nuevo Mundo existía una ciudad que tenía las calles empedradas con enormes esmeraldas de diferentes tamaños que variaban entre el puño de una nuez y la cabeza de un bebé. En ella habitaba un gran cacique que una vez al año visitaba con sus hombres una laguna en la que realizaban una curiosa ceremonia. Los indios se acercaban hasta el borde del lago, se colocaban de espaldas a él y arrojaban al fondo oro y esmeraldas. Después, el gran cacique se untaba el cuerpo con una sustancia pegajosa, se cubría de pies a cabeza con oro en polvo y subía a una balsa que le llevaba al centro del lago. Allí hacía sacrificios y lanzaba piedras preciosas, y luego se zambullía en el agua para que ésta limpiara hasta la última mota de oro que pudiera quedar adherida a su cuerpo. Algunos marineros aseguraban conocer el lugar exacto en el que se encontraba esa laguna y prometían regresar a Castilla como grandes señores.

Decían también que en el Nuevo Mundo se encontraba el elixir de la larga vida. Unos habían escuchado que manaba de una fuente, otros que se trataba de una hierba y algunos de una bebida mágica, pero todos afirmaban haber conocido a alguien que lo había probado y que superaba la centuria.

A veces las historias no resultaban tan fabulosas y se volvían terroríficas, pues hablaban de monstruos de un solo ojo que devoraban a los españoles después de arrancarles el corazón; en toda reunión siempre había quien aseguraba que lo había visto en persona y que se había salvado de puro milagro. Cuando oía cosas como ésas, Mariana se echaba a temblar.

Por fortuna, el joven Luis había conseguido superar el mareo, pero tanto vómito lo había dejado débil, cansado, con la cara macilenta y repleta de puntitos rojos de tanto esfuerzo, así que salía poco a la cubierta del barco. Paseaba despacio para que le diera la brisa de la mañana y se volvía a la cámara, donde Beatriz se encargaba de alimentarlo con las pocas reservas que quedaban.

Durante la última semana el tiempo se volvió inestable y tormentoso. El viento y la lluvia impedían encender fuego y tuvieron que conformarse con los alimentos fríos que se solían utilizar para la cena. La cecina, el bizcocho y el queso se convirtieron en el plato principal, y hasta la alegre doña Matilde comenzó a perder su habitual gracejo. Poco a poco los cuerpos se fueron resintiendo y los talantes enervando, por no hablar de las múltiples quejas a causa de las llagas en el interior de la boca que no cicatrizaban nunca. El joven paje al que fray Lorenzo había atendido tuvo unas fiebres, y al parecer otras personas comenzaban a sentir también calentura y estremecimientos. Los ánimos iban desvaneciéndose por momentos y parecía que aquel periplo no iba a terminar nunca. La travesía se estaba volviendo pesada y dura. Las lluvias insistentes destemplaron el cuerpo de Mariana. Los alimentos que quedaban en la bodega habían absorbido el olor salobre y húmedo del barco y le producían náuseas. Hacía ya un par de días que se había sacrificado la última gallina y Mariana había oído hablar a algún marinero acerca de la posibilidad de cocinar a la creciente familia de ratas de la bodega, lo que añadió más reparos alimenticios a la joven, que empezó a analizar toda la comida que se llevaba a la boca con escrupulosidad enfermiza.

La desazón de los últimos momentos comenzó a afectar al carácter de las gentes «y la avenencia cada vez resultaba más difícil. Todos disputaban por casi cualquier razón y algunos hubieron de llegar a las manos. Llegué a pensar que se matarían unos a otros. Por ello, cuando al fin se avistaron las costas del Nuevo Mundo, sentí consuelo».

Por fortuna, la travesía no se alargó más y el *San Jorge* llegó según lo previsto con la tripulación y los pasajeros sanos y salvos, tras vencer al dragón marino y sin necesitad de cocinar a los roedores. El grito de «¡Tierra a la vista!» hizo respirar a Mariana, que por momentos sintió que no soportaría seguir viviendo un día más entre esos escasos metros de madera que separaban la proa de la popa. Al fin llegaba a su destino, el lugar en el que comenzaría su nueva vida.

8

Es menester que le hable a V. M., no sólo de las cosas que pertenecen al suelo, sino también las que acontecen en el cielo por obra de Nuestro Señor. Sepa V. M. que en lo que respecta a las lluvias, es de maravillar la abundancia y constancia de las mismas en esta tierra y que, al contrario que en España, comienzan por mayo y acábanse por octubre. En los primeros momentos de la estación húmeda suele llover treinta o cuarenta jornadas sin parar, ni en el día, ni en la noche. Los indios relatan que antes de la llegada de los caxtiltecas, que es como algunos de ellos nos llaman, la época de lluvias duraba más días. Dicen que el dios que se encargaba de todas las aguas al que ellos adoraban y que ahora ya saben que se trata de un demonio, anda enojado desde la llegada de los españoles y por ello es menos pródigo [...]. Oí hablar de otra parte de esta tierra llamada Tabasco, a la que algunos españoles denominan Tierra de Tuertos, y no es de extrañar, porque de ella me dijeron que es tanto el calor en la estación seca que deben dormir en la mitad de la calle tanto los indios como los españoles, y que a causa del viento y de la ardiente temperatura, enferman de los ojos.

Las heladas y los fríos no son tan rigurosos ni duran tantos meses como en Castilla, y muchas de las ropas de invierno que trajimos con nosotros no nos han de servir para nada, según dijeron. Nieva muy pocas veces y sólo en algunas sierras, que por eso deben de llamarlas Sierras Nevadas.

—Ahí lo tienen: el faro de Sisal —les dijo el capitán cuando se avistó en la lejanía—. Hace un año que construyeron una calzada que une el puerto con Mérida, y esto se ha llenado de vida desde entonces. Si lo hubieran visto antes...

—No se ve nada... Yo no veo nada. —Mariana se esforzaba entornando los ojos, pero la bruma le impedía distinguir la tierra.

—Tendrá que acostumbrarse a mirar tras la cortina de agua. —El capitán sonrió con sorna—. Arribamos en época de lluvias. Vayan preparándose, aquí es donde nos abandonan.

Llegaron al puerto de Sisal cuarenta y tres días después de zarpar de Sevilla. El galeón haría una pequeña parada allí para que Luis y sus acompañantes descendieran y después continuaría hasta el puerto de Veracruz, que era su destino final. Antes de llegar a la capital de México, Luis debía cumplir con un par de obligaciones importadas desde España, entre las que se encontraba la visita obligada a las tierras familiares que regentaba Rodrigo.

Fray Lorenzo también desembarcaba con ellos. Tenía órdenes precisas de informar a Felipe II de las circunstancias que rodeaban la vida de los indios de las tierras del Yucatán, y para ello el rey había sugerido que pasara un tiempo en compañía de un fraile franciscano llamado fray Diego de Landa, conocedor de las situaciones y desavenencias que se vivían en la zona. El monarca andaba preocupado por el trato a los indígenas. Cuando los encomenderos tomaban posesión de sus tierras ultramarinas, se les asignaba un grupo de trabajadores autóctonos que quedaban bajo la tutela de los nuevos dueños. Éstos se comprometían con la Corona a adiestrar cristianamente a sus trabajadores indios, pero casi nunca llegaban a tomar en serio la promesa. Fray Diego había tenido ya varios encontronazos, peleas y desazones con los encomenderos por este asunto. Hasta España habían llegado noticias sobre los problemas con los que se encontraban los religiosos a la hora de conseguir que los colonos les dieran permiso a los indios para acudir a su adiestramiento católico. Se sospechaba que a los encomenderos les importaba bien poco la salvación de las almas de esos hombres, a pesar de que existía un tiempo específico establecido por la Corona para que adquiriesen los hábitos cristianos. Consideraban a los indios como sus esclavos y, a pesar de que nadie utilizaba claramente esta palabra, los intercambiaban, los llevaban de acá para allá como una parte más de la tierra o del mobiliario que les había correspondido en el reparto del pastel. No los veían más humanos que cualquier animal doméstico que se hallara a su servicio, por lo que tampoco consideraban que fuese importante que recibieran educación católica.

Fray Diego se quejó en repetidas ocasiones de que los españoles obligaban a los indios a realizar todo tipo de servicios personales y de que hasta eran alquilados para llevar cargas, contraviniendo las órdenes del rey. Culpó a los encomenderos de mala cristiandad, de desacato y de ignorancia supina por no darse cuenta de que los habitantes de las tierras conquistadas disponían de la misma capacidad intelectual que los españoles, y de que por tanto era necesario que su adoctrinamiento religioso fuese el adecuado. Los encomenderos se sintieron traicionados por sus compatriotas religiosos y en venganza por haber tenido la lengua tan larga quemaron, no sólo una, sino dos veces, el monasterio del Valladolid del Nuevo Mundo con su iglesia incluida. Ante métodos tan persuasivos, los frailes de la zona se vieron obligados a irse a vivir a las chozas de los indios, que eran un lugar mucho más seguro, porque sus monasterios eran asaltados semana sí semana no, como en una especie de rutina.

Todas esas noticias preocupaban al rey, que había empezado a dudar de las declaraciones de todos. Algunos frailes le enviaban apasionadas cartas hablando de los indios y de las injusticias cometidas contra ellos, y después recibía las noticias de algún encomendero poniendo como hoja de perejil a los religiosos de la zona, acusándolos de no permitir el engrandecimiento de la Corona por culpa de su escasa amplitud de miras, asegurando que los indios perdían mucho tiempo en las idas y venidas a los conventos y monasterios de los religiosos que se hallaban alejados de sus tierras, y que ellos mismos, en las encomiendas, podían encargarse de educar cristianamente a sus trabajadores. Ante tanta opinión contradictoria, el monarca había decidido enviar a alguien nuevo con ideas frescas, capaz de informarle sin recibir influencias de ningún tipo, y fray Lorenzo le pareció el hombre más adecuado.

Sisal era el primer lugar del Nuevo Mundo en el que Mariana ponía los pies, pero no sintió ninguna emoción especial por haber llegado. La primera impresión la desconcertó. El tedio de los últimos días de viaje le había dejado mucho tiempo para pensar en la ciudad esmeralda, los animales mitad gato y mitad dragón con aliento sulfuroso, los hombres que se convertían en panteras y arrancaban corazones humanos y las flores gigantes que les aseguraron crecían salvajes por todas partes, de manera que se había forjado su propia idea del lugar. Imaginaba que el sol brillaría intenso, que el verdor de las plantas lo cubriría todo y que los hombres y mujeres caminarían medio desnudos con los cuerpos pintados de colores como había oído comentar a los marineros del barco. Por contra, una lluvia espesa lo tiñó todo de gris y les impidió vislumbrar poco más allá de sus narices. Las embarcaciones, los hombres, incluso las construcciones, tenían el aire regio de los edificios españoles y lo que sus ojos alcanzaban a ver evocaba la despedida en el puerto de Sevilla. Si le hubiesen dicho que se trataba del mismo puerto pero en un día de lluvia, lo hubiese creído.

Nada más pisar tierra firme se sintió enferma. Durante la travesía no había padecido ni uno solo de los síntomas del mal marino; sin embargo, ahora que había desembarcado, notaba como si fuese la tierra la que se balanceara de un lado a otro. Le estaba resultando verdaderamente trabajoso mantenerse firme sobre sus piernas. Había seguido tan al pie de la letra los consejos del capitán y se había dejado llevar hasta tal punto por el ritmo de las olas durante los días que duró la navegación, que ahora que había afianzado los pies en el puerto no conseguía seguirle el compás a la tierra. Estaba muy cansada, le dolía la garganta y tenía la impresión de que la piel se le había vuelto del revés. Con el desembarco, Mariana perdió la confianza aprendida durante la travesía. Su hermano volvió a tomar las riendas de la situación, y ella y Beatriz se quedaron quietecitas y abrazadas como hicieran en el puerto de Sevilla antes de partir.

Un hombre de unos treinta años y de rasgos indianos se les acercó. Tenía los ojos y el pelo de un color negro brillante, su piel mostraba el mismo tono rojizo de los atardeceres en el barco, y su estatura era ligeramente inferior a la de ellas, pero a Mariana no le pareció tan diferente. Algunas personas en España tenían la piel oscura... Quizá esa curva en sus ojos, quizá eso, pero aun así, no le parecía tan diferente. Sin hacer preguntas, el hombre se dirigió directamente a Luis con la cabeza agachada, los ojos bajos y el sombrero apoyado en el pecho arrebujándose entre sus manos.

—Su hermano Rodrigo me encargó que aguardase su llegada, señor. Espero que el viaje no haya resultado demasiado fatigoso. Mi nombre es Pedro y vengo a acompañarles.

—Entonces, Pedro, ha llegado en el momento oportuno —saludó Luis, al que la tierra firme había devuelto la compostura—. Tendrá que ayudarnos. Si esperamos a que los marineros desembarquen nuestras cosas, esta lluvia acabará haciéndonos enfermar.

La tripulación se había tomado la llegada a tierra como un descanso, y muchos habían descendido y desaparecido entre la multitud del puerto o en la taberna, olvidándose por completo de los baúles de la familia que descansaban aún en la bodega. El cielo parecía a punto de venirse abajo de un momento a otro y la intensa lluvia estaba calándoles hasta lo más profundo de sus doloridos huesos. Luis comenzó a dar órdenes a diestro y siniestro a los hombres que aún quedaban en el barco para descargar sus enseres lo más rápidamente posible. Mariana y Beatriz, mientras tanto, se resguardaron debajo de unos toldos, apoyadas la una contra la otra para darse calor. A pesar de que el tiempo de espera le pareció interminable, la joven no pudo observar casi nada del lugar con detenimiento: había perdido el brío y el deseo de observarlo todo. Las dos se mantenían calladas. La lluvia cambiaba constantemente de dirección por culpa del viento, les azotaba los ojos y les empapaba la ropa dándoles el aspecto desamparado de dos perrillos mojados a la espera de que escampe. El vestido de terciopelo azul de Mariana pesaba cada vez más a causa de la humedad, y el agua se había colado dentro de sus botas provocándole la sensación de que tenía los pies metidos dentro de uno de los charcos embarrados que sembraban el puerto. Se hallaba incómoda por el frío húmedo y por esa brisilla cortante que notaba deslizarse por su espalda, pero a pesar de ello, el frescor de las gotas de lluvia en su cara la estaba ayudando a superar el incomprensible mareo que sentía ahora que había abandonado el barco.

Pedro les acercó el carruaje para que se resguardaran en él mientras los hombres terminaban de acomodar los baúles en la parte superior. Intentaron tapar las ventanas con las cortinas de tela gruesa para que la lluvia no se colara dentro, pero las rebeldes gotas por lo visto no tenían consideración con ellos y, cuando el vehículo se puso en marcha, el movimiento parecía cazarlas y lanzarlas al interior con desvergüenza. El hermano de Mariana, por primera vez en muchos días, parecía dispuesto a entablar una conversación de más de tres palabras seguidas. El reducido espacio en el interior del carruaje obligó a Luis a iniciar una charla explicativa, práctica poco habitual en él, demasiado acostumbrado a tomar decisiones sin consultar con nadie.

—Pasaremos esta noche en Mérida y mañana partiremos hacia un monasterio fundado por monjes franciscanos en una ciudad llamada Izamal. —Se quedó mirando a fray Lorenzo y continuó—: Es allí donde se encuentra el fraile que Su Majestad quiere que conozca. Ese hombre está muy interesado en las culturas indígenas anteriores a la conquista y es posible que a vos le resulte interesante hablar con él.

—Estoy deseando conocerlo. He oído hablar mucho de fray Diego de Landa. Me dijeron que llegó aquí hace diez años y que desde entonces se ha rodeado de un nutrido grupo de indios ilustres y de ancianos que han vivido en este lugar antes de la llegada de los españoles.

—Sí, recopila información sobre la antigua civilización maya y su lenguaje. Intenta traducir al español el código maya.

—Imagínese todo lo que podría ayudarnos eso para conocer a los habitantes de estas tierras —dijo fray Lorenzo entusiasmado—. Fray Diego es un hombre muy inteligente que ha considerado fundamental conocer la manera en la que se regían las cabezas de estas gentes antes de nuestra llegada, para lograr el éxito en su misión evangelizadora. Hablar con los indios, comprender su idioma, sus costumbres anteriores a la conquista y analizar sus manifestaciones artísticas... Es muy interesante, ¿no cree?

—Sí, me han dicho que conoce la lengua maya a la perfección —respondió Luis menos entusiasmado.

—Tiene que ser un hombre admirable, admirable de verdad —se dijo para sí fray Lorenzo.

—Tardaremos tres días en llegar a la hacienda de nuestro hermano. —Esta vez Luis se dirigía a su hermana.

Pese al cansancio, Mariana aún tuvo fuerzas para poner una mueca de disgusto ante la idea de volver a ver a Rodrigo. Había estado toda la travesía reconcomiéndose. Después de lo que había ocurrido con Rafael y Alfonso, ver a Rodrigo le resultaba insufrible. Temía el momento en el que tuviera que enfrentarse de nuevo a él y no se sentía con valor para mirarlo a los ojos, cruzar con él unas palabras de cortesía y mucho menos dejar que la abrazara. Imaginaba que su hermano estaría esperando con verdadera ansiedad el reencuentro para observar de primera mano cómo les había afectado lo ocurrido. Estaba segura de que la satisfacción de Rodrigo no estaría completa hasta comprobar en qué grado su perversidad había atormentado a todos. Mariana no quería darle el gusto de que las viera derrotadas, pero el rostro de Beatriz se había ajado por culpa de la sal de tanta lágrima surcando sus mejillas y a ella le iba a costar mucho esfuerzo disimular el resentimiento para poder comportarse con frialdad frente a él, y eso la sacaba de quicio. Lo que Rodrigo hizo era una auténtica provocación para demostrar su superioridad sin recapacitar en los terribles resultados que tendría su despiadada venganza. Siempre fue lo suficientemente egoísta como para que no le importasen las desgracias ajenas si su ansiado fin las justificaba. A Mariana le torturaba pensar que no podía perdonarlo y le odió aún más por hacerla pecar con el pensamiento por algo que él había causado conscientemente. Se preguntó si Dios consideraría más pecado que ella odiara a su hermano o que fuese él quien la hubiera incitado a sentir ese odio con premeditación. Era posible que el Señor lo perdonara por haber denunciado a dos personas ante la Santa Inquisición. En ese caso el alma de Rodrigo estaría limpia y la de ella no, lo que aumentaba el resentimiento hacia su hermano, porque siempre quedaba impune de sus malas acciones y en esta ocasión se convertía además en un santo varón ante los ojos de la Iglesia.

Mariana siguió durante un tiempo dándole vueltas a esos pensamientos. No tenía claro si la venganza malévola y premeditada de su hermano se podría justificar de tal manera para que, a pesar de ello, Rodrigo consiguiera alcanzar la salvación. Las especulaciones comenzaron a embrollarse dentro de su cabeza, pero no quería que eso ocurriera. Le parecía haber llegado a unas deducciones muy importantes que necesitaba aclarar con alguien antes de que se desvanecieran en el limbo de los pensamientos silenciados. Quiso decírselo a fray Lorenzo en ese mismo momento, pero no podía porque su hermano Luis estaba allí y no quería hablar delante de él. O quizá no estaba... quizá todo era un sueño. Sentía mucho calor, oía las palabras que estaban pronunciando los demás pero no podía siquiera fijar su atención en el significado. Sólo deseaba llegar a alguna parte, quitarse la ropa mojada y dejar que Beatriz la mimara como cuando era pequeña, peinándole el cabello cien veces con el cepillo de plata, «cien y ciento una por si se me olvidó alguna, y ciento dos por si se nos olvidó a las dos». Quería abrir el baúl que tenía el fondo plagado de bolsitas rellenas con flores de espliego, sacar el camisón blanco, aspirar el aroma del palacio y sumergirse hasta las cejas en unas sábanas limpias y secas. Se sintió reconfortada con ese pensamiento ronroneándole en la cabeza, se dejó mecer por el ritmo del trote de los caballos, el chirrido monótono de las ruedas. El acompasado ruido de la madera del carruaje le recordó el barco y se olvidó de la humedad y de la lluvia. «Déjese llevar, señorita Mariana, como cuando monta a caballo, hasta que la peinen ciento y dos veces, hasta que pase este momento...» Y cayó profundamente dormida sobre el hombro de Beatriz. Despertó a la mañana siguiente con la conciencia del espacio y del tiempo perdidos. No sabía si continuaban o no dentro del barco, si estaba soñando que dormía en una habitación con paredes de verdad, o si estaba muerta y aquello era el lugar al que su alma había ido a parar. No recordaba el momento en el que llegaron a Mérida, ni quién la había llevado hasta la cama.

Partieron temprano hacia Izamal. La noche de sueño, que parecía haber reconfortado a todo el grupo, no había surtido el mismo efecto en el caso de Mariana, que había amanecido más exhausta si cabía que la noche anterior. Estaba cansada y afiebrada, y si hubiese podido decidirlo, se hubiera quedado encerrada en aquel cuarto desconocido, arrebujada entre la ropa de cama. Sentía como si toda la sangre se le fuera a los pies y notaba fría la piel de la cara y de las manos, a pesar de que un intenso calor se le pegaba a la espalda como una mano gigante y sudorosa. Tosía con insistencia y sus labios habían comenzado a tornarse blancuzcos y resecos. Subió al carruaje en actitud sonámbula, apoyada como una anciana en el brazo de Beatriz, y volvió a dejarse caer sobre el hombro de la mujer, manteniéndose en un sopor inconsciente durante las ocho horas que duró el recorrido.

La lluvia tuvo compasión de ellos y les dio una tregua poco antes de su llegada a Izamal. Pedro les avisó dando un grito desde el pescante para que se asomaran a mirar. Aún quedaba una legua de distancia pero la espadaña del convento que fray Diego había hecho construir en honor de San Antonio de Padua podía vislumbrarse con claridad. El sol, que parecía tener aún algún tipo de potestad, surgió de pronto contra todo pronóstico para que pudieran contemplar en todo su esplendor la villa que enorgullecía al franciscano. El convento se asentaba sobre una plataforma natural que los sacerdotes mayas habían usado en tiempos pasados para cimentar un templo por las características excepcionales de la zona. La propia plataforma superaba el nivel de los techos de las contrucciones vecinas, por lo que la vista desde el edificio no tenía parangón. Para construir el convento se tuvo que destruir gran parte del edificio maya, y lo que los siglos y las inclemencias del tiempo no habían conseguido derribar, lo lograron los españoles en pocos meses. Los restos de las piedras del templo se utilizaron para la nueva edificación y en ocasiones, si uno se acercaba lo suficiente a las paredes del convento, las piedras gritaban su procedencia prehispánica. Desde el carruaje pudieron observar que el conjunto del pueblo recién creado según los designios castellanos contrastaba con la imagen de una edificación cercana de proporciones inverosímiles que había conseguido salvarse de los intereses españoles.

> La pirámide de Kinich Kakmo es el edifico más alto del Yucatán y, según me dijeron, su nombre en lengua maya venía a ser algo así como «Guacamaya de fuego, rostro solar», porque los habitantes de este lugar antes le rendían culto al sol. Los mayas lo consideraban fuente de la vida y le ofrendaban flores, frutos, animales y plantas aromáticas; creían que había armonías entre todos los seres vivos y las flores y las montañas y las nubes y la luna... y ellos mismos se consideraban parte de un todo con la naturaleza.

Cuando llegaron al convento pudieron apreciar con más claridad su grandeza. El patio era mayor que cualquier otro de los que existieran en Castilla, y seguramente de los que pudieran existir en cualquier lugar del mundo cristiano. Les asombró la imagen poderosa que se desprendía de sus muros altos, gruesos y almenados que les recordaba los castillos medievales de España. Parecía más una fortaleza a prueba de invasiones que la humilde casa del Señor que se erigió de esa manera para impresionar a los indios.

> Dijéronme que las construcciones dedicadas a sus ídolos anteriores a la conquista eran suntuosas y soberbias y que era menester que el Único y Verdadero Dios, Nuestro Señor, tuviese mejores edificaciones. Pero si V. M. le permite a esta sierva dar su opinión, creo que su arquitectura era más asombrosa, aunque es posible que la culpa de este parecer la tenga la falta de hábito de mis humildes ojos.

Todo el convento estaba pintado de amarillo, como el resto del pueblo, y en sus esquinas, bajo unos soportales, había cuatro capillas unidas por setenta y cinco arcos de medio punto.

Salió a recibirles un franciscano de mediana edad, de pelo negro y escaso, de poca estatura, complexión delgada y ensayado gesto humilde. Se presentó alto y claro como Fray Diego de Landa.

—Supongo que vuesa merced será don Luis Enríquez. Su Majestad me advirtió de su llegada —dijo ignorando de forma premeditada los rostros alucinados del séquito. Conocía de sobra la impresión que la grandeza del patio provocaba en la gente que lo visitaba por primera vez, y siempre adoptaba una postura de falsa modestia—. Y vos debéis de ser fray Lorenzo, creo que ambos tenemos muchas cosas de que hablar.

Fray Lorenzo asintió encantado: se hallaba dichoso. Al fin parecía encontrarse en el lugar adecuado para cumplir con la misión que él mismo se había encomendado años atrás, cuando al abrir la ventana en casa de sus padres decidió dedicar su vida a ayudar a los demás. El encuentro con fray Diego era muy importante para él y no sólo por su recopilación de la cultura maya, sino porque entendía que el franciscano comulgaba completamente con las ideas de Bartolomé de las Casas. Sentía la necesidad de charlar con él, saber cuál era su punto de vista acerca de aquellas cuestiones candentes. Las preguntas se le agolpaban en la cabeza, pero no quería atosigarle nada más llegar y se contuvo mientras mostraba una expresión satisfecha en su rostro.

—¿Cómo les ha ido el viaje? ¿Se sienten cansados? —preguntó fray Diego con cortesía.

—Sí, padre. Venimos muy cansados, en especial mi hermana.

Mariana sintió que todos los ojos se posaban en ella. Los dos últimos días le habían dejado la apariencia de una flor mustia.

—Entonces no charlemos más. Les mostraré sus aposentos y después cenaremos todos juntos. Las mujeres tendrán que dormir al otro lado del convento, según las normas, pero estoy seguro de que encontrarán todo a su gusto dentro de la sencillez de nuestra orden. —Y de nuevo brotó el aparente gesto humilde de fray Diego, que pronto todos aprendieron a reconocer, iluminando su rostro.

Hospedaron a Mariana y a Beatriz en cuartos contiguos, en

habitaciones pequeñas pero acogedoras. Nada más entrar en ellas notaron un olor intenso a algo que denominaban *copal*, una sustancia semejante al incienso que había servido a los habitantes de la zona durante tiempos inmemoriales para realizar sahumerios. Mariana llegó al cuarto arrastrando los pies, con la postura noble aprendida de su madre totalmente perdida y con los párpados medio caídos. Beatriz la ayudaba a caminar sujetándola por la cintura y hablándole dulzuras en tono delicado, pero el sonido le llegaba con reverberaciones ululantes y le producía dolor en los oídos. Se encontraba tremendamente cansada. Tuvo la sensación de que la luz disminuía dejándolo todo a oscuras y que de pronto aumentaba, obligándola a cerrar los párpados, pero no quería hacerlo. Tuvo la certeza de que si dejaba que la oscuridad permaneciera demasiado tiempo instalada en sus pupilas, jamás conseguiría ver de nuevo la claridad. Por eso se esforzaba en mantener los ojos muy abiertos a pesar de que el agotamiento la estuviese venciendo. Tosía a cada rato y el pecho comenzó a dolerle por culpa de tanta sacudida estertórea. El calor que había sentido a lo largo del último tramo del viaje se fue intensificando en su frente y en su espalda. Las mejillas se le arrebolaron y sus ojos se cubrieron con una película acuosa que le daba el aspecto lastimero de un cervatillo recién nacido. Sentía un fuerte dolor de cabeza y tuvo miedo de que se le estuviera manifestando la enfermedad que bloqueaba a su madre. En muchas ocasiones Beatriz le había dicho que tenía suerte de no haberla heredado porque esos dolores en la mayoría de las ocasiones pasaban de madres a hijas. Le palpitaban las sienes y cada golpeteo bajaba por su espalda y le laceraba la piel. Sólo deseaba tumbarse en el lecho y cerrar los ojos porque no encontraba otra manera de sentirse mejor.

Aquel catre eclesiástico se le apareció como la maravillosa cama de su habitación en el palacio, y ofrecía ante sus ojos la promesa de unas sábanas inmaculadas y de un lugar de descanso, que en ese momento era lo único que le importaba. Mariana quería acostarse, descansar y que ese dolor incómodo que le producía el roce de la tela en la piel desapareciera mientras ella dormía. Beatriz le ayudó a quitarse la ropa y a ponerse el camisón, pero el aire le hizo sentir un escalofrío agudo y punzante que le recorrió todo el cuerpo.

—Me siento mal. No bajaré a cenar, sólo quiero dormir.

Su cansancio era demasiado profundo como para hacer vida social. Beatriz pensó que era mejor que se acostara. El traqueteo del viaje había resultado demasiado para ella. Bastante fortaleza había demostrado, sobre todo teniendo en cuenta que jamás había salido de las paredes del palacio de los Almirantes. Beatriz le aseguró mientras la ayudaba a meterse en la cama que un buen descanso era lo que necesitaba y que a la mañana siguiente se encontraría mucho mejor, aunque un velo de preocupación quedó flotando en su cabeza.

9

Sepa V. M. que el Nuevo Mundo está repleto de riquezas naturales con virtudes que verdaderamente maravillan. Algunas plantas de las que crecen en este suelo han de considerarse medicinales y puedo asegurar que no son hechicerías, que unos médicos llamados Martín de la Cruz y Juan Badiano escribieron un libro en náhuatl, que es la lengua de los antiguos aztecas, en el que se habla de las virtudes curativas de algunas de estas hierbas. Pienso que, de conocerlas en España, se hubieran sanado muchos males de los que allí afectan, y si V. M. lo desea, le he de enviar con la presente talegas de semillas y raíces para sembrar por ver si se pueden cultivar en Europa [...]. Los médicos en estas tierras se llaman *tícitl* y pueden ser hombres o mujeres, y si se les pregunta por la virtud de las plantas que usan, responden que ellos no lo saben y que sus padres curaban así. Si alguien sufre una caída, estos médicos tienen por costumbre desnudar al paciente, frotarle la piel y estirarle los miembros, después lo tumban de bruces y pisan su espalda, que dicen que con ello se han de aliviar. Un médico del lugar me contó que en el pasado los *tícitl*, para saber si el paciente iba a sanar o iba a morir, se ponían delante de un ídolo que ellos llamaban Quetzalcoatl, que quiere decir «serpiente emplumada», y sobre una manta, como quien juega a los dados, lanzaban veinte granos de maíz. Si éstos caían separados, la persona moriría, y si caían los unos junto a los otros, el paciente sobreviviría a la enfermedad.

La noche llenó de fantasmas la habitación de Mariana. Las sábanas que en un primer momento parecía que iban a acogerla en un abrazo dulce y cálido, fueron enrollándose a su cuerpo como una serpiente ansiosa por aprisionar el cuello, el torso y las piernas de su presa. Su camisón de puntillas y lazos celestiales se unió también a la insidiosa rebelión de las sábanas y, lejos de resultar reconfortante, se convirtió en una mortaja húmeda y pegajosa que la despertaba de cuando en cuando sin dejarle libertad de movimientos. Cada vez que entreabría los párpados, la alcoba aparecía transfigurada y surgían sombras monstruosas arrastrándose por el suelo, escondiéndose en las junturas de las esquinas, reflejándose por las paredes, y en ocasiones tuvo la impresión de que iban a atraparla. Allí estaban los caciques de piel oscura, empapados en agua del río dorado, destilando por toda la habitación gotas de oro líquido; y agazapados a los pies de su cama, vio monstruos de dos cabezas con ojos de esmeralda que esperaban a que el sueño la venciera con el propósito de arrancarle su palpitante corazón. Quería levantarse y salir de allí, notaba cómo se incorporaba y apoyaba los pies en el frío suelo, cómo uno tras otro se encaminaban hacia la puerta, la abría, pero cuando cruzaba el umbral, sentía un fuerte tirón hacia atrás. Eran las sábanas, que la retenían y la arrastraban hasta el lecho. Cuando volvía a abrir los ojos, ya estaba de nuevo tumbada en el colchón.

Las paredes de la habitación parecían encogerse y cerraba con fuerza los ojos para no ver cómo la aplastaban, pero pasados unos instantes los volvía a abrir y los muros habían regresado a su sitio como por arte de magia. Hubo momentos en los que Mariana sintió que el techo descendía tanto que podría tocarlo si estiraba los brazos, y que el cuarto se estaba volviendo tan pequeño que el aire se le acabaría pronto y moriría asfixiada. Mariana estaba sumergida en una nebulosa húmeda y caliente y luchaba por salir de allí, pero no lo conseguía. Cuando lograba fijar la vista en algún objeto, la luz de la vela no se mantenía constante; era como si se diluyese y de pronto se avivase obligándola a cerrar los párpados, que se habían vuelto ardientes y al rozar con sus ojos le abrasaban las pupilas. Le costaba respirar y no lograba distinguir con claridad en qué lugar se encontraba. Por momentos pensó que estaba en su alcoba del palacio, en la casa de sus padres, pero se acordaba de las naranjas sevillanas, del barco vanidoso, se acordaba de Rodrigo, no quiero ver a Rodrigo, no, Alfonso, no me escribas, rompe esas cartas, rómpelas, no quiero verte, Rodrigo, suéltame, no me toques...

Los personajes extraños que vivían en las historias de los marineros estuvieron visitándola toda la noche. Algunos se quedaron agazapados hasta que comenzó a amanecer, escondidos debajo de la cama, y un par de ellos que habían perdido el miedo o la vergüenza, estaban allí, de pie, a su lado, velando el sueño confuso en el que se veía inmersa. Con mucho esfuerzo consiguió entreabrir los ojos y la vio: una pantera que se convertía en humano se había vuelto imprudente. Se hizo visible al lado del catre, la miraba fijamente con suma curiosidad; de pronto, tomó por una esquina el embozo de sus sábanas y de una firme sacudida las lanzó hacia atrás. Mariana apenas podía distinguirla con claridad porque la luz resultaba demasiado tenue, pero vio su piel de pantera arrugada y sus pelos revueltos y blancos. Estaba claro que se trataba de una pantera vieja. Empezó a palpar su cuerpo. Tenía las garras frías, Mariana las notaba moverse, rozándole la piel, mientras desabrochaba con urgencia los lazos de su camisón. La joven intentaba alejarla, gimoteaba y se quejaba, pero una lucha con un ser de semejantes características resultaba infructuosa. Una fuerza sobrehumana le apartaba el cabello y las manos con gran firmeza dejándola exhausta. La pantera la observó de pronto desde su forma humana, le sujetó la frente con una mano y con la otra levantó uno de sus párpados para escudriñar en el interior del ojo. Después se alejó y comenzó a sacar de una bolsa de tela una parafernalia de objetos extraños que extendió alrededor de Mariana, una especie de conchas de caracoles sin caracol dentro, piedritas de colores, madejas de cabellos enmarañados, algo similar a unas alas de ángel, unas hierbas... Y una vez hecho esto, con un tirón certero, arrastró el camisón desabrochado de la joven, bajándolo hasta la cintura. Ese fue el momento en el que Mariana se dio cuenta de que no podía resistirse más, estaba vencida. Ya no le quedaban fuerzas. Poco podía hacer para luchar contra nada, cuanto menos contra un ser que se transformaba y se volvía a transformar de pantera en humano a su antojo. El cuerpo le había negado la resistencia para defenderse y su pecho desnudo había empezado a captar el frescor del ambiente, lo que en el fondo le provocó un regusto a consuelo. Cerró los ojos y decidió abandonarse a su suerte.

La anciana comenzó a recorrer ávidamente el cuerpo semidesnudo de Mariana con sus dedos profesionales. Daba pequeños pellizcos y agachaba la cabeza para aplicar el oído a determinadas partes del cuerpo de la joven, como si una voz instalada en su interior le indicara por dónde andaba la enfermedad. Murmuraba algo incomprensible y proseguía con la exploración manual para reconocer a su paciente. Lanzaba gritos y al rato susurraba, elevaba las manos hacia el techo y las posaba de nuevo en el torso desnudo. Pasó un buen rato inmersa en ese concentrado trance hasta que, de pronto, se exaltó como si hubiera encontrado un tesoro, señaló con su dedo nudoso un lugar al final de las costillas y comenzó a proferir una extraña letanía, con los ojos medio cerrados y las manos apoyadas en el estómago de Mariana, mientras friccionaba con la cabeza levantada y los ojos en blanco. Hablaba sin pausa en una lengua incomprensible trastocando la voz, que unas veces sonaba en tono oratorio y, bruscamente, en apenas unos segundos, pasaba a ritmo de verdulera de mercado.

Mariana intentó de nuevo librarse de aquello, se sacudía asustada sin discernir si lo que estaba pasando era real o no, pero se quedó callada cuando le pareció escuchar a otro de los seres que estaba en la alcoba, aunque esta vez se trataba de una voz masculina con una cadencia mucho más tranquilizadora.

—La *tícitl* acaba de encontrar «la saeta encantada», el lugar por donde le ha entrado el mal como una flecha —dijo dirigiéndose a Mariana, a pesar de estar seguro de que no estaba consciente—. Sólo ella lo puede localizar. Ahora que ya sé donde está, podré curarla. No tenga miedo.

Sintió el tacto de unas manos nuevas, mucho más grandes y fuertes, que apartaban con delicadeza los cabellos mojados de su frente y que se apoyaron en la base de sus costillas deslizando los dedos pulgares por el borde de ellas. El hombre se acercó a su pecho y fijó el oído en él para escuchar los latidos del corazón. Mariana estaba segura de que de un momento a otro intentaría arrancárselo, y le rogaba musitando que tuviese piedad de ella, pero el desconocido no parecía prestar demasiada atención a sus balbuceos suplicantes. Sus oídos en aquellos instantes estaban pendientes de los sonidos que llegaban del interior del pecho de la joven, como si estuviera en una cacería y siguiese el rastro de la pieza. El cabello oscuro del hombre era demasiado largo, y cuando se agachaba para escuchar las entrañas de Mariana, rozaba su estómago. Ella tenía la piel tan dolorida por la fiebre que sentía las puntas de aquellos cabellos como si arrastraran por su vientre un puñado de alfileres.

—Tiene suerte, pensé que se trataba de otra cosa. Tláloc ha hecho de las suyas últimamente, el Señor de la Lluvia no se ha conformado con enviarle un simple enfriamiento —murmuró el hombre para sí—. Esperemos que esto no se complique.

La anciana comenzó a manipular la extraña parafernalia de objetos que había extendido por la habitación. Parecía mantener con ellos una relación muy especial porque les hablaba en voz baja con familiaridad absoluta. Movía las manos como si tratara de atrapar algo en el aire, y una vez que suponía haberlo alcanzado, lo lanzaba lejos de la cama de la enferma con grandes aspavientos, convulsiones exageradas y con un bibiseo indescifrable. Mientras tanto, el hombre, que había sacado de su bolsa una botella con un líquido anaranjado dentro, incorporó ligeramente a la enferma sujetándola por detrás de la cabeza con suavidad y se lo dio a beber con una cucharilla. La anciana dejó de hablar, pareció envejecer aún más y comenzó a recoger lentamente los artilugios que estaban extendidos por todo el cuarto. De repente el silencio invadió la habitación, parecía que ése era el final del ritual curativo que se había organizado en torno al lecho de Mariana.

El hombre, un individuo joven, comenzó a ordenarlo todo; intentaba que nada de lo que había ocurrido en la habitación saliese de aquellas cuatro paredes. Observaba con detenimiento cómo la anciana recogía sus cosas mientras él acondicionaba de nuevo a la enferma. Subió el camisón despacio deslizándolo con cuidado por debajo de su espalda y se dispuso a abrochar uno por uno los lazos de la pechera, pero de pronto sintió que una fuerza irrefrenable le obligaba a mirar el cuerpo de la española. Por un instante se mantuvo inmóvil observando la piel blanca del vientre, el valle delicado formado entre sus costillas, la línea suave de los senos. Había tocado esa piel hacía pocos minutos, pero no como un hombre toca a una mujer, sino como lo hace un médico con su paciente, por eso no recordaba cómo era su tacto. Pensó que el hombre que pudiera tocar esa piel como un hombre y no como un médico sería afortunado. Intentó rememorar con tal fuerza los instantes en los que sus manos habían tocado a Mariana que un cosquilleo aterciopelado llegó de forma sutil hasta la yema de sus dedos. Le pareció que la transpiración de la española desprendía el aroma suave de las flores y dejó por unos instantes que aquel perfume le inundara por dentro. Se mantuvo así bastante tiempo, el suficiente para que los ojos de la anciana se le clavaran desde el otro extremo de la cama, y él se avergonzara como un niño al que descubren en plena travesura. Antes de que la *tícitl*-pantera pudiese decir nada, abrochó con rapidez el camisón y arropó a Mariana con las sábanas.

Miguel, el joven médico nativo que fray Diego hizo llamar para que atendiese la enfermedad de la recién llegada, salió de la habitación seguido por la anciana extravagante. La mujer parecía tener todos los años del mundo y sus ojos rodeados de arrugas observaban a los españoles de soslayo, con la mirada baja y huidiza de un animal acorralado.

—Estén tranquilos, no es la viruela, se pondrá bien. Se trata de un fuerte enfriamiento. ¿Cuánto tiempo lleva así? —Miguel lanzó la pregunta al vacío a la espera de ver quién se encargaba de recogerla y contestar.

—Lleva tosiendo un par de días... —Beatriz se erigió portavoz de la enfermedad de Mariana, porque nadie como ella era capaz de percibir la menor evolución en la joven—. Hubo mucha humedad y no comió bien en el barco, pero esta noche ha sido la peor... Ha tenido pesadillas y fiebre y hablaba de monstruos y de cosas terribles, pobrecita...

—Tendrá que guardar reposo durante unos cuantos días. Le he dado esta medicina que le ayudará a bajar la fiebre. —Le entregó el frasco a Beatriz porque supuso que aquella mujer sería la encargada de la enferma—. Ha de suministrarle una cucharada cada dos horas. Hay otra cosa... Se trata de unos vahos con unas hierbas, que traeré más tarde, procedentes de una planta llamada *A-Toch-Ietl*. Esa inhalación le ayudará con la tos.

—¿Cuánto tiempo dice vuesa merced que tendrá que permanecer en reposo? —espetó Luis, que apenas había estado atento a los consejos médicos.

—Bueno, por lo menos tendrá que guardar cama durante una semana y...

—Pero yo no puedo esperar tanto —protestó Luis como si eso sirviese para que Mariana se recuperara.

Estaba acostumbrado a salirse con la suya y la enfermedad era un desagradable contratiempo que retrasaba todos sus planes nada más llegar al Nuevo Mundo. Miró a Miguel con ojos desconfiados.

—¿Por qué no la deja con nosotros? —sugirió fray Diego—. Vaya a recoger a su hermano a Valladolid. Mientras tanto ella podrá recuperarse tranquilamente. No hay un lugar con más sosiego en el mundo. Aquí estará bien.

A Luis no le convencía que su hermana se quedara en Izamal, y no porque se lo dictara su preocupación fraternal, sino más bien porque le molestaba sobremanera desatender cualquier asunto que le hubiesen encomendado. Dejar a su hermana en aquel convento franciscano, después de haberle prometido a su padre que no la perdería de vista hasta el día de su boda, era una mancha en su percepción de las responsabilidades que no sabía si podía permitirse, pero esperar a que se recuperara le haría perder un tiempo precioso. Necesitaba cerciorarse antes de dejar allí a Mariana. Tomó a fray Diego por el brazo y lo llevó casi en volandas fuera de la vista de los demás.

—Ese médico indio...

—Miguel —interrumpió fray Diego.

—Miguel... Sí, Miguel. ¿De dónde ha salido Miguel?

—No tenga cuidado. Miguel es de plena confianza. Es uno de los primeros médicos titulados en el Colegio Imperial de Santa Cruz de Tlatelolco, su fama le precede allá adonde va: es muy inteligente. Fui yo mismo quien le hizo llamar para que me ayudase. Ha venido desde la capital de Nueva España. Él sabe lo que se hace. —Fray Diego le miró con unos ojos tan sinceros que Luis sintió vergüenza de sí mismo por haber dudado, pero la conversación le ayudó a compartir la responsabilidad de la decisión y optó por transferir a Beatriz y a fray Lorenzo la tarea de encargarse de Mariana.

Una vez tomada la determinación, notó que se quitaba un peso de encima, se sacudió los desasosiegos de un plumazo y comenzó a preparar sin demora su marcha hacia el Valladolid del Nuevo Mundo para reencontrarse con su hermano Rodrigo.

Beatriz vio cómo los hombres partían sin ellas y en el fondo se sintió aliviada. Haría cualquier cosa por su niña, y eso era lo que estaba haciendo al cruzar medio mundo, pero de aquel viaje lo que más le molestaba era volver a encontrarse con Rodrigo y con su sonrisa cínica de sabelotodo. Bien sabía Dios que Beatriz amaba profundamente a doña Ana y que por consiguiente respetaba a su familia. Estaba claro que adoraba a Mariana, pero algo en su fuero interno le decía que Rodrigo no era una de esas personas a las que se les puede confiar la vida. Percibía claramente la animadversión que Mariana sentía hacia su hermano, pero nunca se atrevió a preguntar cuáles eran sus motivos, y dedujo que si la joven no se lo había contado sería por una buena razón. En el fondo tampoco quería saberlo. Beatriz pensaba que si una verdad sólo servía para hacer daño, era mejor no conocerla.

Miguel y la *tícitl* salieron del convento pasado el mediodía. Caminaban despacio, uno al lado del otro, silenciosos como tumbas. La anciana miraba de reojo al joven médico esperando algún tipo de confesión, pero él, que la conocía demasiado bien, no parecía dispuesto a darle cháchara en ese momento. Aquella mujer estuvo presente en su nacimiento y, por voluntad de la madre, aplicó al recién nacido los rituales de sus ancestros. La *tícitl*, una vez que Miguel llegó al mundo, cortó un trozo de su cordón umbilical, lo enrolló a unas conchas curativas y después lo enterró todo bajo unas plantas terapéuticas; así se conseguía que el destino de Miguel se encaminara por los senderos de la medicina, porque ésa era la forma azteca para decidir las futuras profesiones de los recién nacidos. Si un padre quería que su hija resultase una buena ama de casa, sólo tenía que atar un trozo de su cordón umbilical a una escobita en miniatura y enterrarlo bajo el suelo de la cocina, y si deseaba que su hijo fuese un gran guerrero azteca, debía conseguir que algún luchador se encargara de enterrarlo en un campo de batalla.

La *tícitl* pertenecía a una casta sacerdotal que había cuidado de la salud de la familia de Miguel desde antes de la llegada de los primeros españoles. La profesión de los *tícitl* pasaba de padres a hijos, ya fuesen hombres o mujeres, y así había sido generación tras generación. La anciana todavía recordaba con nitidez los ojos brillantes y valientes de Cuauhtémoc, el abuelo de Miguel, a pesar de que ella tenía apenas doce años la última vez que lo vio. Cuando Miguel era un niño, la *tícitl* le contaba historias de la vida de su familia por las noches, a la hora de acostarlo, para que, como ella misma decía, los españoles no consiguieran borrar del todo el pasado glorioso de los aztecas.

—A tu abuelo lo llamaban el Gran Cuauhtémoc —le relataba como si fuera un cuento— y fue el undécimo y último Señor de México. Su memoria es todavía honrada porque con sólo veintiún años se vio en la obligación de enfrentarse con un temible enemigo, Cortés se llamaba, que vino disfrazado de Quetzalcoatl y que consiguió engañar al mismísimo Moctezuma. Pero tu abuelo era muy listo, mucho, a él nadie lo engatusaba y desconfió desde el primer momento de los blancos. Se mostró contrario a recibirlos en son de paz. Él lo sabía, sabía que no traerían nada bueno. El tiempo no tardó mucho en darle la razón. Esos hombres secuestraron a Moctezuma y lo retuvieron a la fuerza con mentiras. La gente empezó a inquietarse y Moctezuma murió asesinado. Su sucesor apenas le sobrevivió ochenta días, aquejado por esa enfermedad horrible que llena el cuerpo de pústulas y que los barbudos esos trajeron para matarnos a todos como a las ratas. La llaman viruela negra. Y después llegó tu abuelo, tan apuesto y valiente —añadía con ojos embelesados.

—¿Y qué hizo? —preguntaba Miguel, aunque conocía de sobra el final de la historia.

—Cuauhtémoc logró resistir el asedio de los conquistadores durante setenta y cinco días, pero ellos eran malos, Miguel, muy malos. Utilizaban tretas sucias para vencer, no seguían ni una sola de las reglas para una lucha digna y justa. Nuestro pueblo era famoso por sus magníficos guerreros, pero no estaban acostumbrados a matar a sus enemigos en el mismo campo de batalla: intentaban atraparlos vivos y en buen estado para ofrecerlos en sacrificio a los dioses. Tampoco guerreaban de noche, ni dejaban al enemigo sin alimentos. Vencer de esa manera no es muy digno, ¿no te parece? Pero esos enemigos no tenían reglas... Sucios, malolientes blancos... —La *tícitl* se quedaba murmurando para sus adentros con indignación.

—¿Qué pasó después?

—Tu abuelo Cuauhtémoc intentó salvar a su pueblo, reunió víveres y destruyó los puentes, consiguió resistir. —Narraba con excitación, pero de pronto cambiaba la cara, se ponía triste y añadía—: Hasta que quedamos reducidos al islote de Tlatelolco y nos cortaron el suministro de agua y alimentos. Los animales huyeron, se acabó la fruta y la verdura. Las madres lloraban desconsoladas abrazadas a los cuerpos de sus hijos muertos y allí mismo se dejaban morir ellas también, porque no tenían adónde ir. Los cientos de víctimas que habían fallecido presas de las enfermedades, el hambre y la pena habían contaminado el lago. Los peces flotaban panza arriba con el aspecto lamentable de los animales putrefactos, pero algunas personas arrastradas por el hambre llegaron a comérselos, se pusieron malas del vientre y se fueron al otro mundo exprimiendo sus entrañas entre retortijones y vómitos. Los cadáveres se amontonaban en las orillas y nuestro maravilloso lago que tanto nos había dado a lo largo de tantos años de gloria se corrompió. Ellos han convertido nuestro lago en una charca maloliente, maloliente como ellos...

—Sigue.

—Cuauhtémoc intentó salvar a su familia, y montó en una barca a tu abuela, a tu padre, a mí y al viejo jardinero. No pudo encontrar a nadie más con las prisas. ¡Cómo lloraba tu abuela! Todavía lo recuerdo... Pero no llegamos muy lejos porque los hombres de ése, el que se hizo pasar por Quetzalcoatl, lograron detenernos.

—Sigue —decía Miguel emocionado.

—Nos llevaron apresados, con las manos atadas a la espalda. Pusieron a tu abuelo frente a Cortés y ese demonio no pudo por menos que quedarse impresionado porque Cuauhtémoc era mucho más alto que él y más apuesto, y eso que en los últimos días ni habíamos probado bocado. A su lado ese barbudo blanco parecía poca cosa, a pesar de su pecho forrado de plata y de su nariz estirada. Yo creo que se quedó aterrorizado ante tu abuelo porque se enfrentaba a él con firme seguridad y sin ningún temor. Avanzó dos pasos, tomó la mano de Cortés y la llevo hasta el puñal que el español llevaba atado en su cinturón.

—¿Qué hizo, qué? —preguntaba el niño.

—Pues se puso serio y dijo —la *tícitl* modulaba la voz para dar más intensidad a la historia—: «Señor Malinche, he cumplido con lo que estaba obligado en defensa de mi ciudad y no puedo hacer más; vengo preso ante tu persona y poder, haz de mí lo que te plazca. Toma luego ese puñal y mátame con él». Una traidora de los nuestros le iba traduciendo las palabras —añadía con desprecio—. Cortés no lo mató. Lo tomó prisionero y lo torturó echándole aceite hirviendo en los pies para que confesara dónde estaba escondido el tesoro de Moctezuma, pero tu abuelo había recibido una férrea educación con la que dominar el dolor, el hambre, la sed o los sufrimientos. Nunca dijo nada, ni salió de su boca una sola queja.

Ésa fue la última vez que la anciana vio a su soberano con vida. Le dijeron que quedó lisiado, que tenían que ayudarlo para caminar y que en los últimos momentos Cuauhtémoc sólo fue una sombra del hombre que había sido. Los españoles lo mantuvieron con vida durante algún tiempo. Imaginaban que antes o después conseguirían minar su firme negativa y sonsacarle la ubicación del famoso tesoro a fuerza de tormentos de todo tipo, pero la cabezonería sin límite de aquel hombre los tenía rendidos.

—Oí decir que los españoles, hartos de no conseguir nada y preocupados por que el carisma de Cuauhtémoc pudiese llegar a revolucionar a otros pueblos, decidieron matarlo y aprovecharon un viaje de Cortés a las Hibueras. Allí, en la oscuridad de un bosque, lejos de cualquiera que pudiese reprocharles algo, lo ahorcaron, pero nuestros amigos esperaron escondidos entre los matorrales a que los españoles se fueran. Bajaron el cuerpo, cortaron su cabeza y lo colgaron por los pies de aquel mismo árbol para que su sangre bañara la madre tierra y para que las aves devoraran la hermosura de su carne.

El final de la historia siempre dejaba a Miguel con un nudo en la garganta. No sabía por qué extraña razón siempre esperaba que en el último momento la *tícitl* le contara que su extraordinario abuelo había logrado escaparse, y que aún continuaba vivo, escondido en el bosque, reuniendo hombres con los que formar un ejército y así reconquistar su tierra.

La esposa de Cuauhtémoc, su pequeño hijo y la *tícitl* consiguieron sobrevivir al asedio español, a la viruela negra y a los perros gigantes que por orden de sus dueños se lanzaban a los cuellos de los indios, y con ellos también sobrevivió un sentimiento de rabia que se mantuvo silencioso en sus corazones. Al hijo de Cuauhtémoc, que sólo tenía tres años en el momento del apresamiento, los españoles lo rebautizaron con el nombre de Diego Mendoza de Austria Moctezuma. Las dos mujeres dejaron que el niño se educara al estilo europeo para protegerlo de cualquier posible ataque por parte de los españoles. Conservaron un cierto prestigio social por haber pertenecido a una casta noble, y su vida fue mucho más cómoda que la de cualquiera de los indios sometidos, pero ellas no olvidaban.

La médica y hechicera, en un ataque de rebeldía camuflada, se había negado a aprender el español alegando incapacidad y torpeza para asimilarlo, y más adelante argumentó que era demasiado vieja y que apenas oía. Mantenía largas conversaciones en náhuatl con Miguel y el bienestar de él era prácticamente lo único que le permitía aceptar la presencia de los hombres barbudos.

Sin embargo, a pesar de la complicidad que existía entre ambos, esa tarde, mientras caminaban juntos de vuelta a la casa, el joven médico parecía no querer charlar. Estaba como ensimismado y no tenía ganas de oír los reproches que estaba seguro quería hacerle la anciana, y ella, cansada de tanto silencio y deseosa de conocer lo que pasaba por la cabeza de Miguel, optó por comenzar a hablar.

—Cuando he hecho la exploración a esa joven, he visto que ha sido Tláloc el que la ha castigado.

—Se trata de un enfriamiento mal curado; ha llovido mucho últimamente —dijo él de forma lacónica.

—He invocado la protección del Genio del Deseo, pero no sé... Creo que esa joven nos traerá problemas. He visto cómo la mirabas.

—No la he mirado de ninguna manera.

Su frase resultó casi un punto final, con ella daba por zanjada una conversación que le estaba empezando a resultar incómoda. No tenía ganas de que esa mujer que podía leer en el interior de las personas se diera cuenta de la profunda impresión que Mariana había causado en él. La anciana calló, aunque siguió mirando de soslayo, con sus ojos desconfiados, el caminar pausado y cabizbajo de Miguel.

10

Los niños de estas tierras se muestran predispuestos a la enseñanza. Los franciscanos me contaron que aprenden rápido y que la naturaleza les dotó de fortaleza física y trato amable. Si se tiene a bien preguntarles quién es su soberano, rápidamente responden que V. M. con admiración y respeto [...]. Es de suponer que la venida de los españoles a estas tierras ha ayudado a los niños en muchos aspectos y no sólo en el conocimiento del Evangelio. Me dijeron que en la antigua ciudad de México adoraban a un dios llamado Tláloc y que lo consideraban señor de las lluvias y los truenos. Era ese dios tan fiero que exigía la inmolación de niños pequeños y que cuantas más lágrimas derramasen los infelices durante el sacrificio, más lluvia había de enviarles. No deseo seguir hablando de cosas que me apenan, pero referiré algo curioso que les hacían a los niños antes de la llegada de los españoles. Para los nativos, el pelo en el cuerpo de los hombres era mal considerado y tenían suerte aquellos quienes la naturaleza dotara de magro vello. Las madres, para que no les naciesen las barbas ni las patillas a sus hijos, de pequeños les aplicaban paños calientes en el rostro, y bien es cierto que daba resultado, pues conocí a un hombre con el que se usó este sistema y no tiene vello, la piel de su rostro semeja la de un niño. Él, que es un hombre culto y médico además, parece contento por no tener vellosidad en el cuerpo, pero otros nativos que conocí en el lugar han comenzado a identificar como signo de clase alta el poseer pelo en el semblante, y se dedican a cultivarlo como una huerta. Si les nacen en la mocedad pequeños brotes han de rasurarlos para que se hagan más fuertes. Cuanto más vello salga más contentos han de sentirse, porque les hace parecer de linaje español. En este Nuevo Mundo se identifica la barba de los hombres como señal de raza superior.

Miguel Mendoza nació el año 1538, cuando Tenochtitlán hacía tiempo que había dejado de llamarse así y poca grandeza quedaba ya de la antigua metrópoli azteca, la que fuera capital del Único Mundo. Su padre, Diego Mendoza de Austria Moctezuma, era demasiado pequeño cuando las batallas que llevaron a los españoles al poder le dieron un manotazo en la frente, cambiando todos los fundamentos del mundo que conocía, así que le fue fácil adaptarse al modo de vida europeo. El padre de Miguel creció y se educó bajo la sotana de los frailes y se aclimató tan bien a la vida cristiana que apenas mostraba algún tipo de inquietud respecto a sus antecesores. Su madre y la *tícitl* se ponían enfermas cuando lo veían crecer tan castellano.

—Me parece bien que disimules delante de ellos —le decía su madre—, pero al menos muestra interés por tu pasado, por tus raíces.

—Mire, madre, el pasado, pasado está, no va a volver. Intento vivir lo mejor que puedo con lo que tengo, de nada va a servirme continuar recordando. Nuestra realidad es ésta y con ella vivimos. ¿No se da cuenta de que siguiéndoles la corriente a los españoles se consigue más que haciéndoles la guerra?

Ante tal actitud, su madre y la *tícitl* se veían desarmadas y un poco melancólicas, aunque casi preferían que el muchacho fuese así y que pasara desapercibido, porque durante los primeros años de conquista el ambiente estaba muy enrarecido.

Los nativos atravesaban la transición pisando con cautela gatuna para no ofender a los nuevos señores; nunca se sabía cómo iban a reaccionar, su ira podía despertarse por cualquier motivo. Por eso, por pura precaución, la familia dejó que el padre de Miguel se adaptara de lleno al modo de vida castellano, al menos hasta que pudieran entender de una vez por todas los extraños rituales y manías de los conquistadores. Así pues, Diego Mendoza de Austria creció tranquilo, afianzado en una cómoda posición social, y parecía poco interesado en cambiar cualquiera de las circunstancias que afectaban a su país. Muchos lo acusaron de ser un español más y de no haber heredado ni una mínima parte de la dignidad que había caracterizado a su padre, Cuauhtémoc.

—Van listos si esperan que yo organice una revolución. No comprendo tanto empeño por compararme con mi padre. Vivimos bien así —decía.

Estaba claro que pertenecer a la familia noble azteca les había proporcionado ciertos privilegios, pero los españoles marcaban claras diferencias respecto a ellos. Les consideraban una raza inferior e incluso en ocasiones parecía que les daba grima que anduvieran cerca. Por eso la *tícitl* no comprendía por qué algunos hombres barbudos se empeñaban en mantener relaciones con las mujeres indias, «y no ha de extrañarnos que los indígenas no alcancen a comprender los preceptos de la nueva religión, cuando algunos de nuestros hombres, a pesar de estar casados en su patria, han abrazado a mujeres de esta tierra e incluso han procreado. Los religiosos se hallan en la tesitura de no poder condenar el amancebamiento en los indios si los propios españoles andan desoyendo los mandatos».

La mezcla de sangres, que en un principio se intentó ignorar como un mal sueño, tuvo que aceptarse cuando por las calles comenzaron a corretear niños de varias tonalidades que iban desde el negro profundo de los esclavos importados de África hasta el blanco europeo, pasando por el color chocolate y el trigueño. Los frailes llegaron a la conclusión de que negar la evidencia podía resultar contraproducente. Había que llevar una contabilidad de esos cruces sanguíneos y determinar un nombre para aquellos descendientes, dependiendo del grado de mezcla de la sangre, para que no llegara el caso de que, varias generaciones después, naciese un bebé negro de padres blancos y se vieran en la dolorosa obligación, ante la duda, de enviar a la hoguera a madre e hijo. «Así pues, cuando una india se relaciona con un blanco el fruto se da en llamar mestizo. Cuando se trata de un hijo de blancos con negros se llama mulato, porque los frailes aseguran que las criaturas nacidas de esa unión son tercos como las mulas, y si la mezcla de sangres es entre indios y negros se les ha de llamar pardos.» A veces, los mulatos o los mestizos se unían a alguna persona blanca y de allí nacían niños que parecían totalmente blancos, y a esos se les llamaba cuarterones, porque llevaban un cuarto de sangre india o negra. Según estos mismos frailes, eran los más peligrosos, porque muchos aparentaban ser blancos y se comportaban como tales. Ésos eran los que en generaciones posteriores podían llegar a concebir un hijo negro y revolucionar la vida de una familia de blancos decente, de ahí la enorme necesidad de clasificarlos y tenerlos bien marcados. Pero la nomenclatura tuvo que ir aumentándose por la multitud de combinaciones posibles: surgieron más adelante los octavos, con un octavo de sangre india o negra, y luego siguieron con otros nombres que los estigmatizaban de por vida: coyotes, barcinos, bajunos... Años después, tras tanta mezcolanza, algunos niños nacieron con la piel grisácea, llena de pecas y con manchas de diferentes tamaños; todos los consideraban feos y les llamaron pintojos en tono ciertamente despectivo.

A Diego Mendoza de Austria Moctezuma no le hizo falta escuchar las advertencias de su madre, la *tícitl* o los frailes de que no se acercarse a las mujeres blancas. Por aquella época apenas llegaban castellanas a la zona y las pocas que había allí estaban casadas con los conquistadores; no había mucho en qué fijarse. Además, al hijo de Cuauhtémoc, la piel blanca de las hembras españolas le pareció más un capricho exótico de la naturaleza que una fantasía erótica y no le llamó la atención. En realidad, era incapaz de sentir atracción alguna: desde el momento que vio a la preciosa india que fue la madre de Miguel, comprendió que había perdido la perspectiva para apreciar la belleza de otras mujeres. De hecho, muchos años después de que ella falleciese, continuó fiel a su recuerdo y jamás volvió a sentir por otra hembra la pasión, el deseo y la ternura que ella le inspiró. La muerte de la madre de Miguel a los pocos días del parto sumió a su padre en un sopor de tristeza, que le llevó a olvidar a su hijo y a culparlo inconscientemente de la muerte de la esposa que tanto había amado. Apenas lo miraba, no jugaba con él, lo ignoraba por completo. Se encerró en la vida desahogada que había tenido hasta ese momento y encargó la crianza del pequeño Miguel a su madre y a la *tícitl*.

A esas alturas parecía que los españoles ya no estaban tan pendientes de las actitudes y costumbres de la familia de Cuauhtémoc. Se fueron relajando las vigilancias y comenzaron a confiar en su sincera conversión. Eso les dio a las mujeres la libertad suficiente para poder inculcar a Miguel valores aztecas de una forma tan sutil que los españoles ni lo sospecharon. La abuela de Miguel, una bella mujer de cabello largo y ojos apasionadamente negros, era hija del ultrajado Moctezuma, y cada uno de los días de su existencia, hasta que la muerte quiso llevársela, prometió guardar un rencor acérrimo a los españoles por haber asesinado a su marido y no olvidar ni una sola de las tradiciones y costumbres de su pueblo. Esa era la única forma de venganza que creía legítima, porque pensaba que la lucha cuerpo a cuerpo no estaba hecha para una mujer noble como ella. Aseguraba que su hijo Diego se había criado al estilo europeo porque no le habían dejado otra opción, pero que la vida le estaba dando una segunda oportunidad para educar a su nieto dentro de las costumbres heredadas de sus ancestros y no habría nada ni nadie que pudiera impedírselo. Así fue como comenzó con el trasvase de su legado cultural y emocional en la figura de Miguel. Dejó que los frailes educaran a su nieto al modo cristiano para no despertar sospechas y no perjudicarle en su futuro, pero, a escondidas, se alió con la *tícitl* para inculcarle la cultura azteca.

—Nuestro pueblo en sus orígenes habitaba en un lugar llamado Aztlán y de ahí la palabra «azteca» —le contaba su abuela—. Eran inteligentes, bellos, fuertes... Pero aquella tierra era dura, y entonces Huitzilopochtli, el dios del sol y de la guerra, habló con ellos, les dijo que su verdadero hogar se encontraba más al sur, que debían realizar un largo viaje pero que alcanzarían con él la gloria. Ellos abandonaron todo lo que tenían para seguir sus designios. Huitzilopochtli les dijo que encontrarían el lugar exacto cuando viesen un águila devorando a una serpiente en lo alto de un nopal. Tuvieron que caminar durante mucho tiempo para encontrar la señal, hasta que un día la vieron —le brillaban los ojos, describía con las manos y el cuerpo—: el águila estaba sobre el nopal, devorando la serpiente, encima de una isla situada en el centro de un lago. Se afincaron allí y conquistaron a los pueblos que les rodeaban. Nadie podía con los guerreros aztecas, lo tenían todo. Nuestros antepasados crearon dos ciudades: Tenochtitlán, la capital del Único Mundo y Tlatelolco, el lugar que los españoles han dejado para nosotros —añadía con tristeza, y era entonces cuando, con el resentimiento aferrado a su alma, le hablaba del fin de su pueblo, de la destrucción de los templos y de la muerte.

Miguel, siendo niño, tenía en su cabeza un revoltijo de dioses lluviosos, santos milagreros que eran santos y no dioses, sacrificios de sangre, padres hijos y espíritus santos que eran la misma persona, leyendas sobre serpientes emplumadas que se fueron al oriente prometiendo regresar y parábolas de buenos samaritanos que le costó años digerir. Muchas veces tenía miedo de que alguno de los frailes le preguntara por la naturaleza de su Dios y que a él se le escapara la historia de que su antepasado, el primer Moctezuma, el gran Portavoz Venerado, fue concebido cuando su madre era aún una doncella virgen. A pesar de las sorprendentes similitudes entre ambas concepciones, era importante para su integridad que esa insinuación nunca saliese de sus labios si no quería morir en una parrilla instalada en la plaza pública. Con el tiempo observó que gran parte de las historias que las dos religiones tenían como dogmas eran similares, incluso parecían distintas interpretaciones de un mismo hecho: las deidades que creaban al hombre con sus propias manos, los diluvios que cubrían la tierra en castigo por los malos actos terrenales, los dioses que daban su sangre para salvar a los mortales. Al parecer, sólo él se daba cuenta de esas cosas.

—Los caxtiltecas pueden destruir nuestras pirámides, nuestros templos, nuestros ídolos o nuestros códices, pero jamás podrán devastar nuestra memoria —le decía su abuela con énfasis—. Somos libres en nuestra mente, eso no nos lo pueden quitar. Para lograrlo tendrían que matarnos a todos.

—Pues casi lo están consiguiendo —añadía parsimoniosamente la *tícitl*.

La abuela explicó a Miguel que sólo les quedaban sus recuerdos para poder honrar su pasado, y en el lecho de muerte le hizo jurar que jamás olvidaría, dejándole el encargo de transmitir a las generaciones posteriores la grandeza del que fuera el mayor imperio del Único Mundo.

Los hijos de nobles aztecas quedaron recluidos en Tlatelolco, lo que para ellos fue un alivio porque ese había sido el lugar que sus antepasados habían ocupado. Se construyó un centro de estudios que tenía como misión principal la de establecer un diálogo entre la cultura mexicana y la española, convirtiéndose en una réplica de los antiguos *calmécac*, que eran los lugares donde la nobleza indígena se formaba antes de la llegada de los conquistadores. Allí se instaló el primer colegio del Nuevo Mundo, y Miguel fue uno de los alumnos que estudiaron en él. Desde muy temprana edad mostró grandes aptitudes para los idiomas, hablaba indistintamente el náhuatl y el español porque había aprendido ambos a la vez, y hasta que creció no tuvo demasiado claro que fueran lenguas diferentes: un desarrollado sexto sentido le indicaba a quién debía hablar en cada una de ellas.

La *tícitl* encontró en Miguel el mejor recipiente en el que volcar sus conocimientos médicos, a falta de descendientes de su propia sangre, y la capacidad de absorber enseñanzas que tenía el joven animaba tanto a aquella mujer que adiestrarle se convirtió en la labor más importante su vida. El ansia de Miguel por aprender no tenía límite, cuanto más conocía más se interesaba, y comenzó a mezclar lo que aprendía de la anciana *tícitl* con la medicina que los españoles habían traído desde el otro lado del océano. Estaba convencido de que la unión de ambas doctrinas médicas daría como resultado la curación de cualquier padecimiento que afectara a los seres humanos. Soñaba con erradicar todas las enfermedades, con que llegara un día en que los hombres murieran de pura senectud y no de algún mal incurable. Miguel era un hombre optimista y hasta el final de sus días mantuvo la idea de que la llegada de los españoles y la mezcla de culturas eran un designio de los dioses, ya fueran aztecas o castellanos, para conseguir el engrandecimiento de los hombres.

En el mismo colegio en el que se educó conoció a Martín de la Cruz y a Juan Badiano, dos hombres que se hallaban ciertamente interesados en las virtudes benéficas de las plantas usadas en el Nuevo Mundo en tiempos anteriores a la conquista. Gracias a los conocimientos curativos que había aprendido de la *tícitl*, les ayudó a elaborar un herbario sobre plantas terapéuticas que años después abrió los ojos a los españoles respecto a la medicina indígena. Miguel y la *tícitl* pasaban noches enteras plasmando en un códice la descripción de las plantas, sus utilidades y su nombre en náhuatl.

—¿No estaremos haciendo esto para ayudar a los barbudos? —preguntaba la *tícitl*.

—Lo hacemos para ayudar a la humanidad.

Miguel fue uno de los primeros médicos titulados en el Colegio Imperial de Santa Cruz de Tlatelolco y la *tícitl* se convirtió en su ayudante silente. Nadie sabía que, detrás de la presencia de Miguel como médico, estaban las sabias recomendaciones de aquella mujer fantasmagórica que lo acompañaba a todas partes, porque ni a ella le gustaban los hombres blancos y ni los españoles se sentían cómodos bajo su mirada recelosa.

Cuando Miguel comprendió que su educación en el colegio se había acabado, pensó que aún le quedaban muchas cosas por saber, cosas que no se podían aprender en las clases: había que salir a buscarlas como cuando se va de caza. Una mañana se plantó delante de su padre con un atadillo en el hombro y con la *tícitl* agarrada a su brazo.

—Me marcho.

Su padre miró a ese hombretón desconocido. Le vio alto, fuerte, con el pelo negro y brillante de la madre rozándole los hombros, con los ojos de sabio que todos decían que había heredado de Cuauhtémoc. No sabía cuáles eran sus inquietudes, ni sus deseos. Vio cómo la *tícitl* lo miraba, con un orgullo con el que nunca lo había mirado a él, y en ese momento sintió un profundo dolor por el tiempo perdido.

—Me marcho, padre, a cumplir la promesa que le hice a la abuela. Me voy a seguirle la pista al pasado y la *tícitl* se viene conmigo.

En realidad, la *tícitl* se había empeñado en marcharse con él: no quería dejarlo solo, a pesar de que ya era un hombre hecho y derecho que podía cuidar perfectamente de sí mismo. Miguel, en un primer momento, dudó del aguante físico de la mujer para realizar el viaje, pero la presencia de la *tícitl* también resultaba para él muy importante: ella era la única persona que tenía la edad suficiente como para recordar la clase de existencia que se llevaba en el interior del palacio de su abuelo antes de que los españoles lo destruyeran, por eso no dejaba de atender a cada una de las cosas que le contaba. Tenía miedo de que en cualquier momento se le fueran diluyendo los recuerdos por culpa de los años y que pasaran a formar parte del olvido. La *tícitl* se volvía más silenciosa conforme pasaba el tiempo, aunque no parecía que fuese a causa de la vejez, sino más bien porque cada día sus ojos miraban más hacia dentro, como si las cosas que pasaran en el exterior no fueran suficientemente interesantes como para reclamar su atención. Aquella mujer a la que los españoles bautizaron como Claudia nunca atendía por ese nombre y vivía como si todo lo que los europeos habían construido fuera un decorado, un mal sueño que se desvanecería una mañana al salir el sol, sin dejar ni rastro.

—En cualquier momento, el gran Huitzilopochtli regresará para vengar a su pueblo y nos liberará del yugo de los hombres blancos —decía a veces sin venir a cuento, como si saliese de un profundo trance.

—De acuerdo —agregaba Miguel en tono condescendiente—, pero mientras llegue ese glorioso día, tendrás que disimular. Nadie debe oírte decir esas cosas, y no deberías llamar la atención; tienes que ir más a misa.

—No, no lo haré. No se lavan. Nosotros nos bañábamos todos los días y ellos nada. De uno en uno los puedo soportar, pero cuando están todos juntos en su templo huele a cadáver de... ese animal rosado que trajeron con ellos...

—Cerdo.

—Huelen a cadáver de cerdo —sentenciaba.

A la *tícitl* no le importaba que se le notase el aborrecimiento y sólo Miguel se empeñaba en disfrazarla de cristiana convencida para evitar posibles represalias inquisitoriales. Ella, mientras tanto, sólo esperaba vivir lo suficiente como para ver otra generación portadora de la sangre sagrada de su soberano en el mundo.

Los dos juntos fueron de un lugar a otro, recorriendo pueblos de geografías perdidas en los que la historia de los hombres blancos era aún pura leyenda. Miguel les proporcionaba asistencia en sus enfermedades y a cambio las gentes les ofrecían comida, cama y recuerdos. Cada vez encontraba más interesantes las cosas que aprendía. Recopilaba nostalgias, fábulas, leyendas, mentiras que parecían verdades y verdades difíciles de creer, todo le servía para aumentar su catálogo de tradiciones que guardar aunque, en ocasiones, muchas de las cosas que les contaron no parecían más que sueños. Buscó la manera de unir las bondades de cada una de las culturas que había conocido para conseguir encontrar su propia paz, lejos de reproches, odios y animadversiones.

En sus viajes, Miguel se interesó por la cultura maya, conoció su lenguaje y costumbres, añadió sus conocimientos a los aprendidos en Tlatelolco y comenzó a elaborar una especie de archivo azteca y maya de recuerdos y tratamientos médicos. Pronto se corrió la voz entre los intelectuales del Nuevo Mundo de que el nieto de Cuauhtémoc estaba intentando reunir los conocimientos de los pueblos que ocupaban Nueva España antes de la llegada de los colonos. Cuando fray Diego de Landa supo que el joven se encontraba cerca de Izamal, se puso en contacto con él. Pensó que la presencia de Miguel ayudaba en muchos sentidos a la comunidad. Disponer de un médico en Izamal era una oportunidad de mejora para su pequeña colonia y además podría colaborar con él en su proyecto de crear el primer diccionario maya-castellano. Para Miguel resultó una idea tan admirable que inconscientemente se involucró en ella con pasión y orgullo. El fraile franciscano le pareció un ser excepcional, agudo, inteligente, con capacidades analíticas que lo llevaban a escuchar durante horas y días las palabras de los que conocían bien la cultura maya. Diego de Landa, desde que llegó al Yucatán con sólo veinticuatro años, no había dejado de escalar puestos. Primero fue asistente del guardián del monasterio, luego guardián, definidor, custodio, y en ese momento acababa de ser nombrado provincial. Enseñaba en las escuelas y defendía con uñas y dientes los intereses de los indios y de la misión frente a los encomenderos. Por primera vez, Miguel pensó que la *tícitl* estaba equivocada respecto a los españoles, que algunos eran hombres sabios que comprendían y admiraban la cultura que existía en aquel país antes de su llegada. Pero ella seguía desconfiando de todo aquel que no tuviera la piel de color canela y dejaba escapar malos augurios en torno a la figura del franciscano amigo de los mayas.

—No me gusta, tiene ojos traicioneros.

—Todos los españoles te parecen traicioneros —decía Miguel con ironía.

—Todos lo son.

Miguel llevaba ya más de ocho meses en colaboración con fray Diego cuando llegó la comitiva de Mariana. La relación que unía a los dos hombres era fraternal, o más bien paternofilial. Se admiraban mutuamente. Miguel elogiaba la entrega de fray Diego a la gente del pueblo, el afán por conseguir que sus almas se salvaran mediante el método religioso que inculcaba. Le gustaba esa parte de la religión cristiana en la que se intentaba que los hombres buscaran la paz ayudando al prójimo, recibiendo y dando amor a los demás. Miguel pensaba que daba igual el dios en el que se creyera, ya fuera Jesucristo u otro, siempre que consiguiese mejorar con sus palabras la vida terrenal de los humanos. Veía a fray Diego como una hormiguita que paso a paso conseguía lo que se proponía. Poco a poco había construido el convento más grande que se conocía en el Nuevo Mundo, poco a poco había logrado llegar al corazón de los habitantes de Izamal, poco a poco estaba reuniendo cientos de códices mayas con la mayor cantidad de información que sobre esa cultura se conocía, y era posible que poco a poco consiguiera alcanzar la categoría de obispo, porque últimamente sólo hablaba de ello y por otra parte su tesón no tenía límite. La oportunidad de colaborar con el fraile en la traducción de textos mayas le provocaba tal excitación que no tuvo reparos en cruzar decenas de leguas para instalarse en Izamal acompañado de la *tícitl*, a pesar de que ella presagiara que el fraile era una mala persona.

Fray Diego les había proporcionado una casa nueva cercana al convento para que dispusiesen de cierta independencia. Todos los días, desde que llegó a aquel lugar, Miguel iba caminado hasta el convento, dejando que el olor de las plantas, de las casas, de la gente, sacudiera sus sentidos. Se preguntaba si ese olor característico de cada estación del año habría sido el mismo antes de que los españoles construyeran decenas de chozas con adobes y derruyesen el antiguo templo sobre el que se asentaba el convento. Pasaba muchas horas en el taller de fray Diego, rodeado de antiguos códices mayas. A veces, cuando ponía sus manos sobre ellos, se quedaba quieto, acariciándolos con las yemas de los dedos, intentando captar las sensaciones de los hombres que los habían creado. Creía incluso que podía escuchar las palabras que pronunciaron mientras trabajaban sobre ellos. Se dejaba arrastrar por los dibujos que muchos años atrás hicieran unas personas que se consideraban un elemento más de la sabia naturaleza, en la que todo estaba cabalmente ensamblado, manteniendo un equilibrio perfecto con el aire, el agua y la tierra.

Miguel disponía de un grupo de hombres de edad que habían conservado intactos en su memoria los datos de la cultura maya y que le estaban ayudando a realizar lo que él consideraba una obra fundamental para que se llegara a comprender que los antiguos habitantes del Nuevo Mundo no eran una raza inferior, como pensaban los españoles, sino una civilización plena, diferente de la suya, pero igual de importante y significativa. Incluso pensó que tal vez algún día las gentes abrazarían ambas culturas por igual. Quizá los españoles dejarían que fray Diego les abriera los ojos y aceptarían las bondades de aquellas tierras. Podría conseguir que su cultura llegara también al otro lado del océano, que se mezclara con la europea y que ambas absorbieran lo mejor de la otra, creando un único conocimiento que elevara al ser humano. Sin duda Miguel pensaba que aquel trabajo tenía un incalculable valor, y por ello se entregaba a él con verdadero empeño.

Ese día, mientras avanzaba por el camino que diariamente le llevaba al convento, Miguel se sentía distinto. La escena vivida con Mariana le había trastornado un poco los sentidos. Era la primera visita médica seria que realizaba en ese lugar. Había curado una muela infectada, un par de resfriados comunes, algún herpes... Pero hacía más de ocho meses que no atendía una enfermedad grave. También era la primera vez que atendía a una mujer española y también era la primera vez que una mujer, aunque no fuera española, le producía esa gran impresión. Desde que abandonó la habitación de la joven, no podía evitar acordarse de su cabello ondulado, de la piel suave y blanca de su vientre, incluso tenía la sensación de que el olor floral de la joven se había quedado impregnado en sus fosas nasales, y cada vez que inspiraba con fuerza podía volver a sentirlo. Pensó que eso no decía nada bueno acerca de su profesionalidad médica, y sonrió para sí intentando censurar aquellos pensamientos. Comenzó un intenso monólogo interior en el que se recomendaba alejarse de ella, procurando convencerse de que una mujer como ésa jamás repararía en él. Quizá podría mostrar algún tipo de interés por su trabajo, pues parecía culta y refinada, incluso podría mantener alguna conversación interesante con ella, pero dudaba mucho que viese en él algo más que un indio listo. A lo largo de su vida, se había dado cuenta de que a pesar de su origen noble y de que fuera respetado e incluso querido por los españoles, el color tostado de su piel, el brillo negro de sus cabellos y la forma almendrada de sus ojos lo diferenciaban y lo estigmatizaban. Nunca dejaría de ser un indio; un indio noble, nieto de reyes, pero un indio al fin y al cabo. Pero ¿por qué le daba vueltas a lo que ella pensaría de él? ¿Acaso estaba imaginándose haciéndole la corte? Lo único por lo que tenía que preocuparse ahora era por la pronta recuperación de su enfermedad. Su interés debía ser única y exclusivamente profesional. Si ella mejoraba con sus técnicas, se demostraría a sí mismo que sus silentes teorías sobre las capacidades benéficas de la medicina azteca, maya y española unidas daban favorables resultados y podría seguir elaborando el tratado sobre técnicas curativas en el Nuevo Mundo que sacudiría la medicina tradicional europea. ¿Qué le importaba lo que esa joven pensase? Seguramente estaba comprometida, o quizá era superficial y absurda. ¿Qué más le daba a él que fuese suave como una pluma, que su cabello pareciese una cascada y que oliese como siempre imaginó que olería el paraíso? Tenía que sacarse a esa joven de la cabeza.

El trabajo de ese día sería diferente de los otros. El fraile que había llegado con la comitiva de castellanos sentía un interés y tenía una predisposición tal en conocer la cultura de la zona que Miguel se estaba dejando contagiar por su entusiasmo y había quedado con él para charlar mientras paseaban por las márgenes del convento. Se habían citado temprano en el centro del claustro. Mientras esperaba la llegada de fray Lorenzo, vio que la mujer melancólica que acompañaba a la joven castellana se encaminaba hacia él con mirada satisfecha.

—Tenía muchas ganas de encontrarle —le dijo Beatriz con una sonrisa de oreja a oreja—. La niña está mucho mejor, apenas tiene fiebre.

—Me alegro muchísimo...

Miguel se sintió incómodo. Por alguna extraña razón, la

simple presencia de aquella mujer le había puesto nervioso y supuso que era porque sabía que le hablaría de Mariana. Le molestaba ver cómo perdía el control sobre sus reacciones, pero no dejó de sonreír, mientras ella continuaba con su soliloquio.

—En Castilla disponemos de plantas también muy beneficiosas. Eso que me dio para que Mariana inhalara, el ati... ateloch... aeloch...

—*A-Toch-Ietl.*

—Sí, eso. En España hay una planta muy parecida que se llama poleo y sirve para lo mismo, aunque aquí no sabría encontrarla. Creo mucho en el poder de curación de las plantas, ¿sabe?

Hacía ya cuatro días que había visitado a Mariana, y Miguel no estaba seguro de si sería conveniente insinuar una nueva visita en lugar de esperar a que sus labores profesionales fueran demandadas, pero la simpatía y el brillo de los ojos de la mujer le inspiraron confianza y soltó una alusión directa al tema.

—Normalmente hago un seguimiento más exhaustivo de mis pacientes, sobre todo cuando han tenido tanta fiebre, por si surgen complicaciones. Cualquier precaución es poca en estos casos.

—Si fuese tan amable... Le estaríamos muy agradecidas si quisiera volver a visitarla... Desde luego, si vuesa merced dispone de tiempo.

En ese momento Miguel se sintió mal: había actuado como un auténtico desvergonzado. Era verdad que solía vigilar a sus pacientes tras la enfermedad, pero aunque así fuera, también se daba cuenta de que había utilizado un vulgar truco para volver a la habitación de la joven castellana, aun a sabiendas de que la *tícitl* le había dicho que les traería problemas. No podía evitarlo: deseaba verla de nuevo con todas sus fuerzas, y para ello había usado una trampa dialéctica en la que aquella encantadora mujer había caído sin remedio. A pesar de todo, se perdonó pensando que en realidad no la había engañado. Él se tomaba muy en serio su labor como médico. Reconfortado por este último pensamiento, se apresuró a proponer:

—En este momento tengo una cita con fray Lorenzo, pero si lo desea, más tarde visitaré a la joven.

—No sabe cuánto se lo agradezco —respondió Beatriz con su sonrisa melancólica.

11

Cuenta una leyenda de estas tierras que uno de sus ídolos del que ya hablé, llamado Quetzalcoatl, era una deidad bondadosa, creador del hombre y su tutor. Dicen que este dios lo forjó con su propia sangre y con huesos sacados del Mictlan, que es algo así como el infierno, y que como los huesos eran de diferentes tamaños y formas, unos somos altos, otros bajos o gordos o delgados... Quetzalcoatl tuvo a bien enseñar al hombre la filosofía de la vida, a medir el tiempo y a encontrar alimento. Fijó las oraciones y sacrificios, pero tuvo que abandonar estas tierras tras una disputa con otro dios llamado Tezcatlipoca, y partió sobre una balsa entretejida de serpientes navegando hacia el oriente, prometiendo regresar algún día para reclamar su trono. Cuando al antiguo soberano de estas tierras le llegaron noticias del desembarco de unos hombres blancos que navegaban en grandes montañas por el mar, que cabalgaban sobre extraños venados gigantes sin cuernos, que tenían perros atroces capaces de matar a los hombres si ellos se lo pedían y que disponían de palos de trueno —que así era como ellos debieron de ver nuestros arcabuces—, el soberano llamado Moctezuma pensó que era el dios mismo que volvía con su séquito, y mandó enviar muchos presentes de oro y de plata para disuadirles de no atacar. En lugar de eso, lo que consiguió fue que desearan con más fuerza tomar la capital, y algunos de los indios dijeron que los hombres blancos se aga-

> rraban al oro como los monos [...]. Fue de esta curiosa manera que Cortés consiguió hacerse con la ciudad, que todos los indios le hubieron de considerar el dios mismo que regresaba. Cuando se dieron cuenta de que no se trataba de su dios, sino que sólo era un hombre, ya fue demasiado tarde para ellos.

Fray Lorenzo se sintió obnubilado desde que descendió del galeón. Todo lo que veía le pareció adorable, el olor era más fragante que en España, las gentes le resultaban más dulces y la comida más deliciosa. Sonreía a cada momento, incluso se le quedaba una plácida mueca risueña cuando estaba dormido. Presentía que guiar por el camino de la fe a las gentes que vivían en el Nuevo Mundo y compensarles por los posibles abusos que sus compatriotas hubieran cometido en aquellas tierras era el plan que Dios tenía reservado para él. Ese lugar era una página en blanco donde comenzar a escribir la vida que siempre había deseado vivir.

Mientras estudiaba en Valladolid, en el convento de San Gregorio, había conocido a otros frailes jóvenes que escuchaban con fervor las palabras de Bartolomé de las Casas y que aseguraban haber sentido una llamada. Estaban deseosos por formar parte de la labor misionera, convencidos de querer ayudar al prójimo más incluso que a ellos mismos. Pero casi todos habían acabado dedicados a la predicación y a la enseñanza en lo que fray Lorenzo consideraba una anodina y recatada vida conventual. Parecía que habían perdido el interés de luchar por imposibles, de aliviar, aunque fuera en una mínima parte, el hambre y la sed de justicia en el mundo. No podía evitar hacer reproches a sus antiguos compañeros por haberse acomodado, y en ocasiones el mismo De las Casas tuvo que llamar su atención sobre el asunto, señalándole que no todos estaban hechos para llevar a cabo grandes proyectos.

—No se nos mide por la aparente magnitud de nuestras obras, el Señor cede a cada uno el peso que es capaz de soportar

—le decía—. Todos tenemos una misión, la de vuesa merced quizá en un lugar lejano, y la de otros aquí, y ambas son igualmente importantes. Cada cual aporta a este mundo en la medida de sus posibilidades. Tiene que recordar que una sola gota de agua no hace el mar.

Fray Lorenzo percibía que el Señor había depositado en él un gran peso que estaba dispuesto a soportar y a cargar con gusto, aunque eso pudiera sonar pretencioso. En su fuero interno estaba convencido de que él estaba hecho para llevar a cabo una gran misión, y estaba seguro de que jamás se hubiera conformado con ser el fraile cocinero en un convento de dominicos. Él tenía otras aptitudes. Conocía muchas formas para hacer llegar a las personas la palabra del Señor, y entre ellas no se encontraba la presión, el maltrato o el chantaje que había oído contar que se utilizaban como moneda de cambio en las tierras del Nuevo Mundo. Pensaba que no se podía aparecer por las buenas y obligar a las personas a abandonar su pasado. Bartolomé de las Casas asemejaba las culturas precolombinas con las de la Antigüedad clásica, resaltando sus virtudes y sus grandezas, por eso se interesó en los procedimientos de fray Diego. Estaba totalmente de acuerdo en que la mejor manera de llegar hasta los indios era a través del sendero del mutuo entendimiento. Repudiaba la violencia y la sumisión. Creía que era mejor razonar que imponer, y el franciscano parecía comulgar perfectamente con esa idea, por ello lo admiraba aun antes de conocerlo. Le gustaba encontrarse con gente que compartiera sus pensamientos, aunque fuesen de otra orden religiosa: de esa forma podía contrastar opiniones. Escuchaba a todo el mundo, para luego formar su propio criterio, anteponiendo siempre la vida humana a cualquier otra consideración, ya fuese política, económica e incluso religiosa.

Fray Lorenzo tuvo a bien contarme que cada hombre, ya sea de España o del Nuevo Mundo, es por él mismo y por su forma de entender la vida un universo, y que por ello hemos de sentir grande pena cuando muere, pues con él se va algo único e irrepetible. Aconsejome escuchar atenta a todo el mundo, puesto que así hallaré la forma de preservar los universos que se encuentren en los raciocinios de los demás una vez que se hayan ido. Díjome que cada ser humano es un milagro de Dios y que nadie excepto Él ha de tener potestad sobre los milagros.

Desde que fray Lorenzo llegó al convento, comenzó a acechar a fray Diego de Landa. Le sorprendía por los pasillos, lo seguía hasta el taller, le acosaba a preguntas y parecía tomar nota mental de cualquier frase del franciscano, asintiendo fascinado como si le estuviese dando una clase magistral, aunque sólo hablara del reparto del pan. Fray Diego iba de aquí para allá siempre, ocupado en mil quehaceres. Estaba orgulloso de Izamal, era el gran monarca de ese pueblo. Los nativos lo observaban como si fuese un rey y él tocaba suavemente sus cabezas en una actitud difusa, mezcla de bondad y paternalismo que fray Lorenzo no podía definir. Los feligreses lo llamaban *tete*, el apelativo que sustituía a padre en la lengua maya, y a fray Diego le brillaban los ojos de satisfacción. Le costaba Dios y ayuda controlar el orgullo después de haber creado un convento como el de San Antonio de Padua, con todo lo que conllevaba, y haber realizado un trabajo de documentación admirado por el propio monarca. A Landa le empezó a abrumar tener que encontrarse con fray Lorenzo cada vez que se daba la vuelta, con su sonrisa de admiración en los labios y sus cientos de preguntas y observaciones. Le mareaba hablándole de Castilla, de Bartolomé de las Casas, de las cosas que él le había contado sobre el Nuevo Mundo, de sus proyectos y aspiraciones. El franciscano lo escuchaba a salto de mata, entre labor y labor, siempre parecía estar demasiado ocupado como para atenderle serenamente y asentía sin más ante cualquier cosa que le contara, más por cortesía que por verdadera implicación en la charla. Desde que la comitiva había llegado no habían mantenido una conversación que durase más de cinco minutos.

—Es mejor que vuesa merced hable con Miguel —le dijo el franciscano para quitárselo de encima cuando fray Lorenzo comenzó a ponerse insistente con sus preguntas—. Miguel es un experto —aseguraba.

Y fue gracias a esos pequeños empujones por lo que empezó a entablar una relación estrecha con el médico nativo, que siempre estaba mucho más receptivo y disponible que fray Diego. Miguel le pareció un hombre extraordinario, con la mirada siempre serena, con esa sonrisa apacible que lucen los viejos en las tardes soleadas y que en ocasiones se confunde con senectud. El gesto tranquilo de quien lo conoce todo tan bien que sabe perfectamente que de nada sirven los consejos porque uno ha de equivocarse solo, una y otra vez, para aprender. El de la persona que percibe cómo funcionan por dentro los seres humanos, pero que no va a contarlo, ya que nadie llegaría a comprenderlo. Miguel sugería más que hablaba: se había dado cuenta de que una conclusión se interioriza mejor si es uno mismo el que llega hasta ella. Escuchaba sereno, traspasando hasta el fondo a su interlocutor con sus enormes ojos de laguna profunda, sonriendo ampliamente, dejando que los dientes blancos iluminaran su cara morena. Era difícil no quedar prendado de su encanto. Fray Lorenzo ya lo había reconocido alguna mañana, cuando Miguel acudía a colaborar en el taller de códices de Landa. Le gustaba observar su entrega pausada, blanqueando las enormes tiras de papel de maguey con el que se trabajaba, viendo cómo mezclaba los brillantes pigmentos para colorear los glifos y escuchando las explicaciones acerca de sus significados mientras se esmeraba en plasmarlos con el tesón del niño que escribe sus primeras letras.

En un principio Miguel creyó que fray Lorenzo preguntaba por simple curiosidad. Llevaba años contando una historia resumida del pasado en esas tierras, tamizada y adaptada a la mentalidad de los hombres blancos que se interesaban, y hasta ese momento a todos les había resultado satisfactoria, pero fray Lorenzo no se conformó. Indagaba sin descanso y eso hizo que Miguel se sintiese halagado. Poco a poco se animaría a abrirle las puertas del mundo maya al que él había estado siguiendo la pista durante los últimos años, y gracias a eso se irían alargando sus encuentros y conversaciones. Aquella mañana se habían dado cita para pasear.

—¿Sabe, Miguel?, hace un par de días que tengo ganas de preguntarle algo, pero no me gustaría que mis palabras pudiesen incomodarle. Fray Diego me contó que su abuelo tuvo que enfrentarse a Cortés en los tiempos de la conquista de Nueva España.

—¿Qué quiere saber?

—Verá, me gustaría que me contara lo que ocurrió tal y como se cuenta entre los nativos. Comprendo que quizá le resulte doloroso, pero las únicas versiones que conozco son la que me contó mi maestro fray Bartolomé de las Casas, que conoció personalmente a Hernán Cortés, y lo que se comenta en la corte a raíz de unas cartas que Cortés le escribió al emperador Carlos. —Calló durante un par de segundos—. Tal vez prefiera narrarme con sus propias palabras...

—Bueno, no tengo problema alguno en contarle la historia, pero sepa que en esto, como en todo, cada cual tiene la suya. Voy a relatarle lo que yo pienso que pasó, luego vuesa merced lo puede mezclar con lo que ha escuchado en su patria y así se formará su propia idea, si quiere. —Miguel hizo una pausa y tomó aire—. Creo que todo fue, simple y llanamente, una sucesión de casualidades. Claro que eso es lo que yo pienso porque, según Moctezuma, el monarca de mi pueblo en aquella época, estábamos predestinados.

—¿Predestinados?

—Sí, verá. Hacía ya un tiempo que las señales indicaban el final de la civilización azteca; al menos eso decían los consejeros de Moctezuma. Al parecer se alzó en mitad de la noche una columna de fuego, dos templos se desmoronaron sin razones aparentes, el lago Tetzcoco entró en ebullición por las buenas, una tarde un cometa cruzó el firmamento de oeste a este esparciendo chispas como carbones ardientes. Aparecieron varios monstruos que fueron llevados ante el monarca y que desaparecían en el mismo momento en que él los veía. Llevaron al palacio de Moctezuma un pájaro con cabeza de espejo que reflejaba los cielos, y cuando el monarca se asomó en él, descubrió un ejército... —Hizo un gesto con la mano para expresar que podría seguir enumerando más sucesos extraordinarios—. Según los consejeros de Moctezuma, esas señales indicaban que el desterrado dios Quetzalcoalt estaba por regresar del oriente como había prometido tiempo atrás, para reclamar su trono. Al parecer eso estaba ya escrito y la fecha prevista para la llegada del dios era el año 1 Caña, precisamente el momento del desembarco de Hernán Cortés, lo que convirtió la conquista de Tenochtitlán en un simple paseo hasta el templo mayor para recoger las llaves de la ciudad.

—¿Insinúa que los aztecas no ofrecieron resistencia?

—Al parecer, en un primer momento no, y eso que, según contaba mi abuela, los aztecas eran hombres diestros en el arte de la guerra. A fuerza de batallas habían triunfado sobre docenas de ciudades vecinas a las que tenían sometidas. Hubo un tiempo en el que la soberanía azteca abarcaba la mayoría de los pueblos del valle de México. Exigían a los dominados grandes impuestos: pieles de animales, piedras preciosas, jade, plumas de colores, cobre, plata, oro... incluso hombres que sacrificar a sus dioses. —Miró de soslayo a fray Lorenzo, que escuchaba la narración atento como nunca—. ¿Vuesa merced se escandaliza con estas cosas?

—No, no, en absoluto. Sé que cada imperio tiene sus mañas. No me parece más terrible que cualquier otra táctica utilizada en la actualidad en Europa, sólo diferente. Siga, por favor.

—Los pueblos sometidos creyeron que unirse a las filas de los castellanos les ayudaría a librarse del yugo azteca. Algunos de los caciques que Cortés encontraba a su paso mientras avanzaba hacia Tenochtitlán se sorprendían: no podían creer que existiese un pueblo que no estuviera bajo el poder de Moctezuma, pero quedaron convencidos de su superioridad cuando vieron los palos de fuego y los venados sin cuernos. —Miguel se echó a reír al ver la cara de asombro de fray Lorenzo—. Los arcabuces y los caballos —aclaró, y ambos sonrieron—. En el Único Mundo eran desconocidos. Mientras se preparaban para la batalla, le contaron a Cortés cosas terribles de la manera de guerrear mexica. Le dijeron que los aztecas no tenían miedo de morir combatiendo, al contrario, no existía para ellos mayor orgullo que una muerte gloriosa en el campo de batalla. Los que sucumbían en la lucha o en la piedra sacrificial, iban directamente al Tonatiuhichán, la Casa del Sol, donde había jardines, flores y todo era bello. Después de cuatro años allí, el alma regresaba a este mundo en forma de mariposa y se quedaba en esta hermosa tierra, alimentándose del néctar de las flores, acariciada por la brisa del campo, sin miedos ni temores. Por eso la muerte en la batalla lejos de asustarles les animaba, porque no había un futuro mejor para una persona. No tenían miedo.

—Entonces vuesa merced tiene razón al decir que fue una cuestión de suerte. Sin la alianza con los pueblos sometidos no lo hubieran logrado.

—Me dijeron que los hombres de Cortés contaban con muy poco cuando llegaron a Veracruz: quinientos trece peones, ochenta y siete jinetes y trece bergantines, que en tierra firme no servían para nada. —Y señaló—: Además, algunos estaban debilitados. Pero consiguieron reunir a un nutrido grupo de cincuenta mil indígenas con los que aumentar sus filas. La red de mensajeros en aquel momento era de bastante calidad, así que rápidamente Moctezuma se enteró de que las huestes blancas se aproximaban a Tenochtitlán y envió a los primeros emisarios para que les entregaran unos presentes con los que persuadirlos para que se marcharan. Cortés los recibió amablemente y les ofreció una salva de agradecimiento. Al parecer sus flamantes cañones se sacudieron como truenos y los mensajeros aztecas, que no habían visto una cosa igual en toda su vida, cayeron desmayados del mismo susto ante las risotadas de los presentes. —Miguel se quedó pensativo durante un instante—. Yo creo que eso tuvo que minarles por dentro. Cortés era un hombre muy inteligente —dijo melancólico.

—¿Cómo se entendía Cortés con ellos?

—Bueno, tenía lo que los nativos llamaban *lenguas*. Personas que hacían de intérpretes. Aunque he de decirle que, con diferencia, la mejor traducción y la mejor ayuda la recibió de doña Marina. Vuesa merced habrá oído hablar de ella, entre los nativos es conocida despectivamente como la Malinche. Tuvieron un hijo juntos: Martín Cortés, creo que se llama.

—Eso dicen. Tiene otro hijo llamado así de su esposa Juana de Zúñiga —dijo fray Lorenzo—. Cuénteme cómo consiguieron entrar en la capital de México.

—Se encaminaron hacia Tenochtitlán respaldados por un numeroso ejército y con su fama de dioses precediéndoles. Me imagino que debieron de impresionarse cuando alcanzaron la cima de la montaña y vieron Tenochtitlán por vez primera.

—¿Es bella?

—Muy bella. Según mi abuela, ahora ya no tanto, pero por entonces gozaba de su época de gloria, y la ciudad era un inmenso sueño que surgía del fondo del lago. Se había construido originalmente sobre un islote que se unía a tierra firme a través de tres calzadas: la de Iztapalapa, la de Tlacopan y la de Tepeyácac. Había canales para viajar en canoas y puentes hechos con grandes tablones de madera labrada por los que cabían sin dificultad diez hombres con sus respectivas monturas. Las edificaciones se alzaban como una flor de piedra por encima del agua. Algunas casas señoriales exhibían vergeles en los pisos altos y en los bajos, y una pirámide enorme, que tardó años en ser construida, destacaba por encima de todo. —Se puso triste—. Ahora esos edificios ya no existen. —Cambió rápidamente de actitud, volviendo al tono de narrador objetivo—. Cortés les ordenó formar en posición de combate para mostrar su poderío. Así fue como llegaron, paseando tranquilamente por la calzada de Iztapalapa. Mi abuela contaba que observaban a los indios de reojo con más miedo que curiosidad, atentos a las manos de Cortés por si en cualquier momento les ordenaba entrar en acción. Los mexicas salieron de sus casas, miraban atónitos esos cuerpos resplandecientes por el hierro que los cubría de pies a cabeza. Yo creo que la hueste de Cortés llegó con la sangre revolucionada por la inminente batalla que iban a librar, pero para su sorpresa esa lucha nunca llegó. Moctezuma, el Señor Furioso, no hizo honor a su nombre: se mantuvo sereno y amigable como si llevara ya tiempo esperando su llegada. Salió a recibirles transportado por sus hombres en unas magníficas andas adornadas con plumas verdes, con intrincados dibujos de oro, plata y perlas. En los pies llevaba unas sandalias con suelas de oro adornadas de piedras preciosas. Parecía muy seguro de sí mismo, pero en el fondo Cortés intuía que aquel soberano se mantenía a la expectativa. Mi abuela decía que los dos pudieron ver reflejado su propio miedo en los ojos del otro y que la tensión de ambos podía respirarse. Sabían que era un momento decisivo para sus vidas.

—Debieron de ser unos momentos muy inquietantes para ellos.

—Pues supongo que sí. Cortés descendió de su caballo, y como desconocía cuáles eran las normas protocolarias adecuadas ante un monarca azteca, le ofreció un collar de cuentas perlinas y quiso abrazarle para mostrarle sus buenas intenciones. Los señores que acompañaban a Moctezuma lo retuvieron indignados. Según contaba mi abuela, ese fue el momento en el que se marcó la enemistad. Aseguraba que los españoles pudieron ver la famosa furia mexica de la que tanto habían oído hablar y que los indios se percataron de la impertinencia de los hombres blancos. Pero no puedo contarle mucho más acerca de ese primer contacto. Moctezuma, uno de los mejores gobernantes que estas tierras tuvieron, los dejó entrar en su ciudad, los tomó de la mano y les ofreció el vasto imperio que estaba bajo su poder, ante la pasmada mirada de sus súbditos.

—¿Se rindieron sin más? —preguntó fray Lorenzo sorprendido.

—No sabría si llamarlo rendición. Por eso le dije lo de la suerte o el destino. Si no hubieran existido tantas señales catastróficas... Quizá si el dios Quetzalcoatl no hubiera jurado regresar... A lo mejor todo hubiese sido diferente, pero fue como fue, ya no hay vuelta atrás. Después pasaron muchas cosas, la gente se alzó, se revolucionó. Cortés le pidió a Moctezuma que tranquilizara a su pueblo, pero el gobernante ya había perdido el carisma y el poder frente a ellos. Hubo revueltas, tiras y aflojas... El final ya lo conoce —dijo resignado.

—Me hubiera gustado ver cómo funcionaba Nueva España antes de nuestra llegada —dijo fray Lorenzo—. En mi país se tiene una idea bastante equivocada sobre los habitantes de estas tierras. No quiero que se sienta ofendido, hay hombres que se permiten hablar sin haber pisado jamás el Nuevo Mundo. Por ejemplo, un tal Sepúlveda, que expuso en Valladolid ante el monarca unas tesis con las que pretendió luchar fieramente contra los argumentos de mi maestro fray Bartolomé de las Casas. Sepúlveda consideraba aceptable, e incluso un deber ético de buen cristiano, realizar lo que él llamaba una guerra justa contra los indios, que frenara las idolatrías y los actos pecaminosos. Sus razonamientos se veían impulsados por las lecturas de Aristóteles, un filósofo griego que...

—Lo conozco —dijo Miguel.

—Pues bien. Él se aferraba a la idea de que unos pueblos eran marcadamente inferiores a otros. Decía que España, como pueblo civilizado que era, tenía la obligación moral de someter a los indios para ayudarles a alcanzar una vida más humana y unas costumbres refinadas. Para Sepúlveda, los hombres se dividían en dos grupos: los que habían sido creados por el Señor para las tareas de ejecución, y los que estaban predestinados para el mando. Ya podrá imaginar, estimado doctor, quién es quién en esta reflexión.

Miguel escuchaba atento las palabras de fray Lorenzo. No estaba sorprendido. Algunos de los frailes que se habían encargado de su educación les explicaban a sus alumnos nativos que pertenecían a una raza inferior, y lo decían sin maldad, como si de una enfermedad congénita se tratase. Miguel no sabía qué decir para demostrar que esas argumentaciones eran equivocadas. En su fuero interno le parecía de mal gusto tener que justificar la propia inteligencia.

—Verá —dijo Miguel buscando un ejemplo—, como ocurre con los animales domésticos, se juzga el raciocinio del colonizado por su capacidad de comprender al colonizador, sin tener en cuenta que el colonizado deberá partir de cero, aprender un nuevo idioma, cambiar sus hábitos alimenticios, sus ropas, sus tradiciones ancestrales... incluso su forma de entender el mundo. Tendrá que adaptarse por la fuerza a una nueva vida. Como un recién nacido, deberá aprender a gatear para luego caminar, pero si tropieza en el camino y cae, el colonizador lo entenderá como señal de torpeza, o estupidez, o como seña de raza inferior.

—Es una observación admirable. Ahí es donde puede verse la capacidad de comprensión sin límites por parte de su pueblo. Ahora guardan en su mente el presente y el pasado. Espero poder aprender algo de todo ello.

Miguel se sentía cómodo hablando con fray Lorenzo, pero cuando fueron pasando las horas, comenzó a perder la pausada calma que lo caracterizaba y le entraron las prisas por volver a casa. Apretó el paso, y el dominico lo siguió fatigado hasta la puerta del convento, resoplando y balbuciendo entre jadeos que le gustaría ver de cerca la pirámide maya que había observado el día de su llegada a Izamal.

—Le prometo que mañana en la mañana, si vuesa merced lo desea, la visitaremos —le dijo en la misma puerta del convento—, pero ahora he de irme.

Miguel regresó a su casa. Había decidido que no era de buen gusto presentarse solo en la alcoba de Mariana por más que se tratase de una visita médica y fue a buscar a la *tícitl*, que refunfuñó, despotricó y protestó por hacerla salir a esas horas, y por tener que volver a encontrarse delante de esos españoles prepotentes y estirados con esas ropas tan raras y ese color enfermizo. En esa ocasión no le hizo falta leer en la mente de Miguel. Lo conocía desde que nació y veía que aquella visita iba más allá del interés profesional, por mucho que él se empeñara en disfrazarlo de eso. Caminaban por el pasillo donde estaba la habitación de la joven cuando Beatriz abrió la puerta antes de que ellos llamaran, como si les hubiera estado esperando.

—Ya está aquí el médico —dijo desde el umbral, mirando hacia el interior de la alcoba—. Pasen, pasen... Yo esperaré fuera. Si me necesita, estoy aquí mismo. —Y señaló uno de los bancos del pasillo.

Mariana pudo verlo por primera vez con claridad. Durante los días de encierro tuvo tiempo suficiente para recrear su propia idea del médico: una mezcla entre las capacidades profesionales que Beatriz le había narrado entusiasmada y el recuerdo nebuloso que flotaba en su cabeza desde el día que la atendió. A primera vista lo encontró demasiado joven para ser un galeno, y a la mujer que lo acompañaba demasiado vieja para tenerse en pie. Se mantuvo sentada en la cama con la espalda bien recta, apoyada en los almohadones, intentando mantener una pose de dignidad en una situación totalmente atípica. Aquello se salía de todos los cánones de recato que ella conocía: un hombre joven y desconocido estaba en su habitación mientras ella yacía en su lecho. Se encontraba incómoda y no sólo por él, también por esa mujer de piel apergaminada que se asomaba con cara de pocos amigos desde el fondo de sus párpados resecos.

—Mi nombre es Miguel Mendoza. —Se hizo un silencio que duró unos instantes pero que a Miguel le parecieron horas. En vista de lo poco locuaz que se mostraba su interlocutora, continuó hablando—. Atendí su enfermedad el otro día, pero no me recordará, se hallaba febril. ¿Cómo se encuentra? —Y mientras decía eso se acercaba a ella y ponía la mano en su frente, y de ahí pasó a su muñeca para tomarle el pulso como lo haría cualquier médico.

—Me encuentro bien. ¿Qué es lo que me ha pasado?

—Alguna complicación por culpa de unas fiebres. —Y añadió—: Supongo que el viaje y el cambio de aires la dejaron extenuada.

Realizaba movimientos profesionales a la vez que hablaba, pero cuando se acercó a ella y percibió el aroma floral de la ocasión anterior, sintió deseos de interrumpir el reconocimiento, sentarse a su lado y seguir oliéndola hasta agotar la fragancia. Pero Mariana ya no parecía tan desvalida como la primera vez que la había visitado. Estaba seria y se enfrentaba a él con una expresión tan desconfiada que Miguel no se atrevía a mirarla directamente a los ojos. Se sintió impresionado por su firmeza y por las pupilas más verdes que jamás había visto en ninguno de los españoles que había conocido a lo largo de su vida. La actitud de la joven le llenó de inseguridad y le molestó profundamente perder la entereza frente a ella. Cuando tuvo que aproximarse para observar bajo sus párpados, notó cómo sus dedos temblaban y se le aceleró por un momento el ritmo de la respiración. Estaba tan cerca del rostro de la joven que podía sentir cómo compartían el mismo aire de aquel pequeño espacio y esa idea le resultó tremendamente sugestiva. Miguel notó que le atenazaba el pecho una sensación que llegaba a ser dolorosa pero que, aun así, rozaba lo placentero.

—Todo está estupendamente —dijo con fingida resolución—. Unos cuantos días más de reposo y podrá levantarse...

—¿Me hicieron brujería para curarme?

La pregunta de Mariana se desparramó por la habitación como un chaparrón de verano y parecía repetirse como si estuviese rebotando por las paredes. Miguel se quedó mudo. La frase le había pillado por sorpresa. Bajó la frente y su habitual sonrisa se esfumó.

—¿Por qué dice eso?

—Recuerdo a esa mujer —y señaló a la *tícitl* con la mirada— colocando extraños objetos alrededor de mi cuerpo y lanzando conjuros en una lengua extraña. —Y volvió a repetir con la voz aún más grave—: ¿Me hicieron brujería para curarme?

Mariana parecía muy seria. Miguel tuvo miedo de que la semiinconsciencia provocada por la fiebre no la hubiera dejado tan amodorrada como él había creído. La palabra de una joven como ella, con su elevada posición, podía ponerles en un verdadero aprieto, así que decidió mostrarse firme y seguro intentando recobrar el gesto sereno que le caracterizaba. Recuperó la sonrisa y le explicó a Mariana que la enfermedad que ella había padecido provocaba alucinaciones, desvaríos y pérdidas de percepción de la realidad, y que esa era la causa por la que creyó ver y escuchar cosas extrañas. Asumiendo una postura digna y ofendida, Miguel aclaró que la *tícitl* era una venerable anciana que lo acompañaba en sus visitas para ayudarle con el instrumental, y que efectivamente no hablaba castellano, pero que eso no quería decir que sus frases fueran conjuros, y dejó caer que la simple insinuación de algo así podría traer graves consecuencias. Pero Mariana no se dejaba convencer y contraatacó con un argumento que parecía haber estado preparando desde que recuperó la conciencia de la realidad y supo que él volvería a su alcoba.

—Entonces debo suponer que también he imaginado que... que me quitó el camisón y tocó mi... mi vientre, ¿no es así?

La voz de Mariana tintineaba avergonzada de lo que estaba preguntando. La palabra «vientre» sonó entrecortada y la indecisión al articularla la volvió casi lasciva; parecía que había superado un gran obstáculo pronunciando la frase, pero a pesar de todo había decidido enfrentarse a ello para saber la verdad. Miguel pensó que Mariana era una joven muy valiente. Dudó entre salirse por la tangente como antes o responder con sinceridad de la misma manera en la que ella le había plantado cara.

—Tuve que mirar si sus pulmones estaban afectados y eso sólo se comprueba escuchándolos y palpándolos.

Si «vientre» había sonado vergonzoso, «palpándolos» sonó mucho peor, y ambos se quedaron mudos. De pronto una simple palabra parecía demasiado indecente, y Miguel recapacitó sobre lo conflictivo que resultaba hablar con una joven como Mariana de asuntos médicos. Se dio cuenta del enorme poder de sugestión que le provocaba la presencia de ella, capaz de transformar las frases más simples en peligrosas trampas retóricas. La situación se estaba volviendo embarazosa.

La *tícitl* se había sentado cerca de la ventana y aparentaba indiferencia respecto a la charla de los jóvenes. Se sentía incómoda y molesta en aquel lugar y comenzó a utilizar su estudiada técnica para ignorar las situaciones y a las personas que tan bien le funcionaba habitualmente. Se concentraba en sí misma, con los ojos medio cerrados, mirando para dentro, como en una conversación interna, y conseguía eliminar cualquier rastro de algo español por muy cercano que estuviera.

—Nadie, jamás, nunca... me había tocado el vientre. Incluso tocarme yo misma hace que me pregunte si será decente. —A Mariana le brillaban los ojos y parecía que iba a echarse a llorar de un momento a otro—. Como podrá imaginar, el hecho de que vuesa merced lo haya hecho me obliga a solicitarle que se ciña a los límites del decoro y evite mi presencia porque me hace sentir muy incómoda.

—Soy médico, por favor... ¿Cómo? No entiendo... —Miguel parecía ofendido. Intentaba buscar las palabras exactas que quería decir, pero no las encontraba—. Si tuviera que evitar a toda la gente que atiendo no podría caminar por la calle... ¡Que le haya tocado el vientre...! Por favor, ¿eso es lo que le hace sentirse incómoda? —Se colocó de pie junto a la cama y se desabrochó uno de los botones de la camisa blanca—. Veamos...

Todo estaba resultando tan atípico que Mariana no sabía siquiera qué estaba ocurriendo. La camisa había quedado abierta a la altura del ombligo de Miguel y pudo ver por el rabillo del ojo el vientre moreno del joven a través del hueco de la ropa. Intentó apartar la vista lo más rápidamente posible, pero de pronto, el médico tomó su muñeca de forma delicada pero firme y pasó la mano de Mariana por la abertura. Ella estaba tan atónita que no hizo ni el menor amago de resistirse: se quedó como bloqueada, inmóvil, con la vista fija en los ojos de Miguel. En apenas unos segundos, notó el calor del cuerpo bajo la palma, pudo distinguir la capa de piel sin vello que la separaba de los vibrantes músculos del médico, el reborde del ombligo rozando su pulgar. Intentó dejar su mano quieta, pero no estaba segura de si alguno de sus dedos se había movido ligeramente desobedeciéndola por completo. Siguieron mirándose a los ojos como en una pugna por ver quién era más fuerte. Ese breve periodo de tiempo les pareció una eternidad. El desafío ocular llegó a su fin cuando Miguel tomó conciencia de lo que acababa de hacer y de lo que podría significar para una mujer como Mariana, porque la expresión digna que había mantenido durante toda la conversación desapareció y de pronto parecía una niña pequeña y asustada suplicando una tregua. Se sintió cruel y despiadado, aflojó despacio la presión que estaba ejerciendo sobre la muñeca de la joven y ella aprovechó para salir suavemente del hueco tibio en el que se encontraba.

Miguel rompió el violento silencio que se había creado.

—Ahora estamos iguales, ¿no le parece? —Volvió a sonreír y Mariana se sintió ridícula.

—Dentro de un par de días volveré a visitarla —dijo abrochándose de nuevo la camisa.

Mariana observó cómo ese hombre y la extraña mujer salían de su cuarto mientras la invadía una oleada de impotencia que le enrojeció el rostro. Desde que se encontraba mejor, había buscado la manera de enterarse de lo que realmente había pasado en la habitación el día que el médico vino a atender su enfermedad. Estuvo ensayando frases cuando supo que el doctor volvería. Quería conocer la verdad al precio que fuese, pero la conversación que había recreado no se desarrolló como ella pensaba. No sabía en qué momento la situación que creía tener dominada se le había vuelto del revés.

Cuando la puerta de la alcoba se cerró y Mariana se dio cuenta de lo que había ocurrido, deseó chillar con fuerza, lo suficientemente alto como para que él aún alcanzara a escucharla. Quería gritarle que era un irrespetuoso, falto de educación y de decencia. Quería que la oyera decir que no deseaba volver a verlo jamás, que se fuera lejos de allí y que no la visitara bajo ningún pretexto. Se sentía humillada, ridícula. Casi se le saltaban las lágrimas de pura rabia. Pensó hablar con Beatriz, decirle que no volviera a dejar entrar en aquella habitación al médico y a su tenebrosa ayudante, pero decidió que no le contaría a nadie, ni siquiera a ella, lo que había pasado. Se sentía avergonzada hasta para contarlo.

Pasado el primer momento de furia, se quedó mirando la mano que Miguel había tomado prestada. Aún sentía la presión de los dedos rodeando su muñeca, el tacto de la piel morena y suave de Miguel en la palma, todavía flotaba en el ambiente el olor a madera que desprendía el médico. Cerró los ojos, recordó su voz azucarada y segura. Dudó un momento, pero un impulso incontrolable le hizo acercar despacio la mano a su cara y una vez allí pudo aspirar el aroma que el cuerpo de él había dejado impregnado entre sus dedos y que ahora estaba mezclado con el de ella.

12

He de decirle a V. M. que mucho antes de la llegada de los españoles, las gentes del Yucatán regíanse por los astros del firmamento y que por ellos medían las cosechas y el tiempo. Era tanto y con tan buen acierto lo que estos hombres veían en el cielo, que tenían el conocimiento de que el año completo había de durar trescientos sesenta y cinco días y seis horas y que estaba dividido en dieciocho meses de veinte días; esas horas de más, uníanlas para crear cada cuatro años uno de trescientos sesenta y seis días. ¿No le parece a V. M. algo de maravillar? Los cinco días que sobraban, los hombres de esta tierra tachábanlos de fatídicos y malditos, y si una criatura nacía en ese tiempo, considerábanlo como de mal presagio [...]. El demonio, que en esto como en otras muchas cosas engañaba, les hizo creer que el firmamento estaba sostenido, para que no cayese a la tierra aplastándonos a todos, por cuatro hermanos de gran fuerza llamados Bacab. Dicen que los Bacab escaparon cuando el Señor vertió el diluvio y que los mortales vivíamos bajo la bóveda que aquellos hombres sujetaban, cada cual su esquina, marcando las cuatro direcciones del mundo en lo que han de ser los puntos cardinales. Cuentan que a cada uno había de relacionársele con un color cósmico: el Bacab rojo era el del este, el blanco, el del norte, el Bacab negro, el del oeste, y el amarillo, el del sur. Los Bacab marcaban asimismo las desdichas y felicidades que habían de acontecer durante el año [...].

El diablo dispuso los servicios u ofrendas que los habitantes del Yucatán debían cumplir para evitar las miserias y creían que, de no llevarlas a cabo, habían de tener ciertas enfermedades que ellos dicen padecer desde que la llegada de los españoles frenó sus exvotos.

Luis Enríquez superó la reticencia inicial, y dejó sus enseres y a su hermana bajo la responsabilidad de fray Diego de Landa, sin que al franciscano le quedara claro por cuál de los dos encargos mostraba mayor preocupación, porque al despedirse le dio instrucciones precisas sobre los valiosos contenidos de los baúles y la necesidad de mantenerlos a buen recaudo, mientras que a poco se olvida de despedirse de Mariana.

—Ella ni se percatará de mi marcha —le dijo a Beatriz—. Cuando despierte de su enfermedad yo ya habré regresado.

Una vez hubo asumido que iría solo al encuentro de Rodrigo, dejó de inquietarse por su hermana, la boda o su salud. Postergó momentáneamente ese cometido y repasó el resto de las actividades que aún le quedaban por atender. Llevaba una especie de inventario mental de las diligencias que se iban llevando a cabo y de las que no, así que colocó a Mariana en la lista de responsabilidades inconclusas y se encaminó hacia las tierras de los Enríquez sin perder tiempo. Cuanto antes finiquitara sus obligaciones, antes regresaría a la corte.

Partió temprano de Izamal y llegó al Valladolid del Nuevo Mundo con la única compañía de Pedro dirigiendo la marcha. Los días anteriores se tuvo que conformar con viajar a regañadientes dentro del vehículo para evitar la incómoda lluvia, intentado así que su cuerpo superara la fatiga provocada por tantos días de mareo marítimo, pero al fin había logrado vencer las incómodas consecuencias de su periplo transoceánico y se encontraba mucho más fuerte y seguro de sí mismo. Luis estaba de acuerdo con el monarca en que los transportes en carroza eran acomodamientos propios de las damas y, según aseguraban ambos con sapiencia erudita, un hombre estaba hecho para cabalgar y no para ir como una doncella impresionable dentro del compartimento del carruaje. Luis hubiera preferido presentarse en las tierras de la familia galopando a lomos de una bella yegua, pero a falta de cabalgadura, tuvo que conformarse con adoptar una actitud distinguida sentado junto a Pedro en el pescante. Al poco tiempo esa decisión le pareció desacertada. El hombre que su hermano había enviado para acompañarle, a pesar de que en un primer momento le había parecido un ser silencioso, con el paso de los días había ido tomado una incomprensible confianza que el joven Enríquez no le había otorgado y no dejaba de parlotear sobre cosas que a él le importaban bien poco. Para Luis el silencio era una virtud. Le gustaba concentrarse en sus pensamientos, decidir consigo mismo las cosas que haría, el orden en el que las llevaría a cabo y la ropa que luciría para cada ocasión. Le bastaba con su propia voz interior para encauzar un diálogo y opinaba que las palabras sólo debían pronunciarse en casos estrictamente necesarios. Pero a Pedro la mudez le daba sensación de vacío y se esforzaba con tesón en llenarlo pese al reiterado mutismo del castellano. Se alargaba en explicaciones que a Luis, lejos de parecerle interesantes, le resultaban molestas, y empezaba a imaginarse al indio como un enorme pozo negro del que salían palabras sin parar: «¿Ve aquello?... Mire eso... Vuesa merced conoce...». Poco le importaban a Luis las clases de flores, los nombres de los arroyos, montañas y valles o las descripciones de los animales. Le parecía de un mal gusto sublime que no dejara de hablar. ¿Acaso desconocía cuáles eran las normas básicas de la educación y el protocolo?

Había transcurrido un largo rato desde que informase de que ya estaban en tierras de su familia, pero todavía no alcanzaban a vislumbrar la casa, y cada vez que Luis preguntaba cuánto restaba para llegar, harto de tanto parloteo y de tanta geografía desconocida, Pedro contestaba con calma pasmosa: «Una pizquita, no más», y seguía con su monólogo cansino.

—Eso es el tamarindo... eso de las vainas alargadas, ¿lo ve? —Y aunque Luis no respondía, él continuaba como si nada—. Su madera es muy dura y puede usarse en ebanistería, produce unas flores bellas, amarillas... Y del fruto se pueden hacer refrescos con agua y azúcar, o con jugo de limón y chile piquín. —Y para reconfortarle, como si a Luis le hubiese preocupado la posibilidad de no poder habituarse a los sabores nuevos, añadía—: Ya se acostumbrará vuesa merced a ello, que en un principio parece fuerte pero luego gusta. —Y agregaba—: O también puede molerse el fruto y mezclarse con azúcar y hacer tortas muy buenas para los intestinos.

—¿Falta mucho?

—No, no... Una pizquita, no más. Eso es el amaranto, ¡eso! —decía emocionado mientras señalaba con el dedo—. Tiene de especial que aunque se arranque, la flor no muere y puede conservarse así durante años. Hay quien lo usa en la cocina, y si se sabe preparar bien, salen unos platos deliciosos. Espero que pueda disfrutar alguno.

—¿Me puede decir cuánto falta para llegar? —preguntaba Luis ansioso—. Dígame cuánto, pero en una medida que me sirva para hacerme una idea. Menos de la mitad, más de lo que hemos recorrido hasta ahora, un tercio... ¿Queda más de un tercio de lo que hemos recorrido?

—Una pizquita, no más.

Divisaron la hacienda regentada por su hermano Rodrigo justo cuando comenzaba a acabársele la paciencia. La casa de los Enríquez surgió de pronto entre las nubes rojizas y azuladas del atardecer con un marcado estilo español, con grandes arcadas y columnas que cubrían todo el frontal de la fachada. Cerca de ella pudo ver vacas y ovejas, y un corral repleto de gallinas que Luis supuso habían importado de España junto con las yeguas de pura sangre. La edificación era inmaculadamente blanca, tanto que parecía haber recogido toda la luz del día para guardarla como reserva a esa hora de la tarde y así poder mostrarles el camino de llegada.

Rodrigo salió a recibirle. Hacía varios años que los hermanos no se veían, aunque no se habían echado de menos porque su contacto de niños apenas fue significativo. Eran dos personas muy diferentes y lo sabían, pero ese reencuentro despertó en ellos sentimientos escondidos, una especie de morriña antigua de ancestros comunes totalmente inesperada que debía estar disimulada dentro de su sangre para ocasiones como aquella y que los pilló por sorpresa. Ambos se abrazaron con emoción al verse de nuevo, y Rodrigo zarandeó a su hermano dándole palmadas en la espalda con un cariño fraterno que la distancia de España había aumentado considerablemente, y que se desvaneció al poco del encuentro tan rápidamente como había surgido.

Los rasgos físicos y mentales característicos de cada uno de ellos parecían haberse acentuado con el paso de los años, y ambos se miraron de arriba abajo para reconocerlos. Luis estaba más alto, más esbelto y resultaba más distinguido de lo que Rodrigo recordaba. Mantenía la actitud elegante y notoria de la madre, parecía que el tiempo pasado en la corte había multiplicado su habitual gesto solemne y, pese a que en ese momento se le veía cansado del largo viaje, guardó su estudiado ritmo de protocolos y diplomacias como si estuviera en presencia del monarca, a pesar de la emoción del momento. El paso de los años le había pintado unas exquisitas canas en las sienes, había perdido un poco de pelo en la frente y físicamente comenzaba a parecerse más a su padre, que se estaba quedando calvo por culpa del aburrimiento.

Rodrigo, en cambio, seguía luciendo los bucles dorados y leoninos de toda la vida; se había ensanchado por todas partes y los múltiples excesos le habían arrebatado la línea estilizada heredada por parte materna, dando paso a una figura oronda, sobre todo en la zona del abdomen. Se había dejado crecer la barba por simple comodidad, para no tener que recortarla, y ésta crecía de forma descuidada, sin ningún indicio de coquetería masculina, una especie de toque salvaje en la tradición barbuda familiar. Así era más o menos como Rodrigo llevaba la mayoría de sus cosas. Aún podía distinguirse en su rostro la mirada verde salpicada de chispas castañas del niño que atormentaba a los pájaros en Medina de Rioseco, una mirada que intentaba asomarse bajo sus párpados gruesos y ligeramente arrugados, más por la mala vida que por la edad.

—¿Dónde está Mariana? —dijo mientras escudriñaba ansioso el interior del carruaje.

—Enfermó. Ha tenido que quedarse en el convento de Izamal con Beatriz. Fray Diego de Landa se hizo responsable de ellas.

—¡Ese chiflado! —Rodrigo resopló, miró al suelo y dio un puntapié a una piedra que fue dando botes hasta topar con la pata de uno de los caballos, que protestó con un relincho. A Luis la reacción de su hermano le pareció un gesto infantil, como una pequeña pataleta que se quedó en el intento. Parecía disgustado con la noticia. Se quedó un rato pensando con el ceño fruncido y añadió—: No debiste dejarla allí. Cuanto menos contacto tengamos con fray Diego de Landa, mejor. Ese hombre nos está trayendo muchos problemas. Te lo digo yo. —Siempre añadía esa coletilla a sus frases contundentes para imbuirles credibilidad.

Luis se dio cuenta de que las noticias que llegaban hasta España en relación con las desavenencias entre franciscanos y encomenderos eran del todo fundadas. Intuía que si quería conocer lo que ocurría allí en realidad, tendría que leer entre líneas, porque sabía de sobra que la información filtrada por la boca de su hermano resultaría muy parcial. De hecho, Rodrigo, después de aquello, se quedó un buen rato lanzando pestes acerca de los malditos frailes, sobre quién se habían creído que eran y sobre lo bien engañados que los tenían a todos con sus disfraces de cuervos, que dejaban entrever lo oscuro de sus acciones. A Luis el franciscano no le había parecido tan amenazante.

—Tengo que ponerte al día de los asuntos que se cuecen

por aquí, si no estarás como perdido. —Rodrigo pareció recuperar por un momento la tranquilidad y sonrió de forma indulgente—. Cuando yo llegué la situación ya se había normalizado —le dijo mientras le acompañaba hasta la habitación que habían preparado para él en el piso superior—, pero tengo grandes amigos y me contaron lo que los primeros colonos tuvieron que pasar con estos salvajes. Estuvo bien la idea del emperador Carlos de otorgar encomiendas a sus personas de confianza, y ese bello paralelismo al decidir que nuestra familia debía poseer trozos de tierra vallisoletana a ambos lados del océano, pero no creas que todo fue llegar y besar el santo. Aquí nada ha sido un regalo.

Rodrigo comenzó a narrar la historia de la conquista de la ciudad como si de una novela de aventuras se tratase, con los ojos brillantes y las venas de la frente palpitándole. Según contaba, los primeros colonos lograron su fracción de terreno tras muchas disputas con los habitantes de la zona, porque para ellos la idea de ceder dócilmente y sin ninguna resistencia sus posesiones a unos desconocidos blancos no entraba dentro de sus propósitos. A los españoles no les sirvió de nada mostrarles las credenciales de propiedad de la zona firmadas por el emperador Carlos, porque los indios les hicieron una mueca burlona. Les aseguraron que bien poco les importaban los dichosos papeles, ya que ni siquiera entendían lo que estaba escrito, y que mucho menos iban ellos a obedecer a un rey del que no habían oído hablar jamás en su vida. Según su sentido de la jerarquía, ese monarca no tenía ningún tipo de potestad sobre sus tierras y mucho menos sobre sus personas. A los nativos la historia de países transoceánicos, civilizaciones superiores y el cuento ese del Único Dios Verdadero que estaba a favor de la conquista y que los castellanos proclamaban a los cuatro vientos, les sonaba a patraña. De todos los trucos que habían utilizado sus enemigos para usurpar sus tierras, ése les pareció el más rastrero.

—Seis años antes de mi llegada —continuó Rodrigo—, había estallado en el Yucatán la primera rebelión indígena. Los indios protagonizaron una revuelta intolerablemente salvaje y para demostrar la seriedad de sus propuestas se llevaron por delante a dieciséis encomenderos de la manera más brutal que puedas imaginar, y apalearon a otros tres, dejándolos medio muertos pero con vida para que pudieran contarlo. Valladolid quedó sitiada y a partir de ese momento se convirtió en el cuartel general de la rebelión indígena. Si yo hubiera estado aquí... —murmuró con los ojos inyectados en sangre—, se hubieran enterado esos montaraces.

Le dijo que, tras oponer mucha resistencia, algunos de los colonos que aún quedaban en la ciudad consiguieron hacer llegar un mensaje a Mérida, y un grupo de soldados españoles ayudados por indios aliados se encaminaron hacia el lugar cercado para librar a los oprimidos encomenderos de los nativos rebeldes. Fue tanta la tenacidad de los colonos, que los indios, diezmados, fatigados, hambrientos y muertos de sed, empezaron a abandonar Valladolid para dirigirse a sus respectivos pueblos, hartos de tanta lucha a cambio de tan poco resultado, y en ese mismo momento, los conquistadores consiguieron dominarlos y comenzó la pacificación de oriente y la construcción de la iglesia central. Rodrigo le contó que fue así como la Valladolid del Nuevo Mundo alcanzó la fama de ciudad heroica y se convirtió en un ejemplo más de villa colonial que se erguía orgullosa sobre las ruinas del mundo maya.

—Estas tierras son tremendamente ricas, hermano —le dijo Rodrigo—, y es poca la inversión que se ha de hacer para conseguir beneficios. —Luis lo miró inexpresivo—. Llevo días esperando tu llegada y te tengo preparada una cena de bienvenida. Ahora mismo enviaré para que avisen a mis amigos. Viven en las cercanías. Creo que su conversación puede resultarte interesante. Ellos podrán contarte todo de primera mano, para que no creas que tu hermano te engaña —dijo riéndose a carcajadas—. Reposa un par de horas.

Luis se quedó solo en la habitación. Se encontraba cansado pero no tenía ganas de tumbarse; estaba seguro que de hacerlo se quedaría dormido. La ventana de su alcoba daba al patio interior de la casa y desde allí podía verse la fuente central que representaba a San Miguel Arcángel con una espada alzada en la mano en señal de lucha, mientras pisaba la cabeza de un demonio con cara de pánico que se mostraba sumiso e indefenso ante tanta violencia. El agua brotaba alrededor de la evocadora figura haciendo un ruido acuoso que combinado con la vegetación daba al conjunto una imagen refrescante. Un grupo de nativos iba y venía de un lado a otro y, a pesar de que Luis reconocía en ellos a los sirvientes de la casa, poco tenían que ver con los hombres y mujeres que atendían el palacio de los Enríquez. Estas personas no sólo se diferenciaban en el tono de su piel o en los rasgos de sus caras: andaban rápido y con la mirada huidiza intentando pasar lo más desapercibidos posible. En ese instante Luis percibió un pequeño ahogo que le hizo suspirar. A veces le asaltaba esa sensación sin ninguna razón aparente, duraba apenas un segundo, un momento imperceptible, pero notaba una angustia vital tan dolorosa que no hubiera podido soportarla si se prolongase más tiempo. En cuanto comenzaba a advertirla, buscaba rápidamente en qué entretener su mente, para no dejarse vencer por el abatimiento; por eso decidió pensar en la cena propuesta por su hermano para esa noche. Desde que había salido de España, no había vuelto a disfrutar con la comida. Los placeres alimenticios del barco dejaban mucho que desear y los manjares en el convento de fray Diego podían considerarse un tanto frugales. La inminente reunión prometía ser interesante, al menos culinariamente hablando. Si había algo de lo que no se podía acusar a Rodrigo era de no saber disfrutar de los placeres de la vida.

Al poco tiempo comenzaron a llegar los invitados. Parecían satisfechos, unos grandes señores sentados en la cima del mundo, brillantes, orondos y con aspecto relajado. Rodrigo llevaba tiempo pensado que aquella cena sería una buena oportunidad para que tanto él como sus amigos pudiesen influir de alguna manera en los pensamientos del monarca, aprovechando que curiosamente el visitador era su hermano, pero no las tenía todas consigo. No estaba seguro de en qué medida eran recibidas las noticias en la corte. De la misma manera en que los encomenderos escribían al monarca para quejarse de los frailes, éstos hacían lo propio contándole su versión de los hechos. No sabía qué pensaba su hermano, ni cuáles eran sus obligaciones para este viaje. Ni siquiera podía asegurar que Luis se pondría de su parte pasara lo que pasase simplemente por fidelidad fraterna... Hacía tanto tiempo que no se veían... Además conocía de sobra su relación con el monarca y la devoción que sentía por él. Por eso se decidió a observarlo durante la cena.

La cocinera de la casa, que había sido importada de la metrópoli junto con los corderos, los cerdos y los pollos, a veces se dejaba tentar por las sugerencias gastronómicas de alguna de las indias y agregaba a los guisos salsas inventadas a las que añadía pequeños pimientos picantes, semillas de cacao, maíz y otras sutilezas desconocidas hasta entonces por los castellanos, pero esa noche tenía el encargo de cocinar al más puro estilo castellano para homenajear al recién llegado, así que se decidió a hornear un lechazo y sacó de la bodega el mejor vino de Serrada. Eso animó a Luis. Su paladar se llenó de recuerdos y por primera vez desde que empezó el viaje se sintió de nuevo en la patria a la que estaba deseando regresar, y eso suponía un pequeño triunfo para Rodrigo, que veía cómo a través del estómago estaba consiguiendo que su hermano estuviera un poco más feliz, lo cual, imaginó, podría predisponerle a su favor.

Después de la cena, se sentaron en el patio para charlar relajadamente en compañía de una de las botellas de vino añejo que Luis había traído como regalo de parte de su padre. Algunos hombres sacaron unos pequeños cilindros, prendieron fuego a uno de sus extremos y se dispusieron a llevárselos a la boca con cara de gozo, proclamándolos como una auténtica exquisitez.

—Has de probarlo, hermano —le dijo Rodrigo—, es tabaco de Cuba, el mejor del mundo. Dicen que el médico del monarca utiliza estas hojas para curar el asma.

Pero Luis aspiró profundamente uno de aquellos canutos y por poco se muere entre toses y espasmos, sin llegar a comprender qué era lo que tenía de placentero, dudando si echar humo por la boca no tendría algún tipo de connotación diabólica. Los hombres le incitaron a que siguiera fumando. Según decían, había que perseverar hasta que uno se acostumbraba y volvía a recuperar el ritmo normal de las respiraciones, algo del todo incomprensible para Luis porque él ya respiraba perfectamente sin cigarro. Además, tras la calada se le había quedado en la boca un sabor acre nada agradable, como si hubiese lamido las cenizas de una chimenea. Pero Rodrigo y sus amigos seguían insistiendo con cabezonería, así que decidió cambiar radicalmente de tema.

—Tengo entendido que algunos españoles han dejado de asistir a los oficios sagrados y que han quemado por dos veces el templo cenobio de Valladolid para mostrar su desaprobación a los intentos de evangelización de los indios —dijo Luis de sopetón, dejando el asunto del tabaco en el olvido.

—Los franciscanos viven respaldados por la potestad divina y deciden sobre la manera en que deben pasar el tiempo nuestros indios —dijo uno de los hombres, recalcando intencionadamente la palabra «nuestros».

—Señor Enríquez, hay que estar aquí y tratar con ellos para darse cuenta de lo que ocurre. Los nativos son seres inferiores desprovistos de alma y, siendo así, no se llega a comprender el porqué de tanto empeño en salvarles —añadió otro mientras trataba de ocultar un hipido provocado por la mezcla del alcohol, el humo del tabaco y las viandas.

—Lo que el monarca no sabe, querido hermano —dijo Rodrigo dirigiéndose a Luis—, es que los frailes, en su afán por educar a los indios, consiguen que éstos desatiendan su trabajo. Les hacen alejarse de la encomienda para estar más cerca de sus conventos.

—Pero vuesas mercedes saben que el emperador se decidió a repartir títulos, tierras, cargos y encomiendas entre la gente allegada a la Corona con la intención de que el buen hacer castellano se plasmara en este lugar —dijo Luis—. Pensó que, aunque él no pudiera estar aquí personalmente controlando la administración, podía confiar en el éxito de la empresa si eran hombres de su confianza los que se encargaban de todo; pero según las noticias que llegan hasta España, los mandatos de la Corona no se están cumpliendo.

—Lo único que se consigue gracias a esa descabellada idea de la evangelización de estos salvajes es que se pierdan muchos beneficios, lo que no sé si interesará a la Corona —dijo otro visiblemente más exasperado.

—Tengo entendido que cuando se les entregó la encomienda y los indios que habían de trabajar en ella, juraron encargarse de su evangelización. En la ceremonia por la que se otorgan las encomiendas, al recibir las tierras en cuestión, vuesas mercedes juraron hacerse cargo de su explotación, pagar un impuesto a la Corona y responsabilizarse de la evangelización de los indios asegurando que recibirían un buen tratamiento. Si pensaban que no existían almas que salvar, no deberían haberse comprometido, ¿no es cierto?

La pregunta de Luis dejó sin habla a los presentes. Rodrigo se sintió azorado: era precisamente su hermano el que había lanzado esa especie de reproche que parecía poner en entredicho la palabra de aquellos que se proclamaban hombres de honor. Hasta ese instante ninguno de ellos se había tomado el juramento prestado el día de la toma de posesión de la encomienda como algo que de verdad tuvieran la obligación de cumplir. La ceremonia les pareció pura burocracia. El hecho de que alguien les viniese a recriminar algo que todos parecían tener tan asumido, los dejaba mudos, sordos y atónitos.

—Disculpen a mi hermano —dijo Rodrigo antes de que ningún otro hombre de la reunión pudiera reaccionar—, él desconoce el carácter indócil de estos salvajes —dijo dirigiéndose al resto de los hombres presentes. Enseguida se volvió hacia Luis para explicarle sus razonamientos—. Verás, hermano, son básicamente animales. Te lo digo yo. —Marcó bien la frase para que no hubiera dudas—. Lo único que conocen es la disciplina firme que su señor tenga a bien en mostrarles. Lo que los franciscanos están consiguiendo es desacreditar nuestra autoridad ante los ojos de los indios, y éstos presumen que son como nosotros, con los mismos derechos, ¿lo puedes creer, hermano? —dijo de forma burlona; los demás también se relajaron y se echaron a reír.

Luis optó por quedarse en silencio. Algunos de ellos ya comenzaban a mirarle con desconfianza y eso tampoco le interesaba. Era mejor mantenerse al margen y dejar que ellos solos fueran mostrando sus pensamientos. Se dio cuenta de que su hermano no había organizado aquella reunión por placer, que se trataba de un plan para influir en él y de alguna manera también en la opinión del monarca. Pero Luis no estaba dispuesto a que lo manipularan y dejó que el alcohol relajara la situación mientras observaba a aquellos hombres que se comportaban como si fueran los poseedores de la verdad absoluta. Pero los ojos de Rodrigo no se apartaban de su hermano, intentando averiguar si la razón de su viaje era solamente acompañar a Mariana a Nueva España y ocuparse de la recién estrenada Flota de Indias o si además estaba intentando informarse del asunto de las encomiendas. Dispuesto a investigar sobre ello para medir bien la situación, al acabar la reunión, cuando todos se hubieron marchado, acompañó a Luis hasta su alcoba.

—¿Qué te ha parecido la cena? —dijo Rodrigo con media sonrisa.

—Interesante.

—Los indios son sólo unos salvajes, hermano. —Sacó de nuevo el tema porque no estaba seguro de que Luis se hubiera quedado con la idea que él intentaba venderle—. Si no les aplicas mano dura, un buen día te levantarás con un puñal clavado en el pecho. Te lo digo yo que los conozco —dijo poniendo su mano en el corazón.

—Hasta los oídos del rey ha llegado el rumor de que los hermanos Cortés andan fraguando una conspiración en busca de la independencia —dijo Luis cambiando de conversación—. ¿Los conoces? Los dos se llaman Martín y al parecer uno de ellos es mestizo. Dicen que han dado muestras de una unión fraternal inusitada. Parece que a los dos hermanastros les molesta la sumisión a la metrópoli y que han decidido emular a su padre cuando éste decidió liberarse del mandato de Diego Velázquez. Ambos mantienen una activa correspondencia y el hijo legítimo piensa viajar pronto a las tierras del Nuevo Mundo con la intención de conseguir adeptos que secunden sus ideas de independencia. Se dice que los encomenderos están apoyándolos con el propósito de librarse de impuestos y obligaciones con la Corona.

—No los conozco, pero algo he oído —dijo con cara de indiferencia—. Si lo que quieres es preguntarme si yo estoy en el ajo, te diré que no. Vivo muy bien así y tengo una gran relación con el virrey. No me interesa complicarme. —No parecía mentir. En realidad ése era el estilo de su hermano: disfrutar de la vida y no involucrarse jamás en ninguna causa que no fuese la suya propia. La llegada a aquel paradisíaco lugar le había proporcionado todo lo que necesitaba y no parecía echar en falta nada en absoluto—. Pero no te preocupes, si me entero de algo te lo diré. Somos hermanos, ¿verdad? —le dijo mientras palmoteaba su espalda, sonriendo ampliamente—. Además estamos para ayudarnos mutuamente, ¿no es cierto? —A Luis la frase le sonó a indirecta.

Antes de despedirse, en la puerta de la alcoba, Rodrigo se acercó a la cara de su hermano con el brillo pícaro en la mirada que éste recordaba de su infancia y en un tono cómplice le susurró:

—Si deseas una hembra sólo tienes que decírmelo. Las indias son auténticas fieras. Te lo digo yo —añadió guiñándole un ojo.

Miguel y fray Lorenzo volvieron a encontrarse al día siguiente. Habían quedado tan temprano que a la mañana todavía no le había dado tiempo a desperezarse de la somnolencia nocturna y de la tierra surgía el vaporcillo del rocío que recién se espabilaba con los primeros rayos de sol. Fueron paseando un largo trecho, rodeando las murallas del convento hasta la primera esquina, y una vez allí tomaron un sendero arrebatado a las hierbas probablemente por culpa de los pasos de miles y miles de hombres durante muchos siglos. Según Miguel, al final de ese camino estaba la pirámide maya de Kinich Kakmo, por la que el dominico sentía tanta curiosidad. Pronto pudieron verla asomándose dignamente por el horizonte para darles la bienvenida a su mundo anclado en el pasado.

—Tiene ocho siglos de antigüedad y veinte gradas de más de cien pies de largo —dijo Miguel señalando al coloso cuando lo tuvieron justo delante de sus narices—. Cerca de aquí, en Chichen Itzá, existe otra construcción con trescientos sesenta y cinco escalones, uno para cada día del año. Proyecta una sombra única que anuncia el solsticio de primavera. Las pirámides eran gigantescos calendarios para los antiguos mayas. —Siguió mirándola con el gesto de estar visitando a un familiar enfermo.

—¡Es magnífica! Necesito que me narre este tipo de cosas para que yo pueda mostrarle al monarca la verdad. Quiero enviarle pruebas que verifiquen que los indios disponen de capacidad de raciocinio suficiente para adoptar la palabra de Dios sin la necesidad del látigo de los encomenderos.

—¿La verdad? —preguntó sereno—. Sepa, padre, que hay muchas verdades. Si se busca encontrar la verdad del otro se corre el riego de encontrarla y si eso ocurre se tiene la obligación moral de hacer algo con ella.

—Estimado Miguel, yo no puedo hacerle promesas acerca de cosas que no dependen únicamente de mí. El monarca solicitó mis servicios como informador, y eso haré: informar. Aquí están mis ojos para ver lo que vuesa merced tenga a bien enseñarme. Tómeme de su mano y guíeme por su pasado. Yo seré su representante en la humilde medida en que mis palabras puedan influir para que los pensamientos cambien. Gota a gota haremos un mar —dijo recordando las palabras de Bartolomé de las Casas mientras ponía su mano en el hombro de Miguel—, ya lo verá. Haremos un mar.

Animado por la predisposición de fray Lorenzo, Miguel comenzó a resumirle los conocimientos que tenía sobre la civilización maya, después de haber estado leyendo y hablando con los viejos habitantes de la zona. Le contó que los antiguos mayas eran unos extraordinarios matemáticos y astrónomos que observaban con delirio frenético las estrellas. Le dijo que él los imaginaba como una especie de guardianes del tiempo, capaces de predecir el día y la hora exacta de un eclipse de sol y de saber utilizarlo para sus propios intereses.

—Para un maya del pueblo llano debía de ser como si sus gobernantes pudieran disponer a su antojo del suministro de luz solar. Como si tuvieran la llama que prendiera y apagase el astro. —Ambos se rieron. Se daban cuenta de los trucos de los que podía servirse un gobernante, fuera del pueblo que fuese, para conservar la supremacía—. Si un monarca es capaz de convencer a sus súbditos de que lo necesitan, habrá asegurado su poder y el de su descendencia.

Miguel le contó que, tras tanta observación celeste, los mayas, mucho tiempo antes de la llegada de los españoles, habían elaborado un intrincado calendario compuesto por tres ruedas que giraban unas dentro de otras, convirtiendo la vida en un ciclo que revelaba la importancia de cada día del año. Aquel calendario era capaz de determinar el día concreto del origen del pueblo maya.

—También habían señalado la fecha de la llegada del fin del mundo y... teniendo en cuenta que casi todas sus predicciones astrales eran acertadas... —Miguel se quedó callado unos instantes mirando divertido la expresión de perplejidad que asomaba a la cara de fray Lorenzo—. ¿Quiere saber cuándo pensaban que llegaría el final? —dijo sonriendo. Fray Lorenzo asintió con cautela—. Estuve haciendo los cálculos y, bueno... los sacerdotes mayas creían que el ciclo de creación cesará el domingo 23 de diciembre del 2012 de la era cristiana.

—No es que yo crea en esas cosas —dijo lanzando un suspiro—, pero me alegro de que aún reste bastante para descubrir si esa predicción es o no cierta.

Ambos sonrieron; se gustaban. Ese día se selló un pacto tácito entre ellos mediante el cual se juraron amistad eterna, al menos, como en el caso de los matrimonios, hasta que la muerte deshiciese la promesa. Aunque nunca imaginaron que ésta llegaría tan pronto como llegó.

13

Encomiable pero harto complicada es la labor que fray Diego de Landa intenta realizar en estas tierras, y le está resultando difícil conocer el alfabeto que empleaban en el pasado estas gentes del Yucatán. Uno de sus ayudantes, un médico llamado Miguel, tuvo a bien explicarme que la traducción es complicada porque para ellos no era lo mismo representar los sonidos del idioma español que los significados que forman al unirse. Y cierto es lo que me contó, que estando yo presente vi cómo uno de los indios instruidos que ayuda al fraile, tras mucho rato intentando comprender el método que usaba el franciscano para la traducción y pidiéndole éste que apuntase una frase cualquiera, escribió ma in kat, que en su lengua significa «no quiero» [...]. Los libros de estos hombres se escriben en una larga hoja, que se dobla en muchos pliegues formando un biombo y se encierra entre dos tablas que estas gentes hacen muy galanas utilizando maderas nobles. Escriben en columnas que me dijeron han de leerse de izquierda a derecha. El papel se hace del metí o maguey, una planta prodigiosa de la que hablaré más adelante, aunque también es cierto que en otras ocasiones se escribe en el pellejo de algún venado y, una vez formado el pliego, que es tan grande como dos pliegos nuestros, le dan un lustre blanco para poder escribir bien en él [...]. En la planta del maguey, a la altura de la raíz, se crían unos gusanos blancos como de medio dedo meñique de largos que los indios y algunos españoles tuestan con sal, como hacemos en Castilla con las pipas de las calabazas, y que dicen son buenos de comer. No sabría decir cuál es su sabor. Sé que prometí que a través de mis descripciones V. M. sentiría como si en verdad estuviese aquí; ruego me dispense del cumplimiento en este caso, pues no los he probado y no creo que lo haga.

No hizo falta que Mariana tuviera que pasar por el trance de ver a Miguel de nuevo en su alcoba. Sorprendentemente, tras la ingestión periódica del jarabe anaranjado, los vahos de *A-Toch-Ietl* y las esmeradas friegas que Beatriz le impartía todas las noches con la emulsión mentolada, en un par de semanas la enferma se encontraba con las suficientes fuerzas como para atreverse a saltar de la cama para dar un paseo por el interior del convento. Estaba asqueada de tanto encierro y, a pesar de que Beatriz la acompañaba la mayor parte del tiempo, en las pocas ocasiones en las que se quedaba sola, se embarraba con sus propios pensamientos. La inactividad la sacaba de quicio. Se le quedó oído de tísica de tanto esforzarse por escuchar lo que pasaba fuera de su cuarto, y cada vez que percibía pasos desconocidos avanzando por el pasillo, imaginaba que eran los pies del desfachatado médico que venía de nuevo a visitarla como había prometido y se le quedaba el corazón arrugado como una pasa durante un buen rato, hasta que se aseguraba de que no era él.

Beatriz estaba entusiasmada y no dejaba de parlotear acerca de las virtudes curativas de las hierbas indianas que habían dejado a la joven como nueva, pero Mariana fruncía el ceño cada vez que la oía. Tuvo bastante tiempo esos días para llegar a la conclusión de que su milagroso restablecimiento podría no limitarse únicamente a las cualidades de las plantas. Quizá fueran los cachivaches y oraciones de la vieja india los que habían influido en ello. Si sus sospechas eran ciertas y el remedio de los caracoles, las madejitas de cabellos, las plumas y los ensalmos lanzados en lengua pagana habían conseguido aminorar su convalecencia y aquello era juzgado como brujería por la Iglesia, podría ser que su prodigiosa curación la convirtiera a ella en una pecadora de segunda línea o en algo mucho peor. Quizá, a través del bebedizo, esos dos personajes excéntricos habían logrado introducir en el interior de su cuerpo a alguno de los demonios de los que oyó hablar en el barco. Mariana no quería ni pensar en esa posibilidad.

Beatriz la ayudó a levantarse de la cama y el simple hecho de mantenerse en pie mientras la sujetaba por la cintura hizo que se sintiera como si estuviese estrenando las piernas. Toda la sangre le bajó de golpe a los pies para subir rápidamente a la cabeza y un ligero mareo la dejó paralizada y con los ojos cerrados durante unos segundos. Beatriz la miró preocupada.

—¿No sería mejor que esperáramos a que el médico le diera el visto bueno a esta salida?

Pero Mariana ya estaba harta. No soportaba más el color tostado de las paredes, las ventanas cerradas a cal y canto y esa atmósfera densa y mentolada en la que se había convertido la alcoba por falta de ventilación. Estaba segura de que el mareo se debía a haber pasado demasiados días en posición horizontal. Se sentiría mejor una vez pudiera respirar el aire del exterior.

—Prometo solemnemente regresar a la cama si me siento fatigada —dijo levantando su mano derecha, y murmuró para sus adentros—: Esperar al médico... Sí, sí, claro...

El sol se había decidido a hacer acto de presencia después de los lluviosos días que habían velado su enfermedad y cuando Mariana cruzó el umbral de la puerta tuvo que entrecerrar los párpados unos instantes porque sus ojos no estaban acostumbrados a la luz, y el reflejo del sol en las paredes amarillentas resultaba demasiado intenso. Una vez se hubo habituado, pudo observar toda la grandiosidad que no apreció el primer día por culpa de la fiebre. Contempló asombrada el lugar y dudó mucho que hubiese en el mundo conocido algún otro convento que dispusiera de un atrio tan grande como aquél. Beatriz realizó las labores de cicerone y le iba contando la historia de cada rincón, dándole explicaciones de cada detalle, cada columna o cada fresco representado en las paredes.

> Un techo abovedado comunica el atrio con el claustro y unas pinturas adornan los laterales de la puerta principal, donde se puede apreciar el escudo de Castilla y León sobre el toisón de oro. Fray Diego encargó tallar para la iglesia un retablo labrado en madera de cedro en el que destaca la hermosa imagen de la Virgen María. Sabed que todo está cuidado al mínimo detalle y en nada ha de envidiar a las iglesias sitas en España, y si uno es un poco avezado puede percatarse de que el franciscano esmerose en su ornato y que este lugar es toda su vida.

—El joven médico que te atendió fue quien nos guió estos días por el convento a fray Lorenzo y a mí. Fray Diego está siempre tan ocupado... —le dijo Beatriz haciendo una pausa en el discurso, y añadió—: Es un muchacho encantador.

La frase atravesó el pecho de Mariana. Acababa de darse cuenta de que, entre aquellos muros, en cualquier momento podía encontrarse con Miguel, y ante esa simple posibilidad su estómago comenzó a burbujear y se le aceleró la respiración. Sintió unos irreprimibles deseos de echar a correr, y también sintió deseos de verlo y a la vez de no verlo, o de verlo sin que él la viese, o quizá sí quería que la viese, aunque no estaba segura. Escuchaba la voz de Beatriz ronroneándole por debajo de sus contradictorios pensamientos, hablando de lo bien que se encontraba allí y de que ojalá hubiera sido ése su destino final, porque la paz y la serenidad podían masticarse en Izamal y, según creía, era lo que ellas necesitaban. Continuaron andando sin rumbo fijo por la huerta de árboles importados de Europa que Diego de Landa había ordenado traer, cuando vieron que fray Lorenzo se les acercaba sonriente.

—Querida Mariana, no sabe cuánto me alegro de verla tan recuperada.

—Gracias, padre.

—Ahora que se encuentra mejor podrá descubrir las maravillas de este lugar y verá cómo va a lanzarse a escribir a Su Majestad acerca del paraíso en el que estamos. Vengan, quiero enseñarles algo.

Ambas mujeres siguieron los pasos del dominico hasta una de las estancias que daban al claustro. Era una sala alegre y diáfana, con grandes ventanales y una mesa rectangular de madera maciza alrededor de la cual cinco hombres trabajaban sobre unas largas hojas de papel. Un penetrante olor aceitoso flotaba en la habitación. Fray Lorenzo les explicó que se trataba de los componentes vegetales de los pigmentos utilizados para pintar los glifos.

—Esos son los códices anteriores a la llegada de los españoles —añadió señalando uno de los documentos que tenía la apariencia de ser bastante antiguo—. Fray Diego de Landa dice que por culpa del paso del tiempo y de la humedad ambiental se están deteriorando, y los reproducen por mandato suyo para que no se pierdan.

Con unos finos pinceles y gesto sereno, los hombres marcaban la historia de sus vidas antes y después de la llegada de los conquistadores, para conservar por siempre ese recuerdo en la memoria de las siguientes generaciones. Fray Diego, les proporcionaba la oportunidad de sobrevivir al olvido. Gran parte de la cultura maya había desaparecido por una u otra causa y nadie excepto fray Diego de Landa parecía interesado en conservar, al menos, lo que aún quedaba del pasado de aquella civilización. Era una ocasión única para que sus recuerdos perdurasen y los pocos indios ilustrados que conservaban en su memoria el pasado se involucraron en el proyecto de De Landa con auténtica pasión. Eso era lo que le había ocurrido a Miguel.

—Veo que se encuentra mucho mejor y que no ha esperado a que su médico hiciera el reconocimiento oportuno antes de levantarse.

La voz de Miguel irrumpió de pronto en la conversación. Había entrado en la sala sin que ninguno se hubiera percatado de ello. El joven médico mostraba gesto de fingido disgusto y su sonrisa se clavaba directamente en el cerebro de Mariana quien, justo en ese momento, comenzaba a sentirse relajada, e incluso había llegado a pensar que no iba a encontrarse con él aquella mañana. Un calor intenso le asaltó las mejillas. Le dio miedo que el golpeteo de su corazón resonara en forma de eco por las paredes del convento, porque ella lo notaba firme y enérgico dentro del pecho, y las rodillas se le volvieron flojas, como si estuviesen hechas de algodón. Se sintió terriblemente vulnerable. Hubiera deseado que la tierra se la tragase en ese mismo instante. Por el contrario, él parecía muy seguro, como si hubiera olvidado la última escena que había vivido con ella, o peor aún, como si no le diera ninguna importancia. A pesar de que Mariana consideraba que era mucho mejor que él reaccionara como si nada hubiese pasado, le hería pensar en la posibilidad de que Miguel se mostrara indiferente respecto a algo que a ella no le había dejado de rondar la cabeza. Quizá ese hombre tomaba la mano de todos sus pacientes cada vez que los atendía y la deslizaba dentro de su camisa como una parte más de la interacción médica. Quizá era costumbre en esas tierras que uno fuese acariciando el vientre de los demás para tomar confianza, pero a ella todo eso le parecía indecente. Además, en ese instante no sabía muy bien si por la cercanía de Miguel, o por el aroma a madera que desprendía, o por alguno de los hechizos que estaba segura le había practicado, percibía en la yema de sus dedos el tacto de la piel del médico como si la escena de su alcoba acabara de ocurrir. Él parecía estar adivinando sus pensamientos, y sonreía de la forma menos decente que un hombre considerado pudiera permitirse, aunque por lo visto nadie se daba cuenta. Sentía que todo la delataba. Cuanto más le siguiera mirando, más poder tendría sobre ella, pero no podía evitarlo.

Lo observaba de soslayo mientras los demás hablaban. Los ojos del médico parecían hechos de sal, tan negros y penetrantes; en cambio tenía la sonrisa blanca, franca y dulce, como de azúcar. Su rostro lucía el gesto de las personas que no pierden jamás los estribos. Intentó imaginarlo con el ceño fruncido, dando gritos o peleando, pero no lo conseguía. Se fijó en su pelo negro y lacio, demasiado largo, aunque en él no desentonaba. La tela clara de la camisa resplandecía contra el tono tostado de su piel, y al verla de nuevo se le hizo un nudo en la garganta.

—Ya está muy recuperada, gracias a sus cuidados —dijo Beatriz al ver que Mariana se había quedado totalmente muda—. No sé lo que hubiéramos hecho si no llega a estar vuesa merced aquí.

—Estoy seguro de que la constitución fuerte de la joven también ha influido en su mejoría —añadió Miguel.

Fray Lorenzo recuperó el ritmo de la conversación y siguió hablando de lo interesante que le parecía la tarea que se llevaba a cabo en el monasterio de fray Diego. En su opinión, muy pocas personas del viejo mundo podían imaginar la grandeza de la cultura que subyacía en esos parajes y añadió que lo que hasta ahora habían visto era sólo una pequeña parte de lo que aún quedaba por descubrir. Insinuó que Mariana y él deberían ponerse de acuerdo para narrarle al monarca las cosas que estaban descubriendo porque, de otra forma, sus cartas dirían lo mismo pero con diferentes palabras, y le propuso repartirse los temas que cada uno trataría, opinando que ella debería hablar de las cuestiones más cotidianas y que él se encargaría de las religiosas y técnicas. Alabó el trabajo y la inteligencia de Miguel, conocedor de las antiguas lenguas como el nauhátl y el maya, médico y estudioso de la cultura prehispánica, asemejándole a los mejores humanistas de Europa. Pero todas aquellas alabanzas sonaban lejanas para Miguel, que escudriñaba en los ojos verdes de Mariana, intentando adivinar qué era lo que estaba pensado.

—¿Qué le parece todo esto? —le preguntó para romper la catarata de halagos de fray Lorenzo.

—Yo nunca había visto unas pinturas semejantes.

—Las representaciones mayas y aztecas, no son dibujos ni letras. Cada uno de estos glifos representa una sílaba o una palabra. No se trata de letras, como en el caso del español. Es por eso que nos está resultando tan complicado realizar un diccionario.

—¿Eso son palabras? —Mariana señaló la imagen que uno de los nativos estaba esbozando con meticulosidad y que representaba a un hombre que perdía sangre por la lengua.

—Bueno, eso sí es un dibujo. El hombre sangrante es un monarca maya. Se pensaba que él era el mismo dios encarnado en la tierra. Como impuestos, los mayas debían hacer una ofrenda de sangre a su dios, algo parecido al quinto real en la actualidad, pero un poco más doloroso —fray Lorenzo y Beatriz rieron, aunque Mariana esperaba con ansiedad la continuación de la historia—. La sangre del monarca, gracias a su origen divino, tenía mucho más valor que la de cualquier otro hombre. Por eso, para conseguir que las lluvias llegaran y que las cosechas fuesen abundantes, el soberano maya pinchaba su lengua y sus... —dudó un momento en decir la palabra ante la presencia femenina, pero continuó— sus partes íntimas con una espina de maguey y dejaba que su sangre brotara hasta impregnar un papel que luego era quemado en una ceremonia ritual. La superioridad del soberano maya se basaba en el valor de su sangre única.

Miguel les explicó que, pese al trauma que supuso para aquellas personas la llegada de los españoles por la obligación de cambiar sus costumbres y religión, la idea de aceptar al nuevo dios no fue muy difícil porque aquel que los españoles proclamaban como el Único y Verdadero Dios y Creador había derramado su sangre para salvar al mundo, lo que en cierto sentido tenía muchas similitudes con lo que en su cultura siempre se había pensado.

—Es tan... —Mariana buscó las palabras exactas, pero no pudo encontrarlas—. Es asombroso... Me refiero a la casualidad, o no sé...

Mariana se había quedado atrapada en las imágenes sangrientas del códice. Recordó las veces que se había estremecido de niña viendo las representaciones de Jesucristo Eccehomo lleno de llagas, lastimado y sangrante con su corona de espinas. Sus pensamientos se entrecruzaron. Imaginó los sacrificios de sangre maya descritos por Miguel, mezclados con las imágenes de los santos lacerados de la iglesia de San Francisco. Recordaba el enfado del padre Bernardo cuando, antes de darle la comunión, el día que se confesó por primera vez, ella le aseguró con voz aterrorizada que no recordaba haber cometido ningún pecado. Él proclamó que todos y cada uno de los seres humanos cometían faltas, y decir que no las recordaba era una ofensa al Señor.

—Y si por alguna razón vuesa merced muere esta misma noche sin haber sido absuelta de sus pecados —le dijo señalándola con su dedo inquisidor—, irá derechita al infierno, a pasar la eternidad entre las llamas de Pedro Botero. Olvídese del purgatorio, porque no hay lugar en él para una niña tan desmandada.

El padre Bernardo, al ver que su parrafada no provocaba ni el menor asomo de confesión pecaminosa y que sólo había conseguido dejar a Mariana con cara de espanto, sufrió un ataque de cólera divina. Dijo que tendría que castigar su cuerpo con la ayuda de cilicios para purgar los pecados que hubiera podido cometer, aunque no los recordara, y para mejorar la mala memoria de la niña, enrolló firmemente a sus muñecas unas cuerdas de esparto que le harían purgar sus culpas.

—Como la jovencita no ha confesado sus pecados —añadió con retintín—, no he podido imponerle la penitencia necesaria para que los limpiara —dijo mientras le hacía un doble nudo en las pulseritas—. Pero mi conciencia no quedará intranquila, ¡no señor! De alguna manera ha de purgar sus inconveniencias, señorita Enríquez.

Las cuerdas de esparto le irritaron la piel provocándole un prurito tan intenso que la obligaba a rascarse frotándose una muñeca contra la otra, pero lo único que conseguía con ello era que la comezón se hiciese más ardiente y dolorosa, y en algunos puntos comenzaron a salirle llagas. Su padre fue a hablar con el sacerdote e intentó hacerle ver que una niña de la edad de Mariana seguramente no había cometido pecados tan enormes como para llevar aquellos cáñamos enrollados a sus muñecas.

—Como vuesa merced desee, Almirante, pero le recuerdo que Nuestro Señor perdió mucha sangre para poder expiar nuestros pecados. Piense que nunca es demasiado pronto para erradicar el mal. El demonio tiene múltiples apariencias. Hasta una tierna niña puede albergar en su interior la semilla del mal.

Don Luis estaba convencido de que en el interior de Mariana no se escondía ninguna semilla maligna ni nada por el estilo: quizá era un poco revoltosa, pero nada preocupante. Rodrigo siempre fue mucho más bullicioso y nunca se vio en la obligación de llevar enrolladas cuerdas de esparto en ninguna parte de su cuerpo. El Almirante no quedó muy satisfecho con la explicación del padre Bernardo, pero la imagen de píos de todos los componentes de su noble familia no podía verse desmontada por la cabezonería de quitarle a la niña las pulseritas de las muñecas. Eso no iba a matarla, incluso podría fortalecer su naturaleza. Por eso, y por si existiese la posibilidad de que el padre Bernardo tuviera razón, dejó a la niña con su particular cilicio puesto incluso cuando dormía. La pobre Mariana sólo se libraba de él cuando se quedaba a solas con Beatriz.

—Mi padre me ha dicho que no me las quite.

—No se lo digas a nadie, pero fui a hablar con el padre

Bernardo y me dijo que mientras yo esté delante, no tienes por qué llevarlas —mentía la mujer, que sentía una enorme pena viendo cómo sangraba la piel de la niña.

Mariana sentía tanto dolor que intentó buscar una solución para que de su próxima confesión con el sacerdote surgiese una penitencia más débil. Decidió inventarse algún pecado sustancioso con el que resultar lo suficientemente miserable ante los ojos del cura como para que no la castigara con las pulseritas de esparto, y que sólo se le exigiera una penitencia de rezos como al resto de los feligreses. Más tarde su conciencia comenzó a jugarle malas pasadas, y le susurró al oído que engañar al padre Bernardo con esa estratagema era un pecado muy grave, y no contarle sus maquinaciones inventivas para librarse del esparto también lo era. Así estuvo un día entero, entre trastornos y remordimientos que resultaron aún peores que las pulseras castigadoras: las prefería antes que los ojos acusadores del cura.

Con el paso del tiempo llegó a identificar el fluir de la sangre con la purgación de los pecados, y a veces no quedaba del todo convencida de que las simples oraciones que el sacerdote le imponía como penitencia sirviesen para limpiar sus culpas. Por eso le parecía tan sorprendente que en el otro extremo del mundo, en una cultura diferente, la sangre fuese del mismo modo un elemento ritual relacionado con la religión.

—Tengo entendido que la señorita Enríquez también es de las que guarda recuerdos. —La voz de Miguel la sacó de golpe de sus pensamientos infantiles y la devolvió a la realidad del Nuevo Mundo.

—¿Disculpe?

Mariana sintió de nuevo el calor en sus mejillas, como si el médico acabara de descubrir lo que estaba pensando. Le daba la impresión de que sus ojos llenos de perspicacia tenían el poder de atravesar su mente, y volvió a preguntarse si la hechicera que le acompañaba no habría utilizado algún conjuro para que él pudiera adivinar sus reflexiones con solo mirarla.

—Me han comentado que a vuesa merced le gusta escribir para llevar un pequeño orden de los recuerdos. Tengo entendido que mantiene una correspondencia con el monarca y que le informa de cuanto ve por aquí.

—Bueno, de momento no he visto mucho.

—No lo crea. Hay cosas que se ven aun sin saberlo.

Mariana intentó analizar las palabras del médico. Estaba segura de que escondían algún mensaje profundo al que ella debería responder con una frase igualmente inteligente, pero no tuvo demasiado tiempo para hacerlo, porque uno de los hombres del taller que no había dejado de mirarles y de garabatear en un papel, se acercó hasta ellos y le entregó un dibujo a Miguel. En él aparecía representada la imagen de una joven esbelta, con el cabello suelto y ondulado, con un ramillete en las manos, rodeada de mariposas multicolores que iban desde el rojo escarlata pasando por el añil y el amarillo. La mujer aparecía sonriente, y llevaba un vestido blanco, recto, parecido a una camisa de dormir, que dejaba ver sus pies desnudos, y su frente estaba adornada con una corona de flores. Tenía los ojos extremadamente verdes.

—He dibujado al tallo florido de maíz de ojos de jade —susurró a Miguel como si fuese una confidencia. El médico sonrió.

—Tenga —tendió el dibujo a Mariana—, la ha dibujado a usted. —Ella le miró sin comprender—. La lengua maya estaba repleta de metáforas y ha intentado adaptarlas al castellano. Ha querido decir que vuesa merced es una joven en edad casadera y... bueno, tiene razón, sus ojos son del color del jade.

Mariana cogió el dibujo con cuidado, mirándolo encantada. Poco antes de partir hacia Nueva España, un cotizado pintor la había retratado por encargo de su padre. El Almirante, desde que tomó la decisión de que su hija se desposara al otro lado del mundo, comenzó a sentir angustias. Aseguró que con el paso del tiempo se le borraría de la mente la cara de sus vástagos porque ya apenas podía fijar con claridad la imagen de Rodrigo y dijo que necesitaba una prueba palpable de que seguía teniendo una hija aunque no estuviera allí físicamente. La única manera que halló para conseguirlo fue a través de un retrato que —aseguró— presidiría el salón. Pidió referencias y le recomendaron la profesionalidad de un pintor italiano, que se instaló en el palacio con su caballete, su paleta, sus pinturas y su lienzo, y que la obligó a pasar horas y horas posando. A ella se le pusieron los nervios de punta porque le molestaba perder tanto tiempo quedándose estática con la de preparativos que restaban por hacer. El retratista exigía una rigidez extrema para poder captar su esencia y tanta inmovilidad requería la pintura que, al final de las sesiones, Mariana sentía hormigueo en las piernas y los brazos, y acudía a la mañana siguiente a la cita con el pintor poco entusiasmada y con cara de suplicio. A pesar de que una vez terminado el Almirante aseguró que era un fiel reflejo del original, Mariana no quedó tan impresionada como con ese pequeño dibujo.

—Gracias —murmuró sin apartar los ojos del papel.

Alguien vino a avisarles de que una comitiva estaba acercándose al convento de San Antonio de Padua. Su hermano Luis regresaba para acompañarla a su destino y eso sacó a Mariana de golpe de su ensimismamiento. Recordó que había llegado el temido momento de enfrentarse a Rodrigo. Era la primera vez que lo vería después de lo sucedido con Rafael y Alfonso, y sintió que todo el tiempo que había pasado convenciéndose de que su hermano le era indiferente no le había servido para nada. El rencor se le escapaba por los ojos, por la yema de los dedos y podía incluso hasta masticarlo.

Mariana lo distinguió rápidamente entre todos los hombres de la comitiva: los años no lo habían cambiado por dentro. Seguía destacando entre los demás porque reía a carcajadas, mostrando todos los dientes, y hablaba alto para que todo el mundo lo oyera, tan pagado de sí mismo. Era la versión madura de lo que recordaba de su niñez, aunque lo encontró más gordo, como abotargado por los excesos. Mariana esperaba con desagrado en el centro del convento a que los hombres desmontaran de sus cabalgaduras, asqueada por ser tan diplomática, por haber recibido una educación tan estricta que la obligaba a tener que saludar a alguien como Rodrigo. Deseaba pasar aquel mal trago lo antes posible.

Rodrigo, en cambio, parecía dichoso. Había esperado durante años aquel encuentro con su hermana, y si hubiera tenido que juzgar cuál era el momento más ansiado de su vida, habría elegido sin duda alguna ése. Sentía que todo ese tiempo había transcurrido sólo para prepararles a ambos para esa circunstancia, por eso estaba inquieto. Cuando vio a Mariana hecha ya toda una mujer, se quedó perplejo. Durante los años en los que dejó de verla, había guardado en su mente una imagen infantil de ella que de forma dulcemente perversa lo atormentaba por las noches. La recordaba pequeña, suave y tierna, oliendo a flores azules. Recordaba sus sollozos húmedos y aquella lengüita infantil que por un momento creyó haber atrapado entre sus labios el día que forcejearon juntos, tendidos en el suelo de su habitación. La evocación era a veces tan palpitante que tenía que levantarse en plena noche y colarse a oscuras en la habitación de alguna de las chiquillas indias del servicio para saciar sus ansias infantiles. Entonces cerraba con fuerza sus ojos imaginando que la breve cintura que él acariciaba era la de Mariana, que esos pequeños pechos incipientes eran los de ella, que era su hermana a quien él poseía. Cuando el ardor aflojaba y tomaba conciencia de la realidad, veía el espanto reflejado en el rostro de la niña de turno, y entonces se sentía avergonzado y la abofeteaba hasta que los golpes le borraban la ruindad, y regresaba a su cuarto perdonándose a sí mismo, convenciéndose de que ésa sería la última vez que actuaría de esa forma. Pero su perturbación, en lugar de mejorar, se fue complicando. Llegó un momento en el que las mujeres ya formadas dejaron de resultarle excitantes, y sólo encontraba la plenitud con un cuerpo impúber; fue entonces cuando tuvo la certeza de que Mariana era la única hembra que podría curarle esa impaciencia enfermiza que no reconocía ante nadie, y por ello buscó mil artimañas para atraerla hasta el Nuevo Mundo, junto a él.

Rodrigo había puesto muchas expectativas en el reencuentro después de su travesura vengativa y hubiera deseado verla débil, indefensa, trémula ante sus ojos. Al menos esperaba una gran demostración de odio, un gesto fruncido, un ataque de rabia que la hubiese obligado a salir corriendo hasta su aposento cuando lo viera, pero no había pasado eso. El encuentro con su hermana resultó frío, comedido y muy decepcionante.

Aquella noche se preparó una cena especial en el convento para homenajear a los recién llegados de la madre patria, como dijo fray Diego, y para festejar la recuperación tan pronta de Mariana, como añadió fray Lorenzo. La conversación tras la cena se fijó en torno a los planes para el viaje que los llevaría hasta la capital de Nueva España y que a todas luces debía plantearse con sumo cuidado. Decidieron casi por unanimidad que las dificultades del camino por tierra recomendaban volver a navegar, ante la mirada de estupor de Luis que, después de su mareante experiencia, aborrecía los barcos. La travesía oceánica lo convenció definitivamente de que el haberse criado en lo profundo de Castilla lo había convertido en un ser arraigado al suelo e incompatible con los desplazamientos acuáticos. Pero sopesando aquello con los inconvenientes y peligros de un traslado por tierra, Luis tuvo que claudicar, si bien con gesto apesadumbrado. La discusión sobre el momento oportuno para la partida, el equipamiento y los posibles inconvenientes que pudieran encontrarse en el puerto de Mérida ocuparon gran parte de la velada. Se decidió que lo mejor sería disponer de la experiencia de algún nativo que los acompañara. De pronto, la voz de Miguel rasgó el aire.

—Iré con ustedes. Tengo asuntos que resolver en Nueva España.

Fray Diego se llevó las manos a la cabeza al oír el ofrecimiento de Miguel. Aseguró en tono melodramático que eso era un abandono de la responsabilidad en toda regla, y que sin la ayuda del joven no podría continuar con la labor lingüística que intentaba llevar a cabo. Primero se hizo el ofendido, después el desdichado y más tarde incluso dio la impresión de que se había enfadado, pero Miguel no parecía dispuesto a aceptar ningún tipo de chantaje moral que le hiciese desistir de la decisión que acababa de tomar. Para confortarle y para mitigar el tono rojizo de sus mejillas, Miguel aseguró que no habría ningún problema si él se alejaba durante una temporada, porque los hombres que trabajaban en el taller podían continuar con su labor sin su presencia. Dijo que algunos de ellos eran auténticos expertos en la materia y que, si le servía de consuelo, se aseguraría de dejar todos los cabos atados para que el trabajo se realizara de forma normal, y que él mismo continuaría con su tarea durante el viaje. Luego añadió un enrevesado alegato, sin borrar del rostro su habitual sonrisa, en el que afirmó que jamás abandonaría una labor que, según sus propias palabras, era encomiable y que, a pesar de que no estaría físicamente allí, era como si lo estuviese, porque seguiría trabajando en aquel proyecto con independencia del lugar del país en el que se encontrara.

Después de aquello, fray Diego no tuvo mucho que reclamarle. Miguel vivía allí desde hacía unos meses por iniciativa propia, ayudando desinteresadamente; no era de extrañar que tuviera ganas de visitar a su padre y de respirar el aire de la tierra que le vio nacer. Era importante para Miguel acercarse al colegio de Santa Cruz de Tlaltelolco, visitar a sus antiguos profesores y repasar las novedades médicas que pudieran interesar a su labor. En el fondo al franciscano también le convenía que Miguel mejorara sus técnicas médicas, ya que era el único galeno de aquella zona. Fray Diego no tuvo otra opción que conformarse, desearle un buen viaje y añadir un estudiado gesto de consternación cuando le suplicó un pronto regreso.

Los apabullantes razonamientos que Miguel había expuesto para justificar su repentino interés en viajar con ellos no convencieron demasiado al desconfiado Rodrigo, que ya de por sí encontraba harto desagradable haberse tenido que sentar a la mesa con un indio, por muy noble y culto que todos aseguraran que fuese. Todo en él le pareció empalagoso: su manera de hablar, sus ojos despiertos, su perenne sonrisa... y le enervó la manera tolerante con que respondió durante toda la velada a sus groseras preguntas. Pocas actitudes escapaban a la percepción desconfiada de Rodrigo, y tuvo la impresión de que aquel indio le estaba robando el protagonismo que necesitaba en un momento tan anhelado. Estaba irritado porque Mariana no le había dedicado ni una sola mirada en toda la noche y, lo que era peor, no era por demostrarle su desprecio, algo que en el fondo le hubiera hecho sentirse importante, sino porque los ojos de su hermana estaban demasiado ocupados captando las palabras, expresiones y razonamientos del médico indio sentado a la mesa. Incluso en algún momento de la velada, le dio la impresión de que la mirada de ambos había coincidido y de que hubo un cruce de sonrisas.

Si todos los presentes se vieron sorprendidos ante la iniciativa de Miguel de incluirse en la partida, más aún Mariana, que se sobresaltó y sintió un pequeño regocijo en su interior al saber que la presencia del médico se alargaría un poco más en el tiempo. Sospechó que ese cascabeleo interno no se debía al agradecimiento por la recuperación de su enfermedad en el mismo momento en que escuchó la voz fuerte y clara de Miguel pregonando su marcha con ellos, y sintió una increíble sensación de placidez y nerviosismo. No quería pensar demasiado en por qué la halagaba tanto que él dijese que los acompañaba. Suponer que lo hacía por ella era ciertamente inmodesto. Sabía, sin lugar a dudas, que no tenía derecho a experimentar semejante emoción, pero no pudo evitarlo. Un hormigueo en el estómago pertubó sus sentidos. Intentó que no se notara poniendo tierra por medio, aunque toda la tierra de la que disponía en ese momento era la que mediaba entre el comedor y su alcoba. Una vez allí, se tumbó en la cama y cerrando los ojos rebuscó entre todos sus recuerdos alguno que le resultara más placentero que aquél, pero no encontró ningún otro tan dolorosamente agradable.

14

Y fue en el momento en que nuestros ojos toparon con la ciudad de México en medio de aquel valle cuando se nos reveló su grandeza. Que no sólo es más extensa que tres veces Sevilla, que hasta ese punto húbome parecido la ciudad más espaciosa que imperaba en la capa de la tierra, sino que se encuentra rodeada de agua por todas sus vertientes. Una calzada larga y amplia con ornadas barandillas de madera noble nos encaminó desde la tierra firme hasta la isla, y cuando tuve a bien señalar la magnificencia de aquel lugar, el médico nativo que nos acompaña y que destaca por sus amplios conocimientos, narró que aún fue más hermosa en el pasado, que no había parangón en ningún otro lugar de la tierra y que los antiguos pobladores de la zona la llamaban Capital del Único Mundo. Díjome que en otros tiempos, por debajo de aquella calzada, se extendía una gran cantidad de agua, que por zonas era dulce y por otras salada, y que las gentes lo mismo habían de caminar que de navegar para ir de un lado a otro de la ciudad. Habló de la existencia de muchos árboles de distintas variedades, de senderos plenos de flores muy olorosas y de que eran de maravillar los antiguos templos y palacios. Otrora parecían los edificios estar hechos de oro y piedras preciosas de como brillaba todo, y existían pájaros que nada habían de temer de los hombres y que acudían prestos a los estanques [...]. Es de lamentar que nada quede ya de todas aquellas excelencias, que para lograr la conquista hubiéronse de derribar los primeros edificios. Las construcciones son nuevas, a la usanza de España. El lago perdió su esplendor de antaño y al presente todo lo que se halla en él es légamo, juncales, sapillos y un extraño ser al que llaman axolote, mezcla de pez, lagarto y rana.

—¡Volvemos a casa!

Miguel lanzó la frase mientras traspasaba el umbral de la puerta y la cara de la *tícitl* adoptó una expresión de niña traviesa. La mujer pareció salir de golpe del fondo de su modorra habitual y comenzó a esponjarse como una flor en primavera. Había pasado los últimos meses ensimismada, latente dentro de su propio cuerpo, invocando a todos sus dioses para que Miguel recuperase el juicio o sintiese añoranza, y deseara tanto como ella regresar al hogar. Por fin parecía que sus ofrendas y rezos habían sido escuchados, y sin perder un instante, antes de que el joven pudiera arrepentirse, comenzó a recoger todos sus cachivaches de hechicera y los fue embalando en pequeños hatillos mientras Miguel, muerto de risa, se lanzó a explicarle que aún quedaban unos días para la partida. Cuando la *tícitl* se enteró de que no se trataba de un viaje planeado por Miguel por anhelos de la patria, sino que todo se debía a un cúmulo de circunstancias que les habían unido a aquellos españoles fastidiosos, puso el grito en el cielo. Se le enrojeció la cara de pura ira, las palabras se le agolpaban en la boca luchando unas con otras para salir y no sabía cómo hacerle ver a Miguel lo terriblemente ultrajada que se sentía. Lanzó un millón de improperios en náhuatl sobre ser cómplices de los caxtiltecas, que hasta ese momento lo único que habían hecho era destruir todo lo que ella había amado, y sobre que, por si fuera poco, les estaban ayudando a que su número se incrementara en unas tierras que no les pertenecían.

—No les llames caxtiltecas, sabes que a ellos no les gusta ese nombre —le dijo Miguel en tono conciliador.

Pero ella siguió con sus charlas internas y externas, lanzando gritos y murmullos incoherentes difíciles de entender hasta para el propio Miguel. Después de un buen rato de parloteo enredado que parecía no haber surtido en el joven médico el efecto pretendido, se lanzó a recordarle lo desdichados que podrían ser si se acercaban demasiado a los españoles.

—Piensa que, pocos días después de tu llegada al mundo, un adivino azteca que tu abuela hizo llamar, consultó en su calendario las perspectivas futuras de tu existencia —le dijo con un ojo medio cerrado mientras le señalaba con su dedo nudoso— y aseguró que por haber nacido en el día 1 Jaguar, tu destino te empujaba a ser un joven de gran fuerza, valor y sabiduría, pero que encontrarías un obstáculo en el camino que truncaría tu felicidad, arrancando el aliento de tu pecho en edad temprana.

—No creo que ese presagio se refiriera al hecho de acompañar a unos castellanos hasta Tenochtitlán.

—Nunca se sabe; cuanto más lejos de ellos, mejor.

—Si ese es mi destino —añadió Miguel—, no puedo hacer nada para cambiarlo, ¿no es así?

Pero la *tícitl* no tenía ganas de profundizar en querellas sobre las predestinaciones y las viabilidades de poder eludirlas. Murmuró algo sobre los malditos caxtiltecas, o españoles, o como quisiera que se llamasen, sobre lo que pensaría su abuelo Cuauhtémoc de aquello si levantara la cabeza, sobre esa diosa con aureola y bebé en los brazos que los usurpadores habían colocado por todas partes, que pese a su dulce apariencia les ayudaba en sus fechorías, y sobre desgracias que se aproximaban sin que una humilde *tícitl* pudiera hacer nada por evitarlo. En el fondo no era tener que acompañarles lo que más le dolía a la *tícitl*, a fin de cuentas llevaba más de la mitad de su vida haciendo de tripas corazón delante de los españoles; lo que realmente la atormentaba en lo más profundo de sus entrañas era su convicción de que ese viaje no era más que una excusa que Miguel había urdido para permanecer al lado de aquella joven de ojos peligrosamente verdes que a ella le daba tan mala espina. Sabía que la castellana era la verdadera razón de ese repentino viaje que dejaba inconclusos los trabajos con fray Diego de Landa, que hasta ese momento era lo que Miguel había considerado más importante y trascendental de todas las labores realizadas en su vida. La *tícitl* se daba cuenta de que, desde el mismo instante en el que atendieron la enfermedad de Mariana, las prioridades de Miguel habían cambiado. Esa joven lo tenía hechizado, y por mucho que ella intentaba deshacer la fascinación con ensalmos y fervientes plegarias dirigidas a los antiguos dioses, era incapaz de contrarrestar el hechizo. Las veces que le insinuó que aquella mujer lo tenía embaucado, él apartó los ojos y sin contestar cambió de conversación. Por ello, en vista de que sus charlas, protestas y malos pronósticos no sirvieron para que el joven cambiara de opinión, decidió como último y desesperado intento para defenderlo de los malos designios colocar, sin que él se diese cuenta, una piedra de color amarillento debajo de su lecho, que según los preceptos ancestrales ayudaría a combatir lo que ella llamó «su incontrolable destino».

A Miguel le dolía que su *tícitl* se hubiera tomado así la noticia. La quería con toda su alma y nunca se separaba de ella, lo había acompañado en todos sus viajes y estando a su lado, con su olor a humo y la textura de sus manos rugosas rozando su cara, la mayoría de las cosas le parecían mucho más fáciles y pausadas. Era relajante verla moverse tan despacio, con la tranquilidad de no tener prisa en llegar a ninguna parte. Aquella mujer vivía aislada en su propio interior, murmurando letanías entre las sombras y encendiendo sahumerios por los rincones de la casa. Ella era el puente entre su pasado lleno de historias mágicas y el presente que le había tocado vivir. Siempre había tenido en cuenta sus consejos y confiaba en sus presentimientos porque ella, a pesar de dar la impresión de que su espíritu sobrevolaba cuatro palmos por encima de su cuerpo, parecía intuir con mucha más claridad que el resto de los mortales las cosas que rodeaban los asuntos trascendentes. Pero en esa ocasión no podía escucharla. No quería separarse de la comitiva de castellanos por muchos pronósticos funestos que señalara sobre ellos, y en concreto sobre la joven. Desoyó por primera vez las advertencias de la *tícitl* para hacer lo que le marcaban sus propias emociones. Tenía la impresión de que si dejaba marchar sin más a Mariana, ella se convertiría en un fantasma idealizado que le perseguiría por el resto de su vida, transformando a las demás mujeres en seres insustanciales cuando las comparara con ella. Pensaba que pasar más tiempo a su lado le ayudaría a ver sus defectos, a descubrir en ella torpeza, estupidez o la cualidad de considerarse prócer que la *tícitl* aseguraba innata en todos los españoles. Verla diariamente quizá sirviera para lograr familiarizarse con su belleza candorosa hasta que llegara el momento en el que su rostro y su cuerpo se desdibujaran poco a poco frente a él, para así lograr verla como alguien ordinario. Miguel pensaba que acostumbrarse a ella le ayudaría a recobrar la calma y la seguridad que siempre habían sido la marca distintiva de su carácter, y que ahora apenas podía fingir cuando ella se encontraba presente.

Los hermanos de Mariana se encargaron de ultimar los preparativos del viaje. Mientras tanto, la joven pasaba las tardes con Beatriz, Miguel y fray Lorenzo, paseando por las cercanías del pueblo, visitando lugares ancestrales y conociendo las historias que Miguel les contaba sobre los dioses y diosas que habían creado aquella tierra.

—¿Cree vuesa merced que los indios están agradecidos a los españoles por haberles mostrado al verdadero Dios? —le preguntó Mariana una de las tardes.

—Bueno —dijo Miguel buscando la manera de expresar con claridad lo que pensaba—, no creo que tuviesen otras opciones más que aceptar y mostrarse agradecidos. Imagine que, un día cualquiera, vuesa merced se encontrara en su casa, que un grupo de hombres armados entrara en ella por la fuerza, que atacase a su familia, que entrase en su templo y destruyese sus imágenes sagradas, que hiciese una pira con todos sus ejemplares de la Biblia y que enviaran a la hoguera a todo aquel que intentara rebelarse.

Se quedaron en silencio. Miguel se arrepintió de haber mencionado el castigo del fuego al ver los ojos de Beatriz y le pidió disculpas por traer a su memoria aquella imagen tormentosa.

—No... no se preocupe. Descuide —dijo Beatriz recuperándose del recuerdo de su familia—. A lo largo de estos años he tenido mucho tiempo para pensar en ello y sepa que estoy de acuerdo con vuesa merced. La fuerza no es el método adecuado para convencer de la magnanimidad de Dios. Nunca sabremos si los habitantes de estas tierras aceptaron la religión cristiana por convencimiento propio o por miedo a las represalias. A veces me pregunto si el Señor está conforme con conseguir fieles por este método.

—¡Pues claro que no lo está, estimada Beatriz! —añadió fray Lorenzo con énfasis—. Él proclamaba otros preceptos: el amor, la paz, el considerar al prójimo como a uno mismo, sin embargo... ¡Hace falta un cambio de actitudes! El problema no es Dios, ¡qué va!, el problema son sus intérpretes, los intereses que los mueven y su inabarcable poder.

Las conversaciones fueron aumentando en grado de complicidad según iban transcurriendo los días. Habían formado un grupo realmente pintoresco: el dominico utópico, la joven y bella española, la mujer melancólica de cabellos dorados y el médico indio que, en algunas ocasiones, traía con él a la vieja y desconfiada *tícitl*, convencido de que el roce hace el cariño y de que a fuerza de ese contacto conseguiría que ella al menos les aceptase.

A veces, las palabras se solapaban, se dejaban intuir más que entender y todo el mundo parecía estar hablando de lo mismo pero con diferentes palabras. Mariana sentía que poco a poco iban adentrándose en terrenos complejos, donde las conversaciones se quedaban en un lugar impreciso entre lo lícito y lo censurado, y era entonces cuando se sentía partícipe de un secreto que había permanecido allí durante todos esos años, frente a sus ojos, pero ligeramente oculto tras una densa niebla que aquellas personas estaban ayudando a despejar. Los escuchaba atentamente, sintiéndose torpe por no haber llegado por ella misma a esas lúcidas conclusiones tan razonables. Recordó su primer contacto con aquellos pensamientos, cuando Alfonso le escribía para confesarle sus dudas espirituales: en aquel momento ni siquiera pudo percibir una mínima parte de lo que intentaba transmitirle, y quedó todo en suspenso cuando él y su padre murieron. Se dio cuenta de que había borrado las razones de la muerte de Rafael y Alfonso señalándola sólo como el fin de su existencia terrena pero que, por el contrario, Beatriz le había dado sentido a su marcha añadiéndole valores de mártires al paso de ambos por esta tierra.

Un día, la confianza impulsó a fray Lorenzo a hablar de Erasmo, de sus ideas y de la poca consideración hacia éstas en España. Lo hacía tranquilo y pausado, con la seguridad de que todos conocían las tesis que estaba insinuando, y Mariana se dio cuenta de que no era la primera vez que Beatriz o Miguel escuchaban hablar de esa ideología a fray Lorenzo. Por un momento se sintió infravalorada, como si llevara mucho tiempo viviendo en una nebulosa rosada creada para ella por sus padres, sus hermanos y por Beatriz. Como si hasta ese momento la hubieran mantenido apartada de las realidades del mundo por no considerarla suficientemente adulta como para poder asimilar nuevas ideas. Se mantuvo callada escuchando la conversación, como un ladrón agazapado entre las sombras, con miedo a que de pronto se diesen cuenta de su presencia y volvieran a tamizarle las realidades con historias pueriles e insípidas. Escuchó a fray Lorenzo mientras ataba cabos, presuponiendo los conocimientos de todos, imaginando anteriores conversaciones en las que ella no había estado presente. Cuando llegaron al convento se plantó frente a Beatriz.

—Hace mucho que ya no soy una niña —dijo, visiblemente molesta—. Ya no tienes que protegerme, sé hacerlo yo misma.

—No quiero que nadie te haga daño.

—Mantenerme en una burbuja de cristal no me hará feliz. He de conocer el mundo que me rodea. O al menos intentar conocerlo. ¿No me crees capaz de aceptarlo? Para ti siempre seré una niña, ¿verdad?

—No, no es eso, pero tienes razón. Voy a contarte algo —le dijo mientras le tomaba de las manos—, vas a enterarte antes o después, así que... —Lanzó un suspiro y continuó—: Rafael y Alfonso murieron sin confesar que poseían unos libros prohibidos. Los guardaban en el granero, pero cuando los detuvieron no me quedó más remedio que sacarlos de allí, ¿comprendes? —Suspiró con dificultad—. Quiero que sepas que nunca tuve intención de poneros en peligro, ni a tu familia ni mucho menos a ti... Yo sabía cuál era el lugar más seguro donde los podía esconder, sabía que allí no los buscarían, ¿comprendes? ¡Ay! Mi niña, me da tanta vergüenza contarte esto...

—Por favor, ¡sigue! —Mariana comenzó a impacientarse.

—Durante años han permanecido escondidos en tu casa, en el palacio de tu padre, debajo de mi cama. —Se quedó mirando al suelo abatida—. Si tu pobre padre lo supiera... Ahora los tengo aquí —señaló el equipaje que descansaba en una esquina de la alcoba—, vinieron escondidos bajo la tapa del virginal. Quiero entregárselos a fray Lorenzo. Él sabrá hacer buen uso de ellos. Yo creo que con esto ya he cumplido la promesa que le hice a Rafael.

—¿El virginal? —Mariana se había quedado atónita—. Pero...

—Imagina el susto que pasé cuando supe que antes del

embarque en Sevilla habría una inspección de los equipajes. Aunque yo creo que los hombres que nos registraron no tenían ni idea de que el virginal podía abrirse —dijo sonriendo—, seguro que no sabían ni para qué servía. Además, ¿quién iba a desconfiar de dos mujeres como nosotras, verdad? —añadió poniendo cara angelical.

Mariana permanecía petrificada. Estaba descubriendo a una nueva Beatriz que hasta ese momento había permanecido oculta bajo su perenne apariencia de dulzura y que los había tenido engañados a todos incluida a ella misma durante todo ese tiempo. No recordaba la cantidad de años en los que la había imaginado débil, quebradiza. En alguna ocasión, en el transcurso de ese viaje, se había sentido culpable de arrastrar a un ser tan delicado y sensible como ella por caminos de mar y tierra que podrían desequilibrar su estabilidad emotiva. Pero comprendió que los reveses de la vida, en lugar de derrotarla, la habían vuelto más astuta. Ahora podía percibir su lucha silente, su fortaleza escondida bajo la capa sutil de la inocencia, y la admiró por ello.

—No sabía que el virginal tuviera tantas posibilidades —dijo Mariana mientras miraba al suelo—. Creo que carezco de imaginación y que debo aprender mucho de ti. —Ambas se rieron—. Quiero que sepas que estoy enfadada. —Mostró un mohín desilusionado—. Debiste decírmelo. Me hubiera gustado saber que escondíamos algo. Seguro que fue un momento muy emocionante.

—Pasé miedo por las dos.

—Pero seguro que fue muy emocionante —añadió Mariana con ojos de ensueño.

Beatriz aseguraba que la vida la había empujado a conocer a fray Lorenzo para que él fuese el encargado de continuar, en la medida que estuviese en su mano, la labor de su marido y de su hijo. Así, en cierta forma, sentía que su muerte no había resultado en vano. Antes de partir de Izamal, entregó a fray Lorenzo los libros que había traído escondidos desde España. Las mujeres se despidieron de él con la firme promesa de no perder el contacto y de escribirse al menos una vez por semana.

Ultimar el viaje a la capital de Nueva España entretuvo a la comitiva durante unos cuantos días más, para desazón de Rodrigo. Al hermano de Mariana no le pasaba por alto la, a su entender, cordialísima relación que las mujeres mantenían con fray Lorenzo, pero aún le molestaba más ver cómo tarde tras tarde ambas salían a pasear con el dominico y aquel indio impertinente al que todo el mundo trataba como si fuese un marqués. Se hartó de desacreditarlo frente a Luis con la esperanza de que él pusiese coto a aquellos encuentros, pero su hermano se hallaba demasiado ocupado en otros menesteres y le importaba bien poco en qué se entretuviese Mariana siempre y cuando no interrumpiera sus preparativos para el viaje. Ante eso, lo único que pudo hacer Rodrigo fue acelerar tanto como pudo la partida y prometer una recompensa al capitán del barco que los llevaría hasta la Villa Rica de la Veracruz si lograban arribar antes del plazo previsto. No obstante, tuvo que tragarse la presencia de Miguel en los almuerzos, las cenas y las conversaciones durante toda la travesía y, aún peor, tuvo que verlo reflejado en la mirada risueña de Mariana mucho más de lo que le hubiera apetecido.

Por el contrario, Mariana deseaba que aquel viaje hasta la capital de Nueva España se hubiese alargado por siempre. La compañía de Miguel y sus palabras le abrían los ojos a un mundo nuevo que parecía haber estado todo el tiempo delante de sus narices pero que ella había sido incapaz de percibir hasta ese momento. Era como si le estuviesen dando la libertad de tomar sus propias decisiones, de creer y de ser libre al menos dentro de su mente. Se sentía mucho más feliz de lo que se había sentido nunca. Parecía que el aire era más fragante, que los pájaros cantaban mejor, que el sol salía única y exclusivamente por y para ella. En muchas ocasiones, se descubría sonriendo cuando se hallaba sola y tarareando melodías que no conocía. Si intuía que Miguel se encontraba cerca, sentía un estremecimiento placentero en el fondo del estómago y una oleada de alegría le sacudía los sentidos. Por eso Mariana no deseaba llegar a la casa del virrey; no estaba segura de encontrarse dispuesta a aceptar los designios de su familia. No se atrevía a decirle nada a Beatriz para no preocuparla, pero aquella mujer que la conocía desde niña se daba cuenta de que la joven había cambiado y reconocía la razón porque ella ya pasó en su juventud por un estado de plenitud espiritual parecido. Lo que Mariana sentía por el médico se intuía cuando se estaba cerca de los dos. Al final del viaje, los cruces de miradas, las sonrisas a escondidas y la complicidad entre ambos resultaban tan perceptibles a los ojos escrutadores de Rodrigo que apuró el último día con un frenesí que no se molestó en disimular y que dejó agotada a toda la comitiva. Sólo se tranquilizó cuando divisó el contorno del palacio virreinal y Miguel comenzó a despedirse de todos indicándoles que podrían encontrarle en Tlatelolco, en casa de su padre.

El palacio virreinal era la copia exacta de cualquier otro palacio castellano, aunque de cuando en cuando, como ocurría en el convento de Izamal, algún muro, columna o adorno se salía del cauce español para recordar el lugar en el que se encontraban, «y de alguna de las esquinas del edificio, asoman a la corredera enormes cabezas de un animal quimérico, en medianía entre el dragón y la serpiente y labradas en piedra, que muestran sus dientes blancos y terribles. Diríase que surgen las testas de lo profundo del palacio para, en venganza por su cruel destino, morder al primer español que osara acercarse». Las paredes eran de piedra blanca y en el interior había un patio central en el que crecían unas plantas enormes, con hojas que trepaban por los arcos y columnas que lo rodeaban y que llegaban hasta los pisos superiores.

El virrey en persona salió a recibirles. Era un hombre delgado de cabello castaño y ondulado, parecía amable, deseoso de agradar. Era reconocido en toda Nueva España como un gobernante justo y honrado que defendía a los indios de posibles abusos, pero los encomenderos no se mostraban muy de acuerdo con esas maneras que les perjudicaban económicamente. En los últimos tiempos el malestar podía respirarse y un ambiente denso dividía la opinión entre los que estaban a favor de utilizar a los indios como si del ganado de sus haciendas se tratase, y los que mantenían una postura cercana a la de la Corona, que en algunos casos se preocupaba por el tratamiento cristiano a los indios más por apariencia que por razones misericordiosas. Aquel hombre de buenas maneras y costumbres relajadas parecía encantado con la presencia de los castellanos. No sólo estaba atendiendo a Luis como visitador del rey, sino que además estaba conociendo a su futura nuera. Mariana se sintió observada y la mirada empalagosamente amable del virrey le produjo más incomodidad que confianza. Pero peor aún fue cuando apareció su hijo y todas las esperanzas que había puesto en torno a ese instante se esfumaron. Durante la última parte del viaje fantaseó con la idea de que, en el momento en que se encontrara frente a frente con su futuro esposo, percibiría una especie de señal, una certeza, como una intuición que la envolvería de tranquilidad y sosiego. Esperaba que al conocerlo desaparecerían las sensaciones que Miguel provocaba en su piel, en la sangre de sus venas que hervía cuando él estaba cerca, en las lágrimas sin razones que derramaba por las noches, antes de dormirse, pensando en el médico. Creyó que al conocer al hijo del virrey descubriría de un soplido todo lo que Beatriz decía que era el amor y por fin podría asegurar que no era eso lo que sentía por Miguel, porque desde que lo conocía había estado intentando no ponerle nombre a lo que el médico provocaba en su estado de ánimo. Pero la cercanía de su futuro esposo no ocasionó señal alguna de enamoramiento. El tiempo no se paró en el instante en que se vieron por primera vez, ninguna mariposa voló arrebatada dentro de su estómago y al mirar en sus ojos no sintió que todo en la vida la había empujado a conocerlo. Nada. Aquel tipo parecía tan ajeno a ella que apenas podía creer que era él con quien debía compartir su destino. El hijo del virrey era un muchacho ambiguo y, por mucho interés que puso Mariana en intentar encasillarlo para poder ordenar sus ideas, no fue capaz de describirlo de una manera clara. Le pareció impreciso, volátil, ni demasiado alto ni demasiado bajo, ni rubio ni moreno, con los ojos de un color indefinido entre el verde y el pardo, y con la piel tan extremadamente blanquecina que podía distinguírsele a la perfección los entramados de las venas y los músculos. Apenas reparó en Mariana. Sus delicadas manos rozaron dulcemente las de ella cuando las tomó para besarlas en el momento de las presentaciones, y sin hacer ni un solo comentario, sus ojos de rizadas pestañas comenzaron a pulular por todos los rincones de la habitación mientras los demás se entretenían en una conversación de cortesía. El joven parecía poco interesado en el mundo en general y en Mariana en particular. Ella supuso que Rodrigo había elegido a aquel hombre como su esposo para mortificarla. Era otra de las interminables venganzas que su hermano reservaba para impedir el olvido de sus inexpiables ofensas.

El virrey dispuso para la noche siguiente una opulenta cena de gala a la que asistiría lo más destacado de la sociedad en Nueva España. A la cena acudieron muchas personas distinguidas «a las que llaman gachupines. Dijéronme que una servidora de V. M. también era una de ellos, pues así han de llamar a los nacidos en España, y que nos han de apodar así para diferenciarnos de los criollos, que son los hijos de españoles nacidos en el Nuevo Mundo. Llegué a pensar que en este lugar cualquier cosa ha de servir para hacer diferencias sociales, y que no sólo la sangre marca distancias, también sirve el cielo que nos vio nacer».

Cualquier excusa era buena para justificar una reunión que les hiciera sentirse a todos en familia. En este caso, la ocasión para conocer a la joven que al parecer iba a convertirse en la futura esposa del hijo del virrey merecía una fiesta. También invitaron a Miguel en agradecimiento por su inestimable ayuda durante el viaje, y él aceptó encantado, y no precisamente porque le agradaran ese tipo de reuniones. A la cena acudieron los más destacados personajes de la ciudad, y de forma casi ineludible se comenzó a hablar de política, de avances técnicos y de las novedades náuticas de la llamada Carrera de Indias.

—Así que a partir de ahora será más difícil que esos demonios ingleses y holandeses consigan robar nuestros navíos, según he podido saber —dijo uno de los hombres durante la cena dirigiéndose a Luis—. A pesar de eso, es importante que Su Majestad sepa que, en algunas ocasiones, consiguen entrar hasta el puerto de Veracruz y robar allí con total impunidad. El baluarte que protege la puerta por la que Hernán Cortés y sus hombres entraron y que fue nuestro primer puerto en Nueva España está defendido por la muralla más endeble jamás construida a este o al otro lado del océano. Para esos piratas es más cómodo saquear de esa manera que arriesgarse a un altercado en alta mar.

—El rey está informado de ello y reforzará la seguridad en aquella zona —aseguró Luis.

Pareció que se quedaban conformes con la respuesta, pero otro de los hombres cambió de tema y lanzó el comentario que en los últimos meses circulaba en todas las reuniones.

—Parece que el mestizo que Hernán Cortés tuvo con aquella intérprete india está llamando a la rebelión. Anda movilizando a otros hijos de conquistadores e incluso se habla de la posibilidad de que su medio hermano Martín venga desde España para ayudarle.

—Es cierto que esos comentarios han llegado hasta la corte —dijo Luis secamente—, lo que me gustaría saber son sus razones. Martín Cortés estuvo luchando en las guerras de Argel y de Alemania, incluso acompañó al monarca en la campaña de Flandes. Siempre ha mostrado mucho respeto a la Corona. De momento son sólo conjeturas, pero se habla de intentos de independencia.

—Ese Martín Cortés... Está claro que la sangre de salvajes corre por sus venas —Rodrigo se había mantenido al acecho de una oportunidad para ser desagradable, y dejó que las palabras flotaran en el ambiente y que cortaran el aire, de forma que los ojos de la gran mayoría de los presentes se posaron en Miguel—. No entiendo qué es lo que pretende hacer. Los indios no destacan por su inteligencia. Hernán Cortés, con seiscientos de sus hombres, fue capaz de conquistar una ciudad que contaba con diez mil guerreros. Si eso no demuestra la superioridad de los españoles respecto a los indios...

—No creo que se pueda acusar a los mexicas de malos guerreros —dijo Miguel de forma pausada—. Creo que simplemente se vieron sorprendidos por nuevas técnicas de lucha. Tenga en cuenta vuesa merced que, por ejemplo, para los mexicas el caballo era un ser desconocido. En un principio los nativos creían que eran atacados por seres gigantes que caminaban a cuatro patas. No diferenciaban dónde comenzaba el hombre y dónde acababa el caballo porque ambos individuos tenían la misma actitud irracional.

—¿Me habla de actitud irracional? —Rodrigo se levantó de su silla con gesto desafiante—. ¿Actitud irracional los españoles? —Y miró al resto de los comensales buscando el apoyo en sus ojos—. Esos salvajes —rugió colérico mientras señalaba a Miguel— eran caníbales, se comían entre ellos y cuando podían se comían también a los españoles que lograban atrapar.

—Es cierto —respondió Miguel sin perder la calma—. De hecho, cuando vuesas mercedes trajeron al cerdo, que en estas latitudes también era un animal desconocido, muchos de los nativos pensaron que era de la misma familia que los españoles porque su carne era igual de sabrosa que la de ellos.

A Rodrigo hubo que sujetarle porque pareció que intentaba saltar por encima de los platos para lanzarse directamente al cuello de Miguel, que seguía sentado e indiferente como si la cosa no fuese con él. La reunión se desmandó, se pusieron a hablar todos a la vez y algunos españoles se sintieron ofendidos, se levantaron e hicieron ademán de abandonar la mesa.

—Por favor, por favor... señores... —La voz del virrey resonó por encima del murmullo de la sala mientras golpeaba una copa con el cuchillo, intentando llamar la atención con el tintineo—. Señores, no estropeemos esta maravillosa velada. Estoy seguro de que nuestro querido invitado no ha pretendido molestar a nadie, ¿verdad? —dijo mirando a Miguel—. Hablemos de otras cosas, hoy es un hermoso día para mí. Propongo un brindis: ¡Por la gloria de este hermoso país!

El comienzo del baile suavizó la velada. El hijo del virrey bullía por la fiesta como si tal cosa, hablando con unos y otros con atolondrada sonrisa y sospechosa dulzura. Mariana no sabía muy bien qué pensar, aunque en realidad no le apetecía en absoluto intimar con aquel hombre y en el fondo se sentía aliviada por no tener que permanecer a su lado y fingir interés por él. Llevaba ya mucho tiempo con una única persona metida en su cabeza y era tal la admiración que despertaba en ella que hasta el sonido de su nombre evocaba sensaciones deliciosamente angustiosas que desequilibraban su serenidad, y a veces se descubría pronunciándolo en voz baja, dejando que el sonido la acariciara por dentro. Lo buscó con la mirada: Miguel estaba en una esquina del salón, asintiendo a una conversación a todas luces nada interesante con su habitual gesto acogedor. De vez en cuando desviaba la mirada para encontrarse con los ojos de Mariana y sonreír; entonces ella era feliz. Salió de su ensimismamiento cuando Rodrigo tomó su brazo de forma repentina para sacarla a bailar. No quería bailar con Rodrigo, no quería que estuviera allí, y ni siquiera quería tener que considerarlo su hermano, pero las normas de educación le impedían mostrar todo el desprecio que sentía por él. Le asqueó el contacto de su mano, su olor de animal montuno, que le recordaba los momentos de persecución por el palacio en los tiernos años de su infancia, y de pronto volvió a experimentar la misma repugnancia que sintió la tarde en la que él la apretaba contra su cuerpo. Por más que lo intentaba, no podía olvidar el odio del pasado y no podía ni quería olvidar lo que Rodrigo les había hecho a Alfonso y Rafael.

—Hace mucho que me debías un baile —susurró Rodrigo cerca de su oído en uno de los cruces—. Veo que no has cambiado nada a lo largo de estos años. Sigues ofreciéndole tus encantos a cualquiera —dijo señalando al médico con la mirada.

Mariana no le contestó. Se zafó en cuanto pudo de su hermano y se dejó llevar por el salón intentando no leer demasiado en su mente para no tener que admitir que andaba buscando a Miguel. Salió al patio del palacio, repleto de plantas exóticas de fuertes olores, y allí estaba aquel hombre que le provocaba una extraña sensación de paz y que parecía saberlo todo sobre el mundo pero, más que nada, parecía saberlo todo sobre ella.

—Huele de una forma extraña —dijo Mariana.

—¿Ve esas figuras de los rincones? Las hacen en Papantla, cerca de Veracruz, con una planta llamada vainilla, que tiene ese olor característico.

Ambos se quedaron en silencio durante un buen rato.

—¿Siente rencor por lo ocurrido durante la conquista? —Mariana preguntó sin mirarle a los ojos.

—No. No siento rencor. Es el pasado... es la historia del pasado de mi pueblo y sentir rencor no hará que cambie, sólo creará dolor en mi pecho, así que no. —Miró a Mariana y relajando el tono añadió—: Además, de no haber ocurrido así, jamás hubiera visto unos ojos como los suyos, ¿no cree?

Mariana se sintió avergonzada y a la vez un cosquilleo placentero recorrió su cuerpo. Quería decir algo rápidamente, antes de que él pudiese darse cuenta del rubor que teñía sus mejillas.

—Todo aquí es tan diferente a lo que yo había visto hasta ahora. El olor del aire, las personas, la tierra, las plantas, los pájaros... Hay tantas cosas que quisiera conocer...

—Sé de un lugar extraordinario que me gustaría enseñarle. Disfrutaría mucho, aunque se halla un poco lejos y no encuentro la manera de poder llevarla. No creo que su hermano le dé permiso para una excursión conmigo —dijo Miguel irónicamente.

—Puedo salir a escondidas si volvemos antes del atardecer.

Mariana se sorprendió ante sus propias palabras. Las había escuchado como si hubiese sido otra persona quien las había pronunciado. Sabía que podría salir sin que la vieran y que encontraría una excusa para desaparecer durante un día, pero desconocía que ella tuviera el suficiente valor como para tomar una decisión como ésa con tanta precipitación, porque jamás, en ninguna otra circunstancia de su vida, había sido osada. Pensó que la valentía se la había dado la copa de licor que estuvo blandiendo toda la noche o que quizá esa sorprendente intrepidez era consecuencia de algún hechizo de la *tícitl*, aunque a esas alturas a Mariana ya no le preocupaba en absoluto esa posibilidad.

15

Querida Beatriz:

En el momento de leer estas letras advertirás mi ausencia; no has de afligirte por ello y ante todo no me delates frente a mis hermanos. Me hallo tan rebosante de dicha que apenas puedo padecer angustias por la inquietud que estarás pasando; perdóname. Hoy observo que en el pasado fui aplazando mis anhelos, anteponiendo los deseos de los demás a los míos en la convicción de que más adelante llegaría la hora de alcanzar mis afanes, pero he entendido que aquellos pensamientos eran sólo una excusa para acallar mi propia cobardía. Después de conocer los arrojos y denuedos de tu dedicada existencia, hube de apreciar que se ha de ser valiente para afrontar la vida. Intuyo que es peor arrepentirse de lo que se dejó de hacer que de los males que provoquen las decisiones desatinadas [...]. Eres la sola persona en la que he de confiar y bien has de saber que pese a todo no te pediría que mintieras por mí, sólo que no digas toda la verdad, que eso no ha de llamarse mentir. Regresaré al caer la tarde. Es posible que nadie me eche en falta y que en ese caso la situación sea menos gravosa, pero si han de preguntar por mi persona, puedes decir que me hallo en otros menesteres, que creo será suficiente. No has de temer nada, que yo afrontaré el castigo en el caso de ser descubierta, y por lo más sagrado te pido que no me reclames el acto, que es más fuerte que yo esta sensación que ínstame a cerrar los ojos. Acepto lo que el Señor haya decidido que sea de mí. Y has de saber que ya no soy la dueña de mí misma y que un extraño poder, al que sin duda sabrás poner nombre, oblígame a actuar como lo hago. De no hacerlo así, sería para mí peor que cometer el peor pecado. Por esta vez haré lo que pídeme el corazón y no lo que las normas obligan.

Te venera,

MARIANA ENRÍQUEZ

Aquella noche Mariana no pudo dormir tranquila. Se mantuvo en un sueño interrumpido y fatigoso que la estuvo molestando cada media hora y que la obligó a levantarse mucho antes de que saliera el sol para redactar la nota explicativa a Beatriz. Estaba segura de que escribir lo que le ocurría la ayudaría a poner un poco en orden el hervidero de ideas de su cabeza. Trazó cada una de las letras con delicada caligrafía, eligiendo las comas y los puntos con la parsimonia de un monje medieval, y por un instante hubiera deseado que una parte de sí misma se quedara impregnada en el papel para poder imbuir la fuerza de los gestos a cada palabra, y que a Beatriz no le quedara la más mínima duda acerca de lo acertado de su decisión. Después de firmar, dobló la hoja con cuidado y la colocó sobre el almohadón de su cama, alejándose y mirándola en perspectiva desde la puerta para cerciorarse de que Beatriz la vería antes de poner el grito en el cielo y despertar a todos los habitantes del palacio anunciando su desaparición. A continuación se dispuso a elegir escrupulosamente el atuendo para la ocasión y se vistió despacio. Sacó del fondo de uno de los baúles un esenciero con aroma de espliego y delicadamente se puso unas gotas en el cuello, en el nacimiento de los senos y en el envés de las muñecas, siguiendo los consejos aromáticos de Beatriz, que siempre decía que el perfume debía colocarse en los lugares donde el pulso del corazón pudiera multiplicar sus virtudes olorosas. Permaneció un largo rato aspirando esa fragancia que le traía recuerdos del palacio y de su madre. Después, se miró en el espejo del tocador para recogerse el cabello en un moño refinado del que dejó escapar dos mechones con los que adornar el óvalo de su cara. Se estaba deleitando con cada roce de la fina tela de sus enaguas, con el perfume floral que su cuerpo desprendía al moverse, con el cosquilleo sutil que las ondas de su cabello provocaban al rozar ligeramente el cuello. Era como si aquel día sus sentidos estuvieran más dispuestos que nunca a la percepción. Volvió a mirarse en el espejo y describió con la yema de los dedos el contorno de sus orejas, el firme hueso de su maxilar, llegó hasta la barbilla para descender por su cuello y avanzar en una caricia hasta la curva de sus hombros... Allí se detuvo conteniendo un suspiro. Miró fijamente a los ojos de su reflejo.

—Has perdido la razón —susurró.

Ya estaba lista, pero seguía siendo demasiado temprano, así que se alisó la falda con primor, se sentó en el borde de la cama y permaneció mirando hacia la ventana, con la espalda derecha como una vela, a la espera de que asomaran las primeras luces del día. El tiempo se le hizo eterno y en el sopor del palacio podía escuchar los sonidos del silencio, el apenas perceptible crujir de la madera, incluso el silbido de su propia respiración. Si el día hubiera tardado unos instantes más en presentarse, ella seguramente se hubiera arrepentido de salir.

Abrió con cautela la puerta de su alcoba y se asomó a observar si el servicio se había levantado; cuando se aseguró de que no había nadie, descendió despacio las escaleras con los pies descalzos y los botines en la mano para evitar los ruidos de las pisadas. Sentía unas náuseas incontrolables provocadas por los nervios y cada bocanada de aire le parecía un trago difícil de engullir. Llegó agitadísima hasta el patio, haciendo pequeñas paradas para esconderse entre las sombras de las puertas y las curvaturas de las columnas. Lo vio todo despejado y arrancó en una carrera que la llevó hasta la puerta principal, abrió con dificultad las pesadas hojas de madera tallada y cerró por fuera lanzando un suspiro. Aún estaba sorprendida de lo que pensaba hacer. Un sudor frío le recorría la espalda, sentía la garganta reseca y, cuando se sentó en el escalón para colocarse los botines, los temblores de sus manos sudorosas apenas le permitieron atarse los cordones. En tan sólo un momento había roto con todas las normas de buena conducta femenina que su familia le había inculcado durante años, pero pensar en ello no le ayudaba en nada porque ya no estaba en su mano evitarlo. Hacía mucho que se sentía revuelta por dentro, arrebatada por un desasosiego creciente que le provocaba placer y angustia al mismo tiempo. Había querido contarle a Beatriz lo que ocurría en su interior cuando Miguel estaba cerca, sobre todo cuando la mujer se ponía románticamente filosófica al asegurar que un matrimonio sólo concebiría hijos bellos si los padres se amaban de corazón.

—Si no es así —le decía—, no es de extrañar que sus descendientes les nazcan horribles, ya sea por fuera o por dentro.

Era entonces cuando Mariana adquiría confianza. Deseaba explicarle que si engendraba un ser cuyo padre fuera ese hombre ambiguo al que su familia la había prometido, no sería de extrañar que naciera ciertamente repelente, si es que se conseguía obtener fruto alguno de aquella unión. Sabía que Beatriz comprendería lo que le pasaba y que incluso podría secundarla para convencer a su familia de lo inconveniente de esa boda. Era posible que le ayudara a explicar a Luis que el hijo del virrey no le provocaba sensaciones angustiosas, ni desvelos nocturnos, ni esa serie de reacciones que sin lugar a dudas eran necesarias para la construcción de un matrimonio feliz y enamorado. Quizá si era Beatriz quien se encargaba de aclarárselo a su hermano, él lo comprendería, anularía su compromiso y la dejarían libre para elegir a la persona que sus sentimientos señalaran. Pero la primera vez que creyó haber encontrado la coyuntura necesaria para mantener esa importante charla, Rodrigo irrumpió en la sala donde estaban ellas y comenzó un monólogo gritón en el que criticaba la falta de cordura de uno de sus íntimos amigos, que había decidido contraer nupcias con una india.

—¡Será imbécil! ¿Acaso no se da cuenta de que puede disfrutar de sus favores sin necesidad de mezclar su sangre con la de ella? ¿Qué ganas puede tener un hombre respetable de contaminarse con sangre de indios?

—Quizá esté enamorado —sugirió Beatriz. Pero Rodrigo empezó a carcajearse a mandíbula batiente, se puso colorado y así se mantuvo durante un largo rato entre risotadas y golpes de tos hasta que fue relajándose y su cara volvió a mostrar gesto severo.

—Es una vergüenza para una familia respetable que uno de sus componentes se case con un indio. —Concluyó, y salió de la habitación dando un portazo.

Tal y como estaban las cosas, si le hubiese dicho de antemano a Beatriz que aquella mañana tenía la intención de ir a dar un paseo a solas con Miguel, no se lo hubiera permitido. Le habría dicho que salir como una ladrona del palacio de su futuro suegro para acompañar a un joven arruinaba su imagen de mujer pura, y que si Miguel realmente la respetaba y la quería con lealtad, no dejaría que su honra quedase en entredicho por un arrebato momentáneo. En definitiva, hubiera sacado a relucir un sinnúmero de razones que Mariana no hubiera podido ni querido comprender, porque ella llevaba un tiempo viviendo en la dulce nube de la ternura y estando allí le resultaba imposible asumir la sordidez del mundo. No tenía ganas de plantearse todos esos estúpidos razonamientos sobre lo que estaba bien o mal visto, sobre el qué dirán y el comportamiento intachable de los Enríquez, ya fuera en el interior de Castilla o al otro lado del mar. En las últimas semanas lo único que encontraba del todo razonable era pasar la mayor parte del día con Miguel. Él había abierto una puerta hacia un conocimiento que aún no llegaba a comprender y ella necesitaba estar a su lado para absorber sus esencias, esa percepción inabarcable de la cual era poseedor y de la que ella necesitaba beber.

Cuando logró atarse los botines, corrió hacia la esquina para encontrarse con Miguel, que estaba esperándola de pie, sujetando dos caballos por las riendas. Se miraron a los ojos y sin decirse nada sonrieron. Mariana se sintió más tranquila cuando se alejaron del centro de la ciudad, y sólo entonces la presión de su pecho cedió y dejó que el aire de la mañana se introdujera de lleno en sus pulmones, expulsando en cada expiración las inquietudes que le habían acompañado durante toda la noche. En ese instante se supo dueña de sí misma.

—¿No ha tenido nunca la sensación de que la luz del sol disipa los desasosiegos? —le preguntó, sonriente y feliz por la paz que sentía en aquel momento—. Es como si la noche nos acechara con malos designios y la fuerza del sol los derritiera.

—Es muy interesante lo que dice. Cerca de aquí existe un lugar llamado Teotihuacán. Los pueblos que antiguamente habitaban esa zona creían firmemente que allí nacieron los dioses. Allí hay una pirámide llamada del Sol y, según contaban en sus leyendas, en ella un dios se sacrificó a sí mismo para salvar a los hombres. Después renació y se elevó hacia el cielo hasta que se convirtió en el quinto sol que iluminaba y daba vida al mundo.

—Se sacrificó... renació... se elevó y dio vida al mundo —susurró Mariana.

Miguel escudriñó de reojo su expresión. Ella se mantenía callada, analizando las palabras, intentando razonar lo que aquel hombre quería que entendiese, porque pocas cosas de las que decía estaban lanzadas a la ligera. No utilizaba un lenguaje directo y nunca estaba segura de si había querido decir lo que ella creía, o si sólo aceptaba lo que sus enseñanzas le permitían entender. Desde que había puesto el pie por primera vez en aquellas tierras, Mariana se había dado cuenta de que los hombres que las habitaban habían mantenido su antigua capacidad lingüística de jugar con la música de las palabras, con los símiles y con la magia que se esconde en algunos significados, y los habían metamorfoseado para adaptarlos al castellano. A ellos no les acarreaba ningún problema porque eso formaba parte de la fantástica naturaleza de sus vidas, de sus mitos y de sus fábulas. Las fronteras entre lo perceptible a través de los sentidos y de la imaginación colectiva eran muy difusas, y no había razón para separarlos porque la unión de los dos era su vida. En muchas ocasiones, cuando los conquistadores buscaron respuestas claras a las preguntas curiosas que ese nuevo lugar planteaba, se encontraron con leyendas mezcladas con la realidad y realidades diluidas en leyendas, formando tal amalgama de certezas y fantasías que muchas creencias falsas impregnaban el orden político y social de los nuevos pobladores como si de hechos comprobables se tratase. Los españoles pronto se dieron cuenta de que las historias que los nativos relataban podían ser o no ciertas, pero la simple posibilidad de que una mina de oro existiera en lo profundo de un lago, aunque pudiese estar custodiada por un monstruo de tres cabezas, los empujaba a creer, por si acaso. Llegaron a tal confusión, que muchas de las maravillas que los indios narraban, por muy extraordinarias que pareciesen, se convirtieron en dogmas de fe, y más de un español murió internado en las selvas buscando tesoros que sólo se hallaban en las arcas de un soberano agreste inexistente. Nunca llegaron a diferenciar con claridad qué parte era real y qué parte fantasía en las jácaras que los nativos contaban.

En el caso de Miguel, Mariana hubiera asegurado que intentaba que las cosas se percibieran sin la intervención de nadie. Hacía que los demás entendieran sin ser concreto ni preciso, evocando más que señalando. Miguel era como un libro abierto que hacía recapacitar sin llegar a ser obvio.

—¿Piensa que se trata del mismo dios? —dijo Mariana con una voz apenas perceptible, como si tuviera miedo de que el ojo divino la castigara si le oía decir algo así.

—Simplemente creo que los pensamientos humanos recorren el mismo sendero en todas partes. Que todos tenemos necesidad de creer que existe alguien que nos protege, que vela por nosotros. Sentir que no estamos solos.

—¿Es allí adónde vamos, a Teotihuacán?

—No —dijo lacónicamente.

Llevaban una hora cabalgando y el ambiente se estaba volviendo cada vez más cálido y dulzón. Mariana empezaba a ponerse nerviosa. Era como si el calor húmedo estuviera avanzando por su cuerpo en pequeñas oleadas tibias. Cada vez le costaba más esfuerzo respirar, y a eso se unió la presencia de Miguel, que comenzaba a surtir el mismo efecto que una mano invisible apretando su cuello.

—Me gustaría saber adónde vamos —dijo Mariana casi en un suspiro.

—Ya lo verá. No sea impaciente.

El bosque comenzó a cerrarse. Las densas ramas se entrecruzaban las unas con las otras sin que apenas dejaran pasar la luz del sol, hasta que llegó un momento en el que tuvieron que desmontar para poder seguir avanzando, porque la frondosidad de los árboles les impedía continuar en los caballos. La certidumbre de que ellos eran las dos únicas personas que había a un par de leguas de distancia comenzó a avivar la inquietud en Mariana. Un cosquilleo se apoderó de su estómago y la volvió vulnerable. Por fortuna, el bosque se abrió de pronto, dejando que el sol entrara fuerte y brillante, y se encontró en medio de una explanada con hierba y flores, rodeada de árboles gigantescos de los que pendían unos extraños frutos.

—¿Las ve? —Miguel señalaba las ramas que colgaban rendidas a causa del peso desproporcionado de algo que parecían hojas de color naranja.

—¿El qué?

—¿Todavía no las ve?

Mariana abrió más los ojos. Estaba claro que había algo

excepcional en esos árboles, pero ella era incapaz de distinguir lo que era. De pronto, las hojas comenzaron a moverse lentamente. Mariana no podía creer lo que estaba viendo. Lo que hacía que las ramas se arrastrasen por el suelo era el peso de miles de mariposas anaranjadas tan grandes como puños. Como si hubieran estado aguardando su presencia para iniciar el espectáculo, abrieron y cerraron sus alas llenando el cielo de innumerables puntos volátiles. Estaban por todas partes.

—Si no nos movemos bruscamente ni hacemos ruido —dijo Miguel en voz baja—, creerán que formamos parte del paisaje, de la naturaleza que las rodea, y no nos temerán.

Sacó de las alforjas un tarro de miel y puso un poco en los dedos de Mariana. Una de aquellas enormes mariposas bajó, se posó despacio en la mano de ella y se mantuvo allí, moviéndose muy despacio, equilibrándose delicadamente entre los dedos de la joven. Tenía el borde de las alas de color negro salpicado por unos puntos blancos que contrastaban con el fondo naranja. Era suave y delicada como una caricia. Mariana sentía el sutil cosquilleo de sus patas y apenas se atrevía a respirar para no asustarla. Cuando la mariposa se marchó, se llevó consigo las posibles dudas y la incertidumbre, y ya sólo quedó ella misma frente a Miguel.

—Es la época oportuna para visitarlas. Todos los años por estas fechas se marchan para volver a finales de otoño —dijo Miguel vigilando el vuelo de los insectos.

—Son preciosas. Parecen ángeles.

—Es posible que lo sean. Los antiguos aztecas las llamaban Alma de Muertos o Papalotl. Cuando se ofrecían voluntariamente al sacrificio y les arrancaban el corazón, pensaban que entraban en el Reino del Sol, donde sus almas se convertirían en mariposas. Los guerreros que morían luchando también esperaban pasar la eternidad convertidos en mariposa.

—Es bello pasar así la eternidad, volando tranquila en un lugar tan apacible como este. ¿Vuesa merced cree eso? ¿Cree que es aquí donde descansará su alma cuando muera? —Mariana se avergonzó de su pregunta, sintió que no tenía derecho a haberla pronunciado. Ya una vez había rebuscado en los pensamientos íntimos de Alfonso y eso les había costado la vida a él y a su padre. Desde aquel día se había prometido a sí misma no volver a entrometerse en las meditaciones profundas de alguien, pero de nuevo aquella manía suya de conocer por dentro a las personas le jugaba una mala pasada.

—Hace mucho que dejé de plantearme el destino de mi alma. He llegado a creer que basar las actuaciones de mi existencia en los posibles premios o castigos que pueda recibir en el más allá sólo me ocasionará desasosiegos en el devenir cotidiano, que de momento es mi única realidad tangible. Me basta con intentar ser dichoso sin atentar contra las certezas de los demás. —Y añadió mirándola a los ojos—: No sé adónde irá mi alma cuando muera, de lo único que estoy seguro es de dónde se encuentra en este instante, y le garantizo que ningún paraíso prometido puede ser mejor que este.

La voz de Miguel le retumbaba por dentro. Se hallaba lo suficientemente cerca como para producir en Mariana la más extraordinaria sensación que hubiera sentido nunca y a la vez lo bastante lejos como para no haber roto las reglas del decoro. En ese preciso instante ella pudo percibir que él sentía lo que ella sentía: era una mezcla de miedo y placer que los tenía atrapados en un punto sin regreso. El cielo estaba completamente azul y las alas de las mariposas habían diluido las imágenes de los árboles. Podía percibir la brisa provocada por su aleteo, el olor de la hierba, de las flores cercanas, se sentía partícipe de la naturaleza, como Miguel había dicho. Ahora ella era parte de los insectos que estaban volando, parte de Miguel, de sus ojos de sal y de su sonrisa de azúcar. Se quedaron frente a frente un largo rato. Percibieron el aroma de sus cuerpos, se reflejaron en las pupilas del otro, miraron, al fin sin reserva, las formas de sus labios durante tanto tiempo que los hubieran podido reconocer entre otros mil labios más. Miguel comprendió que todo lo que le había ocurrido en su vida le había llevado hasta ese momento. Todos los caminos recorridos, las cosas que había aprendido, las excusas, los pretextos... todo estaba escrito de antemano para poder llegar a ella y para que ella llegara a él.

—Hagamos una cosa —propuso—. Me mantendré lo suficientemente alejado como para no rozarnos. Si no nos tocamos, no haremos nada malo, ¿no cree?

Pero a Mariana no le dio tiempo siquiera de tomar en consideración tales palabras, porque antes de que pudiera reaccionar, Miguel se había aproximado tanto que percibió el aroma de su cuerpo. La pregunta de si eso estaba bien o mal navegaba en la cabeza de Mariana, pero la proximidad de Miguel le impedía razonar con clarividencia. En realidad, en ninguna de las lecciones de religión que había recibido a lo largo de su vida se hablaba de una circunstancia similar. No tenía demasiado claro si lo que él le decía era o no cierto. Comenzó a rodear su cuerpo. Mariana podía sentir la respiración de Miguel acariciando su cara, su cuello descubierto, agitando los mechones sueltos de su cabello, y por un momento deseó formar parte de aquel aire para introducirse en su pecho. Estaba tan cerca que le era imposible dominar ese inexplicable impulso de intromisión corporal. Aquel instante duró lo suficiente como para que Mariana se diera cuenta de que sólo con los pensamientos que circulaban en su mente ya se veía en la obligación de confesarse. Pensó que si tenía que pasar por la vergüenza de contar a un sacerdote aquella situación, poco importaba que se dejase llevar; más adelante ya solicitaría la absolución por todo lo que allí ocurriera. No quería darle más vueltas; haría acto de contrición en otro momento. Estaba segura de que, pese a la extraña especulación de Miguel, ella ya estaba pecando. Dejó que unos lienzos blancos cubrieran su mente y se olvidó de su difuso prometido, de su familia noble, de la pobre de Beatriz que respondía por ella, del padre Bernardo y de su dedo inquisidor, del infierno, de la llamas purificadoras, se olvidó de la deshonra; de los pecados mortales y de las sogas de esparto que aunque recubrieran durante meses su cuerpo de arriba abajo no servirían para purgar un pecado como ése. Se olvidó de todo aquello y en ese olvido descubrió el instinto ancestral de los que encuentran el placer en la cercanía del cuerpo amado.

Mariana estiró sus manos para desabrochar con calma la camisa de Miguel y ésta resbaló por sus hombros y cayó en la hierba. Se dio licencia para mirar su torso moreno y liso, la forma de aquel vientre cuyo recuerdo acariciaba a veces con la yema de sus dedos y un golpe de codicia la obligó a acercar de nuevo su mano hasta él sin tocarlo, manteniéndose en esa distancia que, según la propuesta del médico, podría librarla de cometer un pecado. Mantuvo su mano extendida, dibujando los contornos, percibiendo el estremecimiento de su cuerpo, distinguiendo cómo el aliento de canela y miel del médico se aceleraba con cada gesto de ella. Sin que le diera tiempo a meditarlo más, se dejó guiar por la fuerza de su propia resolución y desanudó el cordón del corpiño de su vestido granate, que fue cediendo hasta aflojarse, deslizándose despacio por la curva de sus hombros, por la placidez de su espalda, hasta anclarse en su cintura, quedando semidesnuda frente a Miguel. El muchacho imitó los gestos de ella, ahuecó las palmas de las manos y las acercó a sus pechos. Se mantuvo lo suficientemente alejado como para no rozarlos siquiera. Mariana sintió el calor de la mano, pero no la estaba tocando, ni siquiera la rozaba, y respiró profundamente, hinchando los pulmones, intentando que fuese su cuerpo el que acariciara las manos de Miguel, pero él las alejó. Acercaron tanto sus caras que comenzaron a robarse el aliento y ya no podían distinguir de quién era cada gemido. Mariana sintió que le faltaba el aire porque se le había formado un nudo de suspiros en la garganta imposible de deshacer y apenas quedaba espacio entre sus bocas. Se convenció de que ya estaba condenada; no creyó que esa sensación de plenitud pudiese quedar sin castigo. Seguramente aquello ya era el infierno porque un creciente fuego interno invadía sus entrañas y le nublaba la razón. Cerró los ojos y el instinto la obligó a acercar más sus labios a los de él, y ese primer contacto los dejó desarmados de buenos propósitos y vencidos por aquella sensación cálida y húmeda, repleta de un tácito «soy tuya y tú eres mío». Lamieron la comisura de sus labios, acariciaron sus lenguas, se rindieron ante la evidencia del deseo, y Miguel tuvo que contenerse para no dejar que un impulso le hiciera cometer una locura.

—Tenemos que parar —le dijo Miguel entre susurros, preocupado por Mariana.

—No... ya no podemos. Ya es demasiado tarde para nosotros.

Él posó despacio las manos en sus hombros, describió el contorno de su cuerpo, dibujó con los labios aquella geografía extranjera tan lejana y cercana a la vez, con sus valles y colinas, sus selvas y ríos. Se arrodilló frente a ella, derrotado y suplicante, y dejó que su rostro se aplastara contra el vientre de Mariana mientras ella hundía sus dedos entre los negros cabellos y susurraba promesas de amor eterno, de vidas complementarias y de deseos y sueños infinitos. Ella también se arrodilló y ambos quedaron juntos, abrazados con los ojos cerrados para que ninguna otra cosa pudiera distraerles de esa sensación. Mariana aspiró su aroma de madera sin reparos, sin fingimientos ni disimulos. Ahora podía hacerlo porque él era totalmente suyo y así sería para siempre. Besó su pecho moreno recorriendo los contornos. Lamió la sal de su piel para que el sabor de aquel momento no se le borrara nunca de los labios. Todo parecía un baile ya ensayado por ambos. Rodaron por la hierba plácida de aquel lugar de ensueño, arrancándose con devoción los deseos que ambos llevaban semanas provocándose. Cuando uno paraba, la otra continuaba, hasta que fueron entregándose el uno al otro en una conquista sin vencedores ni vencidos.

Sus cuerpos se quedaron paralizados por el cansancio del amor recién estrenado. Miguel no recordaba todas las dulzuras que se habían dicho durante el tiempo que duró el rito de las almas que se encuentran pese a las distancias. Era como si hubieran estado reteniendo todas esas palabras desde que se conocían para evitar romper las normas que la sociedad les marcaba. Lo que Miguel sí recordaba era que le había pedido que fuese su esposa y que Mariana había respondido que sí. Ahora ella parecía un ángel, con los ojos cerrados y la cabeza reposada suavemente en su pecho. Miguel sintió una ternura infinita y por primera vez deseó con vehemencia que los designios funestos lanzados en el momento de su nacimiento no se cumpliesen, porque de ser así no le alcanzaría la vida para amar a esa bella mujer hecha de mármol y aire.

La Mariana que regresó aquella noche al palacio era muy diferente de la joven que salió por la mañana, temerosa de ser descubierta. Por primera vez se sentía plena y dispuesta a todo. Era la dueña de sí misma y de sus actos, y experimentaba algo aún más sublime: la exaltación de sentirse amada y de amar a alguien. Mariana comprendió que ya nada sería igual y que su existencia pertenecía por completo a la de Miguel. No quiso plantearse cómo se lo diría a su hermano Luis, dejaría esa dilucidación para otro momento. En ese instante únicamente quería disfrutar de aquella conmoción, que sólo se vio deslucida cuando Beatriz intentó que posara sus pies en el suelo.

—¿Dónde has estado? Me tenías muy preocupada.

—¿Se han dado cuenta?

—No. Dije que no te encontrabas bien y que te quedarías en la cama. Pero ¿adónde has ido, Mariana? Yo me hice responsable de ti...

—¡Ay! Beatriz, no me riñas —dijo besándola entrañablemente en la mejilla—. Las he sentido... como tú dijiste. Las mariposas... No me riñas hoy, por favor. Hoy sólo puedo ser feliz...

El palacio del virrey esa noche se llenó de contrastes: mientras Mariana se sumergía en una placentera ensoñación recordando su encuentro con Miguel y añorando un futuro a su lado, su hermano Rodrigo se reconcomía por dentro, le temblaban las manos y deambulaba de un lado a otro de su alcoba, presa del odio y de los nervios. En un primer momento el joven Enríquez pensó en montar un escándalo e ir a hablar con su hermano Luis, pero el paso de los años le había vuelto más cauteloso y paciente. Recordó que la precipitación no siempre era buena consejera y que en ocasiones le había hecho actuar de manera desordenada. La información que acababa de interiorizar merecía ser digerida con sumo cuidado para luego poder actuar en consecuencia. De no haber sido por ese impuesto autocontrol, la rabia lo habría empujado escaleras abajo y habría cometido una locura.

De repente, desde la ventana de su habitación y por absoluta casualidad, había visto a aquel indio entrometido despidiéndose de su hermana supuestamente enferma. Entonces no le quedaron dudas de que habían pasado aquel día juntos, y de que Beatriz había sido encubridora de su escapada. Él era el único que lo sabía y dedujo que descubrir ese secreto podría servirle más adelante. Ese pensamiento y el afán de perfeccionismo que él ponía para que sus desquites resultaran cada vez más refinados, fueron los que impidieron que el arrebato de ira que estaba sintiendo lo empujase a abrir las puertas del palacio, a sacar su puñal del cinturón y a degollarlos como a dos perros sarnosos allí mismo. Días después, se arrepintió de no haberlo hecho.

16

... nuevas que llegaron hace unos días desde el Yucatán, donde fray Diego de Landa sirve a V. M. como provincial. Dicen que el franciscano anda acosando a los indios para que se declaren culpables de idolatría. No sé decirle a V. M. cuáles son las razones de la actitud de fray Diego. Las semanas que tuve el privilegio de disfrutar de la hospitalidad de su convento se mostró paternal y amable con los indios, pero en las postrimerías lleva con gran rigurosidad su labor de búsqueda de objetos tenidos por los nativos como sagrados en los tiempos anteriores a la conquista. Cuentan que se tomó la justicia por su mano, como si de un juez de la Santa Inquisición se hubiese de tratar y, si me permite el atrevimiento, he de decirle que no tengo el conocimiento de que un provincial pueda ejercer dichas labores. Declaran que ha impuesto a los indios grandes tormentos de cordeles y agua utilizando con rigor el método de la garrucha, y para que el castigo fuere mayor, les atan a los tobillos piedras de dos y tres arrobas, que imagino que el método de la garrucha infligido de esta manera ha de ser muy doloroso. Sé también que allí colgados diéronles copiosos azotes hasta que corríales la sangre por la espalda y piernas hasta el suelo, y que derritieron sobre sus carnes la cera caliente de las candelas. Tanto tormento es para que confiesen dónde escondieron sus ídolos. Dicen que De Landa ha reunido a un grupo de religiosos e incluso civiles para que le ayuden en la labor, y como algunos indios temían el rigor de estos hombres, se iban a ahorcar a los montes, y éstos que se hubieron de quitar la vida fueron hasta seis, y dos de ellos se dieron con piedras en la garganta.

Una jauría sacudió la modorra a los habitantes del palacio a primera hora de la mañana. Mariana, que se había sumido en el más completo atolondramiento a causa de su encuentro amoroso con Miguel, olvidó que el virrey había organizado para ese día una jornada de caza. Don Luis de Velasco quería que el visitador admirara cómo había llegado a convertir aquel lugar alejado de la metrópoli en una réplica de España con ligeras variaciones tras haber incorporado elementos propios de la tierra. Velasco era un hombre amante de galanterías y lujos. Rebuscaba en cada rincón de la ciudad intentando encontrar una semejanza, una evocación de su país en las esquinas, en una plaza, en la orilla del lago o en el frontal de una casa para no sentirse tan alejado de la patria. Desde que juró su cargo como segundo virrey de Nueva España, había tenido que enfrentarse a una terrible inundación, a una peste, y ahora que se había propuesto abolir la esclavitud, tenía que lidiar incluso con las gentes de su propio país, aunque a él esos contratiempos no le importunaban. Seguía disfrutando de la vida y no estaba dispuesto a dejar que una simpleza tan absurda como la distancia física de España le impidiera dejar atrás sus costumbres. Llevaba varios días llenándose de gozo con los preparativos de la jornada de caza en un lugar llamado Chapultepec, «que quiere decir Colina de los Saltamontes. Otrora era un lugar sagrado y en la cima se erigía un templo en honor de Huitzilopochtli, que ellos creían dios de la guerra. El soberano Moctezuma hizo construir allí un acueducto con tan buen acierto que en la actualidad los manantiales de Chapultepec abastecen la capital de Nueva España. En tiempos precolombinos, en la parte frontal del risco, un artista esculpió rostros venerados por los mexicas, pero cuando llegaron hasta el lugar los hombres de Cortés, emplazaron sus cañones y dispararon contra ellos. Ahora sólo queda el risco, ya sin rostros labrados».

—Prepárense para derribar más piezas de las que hayan obtenido en ningún otro lugar. Allí se encuentra la mayor cantidad de venados y puercos monteses que se puedan hallar en el planeta, y al que me lo niegue le reto a que lo demuestre —fanfarroneó Velasco justo antes de partir.

Partieron excitados, con la sangre revuelta con solo pensar en la sangre ajena. Por si sus armas y sus indiscutibles técnicas de captura no resultaban suficientemente efectivas, se llevaron consigo a dos mil indios que Velasco reunía para ese tipo de menesteres armados con flechas, arcos, macanas y varas tostadas que, llegados a la colina, tenían la misión de cercarla con cautela. Acto seguido, se iban introduciendo por la ladera del monte dando voces y moviendo los matorrales, mientras los españoles marchaban detrás a caballo, con sus lanzas y arcabuces bien dispuestos. Algunos indios incluso llevaban sobre sus hombros la piel de un venado y en sus manos la cabeza del animal porque, al parecer, cuando llegaban al lugar señalado por Velasco, debían colocársela y comportarse exactamente igual a como lo haría la propia bestia, de tal modo que hasta sus congéneres llegaran a confundirse. Se trataba de un antiguo sistema utilizado por los nativos desde tiempos inmemoriales que daba muy buenos resultados. Disfrazados de aquella manera, se podían acercar lo suficiente a las presas como para no fallar.

Mariana respiró aliviada cuando les vio partir. No es que se sintiera especialmente feliz con la idea de imaginarles acosando a alguna pobre criatura hasta quitarle la vida por el simple placer de hacerlo. Desde siempre la parafernalia que rodeaba la caza le resultaba desagradable. No soportaba los preparativos entusiastas, las apuestas de quién conseguiría más piezas, los gritos agitados de trae esto aquí o ponme aquello allá, el cotorreo tras la cacería, y ante todo le repugnaba aquel nauseabundo olor a sangre y a muerte que desprendían las ropas de los hombres a su regreso, pero estaba segura de que su opinión sobre las monterías no iba a influir en lo más mínimo para que dejaran de celebrarlas, así que decidió ignorarlos y aprovechar aquella circunstancia. Si algo bueno tenía, era que en el palacio virreinal no quedaría absolutamente nadie más que Beatriz, el servicio y ella misma. Podría hacer lo que más le apeteciera sin temor a ser observada. Se dio cuenta de que la lejanía física de los hombres de su familia la sumía en un estado de placidez suprema. Miró por la ventana para cerciorarse de que habían desaparecido en el horizonte y se lanzó a la escribanía para garabatear unas palabras con las que emplazar a Miguel. Una vez le entregó el papel al mensajero, se dispuso a esperar la llegada del joven agazapada entre las cortinas de la cristalera. Lo ocurrido en el valle de las mariposas le había hecho conocer una parte de ella misma que ni siquiera sabía que existiese. Pensando en ello había llegado a la conclusión de que el padre Bernardo tenía razón cuando desconfiaba de ella; sin lugar a dudas el demonio podía habitar en los lugares más insospechados, incluida su persona. ¿Quién iba a imaginar que esa dulce e inocente jovencita era una recalcitrante pecadora carente de la necesaria capacidad para el arrepentimiento? No encontraba en su interior aquellas sombras de remordimientos que en tantas ocasiones a lo largo de su vida la habían atenazado y que tan bien sabía reconocer, y comenzó a aceptar con más firmeza la idea de que se había convertido en una irreverente sin remedio. En los momentos íntimos en que deseaba arrepentirse de corazón por lo que había pasado en el valle de las mariposas, volvía a recordar las suaves palabras susurradas en su oído, la respiración de Miguel entrando en su boca, recordaba el roce de sus manos acariciándola en lugares que había creído vedados a las manos ajenas, y entonces sentía un pellizco dentro de su vientre y se desvanecía todo propósito de contrición.

Ni siquiera se había atrevido a contarle a Beatriz lo ocurrido, y la mujer la observaba desde la distancia sin hacer preguntas. La veía más bonita que nunca, con las mejillas sonrosadas, con los ojos brillantes, con la plenitud de mujer satisfecha que sólo la consumación del amor puede otorgar, y era entonces cuando deseaba que sus percepciones estuvieran equivocadas porque, de ser cierto lo que estaba imaginando, se les vendrían encima momentos difíciles. Lo que más le preocupaba era pensar en Rodrigo y en cómo se lo tomaría. No destacaba por su complacencia con los nativos, más bien se pasaba las horas demostrándoles desprecio, y su carácter se volvía mucho más ácido ante la presencia de Miguel. Beatriz estaba segura de que esa reacción la provocaba la creciente complicidad surgida entre el médico y Mariana. Rodrigo, desde muy niño, había acosado de forma pertinaz a su hermana, la perseguía por los pasillos, le daba patadas por debajo de la mesa a la hora de la comida, le escondía los juguetes... Había extendido sobre ella un manto invisible de presión, para conseguir que en todos los sucesos trascendentales de su vida él cumpliera un papel importante. Incluso había sido él mismo quien concertó su matrimonio, actuando con ella como lo haría un padre, como si la muchacha fuera única y exclusivamente de su propiedad. Beatriz estaba convencida de que ese insano amor-odio de Rodrigo les acarrearía graves consecuencias.

Mientras Mariana esperaba apostada en la ventana, vio llegar a un hombre al galope. Se trataba del correo. Ambas mujeres bajaron rápidamente las escaleras, le arrebataron los sobres a la muchacha del servicio y Beatriz se dispuso a separar afanosamente las cartas dirigidas a los Enríquez de las dirigidas al virrey. En una de ellas aparecía el sello de la familia con la letra redondeada y pulida del Almirante. Mariana sintió unos irreprimibles deseos de abrirla, pero en el sobre figuraba el nombre de su hermano Luis y se limitó a apartarla de las demás para colocarla sobre la mesa con gesto decepcionado. Siguió observando el resto de las misivas; había una escrita por fray Lorenzo y la abrieron con emoción porque desde que llegaron a la capital no habían vuelto a saber nada de él. Comenzaba informando de la creación de un nuevo convento de dominicos en Maní, pero añadía que no todo lo que se reflejaba en aquella misiva eran buenas nuevas y suplicaba que si les era posible le hicieran sabedor a Miguel de esa carta para ponerle en antecedentes.

Miguel llegó al poco rato como si hubiese percibido la necesidad de fray Lorenzo de comunicarse con él y los tres se dispusieron a leer las noticias que venían desde el Yucatán. Según contaba, desde que Miguel dejó Izamal De Landa había perdido la cordura y se comportaba de una manera totalmente contraria a su actitud beatífica de antaño. Semanas antes descubrieron que unos indígenas habían crucificado a un niño en un ritual extraño, mezcla de antiguo sacrificio y crucifixión romana. Los encomenderos vieron en ello la oportunidad de desprestigiar la labor evangelizadora de los franciscanos y fray Diego se vio en la obligación de intentar contener sus embestidas justificando el hecho como una lamentable consecuencia provocada por el sincretismo de las prácticas religiosas, algo habitual en las sociedades recién cristianizadas.

De Landa consiguió que la crucifixión del niño quedara impune, pero a partir de ese momento empezó a caminar con pies de plomo. Días más tarde, el portero del convento franciscano de Maní, un tal Pedro Che que tenía la costumbre de salir de caza por los alrededores del pueblo en compañía de su perro, hizo un descubrimiento. Pedro Che contó que el chucho se había mostrado inquieto toda la tarde, correteaba de un lado a otro olisqueando el suelo y removiendo el aire con la cola indecisa entre el movimiento alegre y la quietud expectante, y pensó que eso no presagiaba nada bueno. Al parecer, en un determinado momento, adquirió una rigidez pétrea, con la pata levantada y la cola tiesa, se quedó unos segundos mirando con intensidad hacia unas colinas señalándolas con su hocico, y de pronto echó a correr como alma que lleva el diablo. El chucho trepaba sin mirar atrás y sin atender a las llamadas, subiendo por los riscos hasta que desapareció en el interior de una pequeña cueva escondida en la pared escarpada. Pedro Che lo siguió hasta allí y, cuando logró habituarse al cambio de luz de la caverna, aún tuvo que frotarse los ojos durante unos instantes para cerciorarse de que lo que estaba viendo era cierto. Un pequeño ciervo yacía despanzurrado en el fondo, degollado sobre un altar a los pies de unos dioses sonrientes que mostraban satisfechos sus caras cubiertas por los restos de corazón del inocente animalito. Las paredes de la cueva estaban tapizadas por una gruesa costra de sangre coagulada y, según narró más tarde Pedro Che, eso indicaba sin lugar a dudas que no se trataba de un hecho aislado y que era posible que, sin quererlo, su perro hubiera puesto a los frailes en la pista de una red de apóstatas. La noticia no tardó en llegar a oídos de De Landa, que al comienzo dudó de lo que le estaban contando. No podía ser que todos sus esfuerzos denodados, sus rezos apasionados y sus vehementes discursos cayeran en saco roto. No podía creerlo porque recordaba a la perfección las caras de cada uno de sus feligreses, sus gestos serenos y convencidos dejándose bautizar, tomando el cuerpo de Cristo, asimilando la religión que él se había encargado de señalar como única y que ellos habían aceptado como tal, persuadidos de que sólo había un dios verdadero y que ése era Jesucristo, Nuestro Señor. No era posible que apostataran en secreto; él confiaba en ellos. La semilla de la duda le mordía las entrañas y organizó un viaje relámpago a Maní para ver con sus propios ojos lo descrito por Pedro Che. Fray Lorenzo se encargó de recibirle y decidió acompañarle hasta la cueva. El gesto de fray Diego cambió cuando puso los pies en aquel lugar. Salió tambaleante, dando cambaladas de ebrio, y vomitó a la entrada de la caverna, más por nerviosismo que por repugnancia. Cuando se hubo recuperado, se lanzó en un soliloquio resentido.

—¡Un diluvio! ¡Debería caer un diluvio sobre el Yucatán!

—gritó con lágrimas de delirio en sus ojos—. Pero no uno que dure cuarenta días y cuarenta noches, no. Para una circunstancia como ésta es necesario que el castigo alcance sesenta días y sesenta noches, o incluso más. Si esto llega a oídos inapropiados, todo mi trabajo habrá resultado en vano.

—No diga eso, ya verá —arguyó fray Lorenzo intentando tranquilizarle, pero fray Diego continuó como si no se diese cuenta de la presencia del dominico.

—Quedaré como un fracaso frente a la comunidad franciscana española y ante el obispo Toral, con el que bastantes desacuerdos tengo ya. ¡Oh, Dios! —Levantó las manos hacia el cielo, como dando una explicación—. ¿Lo has visto, Señor? Son unos salvajes, no hacen caso de nada... con todo lo que he hecho por ellos. En lugar de avanzar estamos retrocediendo, quedaré en ridículo...

En el camino de regreso al convento, fray Lorenzo intentó hallar una explicación a lo que habían visto, le indicó la posibilidad de que se tratase de un caso aislado, que quizá estaban sacando las cosas de quicio y sólo se trataba de dos o tres renegados. Al franciscano le pareció razonable. La mayoría de los indios del lugar se mostraban como fervorosos creyentes, y fray Diego se había vanagloriado en ocasiones de que muchos de ellos se dejarían matar antes que traicionar su fe cristiana. Había visto ejemplos de ello, incluso en los niños. Lo único que tenía que hacer era encontrar al grupo de infieles responsable de semejante salvajada y tomar cartas en el asunto antes de que se corriese la voz y aquella infección cayera sobre el pueblo como un chaparrón de verano. Fray Diego se convenció de que lo mejor para descubrir a los infieles era realizar una inspección general sin previo aviso en las posesiones de los indios de la zona, y fray Lorenzo, sin estar del todo de acuerdo con ello, le acompañó.

Se acercaron pues a una de las casas, y De Landa acercó su oreja a la cortina que cubría la puerta. Dentro no hablaban en castellano, parecía más bien que las palabras siguieran un melódico ritmo, casi como una poesía. Apartaron la cortina con sumo cuidado para observar lo que ocurría en el interior. La casa aparecía apenas iluminada por un pequeño brasero situado en el centro de la habitación que daba al ambiente un aspecto brumoso. Alrededor de él se encontraban dos niños, un hombre de mediana edad, una mujer joven y el anciano dueño de la voz recitadora, que con la mano sujetaba por las patas a una gallina que colgaba pico abajo por encima del brasero. Con un rápido movimiento apenas perceptible por fray Diego, el anciano de pequeños ojos tomó el pescuezo de la gallina con la mano que le quedaba libre y lo segó de manera tan rápida y certera que el animal no se percató de que ya no estaba vivo y continuó moviéndose durante un rato mientras su sangre salpicaba la lumbre entre chisporroteos y olor a pluma quemada. Todo el sacrificio se ofrecía a un dios con aspecto de pocos amigos que pendía de la pared, acompañado a su derecha por la imagen de Jesucristo crucificado. Según contaba el dominico en su carta, fray Diego creyó morir en ese preciso instante.

—¡Salvajes! ¡Idólatras! ¡Herejes! —Apagó el brasero a base de patadas mientras los indios se arrinconaban asustados en el fondo de la estancia—. Da igual el esfuerzo invertido en intentar hacerles comprender. De nada han servido las horas que he dedicado a proclamar la palabra del Señor inventando glifos que representen a la Virgen, a los Santos, la pasión de Jesús... para que lo entendieran. ¡Todo ha sido inútil! Mi nombre... mi intachable nombre manchado con la sangre de esa asquerosa gallina. Mi labor desprestigiada ante los ojos del monarca después de tanto sacrificio. Todo perdido por culpa de unos estúpidos infieles, asesinos de gallinas...

Al parecer, el odio que sentía por dentro creció tanto que sacó fuerzas de flaqueza para visitar una a una las casas de todos los vecinos esa misma tarde. Como un reguero de pólvora, los indios corrieron la voz de que el franciscano había enloquecido y los nativos se apresuraban a enterrar y a esconder cuanto pudiera disgustar a fray Diego. A pesar de las precauciones y del interés que pusieron en hacer desaparecer los vestigios del pasado, en el registro realizado por el franciscano se encontraron piedras labradas con símbolos sospechosos, vasijas de dudosa utilidad y cientos de dibujos de personajes oscuros. El amargor por el ego herido le recorría la sangre, volviéndosele bilis en la boca. Deseó destruir la ciudad, masacrarla con aquellas personas dentro mientras él les hablaba de Sodoma y Gomorra, del castigo divino que merecían por su ofensa; por su ofensa a él mismo que tanto se había sacrificado y no por su ofensa al Señor, porque el Señor bien sabía que no se podía hacer nada con esos infieles. En esos momentos se consideró el máximo representante de la cristiandad en el Nuevo Mundo. Se miró en el espejo del viejo continente y decidió que la solución para aniquilar de raíz la semilla diabólica, arraigada en los corazones de aquellas almas impías, era realizar un auto de fe de la misma categoría de los que se hacían en Castilla.

Quería mostrarles a todos el poder de la Iglesia y la manera que el Señor tenía de castigar a los que adoraban al demonio. Se dispuso a hacer minuciosas averiguaciones para encontrar a todos los infractores. Despachó a decenas de frailes hacia los pueblos de los alrededores para indagar la extensión verdadera de la idolatría, castigar a los transgresores menores y llevar hasta Maní a los que fuesen considerados culpables de crímenes importantes. El alcalde mayor Quijada decidió que el asunto tenía la suficiente repercusión como para que el provincial recibiera también el apoyo de la autoridad civil, y nombró alguacil a Bartolomé de Bohórquez con la misión de asistir a De Landa, ejecutar sus órdenes, prender a los indios y cumplir con sus autos y sentencias. Cuando De Landa se encontró frente a frente con Bohórquez, crecido como estaba por el interés que aquel caso había despertado, amenazó con excomulgarlo si no aceptaba el cargo de alguacil mayor de la Inquisición ordinaria que estaba instaurando, y a Bohórquez no le quedó otra que aceptar porque era un ferviente católico, y le dio miedo que el franciscano tuviese razón y que el Señor le castigara si no colaboraba en su obra.

En el tiempo en que fray Lorenzo había redactado la carta, el juicio se estaba convirtiendo en un asunto civil y eclesiástico que repercutía en la vida de toda la zona. Nadie se libró de despertar sospechas. Fray Diego había borrado de su rostro el gesto paternal del que siempre hacía gala, para convertirse en un intolerante avasallador apenas reconocible por sus adeptos. De Landa acababa de apresar a treinta indígenas destacados, a los caciques y gobernadores de Pencuyut, Tekit, Tikunché, Hunacté, a Francisco de Montejo Xiu, gobernador de Maní, Diego Uz, señor de Tekax, Francisco Pacab, jefe de Oxkutzcab, y Juan Pech, principal de Mama.

—Sé que él no es así. Le conozco —dijo Miguel aún conmocionado por las noticias—. Él siempre quiso que a los indígenas les quedara claro que los españoles también eran cristianos, y estaba convencido de que el único método para lograrlo era a través de la demostración de su propia bondad. Pero este asunto se le ha escapado de las manos y ahora tiene demasiados detenidos y demasiados ojos puestos en él. Estoy seguro de que ya está arrepentido de lo desmesurado de la situación.

Miguel tenía razón. En mitad de la noche, fray Diego sufría terribles pesadillas en las que el joven médico se le aparecía hablando despacio y suave, con su habitual sonrisa, recordándole que era un buen hombre, comprensivo y tolerante, que como representante de un dios misericordioso debía definirse por su carisma y no dejar que la ira le dominara. De pronto, la imagen de Miguel desaparecía y se veía a sí mismo juzgado en el reino de los cielos por no saber tomar las decisiones correctas en los momentos adversos. Aquellos sueños lo despertaban de golpe envuelto en sudor y hacían que recapacitase. En medio de la oscuridad de la noche, en la soledad de su cuarto, abría con fuerza los ojos y los oídos para captar algún mensaje divino que le mostrara el camino que debía seguir, que le señalara cómo tenía que actuar. Pero nada, no escuchaba nada. El Señor quería que fuese él mismo quien decidiese sobre ese tema. Los sofocos nocturnos lo trastornaban, le hacían pensar que lo que estaba haciendo no era acertado, y entonces tomaba la decisión de parar aquello al día siguiente. Soltaría uno de sus habituales sermones en los que hablaría del bien y del mal, de cómo el diablo se servía de esos ídolos paganos para confundirlos haciéndoles creer que se trataba de dioses. Lo dejaría todo claro... Ellos lo comprenderían. Los liberaría dándoles la absolución e imponiendo alguna penitencia liviana.

Pero cuando se hacía de día, la luz de la mañana trastocaba sus resoluciones, renacía la cólera y la soberbia y se sentía incapaz de desacreditarse a sí mismo porque, después de todo lo que había movilizado, echarse atrás le parecía ridículo. Perdería la credibilidad delante de sus asistentes e incluso le dio miedo que su actitud se pudiera calificar como permisiva, y que los indios llegaran a considerar el cristianismo carente de fuerza para dominar a los mortales. Aquellos hombres estaban acostumbrados a lidiar con dioses que exigían sus corazones e incluso los de sus hijos pequeños para que el mundo siguiera como estaba. Fray Diego pensó que si él no castigaba de forma ejemplar a los detenidos, el nuevo dios de los blancos pasaría de bueno a pusilánime en un abrir y cerrar de ojos. ¿Cómo podría hablarles después de la ira de Dios si con un par de padrenuestros y un avemaría se perdonaba cualquier tipo de ofensa? Por las mañanas, el convencimiento de estar actuando de la manera adecuada se volvía a instalar en su cabeza, lo veía todo claro y acuciaba a sus ayudantes para que el auto de fe se celebrara lo antes posible, por el propio bien de los indios, para evitar males mayores.

Las noticias conmocionaron a Miguel. Él sabía que los habitantes del Yucatán continuaban manteniendo algunas de sus costumbres ancestrales. En ocasiones creyó que hasta el mismo Diego de Landa tenía conocimiento de ello, pero que prefería hacer la vista gorda al comprender que no se pueden cambiar las conductas de un pueblo de la noche a la mañana, por mucha aspersión de agua bendita y mucho bautismo a diestro y siniestro que se llevase a cabo. Miguel pensaba que el franciscano se hacía cargo de que no era fácil para ellos asimilar la historia del Único Dios Verdadero, con el enrevesado concepto de ser una y tres personas a la vez. Les costaba aceptar como propios la larga lista de dioses menores que los españoles se empeñaban en no llamar dioses sino santos, y que estaban encargados de diferentes aspectos de la vida diaria. Les hablaron de una comitiva de subalternos del dios principal que tutelaban aspectos concretos como la música, la agricultura o los animales, y a los que no se podía llamar dioses, ni siquiera dioses menores, bajo pena de ser acusado de herejía, una cosa terrible que podía llevar al más pintado directamente a la hoguera. Cuando lograron entender la importancia de que no se confundiese el dios sustancial con los santos, se dieron cuenta de que uno se podía encomendar al santo que más beneficios le ofreciese, colocándolo en un altar e incluso realizando pequeñas ofrendas en su honor. Más o menos como hacían antes. Siguieron abundando en esa idea y algunos de ellos pensaron que si había tantos santos como días en el calendario, no resultaría tan gravoso hacer un pequeño hueco y mezclar sus antiguos dioses con los santos nuevos. Eso no parecía que pudiera molestar a nadie. Ninguna de sus anteriores deidades se ofendió jamás por la existencia de otra, cada una ocupaba su lugar y así lo aceptaban. Los indios se sentían más protegidos si confiaban en la diosa Ixchel a la hora de dar a luz, si le pedían a Chac más lluvia para sus campos, si demandaban a Ah Mun una buena cosecha de maíz o si suplicaban a Ah Muzenkab que las abejas produjesen más miel ese año, prácticas que no disminuían en ningún momento su fervor cristiano. Eran costumbres totalmente inocentes, pero ahora que todo se había descubierto, Miguel se sentía ligeramente responsable por no haberle dado importancia; no había imaginado siquiera que aquello pudiera despertar las iras de De Landa. Fray Diego era un hombre con múltiples valores. Había adquirido fama de ejemplar y juicioso y era admirado tanto por los españoles como por los indios. Es cierto que a veces sufría ataques de soberbia y que se descubría a sí mismo de pronto sonriendo para sus adentros, satisfecho de lo que había conseguido, pero rápidamente se avergonzaba de su envanecimiento y era entonces cuando se tumbaba en el pasillo de la iglesia boca abajo, con el semblante pegado al suelo y los brazos en cruz, en actitud sumisa frente a la imagen de la Inmaculada Concepción. Allí permanecía mucho tiempo, hasta que notaba desaparecer de su pecho el enorme peso de la inmodestia y con la humildad recuperada regresaba a sus quehaceres diarios. Paseaba por los alrededores del convento sintiéndose un padre protector, el encargado de encaminar esas pobres almas que sin su ayuda se condenarían. Estaba orgulloso de su labor misionera, de lo bien que servía a la Corona española y, lo más importante, de cómo servía al Señor.

—Tenemos que regresar antes de que fray Diego cometa una equivocación —dijo Miguel mirando a los ojos de Mariana—. Hablaré hoy mismo con tu hermano. —Ella asintió sonriendo.

A Beatriz no le hizo falta escuchar nada más. Aquellas palabras le confirmaron lo que llevaba semanas intuyendo. Ahora que todo le quedaba claro, sólo restaba encomendarse a todos los santos y rezar para que esa conversación con Luis no causara una catástrofe.

Mariana posó sus ojos en la mesa. Allí continuaba la carta escrita por su padre. Los hombres aún no llegaban de la cacería y a ella le quemaba ver aquel rectángulo de papel en el que se encerraban noticias de su familia. No se atrevía a abrirlo, pero estaba ansiosa por saber de sus padres, por conocer cómo se las apañaba Brígida sin Beatriz y sin ella. Mariana tomó el sobre, lo acarició despacio con la punta de los dedos, olisqueó el papel buscando el perfume del espliego de su madre, pero era apenas perceptible. Imaginó que el largo viaje ultramarino le habría robado el aroma. Se quedó mirando la carta de nuevo, con la esperanza de que su nombre apareciera como destinatario, pero no, estaba claro que ponía Luis Enríquez, si bien Luis no estaba allí. Incluso era posible que Luis tardase aún horas en llegar. No podía soportar tantos anhelos de noticias familiares. Seguramente su padre había puesto el nombre de su hermano en el sobre por ser el mayor, como representante de la familia, pero estaba segura de que se trataba de una carta para todos sus hijos.

—¿Crees que mi hermano se enojaría si la abriera? —preguntó a Beatriz.

—Bueno, creo que tu hermano no tiene por qué enfadarse. También es tu padre.

Como si hubiera sido el mismo Luis el que desde la distancia le hubiera dado el visto bueno, Mariana se apresuró a romper el lacre y a sacar de su sobre el papel. Comenzó a leerlo con avidez, con los ojos abiertos y brillantes, pero de pronto la luz se apagó en ellos y la carta cayó de sus manos. Se quedó quieta mirando al vacío sin responder a las llamadas de Beatriz.

Los hombres llegaron ya entrada la tarde, envueltos en una algarabía de engreimiento masculino y narrando a voz en grito lo que hizo aquel o lo que consiguió aquel otro. Estaban satisfechos, pagados de sí mismos y de sus múltiples aptitudes para la caza, fanfarroneando del poder humano frente a la bestia. El día de caza se había saldado con más de trescientos venados aniquilados que tendrían que darse prisa en ahumar o salar si no querían que toda esa carne acabara descomponiéndose. Con todo el bullicio sacudiendo los pasillos del palacio, aún tardaron un rato en percatarse de la situación. Beatriz estaba sentada en uno de los sillones del salón, pálida, zozobrando en un mar de lágrimas. A su lado se encontraba Miguel intentando dominar el ataque incontrolado de angustia de la mujer de la mejor manera que sabía. Mariana estaba de pie junto a ambos, seria y serena; parecía haber envejecido diez años desde que se despidieron de ella esa misma mañana. Luis la vio acercarse con un papel en las manos. Se lo tendió.

—Mamá ha muerto —dijo sin una lágrima en los ojos.

17

...y él, que no pecaba de ignorancia y dominaba bien el funcionamiento íntimo del entendimiento humano, díjome en una ocasión que los fallecidos no llegan a morir del todo si quien los quiso en vida los ha de tener presente entre sus remembranzas. Es así como he decidido ganarle la partida a la hora suprema, que ni un solo día ceso de evocar a los seres que amo y que el Señor tuvo a bien llevarse consigo. En cierta forma, escribiendo a V. M., consigo reservar de igual forma el acontecer de mis pasos en esta hermosa tierra que no he de tener ya más remedio que exaltar por el resto de mis días [...]. Por recomendación de don Luis de Velasco, hubimos de celebrar las exequias por la muerte de mi madre en la catedral de la ciudad, pero el edificio, si me permite la estimación, no está acorde con el boato que se intenta dar a la villa. Se trata de una especie de iglesia de campaña que al parecer Cortés levantó con las piedras sobrantes tras la destrucción del Gran Templo de Tenochtitlán sin cuidar las formas. Que al de Medellín hubo de perturbarle pensar que los indios no confiarían en Jesucristo Nuestro Señor si no disponía de hogar propio y en la actualidad el edificio luce desangelado por culpa de la premura con que fue erigido. Cuentan en susurros que algunos indios no han de visitar la catedral por fe católica, sino porque hállanse convencidos de que bajo la apariencia de templo cristiano aún sigue descansando la esencia de su antiguo templo sagrado y que, si se presta cuidado, se puede sentir la presencia de Huitzilopochtli y Tláloc, que aún no han abandonado las piedras. El virrey díjome que desean construir con prontitud otra catedral en armonía con la importancia de la ciudad y que para ello van a inspirarse en el templo de Valladolid.

Según rezaba la carta del Almirante, doña Ana había fallecido en gracia de Dios y recibiendo la extremaunción tras permanecer durante meses en un estado de penumbras que comenzó el día de la partida de Mariana y Beatriz hacia el Nuevo Mundo, y que se alargó hasta el instante de su muerte. La joven se preguntaba si su madre en los últimos momentos se habría dado cuenta de que se moría o si ya estaba muerta en vida desde mucho antes. Recordó sus largas y silenciosas jornadas en la cama, inmóvil y a oscuras, cuando iba a visitarla para cerciorarse de que tenía madre, con el caldo de gallina que Brígida preparaba exclusivamente para ella.

—¿Hoy no le duele la cabeza, madre?

—Sí, hija, sí que me duele.

—Como ya nunca lo dice...

Pero hacía mucho que su tormento había dejado de ser una novedad, y su manera de sufrirlo y manifestarlo se fue transformado con el paso de los años. En su juventud, los dolores aparecían de vez en cuando: se levantaba por la mañana con aquella sensación punzante que le provocaba vómitos y vértigos y que se alargaba durante dos días. Entonces lloraba por el dolor insufrible, por la impotencia de no encontrar la manera de librarse de él, pero las lágrimas le hinchaban los ojos y eso le acarreaba más padecimientos aún. En la madurez aprendió a dominar el llanto, pero en las ocasiones en las que la punzada se volvía más intensa, se desesperaba y se mesaba los cabellos para intentar trocar un dolor por el otro, aunque nunca llegaba a conseguirlo. Fue entonces cuando decidió mantener su sufrimiento en silencio, porque se dio cuenta de que no había trucos para engañar al dolor, ni protestas capaces de conmoverlo: era igual de agrio proclamarlo o no.

Mientras releía la carta de su padre, Mariana se acordaba de las visitas del doctor Mateos, que desde que ella tuvo uso de razón se había encargado de atender la enfermedad de su madre. Él siempre les decía que doña Ana no moriría por culpa de sus dolores de cabeza, pero que sus dolores de cabeza irían con ella hasta la tumba. Mariana pensó que eso no era del todo cierto. Su madre se había ido secando poco a poco por culpa de la constante amenaza del sufrimiento físico. Incluso en los días en los que se encontraba bien, se comportaba como una imposibilitada: tenía miedo de comer algo indigesto, de realizar algún movimiento brusco, de que le diera el sol directamente en la cabeza, de coser por si fijar demasiado la vista la perjudicaba, de tal forma que el dolor de cabeza la tenía oprimida, subyugada bajo su poder invisible. La posibilidad de que alguno de sus actos pudiera provocar una nueva crisis la esclavizaba. Las molestias fueron aumentando en frecuencia hasta que no hubo amanecer que no trajese consigo ese pinchazo agudo tras su ojo derecho. Cualquier otra dolencia le hubiera permitido seguir cosiendo, bajar a cenar con su marido, escribir cartas a sus hijos, pero la jaqueca la dejaba postrada en la cama, a oscuras, sola, en silencio, escuchando sus propias meditaciones, que habrían acabado por volverla loca si no hubiera logrado alcanzar la concentración necesaria para llegar a dominar la técnica de las sábanas blancas. Mariana comprendió que los últimos años de la vida de su madre fueron un ensayo de su muerte, para que fuera acostumbrándose a su ausencia.

El Almirante aseguraba que doña Ana estaba preciosa en el momento de abandonar este valle de lágrimas, que parecía un ángel tendido en su lecho, y que se había marchado con gesto sereno y un esbozo de sonrisa en la boca. Dedujo que su semblante tranquilo era el resultado de la presencia etérea del Señor, que ella pudo percibir cuando bajó para acompañarla hasta el cielo. Pero Mariana estaba convencida de que la placidez de su madre se debió a que instantes antes de dejar este mundo, en ese impreciso intervalo en el que se evaporan los sustentos que nos mantienen vivos, cuando desaparecen los latidos del corazón y los pulmones no requieren más aire, cuando la luz de los ojos se diluye, justo en ese preciso segundo, también se bloquearon los tormentos de su cabeza. Estaba segura de que su madre había sentido el reposo, la tranquilidad, la sensación deliciosa de no sentir ninguna clase de dolor físico y que así estaría por el resto de la eternidad, al fin libre de la pesada carga corporal.

Mariana podía entrever en la carta de su padre la soledad en la que estaba inmerso. No lo decía abiertamente, las palabras eran firmes y marcadas, impregnadas de vigor. Él siempre decía que había que fijar claramente en la cabeza la persona que se quería ser, y luego actuar como tal, y Mariana sabía que su padre siempre quiso dar la imagen de un hombre recio y noble, preparado para afrontar el devenir de los días, pero la esencia intangible impresa en cada curva de sus letras reflejaba miedo y desolación, algo de lo que solamente Mariana supo darse cuenta porque ninguno de sus otros hijos se halló nunca tan cerca de él. Estaba totalmente segura de que toda esa soledad no había surgido sin más a raíz de la muerte de su esposa, percibía que su padre llevaba mucho incubando dentro de su cuerpo la personalidad de un hombre abatido. Doña Ana y él apenas hablaban ya en los últimos tiempos, aunque él subiera todas las tardes hasta la alcoba de su esposa y allí se sentara durante horas. No le importaba demasiado que ella no advirtiese su presencia, al menos él sabía que su mujer permanecía allí, al menos podía sentir su aroma y ver sus cabellos ondulados extendidos en la almohada.

Ahora, su compañera, su mitad, se había ido, habían quedado separados por la muerte, como les anunció el cura el día de su matrimonio, aunque el Almirante en aquellos lejanos años jamás creyó en la posibilidad real de que la muerte pudiera alcanzarles. Todo parecía ajeno entonces. Ahora sus hijos se habían marchado y habitaban en un lugar desconocido para él. Lo único que le quedaba era el palacio y la compañía del servicio, que últimamente lo miraba como a un bicho raro, aunque era posible que siempre lo hubieran mirado así y que él no se hubiera dado cuenta. No tenía amigos en Medina de Rioseco, las gentes de la villa nunca mostraron un cariño especial hacia él, siempre tan empingorotado y despótico. Ahora, cuando alguna vez se decidía a salir a pasear por los alrededores del palacio buscando distracción, podía oír los murmullos de los vecinos a sus espaldas cuando pasaba por su lado. Por eso poco a poco fue aplazando sus salidas, aunque nunca imaginó que los cuchicheos de la gente pudieran hacer tanto daño. A veces se sentaba en el salón, frente a la chimenea, y sonreía recordando las tardes bulliciosas en las que los niños jugaban a su alrededor y su esposa y Beatriz charlaban mientras cosían. Si le hubiesen dicho en aquella época que añoraría a Beatriz y a su familia, no lo hubiese creído. Los fantasmas de Rafael y Alfonso fueron los únicos incapaces de dejarle solo. Le acompañaban a todas partes. En un primer instante se asustó, pensó que querían vengarse porque no había podido hacer nada para salvarlos de su cruel destino. Les gritaba enloquecido que no había podido hacer más de lo que hizo, que la culpa había sido de ellos por meterse con la Iglesia, les tiraba todo lo que tenía a mano pidiendo a gritos que le dejaran en paz. Pero pronto descubrió que no parecían agresivos; incluso sentía un apacible sosiego cuando los notaba cerca. Llegó un momento en el que dialogaba con ellos a escondidas de la servidumbre, comenzó a confiar en sus consejos, incluso les hablaba del estado de su alma. Ya no les tenía miedo. Hacía tiempo que los fantasmas y él se habían perdonado mutuamente.

Acudió mucha gente al funeral de doña Ana, la mayoría de ellos españoles y criollos amigos del virrey, que conocían el asunto que había llevado a la familia hasta el Nuevo Mundo y que asistieron por mero compromiso. Mariana se había mantenido durante esos días extrañamente tranquila, y hasta ella misma se sorprendió de su entereza. Intentaba cumplir la promesa que se hizo a sí misma de convertirse en el pilar que sujetase a Beatriz en los momentos difíciles, y comprendió que dejándose arrastrar por el llanto lo único que conseguiría sería que la mujer se encontrara aún peor, porque desde que supo de la muerte de la que fue su confidente y amiga, casi su hermana, pareció desprenderse un poco de este mundo. A Mariana le daba la impresión de que se iba difuminando a causa de la tristeza y, estando así las cosas, una de las dos debía mantener la calma para apoyar a la otra. Mariana la agarró fuerte del brazo, tenía miedo de que aquella multitud desconocida que había acudido al funeral la arrastrase y que llegara a perderla para siempre.

—Si no fuera porque estás tú... —le decía a Mariana con lágrimas en los ojos—. Se van todos. Hay más gente que quiero en el otro mundo que en éste.

Rodrigo se sentó junto a Mariana durante el oficio, de tal manera que ella no pudo concentrarse para encontrar el alivio necesario en las palabras del obispo de la ciudad, que proclamaban salvaciones y paraísos eternos. Se le fue la mente pensando en los antiguos dioses aztecas, en la posibilidad de que se encontraran presentes en la catedral, sobrevolando por encima de sus cabezas, como le había contado Miguel. Pensó en suplicarles a ellos también por el alma de su madre, por si podían considerar su lucha contra el dolor como una batalla que ella había librado a lo largo de toda su vida y que al fin había culminado en la muerte. Siendo así, quizá llegaran a permitir que su esencia pasara la eternidad revoloteando en el maravilloso valle de las mariposas. Supo que ese tipo de reflexiones eran del todo blasfemas y estaba segura de que en ese preciso instante se encontraba bajo la espada de un pecado mortal, y aun así seguía sin poder encontrar en su interior la cáustica manifestación de los remordimientos. Sabía que Miguel estaba sentado dos bancos por detrás de ella y podía percibir su presencia cercana como un punto de apoyo: se sentía tranquila con Miguel y Beatriz tan cerca. Tomó la mano rugosa y dulce de la mujer, la recordó acariciándola cuando era pequeña, cuando le cepillaba el cabello o le untaba aceite de limón en la piel para volvérsela más blanca. El olor del limón no había desaparecido todavía de aquellas manos. Percibió el contraste de tener a su derecha a una de las personas que más quería en el mundo y a su izquierda a Rodrigo, a quien despreciaba profundamente. Sintió el codo de su hermano rozando con su brazo izquierdo y pudo notar a través de la tela la vibración inestable de su alma. Le molestaba saber que ambos compartían la misma sangre y pensó que si el ojo divino podía ver en ese instante su interior, la estaría inscribiendo en su lista de pecadores más recalcitrantes, aunque eso ya apenas le importaba. Esos pensamientos ya no la torturaban.

Cuando la misa terminó, decenas de personas desconocidas se acercaron a los hermanos para darles el pésame. Era gente que no habían visto en su vida, que no conocían a su madre, pero pese a todo la mayoría de ellos aseguraron que lo sentían muchísimo, que había sido una misa preciosa y que había descrito a la perfección el carácter virtuoso de doña Ana. Incluso una mujer se acercó a Mariana y la abrazó calurosamente hipando y suspirando «no somos nadie» con exaltadas lágrimas en los ojos. Mariana se preguntó entonces cuántas cosas se hacían sólo por el hecho de dar el gusto a los demás, cuántas lágrimas falsas habría visto a lo largo de su vida sin darse cuenta de que eran fingidas, cuántas le quedarían aún por ver y cómo podría alcanzar la capacidad de distinguirlas de las reales. Estaba segura de que algo había aprendido en ese tiempo y que poco a poco podría llegar a diferenciar la diplomacia de los verdaderos sentimientos. Buscó a Miguel con la mirada; en ese momento lo necesitaba más que nunca, quería acomodarse en su sonrisa de azúcar y hubiera deseado abrazarlo y dejar que le traspasara su perenne sosiego con el contacto. Ya apenas podía recordar cómo era ella cuando no lo conocía. Él se había convertido en su hogar, en el único sitio en el que encontraba la paz. Nadó entre la borrosa marea humana hasta que lo alcanzó.

—Recuérdala siempre —dijo Miguel cuando la tuvo enfrente—. Mantenernos en el recuerdo de las personas que nos quieren es lo que nos convierte en inmortales. Piensa en ella, habla de ella, escribe sobre ella. Eres dueña de las palabras; gracias a ellas somos eternos.

Miguel parecía saberlo todo. Disponía de una sabiduría elevada y al mismo tiempo cercana que le ayudaba a comprender el mundo. Lo miró sin decir nada, porque no había nada más que decir, y supo que tenía razón, que la implacable muerte puede llevarse esa envoltura débil que es el cuerpo, pero que la esencia real, lo que se siembra a lo largo del tiempo que se permanece en este mundo, es lo único que la muerte no puede arrebatar. Se dio cuenta de que así podría mantener imborrable, no sólo a su madre, sino también a Rafael y a Alfonso, y al abuelo de Miguel porque, aunque no lo hubiera conocido en persona, su presencia monárquica había logrado sobrevivir a través del recuerdo de su nieto para que ella llegara a conocerlo. Podría convertir a Moctezuma en inmortal, perpetuar el espíritu del lluvioso dios Tláloc y del sabio Quetzalcoatl. Y al igual que escribiría sobre los hombres, podría hacerlo también sobre las cosas y retendría por siempre las esencias de los palacios arrasados, de los templos destruidos, de todo lo que había aprendido a lo largo de esos meses y que no iba a dejar que se perdiera en el olvido. Aún le quedaba mucho que rescatar, y Miguel iba a ayudarla.

El joven Luis ya había cumplido los compromisos que lo habían llevado al Nuevo Mundo, pero la muerte de su madre añadía un periodo de razonable luto para celebrar la boda de

Mariana y él no se quería marchar de Nueva España sin que el matrimonio se hubiera celebrado. Parecía inquieto pensando en el tiempo que tendría que ampliar su estancia porque, pese a la hospitalidad y a los lujos del palacio del virrey, no llegaba a encontrarse cómodo en esa parte del mundo. Quería marcharse lo antes posible de allí y aprovechó la reunión informal tras el funeral para sacar a colación el tema de la boda, asegurando que no quería que se le considerase falto de sensibilidad al querer celebrar el matrimonio siendo la muerte de su madre tan reciente, pero estaba convencido de que eso era lo que ella hubiese deseado y de que unas circunstancias tan particulares como las suyas deberían ser consideradas. Se tomó el asunto como uno más de los trabajos que debía realizar en el Nuevo Mundo, eludiendo los sentimientos personales, seguro de que sus razonamientos habrían logrado persuadir a los presentes, incluida su hermana.

—No voy a casarme —sentenció Mariana con cara de suficiencia, y Rodrigo se atragantó con el vino que estaba bebiendo—. No tengo intención de hacerlo, por lo menos no con el hombre que vosotros pretendéis que lo haga. Si todo lo que se hace en la vida es recorrer el camino hacia la muerte, quiero llegar hasta ella de la mano de alguien a quien ame.

Luis trataba de digerir las palabras de Mariana de la manera más rápida que podía, porque su educación diplomática le había enseñado a dominar las primeras reacciones para mantener las ideas frías y tomar así decisiones acertadas. Antes de partir hacia el Nuevo Mundo había escrito una lista de contratiempos con los que se podría encontrar durante el viaje y en esa enumeración jamás figuró la posibilidad de que su hermana se pusiera impertinente y lo desacreditara en una reunión desobedeciendo los designios de su padre. Se mantuvo en silencio, poniendo en orden lo que acababa de escuchar y preguntándose hasta qué punto una joven como Mariana tenía potestad para tomar una decisión tan importante como ésa. El mutismo de su hermano preocupó a Rodrigo, y le dio la impresión de que cuanto más tiempo flotase en el aire la desfachatada frase de Mariana sin recibir una réplica contundente, más creería ella que se estaba saliendo con la suya. Sus instintos no solían fallarle, e intuyó que tanta osadía por parte de su hermana estaría respaldada por el médico. No lo soportaba. Ese hombre se había convertido en una sombra al acecho que surgía en los momentos menos oportunos.

—Esto es una discusión privada —le dijo Rodrigo al galeno sin mirarle a los ojos—. Me veo en la obligación de señalarle que esta conversación no es de su incumbencia, así que le agradeceríamos que se marchara.

—Lamento tener que contradecirle, pero esta conversación sí que me incumbe.

—¿Podría aclararnos esto, Miguel? —casi suplicó Luis, que intentaba entender lo que pasaba, ajeno como había estado desde siempre a todo aquello que involucrara a su hermana.

—Sé que no es el momento adecuado y también me consta que ésta no es la manera en la que vuesas mercedes llevan este tipo de situaciones, pero dadas las circunstancias y teniendo en cuenta su próxima marcha, quiero comunicarles que el deseo de su hermana y el mío es el de contraer nupcias lo antes posible. Ambos nos amamos y anhelamos estar juntos.

En la sala sólo se oía el melódico ritmo de la voz de Miguel, que prosiguió hablando de su desahogada fortuna, de tierras y posesiones; dijo que también contaba con su profesión, en la cual era muy considerado, y que por lo demás nada podría superar el cariño que mutuamente se profesaban. Añadió que era consciente del revuelo social que podía levantarse con esa unión, pero que el amor les haría fuertes ante los posibles ataques que sus distintos tonos de piel pudiesen provocar. Cuando Miguel dejó de hablar sólo se escuchó el silencio. Luis continuaba conmocionado sin entender nada y su aparente falta de reacción exasperó a Rodrigo. Él sabía que existía una amistad especial entre los dos, había advertido cómo se miraban, los había visto juntos, pero no se imaginó que ese indio pudiera influir en su hermana de tal manera que estuviese enfrentándose a la autoridad de su familia. Ella era pura, demasiado niña como para albergar en su interior la semilla de la rebeldía. A veces conjeturaba que todo el desprecio que ella le demostraba era sólo una táctica para llamar su atención. Fantaseaba con la posibilidad de que, como le ocurría a él, una llama de ardor inexplicable, ilícita a los ojos de los demás, le hubiera arrebatado el alma. Quería pensar que Mariana pasaba las horas junto a Miguel sólo para mortificarlo, para despertar sus celos y aumentar así su pasión. Nunca imaginó la eventualidad de que se enamorara. Entre los miles de pensamientos que a lo largo de su vida tuvo sobre su hermana, jamás había aparecido la posibilidad de que se enamorara de otro hombre, menos aún de uno como ése. No supuso que ella, una noble castellana educada para respetar a la familia y obedecer a su padre, pudiera enamorarse de un indio. Para él los indios eran simplemente una raza inferior que no servían más que para trabajar como el ganado o para satisfacer los bajos instintos, porque eso era lo que esperaba de los nativos de su encomienda. Las veces que se permitió imaginar a su hermana movida por la lascivia, era únicamente él quien la provocaba. Rodrigo había elegido al hijo del virrey convencido como estaba de que aquel joven enclenque de cabellos ensortijados jamás pondría una mano encima de Mariana, y que ella tarde o temprano se sentiría vulnerable, triste y buscaría el amor de su familia en aquel lugar del mundo tan alejado de Medina de Rioseco. Se imaginó a sí mismo abriendo sus brazos para acogerla, y ella se dejaría querer, murmurando en su oído que siempre le había deseado, que siempre había soñado con ese instante. Le haría un hueco entre las tibias sábanas de su lecho y le suplicaría jadeante que acariciase sus pechos blancos y sus muslos suaves. Ella le amaría mucho más de lo que ninguna mujer amó nunca a un hermano.

Sin embargo, la reciente declaración de Mariana destrozaba sus anhelados propósitos. Ella volvía a hacerlo: se le escapaba y volvía a tratarlo con desprecio, como aquella vez en el palacio de su padre, cuando bailaba feliz y radiante con Alfonso como jamás había bailado con él, y como jamás lo haría. Se sintió de nuevo humillado, ganado en la partida por un indio que le miraba con suficiencia, como si conociera a la perfección cuáles eran sus sentimientos más íntimos y se estuviese jactando por haberle vencido. Hervía de rabia observando la indiferencia de ambos. En ese momento su presencia no era importante. Una vez más, él no significaba nada en la vida de Mariana.

—¡Ramera! —bramó—. No voy a dejar que mezcles nuestra sangre con una saga de asquerosos indios: antes prefiero verte muerta que deshonrando a tu familia. ¡Muerta!, ¿me oyes? —Puso su dedo amenazante justo delante del rostro de Mariana, pero los ojos de ella se mantuvieron fijos en los de él con un gesto tan despectivo que le hizo sentirse ridículo. Cuanto más impasible se mostraba Mariana, más se irritaba Rodrigo, hasta que llegó un punto en el que le alzó la mano, pero Miguel se interpuso a tiempo entre ambos.

—Queremos que sepan que no les estamos pidiendo su consentimiento. Tanto Mariana como yo tenemos claro que vamos a casarnos, y es sólo por el cariño y el respeto que ella les tiene por lo que lo hemos puesto en su conocimiento. Pero teniendo en cuenta en lo que ha derivado la situación, no nos queda más remedio que marcharnos. No voy a permitir que le falte al respeto a Mariana.

Miguel hablaba y se comportaba con una serenidad inaudita teniendo en cuenta la violenta situación. Suavemente tomó la mano de la joven y el brazo de Beatriz y los tres salieron de la estancia ante la mirada desconcertada de los presentes, que dudaron sobre la forma más adecuada de actuar. Pero Rodrigo no podía dejar que se salieran con la suya y que sus propios planes se vinieran abajo. Se había esforzado demasiado para que su hermana estuviera justo en el lugar preciso, para que las cosas se fueran encaminado por la vereda que había señalado; no permitiría que un pequeño inconveniente lo destrozara todo. Dirigió los ojos a su hermano Luis buscando su apoyo, pero lo encontró derrotado, sin capacidad de reacción, y se dio cuenta de que sólo él podría arreglar aquel disparate. Bajó las escaleras del palacio virreinal de dos en dos y logró atraparlos en la salida. El carruaje de Miguel los esperaba y ellos ya estaban a punto de alcanzarlo cuando Rodrigo agarró con fuerza la muñeca de Mariana, tirando con tal energía que el rostro de la joven se desfiguró por un segundo y la violencia de la sacudida le hizo dar un traspié. Rodrigo se interpuso entre los dos amantes vomitando mil improperios, insultando a Miguel y a toda su saga con un lenguaje más propio de un patán que de un noble. Mariana iba de un lado a otro para evitar esquivarlo, pero su hermano le cortaba el paso, hasta que Miguel consiguió desestabilizarlo empujándolo con ambas manos a la altura de los hombros. Rodrigo perdió el equilibrio y cayó aparatosamente al suelo como un pelele. El golpe pareció haber anulado momentáneamente su cólera, así que Beatriz y Mariana aprovecharon para montar en el carruaje ayudadas por Miguel. Pero cuando las dos se encontraban dentro y el joven médico se disponía a subir, oyó un golpe seco y un grito ahogado, y el rostro de Miguel se demudó pasando de la expresión de sorpresa a una extraña mueca de dolor en apenas unos segundos. Se quedó quieto, aferrado al marco de la puerta del carruaje, y Mariana no comprendió lo que pasaba hasta que vio como caía despacio al suelo. Detrás de él estaba Rodrigo, con la cara desencajada: tenía los ojos vidriosos, la boca entreabierta y un ligero brillo acuoso en la comisura de sus labios, pero no emitía ningún sonido; se había quedado paralizado mirando la espalda de Miguel, en la que estaba clavado el puñal con empuñadura de plata que el Almirante le había regalado justo el día en que partió hacia las Indias.

—¿Qué has hecho? —El grito de Mariana sacudió a su hermano. Estaba sorprendido, como si acabara de despertar de un sueño y no tuviese claro por qué se encontraba allí—. ¡Miguel, no! Levántate, Miguel... ¡Levántate! —Mariana se había abrazado al cuerpo del joven. Intentaba tirar de él y arrastrarlo dentro del carruaje, quería sacarlo de allí cuanto antes, para que aquel ambiente no pudiera envenenarlo. Las lágrimas se le escapaban de los ojos mientras luchaba con esfuerzo para intentar incorporarlo—. Te pondrás bien, ya verás —le decía—. ¡Levántate, Miguel! Por favor, por favor... ¡Por favor! —los gritos y sollozos resonaron por los pórticos del patio y subieron trepando por el hueco de las escaleras hasta llegar al primer piso, alertando a todos los habitantes del palacio. A Mariana le importaba poco la presencia del virrey, de su hijo y de los sirvientes, que la miraban como si hubiese perdido el juicio. Parecía una madre abrazada a su bebé, acunándolo y meciéndolo con la mirada perdida. Los intentos por separarla del cuerpo de Miguel la convirtieron en un animal salvaje, lanzando manotazos a todo aquel que intentara acercarse—. ¡Avisa a la *tícitl*! —le pedía a gritos a Beatriz—. Ella puede salvarle. ¡Corre! ¡Ve a avisarla! —Mariana buscó la mirada de Rodrigo entre los presentes—. ¡Te odio! ¡Me das asco! Siempre me lo has dado. Me repugnas, maldigo el día en que nuestros padres te engendraron —clamó con todo el dolor del mundo atrapado en su pecho.

Mi hermano Luis le pondrá al corriente, que en este viaje sus labores de visitador se han extendido a varias esferas que él no planeó. Para vergüenza de nuestra familia, hubo que comprobar el buen funcionamiento del Consejo Real y Supremo de las Indias que V. M. ordenara instituir oficialmente en el antiguo Alcázar de Madrid con la idea de que los crímenes que atenten contra los indios en Nueva España no hayan de echarse en saco roto, sea de la alcurnia que sea la persona que cometería la tropelía.

Cuando los funcionarios del Consejo de Indias vinieron a detener a Rodrigo fue como si se intentara sacar a un perro rabioso del interior de su escondrijo. Estaba indignado, ofendido, llevaba años atropellando a la gente con tan buenos resultados que llegó a creerse inmune ante cualquier ley que pudiera juzgarle a él, el hijo del Almirante de Castilla, el hermano del visitador del monarca, el amigo personal del virrey. Pero por mucho que pataleó esgrimiendo mil pretextos sobre lo sucedido, nada pudo librarle de la detención. Mientras se lo llevaban con las manos atadas a la espalda por culpa de su terquedad, Rodrigo se revolvió dando cabezazos y patadas al suelo, lanzando pestes e improperios a quien se cruzaba en su camino. Al llegar a la altura de Mariana, la atravesó con una mirada furiosa de mil dardos envenenados.

—¿Has visto las fatalidades que provocas? ¡Cuídate de mí! Nos condenaremos juntos, querida hermana. —Y la voz siguió resonando como un eco por el patio del palacio aun cuando ya no podían verlo—. Ya lo verás Mariana... ¡Nos condenaremos juntos!

18

... que fue tras una exaltada ceremonia cuando el propio fray Diego de Landa acercó una tea a la montaña de testimonios del pasado de estas gentes. Prendió fuego a los códices, ídolos y dibujos, y tal fue la vehemencia con que los frailes se consagraron a sus competencias que pocos legados de la cultura maya hubieron de preservarse esa noche. Me dijeron que los indios miraban la pira con los ojos plenos de lágrimas, que fray Diego perdió la habitual compostura y parecía fuera de sí, que no reconoció a sus propios ayudantes indios y sólo hablaba con españoles y criollos de confianza. Creo que algo se ha perdido en Maní, mas no hablo de la cultura maya, que me parece de por sí de gran importancia; también se perdió la confianza entre los pueblos [...]. Después de aquel día, la comunidad hubo de dividirse en dos grupos, uno formado por frailes con el alcalde mayor y las gentes que les secundan, y otro por ciudadanos influyentes y ciertos clérigos que desaprueban la actuación de De Landa [...]. Que con tanta hondura se meditó el auto de fe de Maní y tantas acusaciones se engendraron, que fray Diego se mostró decidido a apelar al virrey y a la Audiencia de la Nueva España, y recorrió las leguas que lo separaban de la capital para enfrentar los hechos. Cuando volví a encontrarme con fray Diego tuvo a bien relatarme, en relación con el tema del auto de fe, que en el momento de la búsqueda hallaron gran número de libros de las letras que usaban los ma-

> yas. Narró que no encontraron en ellos más que superstición y falsedades del demonio, que fue por eso que los quemaron todos. Dijo que los indios lo sentían sobremanera y que les daba pena verlos arder; cuando hubo de referirlo, pareció que al De Landa también le daba pena.

Fray Diego montó en cólera y parecía desconocido. Caminaba deprisa por las calles mirando a los transeúntes con cara de desconfianza y en cada gesto de ellos creía adivinar el indicio de un engaño. Le comentaba a fray Lorenzo sus percepciones, la seguridad con la que intuía los cuchicheos de los indios, los correteos nerviosos en los que estaba convencido andaban escondiendo irreligiosidades.

—Tengo que darme prisa o no lograremos encontrar la mitad de sus abominaciones —le decía con la mirada perdida.

Apremió tanto a los frailes que se encargaban de los registros que, cuando éstos entraban en las casas, acababan arrasándolo todo. Fray Diego les contó que antes de la llegada de los españoles era tradición que cada vez que naciera una criatura se fabricase un ídolo. Si el bebé lograba sobrevivir al primer año se confeccionaba otro, y a los cuatro años otro mayor, y así sucesivamente. Por eso los frailes contaban el número de niños de cada familia, hacían un cálculo con su edad y con la cantidad de objetos encontrados, y siempre llegaban a la conclusión de que el número de figuras halladas no se correspondía con sus previsiones. Era entonces cuando la ira divina se apoderaba de sus cuerpos, se ponían fuera de sí y se liaban a latigazos hasta que se cumplían sus expectativas. Algunos indígenas que no tenían nada que esconder, se apresuraron a confeccionar ídolos inventados con aspectos terribles y los colocaron en lugares estratégicos de las viviendas para que los religiosos se quedaran conformes y no llegaran a maltratarlos a ellos o alguno de sus familiares. Como resultado de aquella multitudinaria inspección se produjo un decomiso de cinco mil ídolos, trece grandes piedras que eran utilizadas como altares, veintidós piedras pequeñas labradas, veintisiete pergaminos de piel de venado con signos y jeroglíficos y ciento noventa y siete vasijas de diferentes tamaños y formas.

Fue difícil para los indios de Maní asimilar en qué consistía un auto de fe. Habían oído hablar de ellos, incluso en una ocasión vieron paseándose por las calles de la villa a un castellano reconciliado que portaba el sambenito. Pero no había sido juzgado en aquella tierra, sino en España, y el atuendo les pareció más pintoresco que infame. Como los indios no conocían lo estigmático de la prenda, afanados como estaban en copiar las maneras y costumbres de los españoles, cuando vieron a aquel hombre con el escapulario de benedictino en lana de color amarillo y con la cruz de San Andrés rodeada de llamas sobre el pecho, pensaron que se trataba de algún atavío al más puro estilo castellano. Uno de los mejores sastres indios de la zona, sin mediar palabra, se dispuso a copiar el modelo con todo detalle pensando que pronto se pondría de moda, y costó hacerles comprender que el atuendo, lejos de imitarse, debía eludirse porque denotaba ignominia y desprestigio. No se dieron cuenta de la exacta gravedad de la situación hasta que escucharon en boca de fray Diego aquella palabra: «herejía». Cuando la pronunciaba, entornaba los ojos, aumentaba su firme acento castellano y el aire parecía surgir del fondo mismo de sus entrañas y arrastrarse por su lengua hasta salir al exterior. Una vez fuera evocaba el eco del cuchillo rasgando la piel de un sacrificado. Fue entonces cuando comprendieron que las represalias no habían hecho más que empezar. Todo se iba encaminando hacia el 12 de julio, fecha prevista para la ejecución del auto de fe.

Días antes, fray Diego había dispuesto la presencia de varios pregoneros en las esquinas de la villa, anunciándolo para dejar constancia de que los niños no debían presenciarlo y de que no se podían llevar cuchillos, navajas, estiletes o cualquier otro objeto susceptible de ser utilizado como arma. Los habitantes de Maní no parecían esperar el auto de fe con demasiado interés y fray Diego no comprendía la razón. Él, que conocía bien el pasado religioso de aquel pueblo, supuso que los indios no encontrarían el auto de fe muy diferente de los festivales de sacrificios que realizaban antes de la llegada de los españoles. En ambos casos se adornaba a los elegidos, se les dirigía a un lugar destacado desde el que todos pudiesen verlos y se llevaba a cabo la ceremonia. Pero los indios no encontraban tantas similitudes entre ambos rituales, y se mostraban cabizbajos y asustados. Cuando ellos realizaban sus sacrificios, los hombres y mujeres elegidos cumplían una importante misión sirviendo a sus dioses, y el sacrificado lo consideraba un honor y estaba convencido de que tendría su recompensa en el otro mundo. En el caso del auto de fe que proponían los españoles, los hombres no eran elegidos, sino acusados, y aquello no les comportaría ninguna satisfacción en el más allá y menos aún en el más acá. Tendrían que marchar por las calles trasquilados, encorozados y ensambenitados, portando un atuendo ignominioso que los ridiculizaba, ofreciendo una lúgubre estampa de sí mismos que los dejaría en ridículo delante de sus vecinos. Durante generaciones sus descendientes serían incapaces de librarse del estigma humillante del sambenito.

A los indios aquello les provocaba pudor ajeno, y no querían verlo. Fray Diego empezó a sospechar que las gentes no iban a acudir al auto por voluntad propia. Forzó a los pregoneros a dejar de recitar letanías por las esquinas y les ordenó que subiesen a sus caballos para informar de la obligación de asistir al auto de fe bajo amenaza de fuegos infernales y castigos eternos. Gracias a ello consiguió que las calles se llenaran de gente aquella mañana.

Apenas aparecían las primeras luces del alba cuando los acusados comenzaron a caminar tras el estandarte de la Santa Inquisición. Una procesión de indios y españoles penitenciados marchaba por las calles al ritmo del salmo «*Miserere mei, Deus*» que se extendió como un lamento melancólico provocando las lágrimas en algunas mujeres y poniendo la piel de gallina a otros tantos hombres. Pensaron que aquello se parecía mucho a las celebraciones de Semana Santa que los españoles se habían encargado de organizar durante esos años, pero en esta ocasión faltaba la imagen de la Virgen y además era pleno mes de julio, y el calor pegajoso comenzó a hacerse notorio poco después de que despuntase la mañana. Fray Diego, que llevaba ya unos días percibiendo la animadversión que los indios mostraban a todo lo relacionado con el auto de fe, sabía que las manifestaciones no tendrían nada que ver con las que él había presenciado en España. Los vecinos no insultaban ni escupían a los reos, era como si no se alegrasen de que los idólatras fuesen castigados, y, pese a que reconocía en ese gesto la profunda caridad cristiana que él se había encargado de inculcar, en el fondo su actitud dejó al franciscano con un regusto decepcionante: se sentía mal por ser incapaz de sentirse bien.

Los hombres juzgados caminaban en fila, con la cabeza baja y las corozas medio torcidas, sumisos y apocados. Algunos habían logrado escaparse. El escarmiento provocaba tal desprestigio que huyeron a la selva y prefirieron ahorcarse antes que perder su dignidad y tener que confesar los lugares en los que habían escondido las imágenes que consideraban sagradas. Así los encontraron al cabo de los días, colgando de las ramas de los árboles, como frutos podridos. Tiempo después, las gentes de Maní comenzaron a narrarles a sus hijos historias que aseguraban que, en medio de la noche, del interior de las selvas cercanas se alzaban gritos desesperados que exigían una sustanciosa venganza por la infamia cometida en sus personas. Eso ayudó a crear una leyenda que se transmitió de boca en boca por medio de susurros inaudibles para los españoles, que aseguraba que los ahorcados habían logrado mantener el secreto de los lugares donde habían escondido a sus dioses y que debajo de cada casa de Nueva España estaban enterrados cientos de ídolos, altares, códices y vasijas votivas que lograron eludir la quema.

La penosa procesión llegó arrastrando los pasos hasta el convento. Ya estaba atardeciendo. Habían pasado todo el día recorriendo las calles para que su imagen escarmentara a los que aún tuviesen dudas sobre quién era el dios a quien debían pleitesía. Estaban cansados de la caminata, aplastados por el calor de julio y por la vergüenza pública, pero podían darse cuenta de que su escarmiento aún no había terminado. Sus objetos sagrados estaban allí reunidos, formando un montículo en el centro del atrio que superaba los dos metros de altura. Los frailes colocaron a los reos en círculo de frente al montón y fray Diego se situó junto a ellos para iniciar un sermón.

—Yo soy el representante del Único y Verdadero Dios. Él ha querido que os muestre el camino, y del mismo modo en que hube de premiaros en los momentos oportunos, he de castigaros para que aprendáis de los errores. Es necesario que busquéis el arrepentimiento porque en los últimos meses habéis escarnecido la infinita bondad de Jesucristo. Mi obligación como pastor del Señor es cuidar de mi rebaño y no dejar que caiga en las trampas que el diablo pone en su camino. Yo he de ayudaros a que alcancéis la salvación. Aunque en ese momento penséis que lo que hago es algo terrible, con el tiempo os daréis cuenta de que esta decisión es la única adecuada para salvar vuestras almas pecadoras.

Se arrodilló mientras le rogaba al Señor que le proporcionara la fuerza y la sabiduría suficiente para no desistir, para no dejarse vencer por el desánimo, para poder guiarles por el buen camino. Fue bajando el tono hasta que, con los párpados cerrados y las manos levantadas hacia el cielo, su voz se convirtió en un murmullo apenas perceptible. Movía los labios, parecía haber entrado en una conversación directa con Dios y por unos momentos dio la impresión de que su rostro se dulcificó, como si hubiera encontrado el consuelo. Los más optimistas pensaron que tras eso iba a despedir a los acusados con una palmadita en la espalda, haciéndoles alguna de sus habituales recomendaciones solemnes, como había hecho otras veces en el pasado.

Pero, de pronto, una lágrima se deslizó rauda por una de sus mejillas y el franciscano perdió el sosiego de ese letargo pacífico en el que parecía haber entrado. Se le demudó el gesto, abrió los ojos y se le llenaron de chispas, de rayos y centellas, y desapareció el dulce fray Diego de Landa, el amoroso y culto franciscano amante del pueblo maya. Un tono sanguíneo iluminó sus mejillas, los labios adoptaron un rictus de venganza y se levantó para encaminarse a los arcos del atrio. De un saco de esparto extrajo los códices que con tanto amor había estudiado a lo largo de esos años, tomó sus anotaciones y dibujos y los lanzó a la montaña. Buscó con avidez una antorcha y la acercó a la pila. La esencia de la cultura maya ardió con una facilidad sorprendente.

Los indios se arrodillaron, lloraban amargamente. Imaginaban que aquel sacrilegio sólo podría traer funestas consecuencias y temblaban de miedo ante la inminente venganza divina que se les avecinaba. Percibían la presencia iracunda de sus antiguos dioses lanzando chillidos de dolor mientras las llamas los arrancaban de sus moradas. Los veían flotar en el humo que se desprendía de la hoguera, sobrevolando por encima del patio, incitándolos a la venganza y al odio eterno. En el centro mismo del convento de Maní, ante los ojos aterrorizados de los indios que suplicaban clamando piedad, los recuerdos se convirtieron en cenizas. Las leyendas, la ciencia, la literatura, los nombres de los antiguos monarcas y la historia de su vida, las representaciones de los dioses, las figuras, los instrumentos de los mayas... todo desapareció bajo el poder purificador del fuego.

—¡De esta manera destruyo la semilla del diablo a la que estos hombres daban crédito! —dijo De Landa mirando al cielo, con la antorcha llameante aún en su mano—. Que no hay en ello más que supersticiones y falsedades del demonio.

El brillo rojizo de las llamas en la oscuridad del atardecer produjo un efecto hipnótico y fantasmal que atrapó al franciscano haciéndole entrar en una especie de trance. Escuchaba el sonido de su voz retumbando por las paredes del pórtico, creciendo y rebotando como la voz de la conciencia. Se multiplicó ante el espectáculo, se vanaglorió de su poder y se enorgulleció de sí mismo. El fuego tardó varias horas en arrancarle la sustancia a los objetos. Las piedras de los altares y las figuras que lograron soportar el calor de las llamas fueron destruidas por los franciscanos a golpe de martillo, y acabaron hechas añicos, esparcidas por el suelo del patio. Los indios se quedaron allí, en silencio, velando toda la noche en señal de duelo por la pérdida de su memoria. Al día siguiente, un montón negro y humeante señalaba el lugar donde se consumía una cultura.

En los días siguientes, algunos de los que habían sido acusados de idolatría por parte del tribunal de campaña que fray Diego había montado en el Yucatán, tomaron también la decisión de quitarse la vida, incapaces de soportar la vergüenza de que rapasen su pelo y les obligaran a llevar la coroza y el sambenito por la calle durante años. Tanta novedad les había dejado sin valor para enfrentarse al futuro. El recuerdo de ese día se volvió maldito y las gentes comenzaron a perder su habitual confianza, pasando a un estado de observación expectante. Para algunos indios quedó claro que el nuevo dios traído por lo españoles era muchísimo más sangriento y maltratador que sus antiguos dioses, que ante tanta cólera habían sido incapaces de defenderse.

Una vez superados los primeros momentos de delirio, fray Diego tuvo que reconocer que sus actos se habían vuelto contra él, pues la comunidad se dividió en dos: no faltaban los que le certificaban que su decisión había sido la más acertada y que seres como aquellos necesitaban mano dura para comprender, pero sabía que otras personas criticaban su conducta, personas influyentes que antes o después pondrían en conocimiento del monarca lo sucedido. Intentaba convencerse de que lo que había hecho estaba bien, que para hacer tortilla había que romper los huevos y que el fin justificaba los medios, pero cuando salía a pasear por las calles percibía que los nativos habían dejado de mirarle con adoración, que algunos daban rodeos para no encontrarse con él, y ahora sólo podía reconocer en sus ojos el miedo; un miedo pavoroso que él se había encargado de sembrar.

Para Luis Enríquez sus obligaciones en Nueva España se estaban convirtiendo en una pesadilla de la cual le parecía imposible escapar. Cada vez que creía haber superado la última de las responsabilidades que le separaba de su añorada partida, se le presentaba otra circunstancia aún más espinosa que la anterior. La muerte de su madre encontrándose ellos tan lejos de casa le pareció algo nefasto, pero la tormenta que sus hermanos habían desatado tras ello le había perturbado de forma severa. Después de la detención de Rodrigo, hasta él mismo había empezado a poner en duda sus capacidades analíticas. Siempre se había considerado un hombre inteligente, perspicaz, capaz de darse cuenta de las verdaderas cuestiones que se escondían tras los asuntos diplomáticos, por eso era la mano derecha de Felipe II; el monarca confiaba en él, en su agudeza. Pero había comenzado a creer que esas facultades sólo servían para la solución de grandes empresas, y se acusó a sí mismo de ineptitud para la observación de hechos más sutiles. Su responsabilidad como visitador le había colocado una venda delante de los ojos que le había impedido descifrar el significado del extraño comportamiento de Mariana y prever la reacción de Rodrigo, sabiendo que desde siempre sintió hacia ella una incomprensible manía. Ignoraba cómo iba a explicarle a su padre lo ocurrido y tampoco tenía claro cómo afrontar la mirada del virrey tras aquella terrible ofensa, y más cuando aún continuaban bajo su techo.

Suspiró angustiado. Deseaba escapar de aquella tierra que parecía disponer del poder de multiplicar las flaquezas humanas y que incluso estaba empezando a hacerle dudar de sus propias facultades. No quería que la desgracia los atrapara de nuevo, y para ello sólo encontraba dos posibles soluciones: que la tierra se los tragase a sus dos hermanos y a él con todas las consecuencias, o comenzar a proyectar el viaje de regreso de una forma tan taimada que ni siquiera pudiese percibirse su presencia en el palacio. Acababa de decidirse por la segunda opción, ante la inviabilidad de la primera, cuando el virrey reclamó su presencia en el despacho. Bajó las escaleras repasando las justificaciones y disculpas que tenía preparadas, respiró hondo, llamó a la puerta y empujó la hoja pidiendo permiso para entrar. El virrey estaba frente a la ventana, con las manos en la espalda, balanceando su cuerpo de la punta del pie a los talones y viceversa. Tenía el rostro afligido. Justo cuando Luis abrió la boca para exponer su alegato, Velasco abrió un cajón y le lanzó un turbión de cartas sobre la mesa del despacho.

—Lea cualquiera de ellas —espetó—, en todas se habla de lo mismo.

Confuso, Luis eligió una al azar. En el encabezamiento figuraba el nombre del obispo Toral. La carta empezaba con un breve saludo en el que le destacaba el carácter informativo y de denuncia de aquella misiva. Describía con pasión unos sucesos inauditos acontecidos en Maní que tenían como protagonista a fray Diego de Landa. Según manifestaba, el franciscano había sufrido un arrebato de orgullo y prepotencia impropio de la humildad que exigía su orden, se había tomado la justicia por su mano y había consumado, sin contar con nadie más que con él mismo, un auto de fe a todas luces inapropiado. Aseguraba que los indios, en lugar de doctrina, habían recibido tormento, y que fray Diego, en vez de darles a conocer a Dios, les había hecho desesperar.

—¿Un auto de fe? —Luis estaba sorprendido por la noticia—. ¿Fray Diego? Pero...

—Supongo que vuesa merced está al corriente de las disposiciones inquisitoriales que prohíben proceder contra los indios por ser neófitos en la fe. Además, el rey Fernando delegó en su tiempo en las figuras de los obispos las funciones de inquisidores apostólicos. —Era la primera vez que Luis veía tan serio al virrey—. Es lógico que el obispo Toral haya puesto el grito en el cielo. Fray Diego no tiene competencias para realizar una auto de fe por decisión propia. Por si fuera poco, fray Bartolomé de las Casas ha puesto en el punto de mira la manera en la que se está llevando a cabo la evangelización. Ha publicado un libro en el que se acusa a los colonizadores de portarse como criminales y de contravenir el mandamiento divino de cumplir con la misión apostólica, utilizándola como excusa para conseguir ruines propósitos. No sé si sabe que De las Casas está licenciado en derecho por la Universidad de Salamanca y que conoce perfectamente el sistema legal y jurídico. —El virrey se mantuvo a la expectativa, y cuando creyó apreciar una señal de asentimiento por parte de Luis, continuó—: Pues bien, fray Bartolomé habló con el monarca para manifestarle que no se puede considerar a los indios rebeldes si primeramente no han sido considerados súbditos. —Se encogió de hombros y prosiguió—: Es por eso que yo llevo mucho tiempo en la lucha por las igualdades de los indios. Si no disponen de los mismos derechos, no podemos exigirles los mismos deberes.

—¿Ha tomado alguna decisión al respecto? —En el fondo Luis se sintió aliviado de que el virrey estuviera más pendiente de ese asunto que de lo ocurrido con Mariana.

—Las noticias sobre lo sucedido ya habrán llegado a España y el monarca estará esperando algún tipo de actuación por mi parte. Hice llamar a fray Diego; llegará en unos días. Creo que es necesario que responda de sus actos frente al Consejo Real y Supremo de las Indias. Vuesa merced conoce perfectamente que se trata de la institución española más importante en la gobernación y administración de la zona. Los autos de fe de Maní han levantado ampollas. No nos interesa que el tema se nos escape de las manos. Hay que asegurarse de que todos sepan que hay unas leyes y unas normas que deben respetar. Lo mejor es que el franciscano sea juzgado antes de que otra persona se tome la revancha y lo apuñale por la espalda —dijo con cara de circunstancias—. El Consejo tomará la decisión por mayoría simple, y una vez transmitida al monarca, éste la hará ejecutiva por Real Orden.

—¿Me permite que lea todas las cartas para ponerme en antecedentes sobre el caso? —preguntó Luis haciendo amago de recoger los papeles que el virrey había esparcido por la mesa.

—Están a su entera disposición.

Fray Diego llegó al palacio del virrey dos días después con la cabeza alta. No parecía preocuparle lo que pudiera pasar, pero cuando tuvo que enfrentarse a la conversación con Velasco y Luis, perdió toda dignidad y comenzó a debilitarse. Decía haberse visto sobrepasado por los acontecimientos, que llevaba tiempo siendo el único encargado del adoctrinamiento de aquellas gentes y que nunca había recibido ayuda. Aseguró que estaba convencido de que el obispo Toral se hubiera demorado en tomar la resolución adecuada para solventar las incontroladas idolatrías que se venían sufriendo, y que si ese hecho quedaba impune se crearía en la mente de todos la imagen de que Maní y todo el Yucatán eran una región sin ley.

—Considero que hace mucho tiempo que se debería haber delegado en mí para tomar decisiones en asuntos tan importantes como éstos, porque el obispo Toral está demasiado lejos para enterarse de tan buena mano como yo de las cosas que ocurren aquí —dijo mirando de reojo a Luis y al virrey. Sin embargo, los gestos de sus interlocutores le llenaron de dudas, e intuyó que el monarca ya conocía los hechos: no parecía tan claro que el asunto se saldara de una forma satisfactoria para él—. Presiento que nada de lo que pueda decir va a convencer al tribunal de lo acertado de mis actuaciones —añadió fray Diego—. Las acusaciones de las que soy objeto tienen gato encerrado. Hay alguien interesado en desprestigiarme frente al monarca... frente a vuesas mercedes. Este juicio va a poner en entredicho mi labor.

Lo que en un principio pensó que sería una simple charla explicativa acerca del suceso, se estaba convirtiendo en un asunto peliagudo que podría poner en peligro su futuro eclesiástico. Empezó a convencerse de que la única manera de defender su inocencia frente al monarca era viajando él mismo hasta la corte para poder explicarle con lujo de detalles lo sucedido. Estaba seguro de que, cuando conociera sus razones, el rey le daría la razón y todo volvería a su cauce.

—Sé que vuesa merced está ejecutando las disposiciones para regresar con prontitud a España —le dijo a Luis— y que se mantiene aquí simplemente a la espera de mi juicio y el de su hermano. Verá... He decidido que se me juzgue en España. Creo que allí podré defenderme adecuadamente de mis acusaciones. ¿Podría acompañarles? Si no es molestia, por supuesto.

Luis pareció ver en ello la solución a sus problemas. Esperar hasta que se celebrara el juicio de Rodrigo y de fray Diego le parecía demasiado, más ahora que se sentía tan incómodo después de lo ocurrido con Mariana. Decidió hablar con el virrey con la intención de explicarle que, tal y como habían quedado las cosas, alargar más su estancia en el palacio y abusar de su hospitalidad le resultaba en extremo vergonzoso, y le encomendó encarecidamente el juicio de su hermano Rodrigo, asegurándole que él haría otro tanto con el de fray Diego al otro lado del mar. Una vez solucionada esa cuestión, se dio prisa en preparar la marcha. No quería que ninguna otra circunstancia imprevista retrasara otra vez su partida. Ni siquiera podía sentirse incomodado por tener que viajar de nuevo en barco; llegados a esas alturas, cualquier sacrificio que le permitiera alejarse del Nuevo Mundo lo tenía por bueno. Deseaba de todo corazón salir de allí. Por mucho que se empeñaran en asemejarlo con España, en disfrazarlo con mil artificios, él no encontraba similitudes; por el contrario, percibía esa tierra demasiado extravagante y agreste. No entendía las costumbres, toda esa cálida humedad lo sofocaba, y el olor de aquella ciudad lacustre lo asfixiaba. Quería volver a su país. Por primera vez desde que llegaron al Nuevo Mundo, Mariana lo vio feliz.

19

Santificada Católica Majestad Felipe, Nuestro Señor Rey:

A la llegada de la presente hasta sus manos, es posible que ya me halle en la casa de mi señor padre, de nuevo en Medina de Rioseco. La vida que corre sobre las ligeras alas del tiempo y que me llevó presta a las tierras de Nueva España, ahora me devuelve a Castilla, donde he de sentirme dichosa de seguir honrando a Su Majestad, si es que vos así lo requerís. Podré contaros poco a poco lo que mi mente albergue, que imagino ha de surgir con el transcurso de los tiempos, pues ando convencida de que hay moralejas que uno guarda aun sin saber que las ha comprendido. Intentaré que lo que vieron mis ojos no muera conmigo, porque de que la muerte anda cerca y acechando me di cuenta en las bellas tierras del Nuevo Mundo. De las maravillas que encontré quedará recuerdo escrito, y me permitirá V. M. que reserve sólo algunas de ellas para mis íntimas nostalgias, pues describirlas sería una lanzada que me atravesaría el corazón. Hay remembranzas que han de cambiar mi vida y no he de mentir si digo que hallé al otro lado del mundo lo que siempre anduve buscando aun sin saberlo. Tan extraordinario fue lo encontrado que, al faltarme ahora, debo regresar, pues el olor del aire de esta tierra me daña el alma. He de irme antes de que me ahogue por dentro. Por ello pido disculpas a V. M. si no cumplí lo que de mí se esperaba. Regreso a Medina de Rioseco para acompañar a mi progenitor, que se quedó solo tras el fallecimiento de mi madre. Si V. M. lo desea, allí podrá encontrarme.

Nuestro Señor guarde muchos años la Católica y Real persona de Vuestra Majestad. Vuestra humilde y leal sierva,

M. Enríquez

El peor momento para Mariana después de la muerte de Miguel no fue cuando aquellos hombres lúgubres lograron arrancar de sus brazos su cuerpo inerte. Mariana sabía que la esencia del médico ya no se encontraba entre ellos, que a esas alturas seguramente ya estaría disfrutando del viento dulce del valle de las mariposas, así que miró con los ojos vacíos cómo lo alzaban y lo llevaban, como si de cualquier otro objeto se tratase. Ni siquiera fue tan terrible cuando los oficiales del Consejo de Indias vinieron a apresar a su hermano. Acudieron a detener a Rodrigo con prontitud y, en contra de lo que él hubiera imaginado, la presencia de su hermano Luis no le fue beneficiosa, más bien todo lo contrario. El virrey se encargó del caso con personal interés para que el visitador del rey se diese cuenta de lo bien que se sofocaban ese tipo de abusos en Nueva España, y el joven Luis puso especial atención en que su hermano fuese tratado con la misma severidad que cualquier otro. No quería que se le otorgasen procedimientos ni tratamientos especiales, aunque la sangre que corriese por las venas del inculpado fuese la suya. Para él, el buen gobierno de un país comenzaba por la integridad de sus administradores. No podía colocar el nombre de su familia en entredicho por permitirse transgredir las normas del organismo que el monarca le había ordenado crear para defender a los indios. Nunca había pedido favores para él mismo, y menos aún iba a hacerlo para su hermano; era demasiado íntegro.

El virrey Velasco y Luis Enríquez se enfrascaron tanto en el procedimiento para que el monarca se sintiese satisfecho con sus resoluciones, que olvidaron que era Rodrigo, el amigo y el hermano respectivamente, el hombre al que estaban ordenando apresar. Mariana, por su parte, no creyó que el rigor de la justicia fuese suficientemente severo con él. La congoja que sentía aferrada a su pecho era tan lacerante que comprendió que ninguna sentencia podría conseguir que disminuyera. Ella no buscaba el castigo, no quería compensar el sufrimiento de Rodrigo con el suyo, lo que quería era que todo aquello no fuese real, que Miguel continuara vivo y a su lado. Por mucho que se castigara a su hermano, eso no iba a suceder. No podía disfrutar del regocijo de la venganza, ni siquiera tenía la esperanza cristiana de que Rodrigo se arrepintiera de sus pecados y recapacitara hasta el punto de convertirse en un buen hombre. Sabía que Rodrigo jamás lograría purificar su alma por mucho castigo que se le infligiese, simplemente porque él no necesitaba purificarla. Su hermano llevaba toda la vida justificando todos y cada uno de sus actos. Dentro de su cabeza se imaginaba a sí mismo como un guerrero vengador de la causa que más le importaba en el mundo: él mismo. Tal vez Rodrigo no llegaría jamás a aceptar su condición de asesino. Siempre lo había sido, incluso antes de clavar el puñal en la espalda de Miguel. Había asesinado a Rafael y a Alfonso, había destrozado la vida plena de Beatriz, las ilusiones recién creadas por ella misma, y Dios sabe cuántas otras perfidias que sin duda nunca iban a descubrirse. Que llegara a asimilar una cuestión tan profunda como ésa era difícil. A él lo movían los instintos básicos, y su sentido del bien y del mal se medía con un rasero diferente al del resto de los mortales.

Tampoco fue el frenesí encendido e hiriente de su hermano, maldiciéndola delante de todos, lo más tormentoso de aquella circunstancia. Cuando Mariana sintió con más fuerza ese dolor agudo y chillón por la muerte de Miguel que le atravesó las entrañas fue al despertar del siguiente día, segundos antes de abrir los ojos, cuando aún no estaba segura de hallarse dormida o despierta. En ese momento en el que a los fantasmas de la noche aún no les ha dado tiempo de asustarse con la luz del alba, cuando se duda de si el primero de los pensamientos que llega a la cabeza es una realidad o solamente un sueño, una terrible pesadilla. Ése fue el peor momento después de la muerte de Miguel. Mariana se había pasado la noche en vela. Se llevaron el cadáver del joven médico a la casa de su padre en Tlatelolco y ella se dispuso a acompañarlo, pero Luis no se lo permitió. Su hermano mayor tuvo que recordarle quién era y las circunstancias que rodearon la muerte del joven.

—¿Crees que presentarte allí les aportará consuelo alguno? —le dijo, y aquella realidad le hizo sentir una terrible vergüenza por ser la hermana de Rodrigo.

En el transcurso de esa noche llena de penumbras, odios, lamentaciones, penas, amarguras y lágrimas fue cuando Mariana se dio cuenta de que su vida estaba irremediablemente unida a la de Rodrigo. Por mucho que quisiera eludirlo, él tenía razón en lo que le gritó: ella sólo era capaz de provocar fatalidades. Si el día de su nacimiento alguien hubiese llamado a un sacerdote azteca para que señalara cuál sería el devenir de su futuro, éste le hubiera dicho que se quedaría sola porque todo aquel que se acercara a ella, todo aquel a quien amase, acabaría lastimado o muerto. Fue entonces cuando descubrió que no se podía engañar al destino. El destino había atrapado a Miguel y ahora ella conocía el suyo. Sabía que no podía cambiarlo, pero al menos podría evitar que más personas sufrieran por su culpa los desastres de aquel maleficio terrible que se cernía sobre ella, y decidió que nunca más amaría a nadie, ni dejaría que nadie la amara. Buscó consuelo en el regazo de Beatriz, en el abrazo tierno de otra de las damnificadas por quererla. Aspiró el aroma de limón que su piel desprendía, dejó que la atusara como se hace con los perrillos abandonados, meciéndola mientras le tarareaba las nanas que usaba para dormirla cuando era pequeña. Así se quedaron, en silencio a veces y otras veces sollozando. Las lágrimas corrían por sus mejillas sin que ellas apenas las notaran. Salían sin esfuerzo porque eran lágrimas que llevaban años luchando por salir. Lágrimas por Rafael y Alfonso, por la vida truncada de Beatriz, por doña Ana muerta en vida entre las paredes recubiertas de sábanas blancas, lágrimas por Miguel y por su maldito destino en el que estaba escrito que iba a enamorarse de ella. Y Mariana sintió pena de sí misma: era una especie de rey Midas; todo lo que tocaba acababa destruido. Lloró hasta que se le secaron los ojos, pero siguió gimiendo mucho tiempo más, con un lamento de ultratumba que desgarraba las entrañas.

Beatriz le lavó los párpados con manzanilla para bajar la hinchazón y le alivió el alma con palabras dulces, caricias y tila. No supo bien cuándo el agotamiento logró sumirla en el sopor, pero con las primeras luces del alba el corazón comenzó a golpearle con fuerza en el pecho. Mariana no quiso moverse, se quedó con los ojos cerrados, deseando que lo que su mente le gritaba hubiera sido un sueño. Tenía miedo de que al abrir los párpados todo ese pensamiento de muerte se convirtiera en realidad. Por un momento, fantaseó con la idea de que si no se movía podría borrarlo todo. No quería enfrentarse a ese nuevo día, no quería que llegase otra mañana, y otra, y otra, sin él... No se veía capaz de ponerse en pie después de lo que había ocurrido.

Recordó la última vez que había querido detener el tiempo, justo el día en que murieron Rafael y Alfonso, cuando deseó que su padre no saliera del palacio porque al regresar todo habría terminado. Ahora volvía a pensarlo, pero en esta ocasión lo que de verdad deseaba era volar hacia atrás en el tiempo y que la vida se detuviese justamente el día en que Miguel y ella visitaron juntos el valle de las mariposas. Pensó que no le hubiera importado morir en ese momento, abrazada a él, con el sabor de su piel en la boca. Pero eso no era posible: sabía que ninguna oración, sacrificio o deseo cambiaría las circunstancias. Sólo podía enfrentarse a la realidad, o no enfrentarla y dejarse morir, pero si hacía eso, también desaparecería con ella su memoria, el lugar en el que todavía estaba vivo Miguel.

«Mantenernos en el recuerdo de las personas que nos quieren es lo que nos convierte en inmortales», le había dicho, y ella decidió mantenerlo vivo.

Los días siguientes los pasó en solitario, meditando sobre ella, sobre la existencia y sobre su propia existencia en adelante. Determinó que era absurdo quedarse en Nueva España. No iba a casarse, ni con el delicado hijo del virrey ni con nadie. El amor que sentía por Miguel lo abarcaba todo y estaba convencida de que así seguiría por el resto de sus días. No dejaría que ninguna otra imagen diluyese su esencia. Volvería al palacio, junto a su padre. En un momento de debilidad pensó que quizá nunca debió salir de allí, porque de esa manera Miguel continuaría vivo, pero se quitó la idea de la cabeza. El sino de Miguel estaba escrito desde su nacimiento; el año 1 Jaguar lo empujó a conocerla y amarla. Ahora sólo podía luchar para que ese encuentro señalado de antemano tuviese un sentido. Seguramente una poderosa razón les había llevado a juntar sus caminos, y en su cabeza comenzó a tomar forma la idea de que el destino les ayudó a unirse para que, a través de ella, Miguel pudiera cumplir la promesa hecha a su abuela. Ella haría lo posible por volcar en el papel la memoria de todas las historias que Miguel le había contado sobre el pasado de aquellas tierras. Podía hacer todo eso desde Medina de Rioseco, y allí además ayudaría a su padre a aceptar su propia realidad. Estaba convencida de que su hermano Luis jamás se dedicaría a la «muy noble y muy leal villa de Medina de Rioseco» porque sus obligaciones estaban en otros lugares, y porque no sabría cómo manejarla por mucho título de Almirante de Castilla que fuese a heredar. Ninguno de sus hermanos conocía tan bien como ella la administración del almirantazgo.

Una vez tomadas las decisiones, se armó de valor y concluyó que debía ir a visitar a la *tícitl*. Beatriz intentó convencerla de que no era una buena idea; nunca les había apreciado demasiado, cuanto menos ahora, después de lo sucedido. Pero ninguna de esas razones sirvió para convencer a Mariana, y ante la creciente cabezonería de la joven, no había nada que hacer. La mujer sólo pudo acatar sus deseos y acompañarla.

La *tícitl* parecía ese día mucho más vieja de lo que ya era. Se había empequeñecido y arrugado como una pasa, y traía la apariencia y la velocidad de una tortuga de tierra. En un primer momento Mariana pensó que no podría sostenerle la mirada, pero cuando la tuvo enfrente pudo apreciar que sus ojos no mostraban reproches, ni odio, ni siquiera dolor: parecían vacíos, como si se los hubiesen cambiado por dos bolas de cristal negro. A Mariana aquello le dolió más que si la *tícitl* hubiese estado llorando o la hubiera insultado en su idioma al verla llegar. Era como si la anciana ya se hubiese acostumbrado a la pérdida. Había visto morir a tantos de los suyos a manos de los barbudos blancos que lo había aceptado como aceptaba la salida del sol cada mañana. Como si la historia se repitiese para ella una y otra vez, y hubiese aprendido a soportarlo con resignación. Conocía de antemano las desgracias del joven médico y había tenido cerca de un cuarto de siglo para hacerse a la idea.

—He venido a verla porque sé que dispone de recursos que yo ni siquiera puedo imaginar —le dijo Mariana entre susurros, mirando al fondo de los ojos resecos de la *tícitl*—. Sé que utiliza la magia... que hace cosas prodigiosas. No espero milagros, claro, conozco las limitaciones de los hechizos, pero... ¿puede hacer algo para que vuelva Miguel? Sólo un instante, un suspiro, algo que guardar por siempre...

—¡Por favor, Mariana! —suplicó Beatriz, pensando que se estaba volviendo loca—. ¿Qué te pasa? ¿No te das cuenta de que esta mujer no entiende nuestro idioma?

—Sí que lo entiende, sí —le dijo a Beatriz más deseosa que segura de que eso fuese así. Volvió la cabeza y se dirigió a la *tícitl* despacio—. ¿Verdad que me entiende?

Miguel en alguna ocasión había insinuado que la anciana

sabía más de lo que aparentaba, y algunas veces Mariana había creído percibir muecas cuando presenciaba alguna conversación en castellano. Siempre pensó que aquella anciana comprendía perfectamente el español pero que su orgullo le impedía hablarlo. Por eso tenía la esperanza de que ese día la mujer se sintiese dispuesta para la complicidad y la ayudase, pero la *tícitl*, sin mediar palabra, se dio la vuelta y salió de la estancia con su paso de reptil, como poniendo un punto final a la conversación.

—Vayámonos, mi niña.

Beatriz tomó a Mariana del brazo y la acompañó empujándola despacio hacia la puerta en aquel viaje de toma de conciencia de la realidad, pero algo las detuvo. La vieja *tícitl* les salió al paso. Entre sus brazos, envuelto en una tela de terciopelo rojo, traía el códice que Miguel había transportado consigo desde Izamal y en el que había estado trabajando en los últimos tiempos. La anciana sujetó los brazos de Mariana y se lo puso encima, colocó una mano en su corazón y con la otra acarició el rostro de la joven castellana mientras pronunciaba una extraña letanía en náhuatl. No hacía falta comprender todas y cada una de las palabras que decía porque el lenguaje había perdido el valor en un momento como ése. Mariana se sintió orgullosa, la *tícitl* le había dado su beneplácito, al fin se había hecho digna de su confianza, y como prueba de ello estaba poniendo en sus manos una parte del pasado de aquellas tierras. Mariana abrazó el códice y percibió en él la presencia de Miguel: eso era lo que había ido a buscar. Le dio las gracias a la *tícitl* en ese nuevo lenguaje que ambas habían inventado para la ocasión y se despidieron con la certeza de que no volverían a verse.

A Mariana se le hizo interminable el periodo de espera en casa del virrey desde que Luis dijo que saldrían en breve hasta que el barco comenzó a cortar las olas en el puerto de Veracruz. Su hermano tardó al menos dos semanas en negociar la partida porque la Armada de Nueva España se crecía tomando precauciones en el viaje hacia el oriente, para intentar evitar los robos de los piratas que estaban convencidos de que a la vuelta la flota navegaba con buena parte de la plata que se producía en el Nuevo Mundo. Cuando se escogió la fecha exacta, Luis la guardó entre sus papeles en un sobre cerrado con lacre y ni a la propia Mariana le adelantó el día preciso, contestando un «tenlo todo preparado» cuando le preguntaba. Luis nunca tuvo confidencias con su hermana, pero en los últimos tiempos había comenzado a mirarla con desconfianza, e incluso ella podía percibir un asomo de rencor. Lo ocurrido supuso un escándalo en la ciudad a pesar de que el hecho de que se tratara de un asunto relacionado con el virrey acalló gran parte de los murmullos. Pero Luis se sentía señalado. Mariana se daba cuenta de que su hermano la miraba con resentimiento, como si no le pudiera perdonar que les hubiese convertido en el centro de atención de la gente. La consideraba culpable de haberle obligado a quedarse allí durante más tiempo de lo que hubiese deseado, de que Rodrigo hubiera cometido una locura y de no haberle permitido cumplir con la misión que su padre le había confiado. Pero a ella ya no le perturbaban las opiniones de Luis: su valoración sobre lo que era o no trascendente también había cambiado. En última instancia lo único que le molestaba de la desconfianza de su hermano era que no quisiera darle a conocer la fecha exacta de partida, aunque comprendía que ésa era la mejor defensa contra los bucaneros que les esperaban en medio del mar. Si la flota hubiese tenido que defenderse de algún ataque con la inestabilidad de aquellos buques gigantescos o con los cañones carentes de movilidad por culpa de los tablazones que formaban las cámaras de los pasajeros en cubierta, hubieran estado perdidos. Incluso en el futuro, parte de los cañones y de los soldados serían puro decorado para cubrir los requisitos legales que exigían un determinado armamento. Era mucho mejor que no se vieran en la contingencia de verse atacados.

Cuando soltaron amarras, Mariana repitió el ritual del viaje anterior. Se quedó largo rato asomada por la borda, como hizo la primera vez que subió al *San Jorge*, sin perder ni por un instante el contacto visual con aquella tierra que, estaba convencida, no volvería a pisar. Respiró hondo y tuvo que expulsar el aire rápidamente porque se había vuelto cruel y en cada soplo de viento le llegaba el olor de la vainilla o del copal. El aroma se metía tan dentro de ella que le estrangulaba los pulmones, y comprendió que no estaba equivocada en su decisión: debía alejarse de esa tierra, huir antes de que llegara a asfixiarla. Su carga a la vuelta era mucho mayor. Regresaba con ella todo su ajuar, pero también arrastraba un enorme bagaje cuyo peso aún no sabía cómo iba a soportar. A Mariana el viaje de regreso a España le pareció mucho más corto que el de ida, «que supongo fue porque conocía lo que me esperaba, pues en realidad la travesía de retorno duró más jornadas».

Tuvo mucho tiempo para pensar y para compartir ideas con fray Diego de Landa. Se sentaban juntos durante horas para hablar sobre los mayas. El franciscano a veces se olvidaba del frenesí con el que se había entregado a borrar las manifestaciones artísticas de aquel pueblo y le mostraba su fascinación por sus costumbres, sus escrituras, sus dibujos... Se emocionaba mientras garabateaba glifos para explicarle su significado y la manera cómo había llegado a descifrarlo. Parecía haber olvidado que de ese trabajo ya sólo quedaban cenizas. A veces se sentaba solo en la cubierta del barco, dejando la mirada perdida, y se podía atisbar en sus ojos el chisporroteo de las llamas; entonces se volvía pequeño y giboso, y Mariana lo veía tan quebrado que pensaba que no podría soportar el peso de los remordimientos y la culpabilidad.

—¿Qué cree vuesa merced que hubiera pensado de todo esto Miguel? —le preguntó a Mariana en uno de esos momentos de melancolía profunda.

—Creo que diría que lamentarse no borrará el pasado y que ahora sólo se puede mejorar el futuro. Creo que él admiraba mucho su labor. No hay nadie que conozca tan bien como vuesa merced los entresijos de la cultura maya y que además tenga la oportunidad de darla a conocer.

—Tuve la oportunidad... —señaló cabizbajo—... en el pasado.

—Aún la tiene. Tiene sus recuerdos, eso no ha desaparecido.

Pero otras veces adoptaba una actitud digna, casi ofendido por verse en la obligación de tener que acudir a España para justificar frente al rey y la corte unos actos que había realizado para cumplir la promesa de evangelizar y hacer comprender a las gentes que habitaban el Nuevo Mundo que Jesucristo era el Único Dios Verdadero. Se irritaba y buscaba a Luis entre los marineros para ofrecerle su versión de lo ocurrido. Mariana lo escuchaba dando una y otra vez vueltas al asunto, razonándole las causas por las que el obispo Toral y sus secuaces le habían acusado. Iba preparando su defensa: aseguraba que conocía la existencia de unas breves papales según las cuales se permitía a los provinciales actuar como inquisidores en el Nuevo Mundo en el caso de que lo consideraran oportuno. Ése sería su alegato frente al monarca.

Mariana se dejó llevar por el barco tal y como le recomendó en el viaje anterior el capitán del *San Jorge*, «como montar a caballo». Dejó que el galeón cabalgara hacia su patria sin permitir que una sola de aquellas olas le robara el dolor que había sentido. No era por mortificación, ni por deseos de recrearse en sus odios, era algo así como un homenaje al recuerdo de Miguel. Rodrigo había dicho que ambos se condenarían juntos y lo había dicho porque la conocía bien, o al menos eso era lo que él había pensado siempre. Conocía la educación que había recibido, sabía de sus miedos, de sus inseguridades, de cómo cada uno de sus actos, incluso cada uno de sus pensamientos íntimos, era analizado críticamente por el filtro de la firme moralidad que le habían inculcado desde niña sus padres, el instructor, el padre Bernardo, incluso él mismo a base de tesón y esfuerzo. Se habían esmerado tanto en que cada cosa fuera para ella la prueba palpable de que el demonio tenía cuerpo de mujer —como decía a veces desde el púlpito el padre Bernardo— que Rodrigo llevaba tiempo imaginándola sintiéndose culpable por la muerte de Rafael y Alfonso, del mismo modo en que ahora se sentiría culpable por la muerte de Miguel. Se figuró que estaría atormentada por ser ella la instigadora de su comportamiento asesino, de que ahora tuviera que esperar un juicio encerrado en una celda ignominiosa e impropia para alguien de su linaje. Podía verla sufriendo, pasando noches en vela sólo pensando en él, odiándole con todo su corazón y con toda la fuerza de la que fuese capaz su breve cuerpo. Y en el fondo aquello llenaba a Rodrigo de una estimulante sensación de complacencia que le compensaba por tener que aceptar el castigo incomprensible por la muerte de aquel indio. Mariana sabía que su hermano pensaba todo eso, lo sabía porque ella, del mismo modo, lo conocía bien.

Por eso, antes de partir, quiso robarle a Rodrigo el único pensamiento que le hacía feliz dentro de su celda. Se tragó el inagotable desprecio que le provocaba y fue a visitarlo. El gesto de Rodrigo pasó de la sorpresa a la satisfacción cuando la vio parada al otro lado de la reja, frente a él, con su capa de terciopelo negro cubriendo su figura casi por completo. Por unos momentos se ilusionó con la posibilidad de que hubiera ido a visitarle por puro amor fraternal, y se dijo que quizá no estuviese tan desencaminado cuando pensó que su acercamiento al médico indio no era más que una treta para llamar su atención. Sonrió abiertamente buscando entre las sombras de la celda un hálito de luz que le permitiese definir el rostro de su hermana, pero apenas podía verlo, sólo distinguía aquellos ojos verdes familiares en los que él mismo podía reconocerse, aunque no pudo apreciar ninguna expresión en ellos. Mariana lo miraba tranquila, y cuando se dispuso a hablar, las palabras sonaron a arenga largamente ensayada y surgieron de sus labios como el agua que brota de una fuente.

—No soy la responsable de tus actos. No te guardo rencor. Te perdono. Yo no voy a condenarme.

Y se dio la vuelta despacio, sonriente, deleitándose con su pequeña venganza mientras escuchaba los bramidos de su hermano llamándola con mil improperios, infectando el ambiente con deseos difíciles de comprender y con rabia de años acumulada. Era como un animal ponzoñoso, lleno de veneno por dentro.

Mariana recordaba la escena mientras remontaba de nuevo las aguas del Guadalquivir. Sabía que no había sido sincera cuando habló con Rodrigo. No era cierto que no se sintiera culpable por despertar en su hermano esos sentimientos tormentosos que le obligaban a destruir a todo aquel que se acercase a ella, ni tampoco era cierto que no le guardase rencor, ni que le perdonara. El resquemor que sentía por su hermano estaba profundamente instalado en su alma, pero cada día se animaba a sí misma para conseguir evadirse de esa prisión invisible que era el odio, y si no lograba que desapareciera, quería al menos lograr que se transformara en fuerza para continuar viviendo. Por lo demás, tampoco estaba segura de no estar condenada. Había perdido la cuenta de los pecados que llevaba meses cosechando —incluso su despedida con Rodrigo no podía definirse más que como un acto de soberbia—, pero en ese momento ya poco le importaba. Ya no necesitaba la absolución de ningún sacerdote, sólo necesitaba otorgarse el perdón ella misma.

Cuando la imagen de la torre de la catedral de Sevilla se hizo visible recortándose en el cielo, recordó la última vez que la había visto, hacía más de un año. Se había despedido de aquella torre mestiza creyendo que sería la última imagen de España que perduraría en sus retinas, y que así se lo contaría a los hijos que iba a criar al otro lado del océano. En ese momento tenía miedo por todo lo nuevo a lo que tenía que enfrentarse, convencida de que aquel viaje dividiría en dos su existencia. Y no se había equivocado demasiado. Era cierto, ya nunca más volvería a ver las cosas como antes y esa forma de percibir la vida se mantendría por siempre dentro de ella, convirtiéndola en la única persona que quería ser. Siguió mirando la torre hasta que atracaron en el puerto de Mulas. Ella misma se encargó de desembarcar el virginal. Se agarró firmemente a él y no permitió que ni uno solo de los marineros lo tocase. Nadie sospechó. Debajo de la tapa viajó el códice maya en el que Miguel estaba trabajando y que ella salvaguardó a lo largo de toda su vida para preservarlo del olvido. En el interior del documento, protegido entre los múltiples pliegues del códice, estaba escondido el retrato maravilloso que tan buenos recuerdos traía a su memoria. Aquel que dibujó el indio que trabajaba con Miguel y en el que ella aparecía vestida de blanco, con una corona de flores, con los ojos despiertos, verdes y grandes, como si fuera un personaje recién sacado de las paredes de un templo maya.

EPÍLOGO

El maestro Knorosov, el hombre que con sus investigaciones logró establecer las bases del desciframiento lingüístico de los jeroglíficos mayas, falleció la semana pasada en un hospital. Si he de ser sincera, no me cogió de sorpresa: llevaba días ardiendo en fiebre y por las noches tenía delirios en los que hablaba de fuegos mientras llamaba a gritos a esa mujer quimérica de la que no dejaba de hablar en los últimos tiempos. Nunca le había visto tan enfermo. El doctor dijo que se trataba de una pulmonía y que teniendo en cuenta su edad, el frío mes de marzo de San Petersburgo y las pocas comodidades de su vivienda, habría que prestar especial atención a su caso. Le prescribió completo reposo, pero por las mañanas la fiebre amainaba y era entonces cuando volvía a aparecer el firme Yuri Valentinovich Knorosov, que se levantaba como una exhalación para ponerse a trabajar haciendo caso omiso de mis advertencias, totalmente convencido de poder lidiar con el frío del apartamento con su gabán abrochado hasta el cuello y con la boina calada hasta las cejas, sus enormes cejas de oso polar...

—Esto no es frío —decía—, frío pasé de niño... Frío y hambre. Mi Ucrania natal estaba sitiada y mi familia logró salir adelante gracias a los pequeños huertos que los vecinos sembraban en lugares inimaginables. Se nos llenaban las manos de sabañones de tanto rebuscar entre los terrones algo que llevarnos a la boca. ¿Qué sabrá ese matasanos lo que es el frío?

En ese estado de porfía era difícil persuadirle de que seguramente, en los años de su infancia, la energía de la edad le ayudaba a sobrellevar las crudezas del invierno y que, a esas alturas de su vida, el cuerpo se le había vuelto más sensible ante los cambios de tiempo. Pero no había manera de hacerle entrar en razón: aseguraba sentirse fuerte como un roble y se burlaba de mis teorías jactándose de ser el hombre más anciano del mundo después de Matusalén. Decía haber celebrado más de ciento cuarenta cumpleaños por culpa de un error en la fecha de nacimiento que figuraba en su pasaporte y que él nunca quiso solventar. Le complacía que le felicitasen dos veces al año y aún no he logrado averiguar si nació el 31 de agosto o el 19 de noviembre de 1922, porque él jamás mostró predilección por ninguna de las dos fechas.

Y esa sólo era una pequeña muestra de la larga lista de contradicciones que jalonaban su vida. Toda su existencia fue un enigma. Era difícil que dejase claro su pasado y respondía con un «eso no tiene importancia» cuando algún periodista indagador preguntaba por las historias legendarias que sobre él se pregonaban en los círculos científicos, y que poco a poco consiguieron convertirle en un ser casi mitológico, épico, más cercano al héroe por accidente que al etnólogo lingüista que siempre fue. Sé con certeza que había comenzado muy joven su carrera científica en la Universidad de Moscú y que pasó más de la mitad de la vida intentando resolver los enigmas lingüísticos de culturas desaparecidas que nadie había logrado desentrañar. En un principio se centró en el Antiguo Egipto, en China y en la India, y en la mayoría de las ocasiones acababa encontrando un pequeño resquicio, un hilo por el que empezar a tirar, dejando atónitos a propios y extraños. Yo había oído hablar tantas maravillas del maestro Knorosov que cuando lo tuve por primera vez frente a frente fui incapaz de articular una frase razonable, y sólo pude balbucear: «Usted tiene un don». Y él se me quedó mirando muy serio, con sus penetrantes ojos de color zafiro.

—Cuando yo no era mayor de cinco años —me dijo—, mis hermanos me golpearon en la frente con una pelota de críquet. Perdí el sentido e incluso no respiraba. Mis hermanos manejaron bien la situación, pero yo me quedé temporalmente ciego. Recuperé la vista, aunque con dificultad. Al parecer, ésa fue para mi familia una lesión enigmática. Es posible que gracias a ese golpe mi mente se abriera a la percepción, ¿quién sabe? —Y continuó hablando, mirando por detrás de mí, como si no me prestara atención—. Deberían utilizar esa técnica con ustedes, los jóvenes estudiantes: ¡golpes contundentes en la frente con pelotas de críquet, a ver qué pasa! —Sonrió al comprobar que se me había quedado cara de susto y añadió para tranquilizarme—: Lo que una vez fue creado por una mente humana puede ser descifrado por otra; no existe mayor misterio. Eso es todo.

Pero yo siempre pensé que eso no era todo, y que poseía una cualidad especial para la empatía con otros seres. Lo mismo que era competente para percatarse del estado de ánimo de su sibilino gato, también era diestro percibiendo los efluvios invisibles que pudieran haber resistido al paso de los siglos y que se hubieran quedado impregnados en cerámicas votivas, en las paredes de una pirámide o en los trazos de un códice sin que nadie antes lo hubiera advertido. A veces me pareció que las civilizaciones antiguas le interesaban más que la época actual, incluso pensé que una parte de él mismo no residía en este tiempo, sino que vivía a caballo entre la sordidez de lo cotidiano y algún punto incierto del pasado. Pero si he de ser sincera, sólo empecé a preocuparme por su salud física y mental en los últimos tiempos, cuando aquellos códices mayas comenzaron a absorberlo de una forma extrema. Se pasaba las horas enclaustrado en ese apartamento de apenas veinte metros cuadrados en el que vivía, rodeado de un tropel de libros que cubrían las paredes del suelo al techo, a los cuales había logrado escatimar un hueco en el que instalar una pequeña mesa de despacho. A veces el sueño lo vencía, se quedaba abandonado, flojo sobre alguno de los códices, y empezaba a desvariar, balbuciendo mil palabras sin conexión, febril y delirante.

—¡Todo arde...! ¡Se quema! Va a quemarse... ¡No, no lo haga, por favor, no lo haga!

Y entonces yo suponía que recordaba esa antigua historia que de él se contaba, que decía que de joven fue uno de los soldados que participó en la toma de Berlín, y que allí, en pleno incendio de la Gran Biblioteca, encontró los dos libros que le marcaron el inicio de lo que en el futuro se convertiría en el gran descubrimiento de su vida.

Uno de los ejemplares era *Relación de las cosas de Yucatán* en la edición de Brasseur de Bourbourg, un libro escrito por un franciscano español del siglo XVI llamado fray Diego de Landa que llegó a ser obispo del Yucatán. En él se recoge gran cantidad de información sobre la vida de los mayas del siglo XVI. El franciscano, que desde que llegó al Nuevo Mundo se había entregado al estudio de aquella sociedad, inexplicablemente, en un determinado momento de su vida, ordenó la celebración de un auto de fe en el que quemó cientos de valiosísimos documentos mayas haciendo que su personalidad como hombre y sacerdote pasara a la historia suscitando múltiples controversias. Al parecer, tiempo después, fray Diego se arrepintió de lo que hizo e intentó perpetuar la memoria de aquel pueblo reuniendo en las páginas de aquel libro lo que su mente archivó a lo largo de sus años de estudio. En ellas hablaba de los antiguos pobladores del Yucatán, de la vida y las creencias de los mayas, de la organización de su calendario, de cómo sintieron la llegada de los conquistadores, de la escritura jeroglífica y de sus investigaciones sobre ella. La narración del fraile impresionó tanto al maestro Knorosov que se esforzó por conocer las razones que lo llevaron a actuar como lo hizo.

La leyenda de cómo el maestro salvó los libros del incendio de la biblioteca se convirtió en una especie de alegoría y muchos creyeron que no podía ser casualidad que fray Diego hubiera intentado destruir la cultura maya en una pira atroz y que, cuatro siglos más tarde, Knorosov hubiera salvado por segunda vez de las llamas el recuerdo que quedaba de esa civilización, así que la historia del soldado ruso en la toma de Berlín se estimó como real y por supuesto como mucho más apasionante que la que hablaba de que el maestro nunca salió de su despacho en la universidad y que allí se encontró con los libros que habían viajado desde Berlín tras el saqueo de los soldados rusos.

Knorosov le siguió los pasos al franciscano y descubrió que, tras el auto de fe, De Landa tuvo que presentarse en España para rendirle cuentas al rey. Desembarcó en Sevilla y de allí viajó hasta Barcelona para reunirse con el general de los franciscanos, que se comprometió a ayudarle entregándole una carta para el monarca. Felipe II remitió la causa de fray Diego al provincial de Castilla con el encargo de que hiciese justicia, pero éste cayó enfermo y no pudo formar parte del tribunal que quedó constituido para decidir el futuro de fray Diego. Tuvo suerte; al parecer, cuando no se hallaba aún establecida la jurisdicción ordinaria, los breves pontificios habían autorizado a los provinciales de América para desempeñar el cargo de inquisidores allí donde no hubiera obispos residentes. De Landa presentó en su defensa las bulas de Adriano IV, León X y Pablo III, que detallaban los poderes y privilegios de los prelados inferiores de las órdenes monásticas, y tales argumentos fueron decisivos. De Landa fue absuelto. Tras eso se marchó a Guadalajara y poco después a Toledo, donde fue nombrado maestro de novicios en San Juan de los Reyes. Estuvo diez años en España, pero durante ese periodo no dejó constancia clara acerca de sus ocupaciones. Al parecer, residió mucho tiempo en Cifuentes, su pueblo natal, y en ocasiones se trasladaba hasta Medina de Rioseco, donde era el invitado de honor en el palacio de los Almirantes de Castilla, donde pasó largas temporadas. Al hacer los cálculos, el maestro Knorosov llegó a la conclusión de que *Relación de las cosas de Yucatán* debió de ser redactada en su versión original en torno al año 1566, aproximadamente por aquella época. Tiempo después, hallándose De Landa en el monasterio de San Juan de Cabrera, recibió una Real Cédula que le comunicaba que había sido propuesto para ocupar la silla episcopal de la Mérida del Nuevo Mundo. En 1572 embarcó en Sevilla junto con treinta franciscanos más que llevaban como comisario a fray Pedro de Cardete, y es de suponer que el manuscrito de *Relación de las cosas de Yucatán* navegó con él a América y que fue depositado posteriormente en el convento franciscano de Mérida. En aquellos momentos De Landa era ya obispo del Yucatán porque Toral había muerto en México en abril de 1571.

El otro libro que Knorosov supuestamente liberó del fuego fue la edición que los hermanos Villacorta sacaron de los códices mayas. Ellos habían realizado un estudio minucioso de los únicos tres códices mayas de origen precolombino que llegaron sanos y salvos hasta nuestros días. Cada uno de ellos se designaba según el nombre de la ciudad donde fue encontrado: Dresde, París y Madrid. De los tres, los hermanos señalaban que el códice de Madrid era el de contenido más rico y variado. Según sus estudios era contemporáneo de la época de fray Diego y aseguraban que estaba envuelto en un halo misterioso, pues nadie podía certificar cómo había llegado hasta España. El Códice de Madrid trata temas mitológicos y diversos aspectos cotidianos, con escenas de la vida religiosa y civil de aquel pueblo: la agricultura, las plantas y sus usos, las plagas de langosta, la música, la caza, la cerámica, las ceremonias... El documento mide 670 centímetros y es el más largo de los manuscritos mayas conocidos. Sus 56 hojas están dobladas en zigzag, lo que conforma una pieza con 112 páginas de 12 centímetros de ancho y 24 centímetros de alto. Es también el códice mejor conservado. Se trata de un texto de adivinación que ayudaba a los sacerdotes a predecir la suerte. Tiene once secciones: la primera incluye ritos dedicados a los dioses Kukulcán e Itzamná; la segunda se refiere a las influencias malignas sobre los cultivos y a los ritos y ofrendas que debían realizarse para regularizar las lluvias; la tercera sección está dedicada a un periodo de cincuenta y dos años rituales, el tiempo que duraba un siglo maya; las ocho partes restantes aluden, entre otros temas, a la cacería y a las trampas, a los calendarios, a la muerte y a la purificación.

Aquellos libros marcaron para siempre la vida del maestro Knorosov. El franciscano De Landa se convirtió en su ayudante a través del tiempo. Él, cuatro siglos antes, había comenzado a empedrar el camino por el que más tarde se lanzaría a caminar el maestro. Yuri Valentinovich Knorosov aprendió a hablar español a miles de kilómetros de distancia de su objeto de estudio para poder manejar la lengua de fray Diego. La gente que conocía su creciente interés por aquella cultura, hacía llegar hasta sus manos publicaciones en las que se hablaba del enigma de los mayas. El deseo irrefrenable de resolver el jeroglífico que se escondía en los códices le bloqueaba durante días y noches enteras, y se pasaba las horas escrutando con su lupa los trazos coloristas de las reproducciones con las que tenía forradas las paredes de su apartamento. Se había propuesto encontrar la clave del lenguaje maya utilizando el Códice de Madrid para investigar y sirviéndose del texto de fray Diego de Landa como si de una particular piedra Rosetta se tratara. No paró hasta lograrlo. Halló nuevos paradigmas de la ciencia epigráfica yendo más allá del fonetismo al descubrir el sentido de la gramática maya. Tuvo claro que los pictogramas no corresponden a un alfabeto sino a un silabario, y que la escritura maya tiene una lectura fonética que se semeja a la forma escrita de un lenguaje oral. Fue por eso que fray Diego de Landa tuvo tantos problemas para traducir aquel lenguaje de signos. En su cabeza no pudo concebir otro sistema de escritura que no fuese el alfabético, y los glifos mayas eran una mezcla entre sílabas y palabras.

Costó mucho que se tuviesen en cuenta las investigaciones de Knorosov. Su estudio creó polémica, algunos incluso lo descalificaron delante de la comunidad científica. El investigador Eric Thompson sepultó su hallazgo sólo por prejuicios y le llamó comunista. El maestro se rebelaba; no podía entender cómo un hombre de ciencia mezclaba la política con las investigaciones culturales. Por fin un grupo de jóvenes epigrafistas de Harvard le dio la razón, aunque Knorosov tampoco estuvo del todo conforme con ellos ni con sus interpretaciones de los glifos, ni tan siquiera por cortesía. Él consideraba que la escritura maya, como cualquier otra escritura en el mundo, tiene sus propias reglas, y ellos eran poco rigurosos, puesto que interpretaban los signos por separado en lugar de hacer lecturas de los textos mayas en su conjunto. Pero, al menos, gracias a ellos sus estudios lograron salir del ostracismo, atravesar el telón de acero y conseguir que el Grupo Xcaret y la Universidad de Quintana Roo se interesaran en publicar su obra.

El maestro Knorosov quiso entonces viajar hasta España para poder visitar la tumba de fray Diego de Landa y ver con sus propios ojos el Códice de Madrid, porque estaba convencido de que sólo con rozarlo con la yema de los dedos podría percibir mucho más que analizando su estampa impresa en un libro. En primer lugar, fue hasta la tumba del fraile franciscano en su Cifuentes natal para presentarle sus respetos y allí se encontró con un nicho apenas cubierto por una losilla de alabastro en la que podía leerse:

> Aquí están colocados los huesos del Illmo. Sr. D. Fr. Diego de Landa Calderón. Obispo del Yucatán. Murió en el año 1572. Fue sexto nieto de D. Iban de Quirós Calderón que fundó esta capilla, año 1342, como consta de la fundación.

Pero podía verse que en el interior de la tumba no había nada, y cuando le preguntó al párroco, éste le contó que la sepultura de De Landa fue saqueada durante la Guerra Civil española, allá por el año 1936, por gente que creyó que dentro hallarían algún tesoro precolombino que el obispo hubiera podido traer consigo.

Después Knorosov viajó hasta Madrid, y allí no sólo pudo ver el códice original, sino que consiguió que un pase especial de investigador le permitiera trabajar con el documento durante una semana, al cabo de la cual me llamó excitado para decirme que un increíble descubrimiento le obligaba a ampliar su estancia en España. Había dado con una clave histórica que tenía que contrastar.

—He descubierto quién trajo el códice a España y las razones por las que fray Diego pasaba esas largas temporadas en Medina de Rioseco, en el palacio de los Almirantes de Castilla. Voy a buscar datos con los que confirmar mis sospechas, que tú eres una descreída —me dijo riendo, y pude percibir a través de la línea telefónica una alegría casi infantil que hasta entonces yo no había conocido.

Pero regresó decepcionado. No había podido conseguir la constatación que buscaba porque el palacio de los Almirantes de Castilla había sido derruido muchos años antes y en su lugar sólo quedaba un plácido parque en el que apenas podía percibirse la presencia de sus antiguos moradores. Los datos archivados en el ayuntamiento de Medina de Rioseco sobre la saga de los Enríquez eran imprecisos y sólo pudo encontrar unas leves referencias acerca del sexto Almirante de Castilla, Luis Enríquez, y su hijo, del mismo nombre, que al parecer tuvo fama de caballero generoso y que acompañó a Felipe II cuando éste marchó a Inglaterra para desposarse con María Tudor. La falta de datos sobre el resto de los hijos de don Luis Enríquez dejó taciturno al maestro Knorosov, sin que yo pudiera comprender el porqué de ese empeño obstinado por conocer el árbol genealógico de los Almirantes de Castilla. Sólo después de mucho insistir me habló de su convicción acerca de la existencia de una joven extraordinaria que, según él, habría ayudado a fray Diego a trasladar el Códice de Madrid hasta Europa.

—Ella le ayudó, lo sé. En ocasiones puedo percibirla en las palabras escritas por fray Diego. —Pero cuando le inquiría para que me dijese por qué estaba tan seguro de su existencia, me decía—: No puedo demostrarlo... no sin delatarme a mí mismo.

Después de aquel viaje se volvió más enigmático. Se colocó en un lugar impreciso entre el pragmatismo científico y la espiritualidad que los códices desprendían. Comenzó a hablar de los recuerdos, de las memorias perdidas y recuperadas, de las obligaciones adquiridas con los que se habían encargado de guardar las reminiscencias de lo acontecido, pero sobre todo hablaba de aquella mujer invisible de la cual yo era incapaz de encontrar una sola referencia.

Y ahora, cuando entre sus papeles encontré este sobre que lo explica todo, no puedo dejar de preguntarme por qué no confió en mí, por qué no me contó la verdad de lo que descubrió en su viaje a España. Supongo que no lo hizo porque pensó que yo le recriminaría el acto. Tenía razón, es posible que lo hubiera hecho... pero eso me habría ayudado a comprenderle y a ayudarle en esa búsqueda implacable de los últimos tiempos en los que llegué a considerar que era presa de accesos de locura.

El sobre va dirigido a mí, está lacrado. A él le gustaba añadir a sus comunicaciones alguna reminiscencia del pasado. Dentro hay una carta escrita de su puño y letra en la que me explica que cuando lo dejaron a solas con el Códice de Madrid y desplegó los siete metros de papel que lo forman, un extraño pergamino que no pertenecía al códice pero que tenía los rasgos característicos de las representaciones mayas cayó al suelo. «No pude resistirme y me lo llevé. Es éste —decía—. Espero que ahora sí que me creas.» Observé que en el fondo del sobre había un pergamino de aproximadamente un cuarto de folio, y lo cogí con cuidado. En él podía distinguirse la imagen de una mujer delgada y joven vestida de blanco, con el cabello castaño y suelto como mecido por el viento. Tenía los ojos extremadamente verdes, llevaba en las manos un ramillete y adornaba su frente una corona de flores. Estaba descalza. Bajo sus pies aparecía una frase escrita con elegante caligrafía:

> Mi retrato en tiempos de Nueva España, cuando era un tallo florido de maíz de ojos de jade.
>
> M. Enríquez

AGRADECIMIENTOS

En primer lugar he de agradecer a Galina Ershova, escritora y directora del Centro de Estudios Mesoamericanos Yuri Knorosov de la Universidad Estatal de Rusia de Ciencias Humanas, su desinteresada ayuda al hablarme de la enigmática vida de quien fuera su maestro, Yuri Valentinovich Knorosov, a quien, esté donde esté, quiero rendir tributo por sentar las bases para la decodificación de la escritura de los mayas.

Gracias a Iván Saavedra por ayudarme con los textos rusos y por ser mis ojos en México. A Pablo del Pozo, periodista y músico, que vislumbró sin dudas el instrumento musical que aporreaba Mariana. A Carmen Espejo, profesora en la facultad de Comunicación de la Universidad de Sevilla, que despertó mi interés por saber más sobre el inicio del periodismo. Asimismo, al PVEM (Partido Verde Ecologista de México) y, en concreto, a Patricio Sotelo, por hablarme de su país y del mágico santuario de la Mariposa Monarca. Pero ante todo, gracias por su incondicional amistad.

Finalmente, a Antonio Vázquez, por dejarse arrastrar por lugares inusitados en mi búsqueda infatigable del pasado. Gracias.

El papel utilizado para la impresión de este libro
ha sido fabricado a partir de madera
procedente de bosques y plantaciones
gestionados con los más altos estándares ambientales,
lo que garantiza una explotación de los recursos
sostenible con el medio ambiente
y beneficiosa para las personas.
Por este motivo, Greenpeace acredita que
este libro cumple los requisitos ambientales y sociales
necesarios para ser considerado
un libro «amigo de los bosques».
El proyecto Libros Amigos de los Bosques promueve
la conservación y el uso sostenible de los bosques,
en especial de los bosques primarios,
los últimos bosques vírgenes del planeta.